소설, 의혹과 통찰의 수사학

지은이_

안미영(安美永, Ahn mi-young) 2002년 『동아일보』 신춘문예 평론 당선. 평론집으로 『낮은 목소리로 굽어보기』(시와에세이, 2007), 그 외 『이상과 그의 시대』(소명출판, 2002), 『전전세대의 전후인식』(역락, 2008), 『근대문학을 향한 열망, 이태준』(소명출판, 2009)이 있다. 현재 건국대학교 글로컬캠퍼스 교양교육원 조교수로 재직 중이다.

소설, 의혹과 통찰의 수사학

초판 인쇄 2013년 12월 14일 **초판 발행** 2013년 12월 24일
지은이 안미영 **펴낸이** 공홍 **펴낸곳** 케포이북스
출판등록 제22-3210호 **주소** 서울시 서초구 서초동 1599-2 엘지에클라트 302호
전화 02-521-7840 **팩스** 02-6442-7840 **전자우편** kephoibooks@korea.com

값 21,000원

ISBN 978-89-94519-40-1 03810

小說

소설、 의혹과 통찰의 수사학

Novel, the Rhetoric of Suspicion and Insight

케포이북스
KEPHOIBOOKS

'소설입니다'

누군가 전공을 물으면, 나는 현대문학도 아니요 문학비평도 아닌 '소설'이라고 말한다. 그것은 전공에 대한 열정이 아니라, 소설에 대한 열정이다. 이 땅에서 소설이 감당해 왔던 노고와 앞으로도 감당해 낼 존재성에 대한 존경을 담은 것이다. 미디어의 발달로 다양한 방법으로 이야기는 양산되겠지만, 이야기의 문법을 정립한 소설의 가치는 희석되지 않을 것이다.

첫 번째 평론집이 2007년 여름에 나왔으니, 이 책은 그 후로부터 6년에 걸쳐 쓴 평론을 모은 두 번째 평론집이다. 첫 번째 평론집에서는 소설(소설가)이 맡아야 할 일이 무엇인지 고심했다. 당시 나는 소설이란 보이지 않고 들리지 않는 목소리를 이 땅에 복원시켜야 하는 장르라고 보았다. 두 번째 평론집에서는 소설에 재현된 목소리가 우리로 하여금 의혹과 통찰에 이르게 한다는 것을 말하고 싶다.

이 시대를 '도시사회', '피로사회', '시민사회'라 명명하면서, 소설을 통해 지금 이 공간에 내재한 균열과 그것이 야기하는 문제성을 조명했다. 도시사회에서 감수성은 날로 소통보다 소비로 경사되고 있다. 피로사회 현대인은 자기보호의 일환으로 감정을 거세시키는가 하면, 아이들은 빨리 '어린 어른'이 되어야 했다. 시민사회에서 '시민'은 성장신화가 만들어 낸 잘 만들어진 또 하나의 상품이 되었다.

작가들은 자본주의 성장신화에 역행하는 반(反)성장 서사를 통해 전체주의적 자본주의의 가속화에 돌을 던지는가 하면, 이쪽과 저쪽의 경계를 유연하게 넘나들 수 있는 새로운 인간형을 탐색하기도 했다. 그들은 의식적으로, 또 무의식적으로 균열에 대한 봉합의 가능성을 모색해 왔다.

그것은 우리가 '자유'를 외부에서 찾지 않고, 내부에서 찾는 데서 시작될 수 있다. 그것을 성찰해 내고 현실에 가능하게 하는 조건을 탐색하는 일, 소설은 이 일들을 감당해 왔고 앞으로도 감당해 낼 것이다. 이와 같이 소설은 늘, 우리에게 의혹과 동시에 통찰에 이르는 수사학을 펼쳐온 것이다.

이 책이 나오기까지 사랑과 노고를 아끼지 않은 다니엘, 수영, 지원 그리고 케포이북스 가족들에게 감사드립니다.

2013년 12월 중원벌판에 고이는 겨울을 보며
안미영

차례

1부
도시사회와 감수성 딜레마

도시적 감수성과 병리학적 상상력

1. 현실의 신(新)국면과 작가의 신(新)감각

　카프카의 「변신」(1912년 집필 / 1916년 출판)은 일찍이 자본주의사회 물신화의 문제성을 환기했다. 생산수단과 능력이 거세되자, 그레고리 잠자는 가장 가까운 가족들로부터 소외와 천대를 받는다. 재화 생산능력의 유무에 따라 인간의 가치는 벌레와 같은 수준으로 급락하는가 하면, 죽음 혹은 죽임으로까지 방치될 수 있다. 카프카는 인간이 세일즈맨의 기능을 상실한 순간, 한 마리의 벌레와 다를 바 없이 취급될 수 있음을 직시한다. 또한 이 작품은 인물과 사건의 형상화 면에서, 병리학적 상상력을 동원한 모더니즘소설이라는 점을 상기할 필요가 있다. 자본주의사회 물신화의 심각성을 부각하기 위해, 카프카는 세일즈맨 그레고리 잠자를 '벌레'로 '변신'시켜 놓았다. 카프카의 인식과 방법은 후기자본주의 시대를 살아가는 지금 이 땅의 작가들에게도 동일하게 적용된다. 카프카 외에도 작가들은 끊임없이 그들이 출생하고 성장한 자본주의 도시 문명의 문제성을 직시하는가 하면, 이를 존속 유지시키는 체제의 문제성을 수사학적으로 접근하고 있다.

한국 근대문학사에서 이상은 「날개」(『조광』, 1936)와 「지주회시」(『중앙』, 1936)를 통해 자본주의 도시 문명에서 욕망의 문제를 천착하고, 물신화를 조장하는 파행적 체제를 병리학적 상상력으로 구현해 냈다. 「날개」에서 내가 미스꼬시 백화점 꼭대기에서 "날개야 돋아라"를 외쳤던 그 순간, 그의 내면에 숨겨진 욕망은 가시화되었으며 그 안에는 물질(物質)과 실업(實業) 그리고 소유에 대한 의지가 잠재해 있다. 그것이 설령 인공 낙원이라 하더라도, 자본주의 도시에서 우리는 소비할 수 있는 자본을 구비하기 위해 기꺼이 주체성을 탈각하는 데 서슴지 않는다. 이상은 「지주회시」에서 도시의 물신화가 내장한 파행구도를 개미와 돼지의 대립구도로 보여준다. 그는 병리학적 상상력을 동원하여 빼빼마른 카페 여급과 뚱뚱보 전무를 각각 개미와 돼지로 묘사하여, 양자 간의 메울 수 없는 물질의 불균형을 감각적으로 대립시킨다.

현실의 신(新)국면에 접어든 작가들의 신(新)감각은 크게 '도시적 감수성'과 '병리학적 상상력'으로 구분된다. 자본주의사회에서 인간의 물화된 가치를 천착한 정이현의 등단작 「낭만적 사랑과 사회」(『문학과지성사』, 2002)는 문제적이었다. 자신의 순결을 신분상승의 도구로 활용하는 '유리'의 전략은 그 자체가 소설의 잘 짜인 플롯으로 기능한다. 강남에서 태어나고 거주하는 '유리'는 사랑의 실현이 아니라 자본주의사회에서 무엇이든 소유할 수 있는 최강의 소비 주체를 갈망한다. 이 작품의 신분상승모티프는 통속적이고 진부한 담론을 벗어나지 못하지만, 작가는 도시에서 태어나고 자란 여성의 파행적 욕망을 환기하는 데 성공했다. 작가는 '유리'가 상승을 꾀하던 신분의 실체가 자본주의사회의 소비의 주체임을 자극적 방식으로 보여준다.

자본주의 도시인의 탈주체성은 규범과 질서의 균열 그리고 도덕의 위기를 초래했으며, 소설은 일상을 소비하는 인간과 그들의 도덕적 일탈에 주목하기 시작한다. 최강의 소비 주체가 되려는 욕망은 이제 주체성의 탈각이라는 개인의 문제에 그치는 것이 아니라 그가 소속한 공동체에 대한 위협과 공포를 파생시킨다. 최근 발표된 이홍의 『성탄피크닉』(2009, 민음사)은 한층 진화된 도시적 감수성으로 한층 진화된 도시의 문제를 천착하고 있다. 그녀가 제시한 도시적 감수성은 소설적 흥미도 제공하지만, 반성적 사유를 남겨놓는다는 점에서 장을 달리 해서 언급해 볼 필요가 있다.

병리학적 상상력이 돋보이는 최근 소설로 편혜영의 장편『재와 빨강』(창비, 2010)과 이기호의 장편 『사과는 잘해요』(현대문학, 2009)를 꼽을 수 있다. 이 작품들은 각각 작가들의 첫 장편소설이기도 하거니와, 단편에서 연마한 작가들의 기교와 기량이 장편 형식을 통해 사회의 문제로 뻗어나간 실험소설이라 할 수 있다. 편혜영의 초기소설에 나타난 그로테스크한 인물들이 장편소설에서는 구체적 현실의 좌표를 지님에 따라, 작중에서 인물의 병체(病體)와 병태(病態)는 사회학적 해명이 가능해진다. 편혜영은 장편의 구조를 통해 인간의 광포한 야만성이 기계적이고 억압적인 사회와 결합됨으로써, 양자가 서로 상충하면서도 동시에 양자 모두 더 강력한 변종으로 진화할 수 있음을 보여준다.

이기호의 장편『사과는 잘해요』도 지적 장애가 있는 고아 소년들의 행태를 통해 전체주의적 사회와 그에 길들여지는 인간의 품성을 주목하고 있다. 나약한 인간과 현실(시설과 사회) 간의 좌충우돌은 필연적으로 현실의 승리를 재확인하게 된다. 이기호는 파시즘적 억압과 무차별적 체제의 권력이 얼마나 교묘한 방식으로 인간 품성을 지배해 가는가에 초점을 맞추고 있다. 이 외 신예작가 명지현은『이로니 이디시』(문학동네, 2009)와 장편『정크노트』(문학동네, 2009)를 통해 병리학적 상상력을 다양한 국면에서 실현해 보이고 있으므로, 절을 달리하여 주목하려 한다.

2. 도시의 재서열화, 범죄성의 망각

이홍의『성탄피크닉』(2009, 민음사)은 인공 낙원에서 벌어지는 재서열화와 범죄성의 망각을 보여준다. 이홍은 이 작품에서 재서열화를 경험하는 도시 내부 아웃사이더들의 일상을 CCTV에 포착한다. 서울시 강남구 압구정동 아파트, 도시 문명의 중심에도 계급적 서열화는 뿌리 깊이 고착되어 있다. 압구정동 아파트에 살지만 은영, 은비, 은재는 강남의 주체가 되지 못한다. 로또 당첨으로 압구정동 아파트를 구입하고 성남에서 이사를 왔지만, 그들은 토착 부자가 아니었고 그들의 부모 역시 신분과 학벌에서 특기할 만한 것이 없는 서민이다. 로또 당첨 이후 아버지와 어머니는 이혼했고, 어머니는 딤섬요리를 배우러 홍콩으로 떠난다. 결국 맏딸인 대학생 은영이 소녀 가장이 되어 과외 아르바이트를 해야 했다. 고등학교만 졸업한 은비는 백화점에서 값비싼 물건을 사기 위해, 유부남에게 접근하여 돈을 뜯어낸다. 고등학생 은재는 학교에서든 집에서든 누구와도 잘 어울리지 못하며, 게임 중독에 빠져 있다.

이들은 로또 당첨으로 집과 몸은 강남에 편입되었으나, 그들의 실제 삶은 강남으로부터 배제되어있다. 이들의 유일한 희망은 '압구정동 아파트'에 살고 있다는 것뿐이다. 은영은 아무리 학벌이 좋아도, 집안과 학벌이 받쳐 주는 카프카의 멤버가 되지 못한다. 은비도 지희와 아무리 오랜 친구사이라 하더라도, 지희와 동급에서 강남의 주체가 될 수 없다. 지희는 은비가 자기 일상에 균열을 몰고 올 기미가 보이자, 사람을 풀어 은비를 제거하려 한다. 은재는 옆집 유부녀와 섹스를 하지만 그녀와 교감을 나누지 못하는데, 애초 소통능력이 거세되어 있다. 그들은 강남에 살면서도 비(非)강남인이다. 문제는 그들이 날마다 조우하는 대상은 강남과 강남 사람들인데, 그들의 실제 삶은 강남의 밖에 있다는 데서 발생한다.

그 결과 그들은 자신도 예상치 못했던 '살인'에 가담하게 된다. 돈을 뜯기던 유부남이 은비의 집에 찾아와 은비와 몸싸움을 벌이던 끝에, 은비로부터 린치를 당한다. 은비에게 분풀이를 못다 한 남자가 언니인 은영에게 보복하겠다고 벼르자, 은비는 남자를 감금한다. 과외를 마치고 집으로 돌아온 은영은 남자를 되돌려 보낼 기회를 놓치고, 급기야 토막 살인 후 그 집에서 남자의 흔적을 지운다. 크리스마스를 기점으로 은영, 은비, 은재는 토막 낸 사체를 가방에 나누어 가지고 집을 나선다. 사체를 매장하기로 약속한 장소와 시간에 은재만 있고, 은영과 은비는 오지 않았다. 은영은 취직을 주선해 줄 카프카 멤버에 접근하기 위해 강원도에 있으며, 또 은비는 지희가 풀어놓은 사람들에게 쫓기다 보니 서해안 어딘가를 헤매고 있으니, 그녀들이 언제 올지 알 수 없다. 은재는 얼떨결에 떠안은 옆집 아기와 더불어 깊은 산 속에서 눈을 맞으며 어두운 겨울밤을 맞는다.

서울특별시 강남은 크리스마스를 장식하면서 우리를 유혹하지만, 정작 강남의 중심부에는 서열화에서 배제된 아웃사이더들의 치열한 필살기가 시작된다. 그들에게는 살인보다도, 강남 내부자로 편입하는 일이 더 절실하다. 그들이 제아무리 필사적으로 발버둥 쳐 봤자, 사실 그들은 한 걸음도 앞으로 나아가지 못한다. 그들은 압구정동 가장 큰 평수의 아파트에서 고리대금업으로 돈을 벌고 엄청난 규모의 리조트를 인수한 외가, 명문대 법대 출신의 로펌에서 일하는 아버지를 둔 지희와 같은 강남 사람을 따라잡을 수가 없다. 은영은, 부모가 경영하는 회사를 승계하기만 하면 되는 민우를 비롯한 카프카 멤버를 결코 따라잡을 수 없다. 그러므로 번듯한 회사에 취직해서 안정적 사회인으로 거듭나서, 더 넓은 한강을 조망하는 집에 살겠다는 은영의 삶의 모토는 현실성이 희박하다. 집은커녕 취직도 안 되는 은영의 상황은 유부남의 돈을 뜯어내서 명품을 구매하는 은비의 일상과 다를 바 없이, 환금(還金)만능 도시의 아웃사이더를 표상한다.

다시 이 작품의 중심 사건으로 돌아가, 세 남매가 저지른 토막 살인을 기억할 필요가 있다. 독자들은 인권을 유린한 파렴치한 살인 행위와 사체유기를 목도하면서도, 은비와 은영 그리고 은재의 범죄에 주목하지 못한다. 왜냐하면 작중 은영의 삶에 있어 가장 심각한 모토는 카프카 멤버가 되는 것이며, 은비는 돈 많은 유부남으로부터 돈을 뜯어내어 여행을 떠나는 것이다. 이들은 도시의 중심에 편입되고 도시의 소비주체가 되려는 간절한 욕망으로 인해, 그들이 저지른 토막 살인의 잔혹성을 자각하지 못한다. 은재의 경우, 애초부터 외부와의 소통능력이 거세되어 있으므로, 살인사건이 문제적인 것으로 각인되지 못한다. 이들에게는 자신이 저지른 범죄의 악마성을 사유할 수 있는 인간적 가치관이 거세되어 있다. 그들은 자본과 자본을 형성하고 있는 도심의 빈틈없는 네트워크에 편입되기를 갈망하면서 동시에 배제당하는 가운데, 이미 주체를 망각하고 나아가 자신의 도덕적 무의식마저 유기한다. 그들은 토막 살인과 같은 반인륜적 행위에 대한 객관적이고 반성적인 사유 방식을, 이미 로또 당첨을 갈망하던 그 오랜 시기부터 조금씩 그리고 점차적으로 망각하기 시작한 것이다. 이제 문제는 모범적 소녀 가장과 같은 공간을 살아가는 우리들에게, 미해결의 토막살인 사건이라는 공포로 전이될 것이다.

3. 도시의 인공위성, 불온한 궤도

이홍은 『성탄피크닉』(2009, 민음사)에 앞서, 『걸프렌즈』(2007, 민음사)에서 자본주의 도시세대의 개체성을 흥미 있게 천착한 바 있다. 『걸프렌즈』는 제31회 오늘의 작가상을 수상한 작품으로, 작가는 도시세대의 신(新)연애문법을 통해 집단과 규율로부터 떨어져 나간 개체의 특수성을 보여주었다. 남녀 간의 연애를 소재로 하고 있다는 점에서 통속적 흥미를 자아내는 것 같으나, 실상 작중 여성들이 공유하는 신(新)연애문법은 자본주의 도시세대의 불온한 궤도를 보여주고 있다.

1인칭 주인공 스물아홉의 한송이는 유진호에게 호감을 갖고 있지만, 그는 "철저하게 남자"였으며 "여성스러운 성격을 소유한 나와 잘 맞는 남자"[1]일 뿐 그에게 곁을 주지 않는다. 나는 연애에 있어 다음과 같은 금기를 적용한다. 첫째, 가족 얘기는 삼가도록 한다. 둘째, 싸이월드에 함께 찍은 사진을 올리지 않는다. 셋째, 과분한 선물은 하지 않는다. 넷째, 사생활을 침범하지 않는다. 남녀사랑에 있어서도, 나는 막중한 책임이나 고통으로부터 자신을 보호하기 위해 사전 보호막을 설치한다. 왜냐하면 사랑은 물론, 사랑하는 대상 역시 나의 결핍을 보완하기 위한 대용물에 지나지 않기 때문이다. 다른 여자에게 애인을 빼앗긴 현주는 나에게 다음과 같이 제안한다.

---

1 이홍, 『걸프렌즈』, 민음사, 2007, 171면. 이하 이 작품의 인용은 인용문 말미에 페이지 수만 밝히도록 한다.

모든 사람은 결핍이 있잖아. 그런데 왜 그 결핍을 보완하기 위해 새도우는 세 가지를 바르면서 여러 사랑을 함께하면 안 된다고 강요하는 거지? 왜 꼭 한 사람이, 한 사람을 다 채울 수 있다고 자만하는 거지? 사실 그럴 수 없잖아. 내가 미처 채울 수 없는 부분, 다른 사람이 대신 채워주면 어때서? 난 상관없다고 했어. 누구를 만나든 말든. 솔직히 말해서, 여럿 사랑하는 게 전혀 가능성 없는 일은 아니잖아? 왜, 여행은 여기저기 다니면서, 옷은 이것저것 입으면서, 책도 이 책 저 책 읽고 싶은 거 읽으면서, 음식도 한 가지만 먹으면 입에 물린다고 난리면서, 그런 게 사람의 욕망이란 걸 뻔히 알면서, 두 사람을 사랑하는 것만큼은 절대 안 되는 건지, 왜 그게 용납되지 않는 건지, 정말 모르겠더라고.(119면)

이 도시의 젊은 세대에게 사랑은 새도우, 여행, 옷, 책, 음식과 동급으로 취급된다. 여행과 같이 '취미'와 '기호'에 따라 정주할 수 있는 것이며, 새도우와 옷처럼 '취향'에 따라 '선택'하고 또 언제든지 '교환'할 수 있는 것이다. 아울러 책과 음식의 선택처럼 '유동적'이며 또한 '한시적'이라는 것이다. 그러므로 나는 내 남자가 만나는 또 다른 여자들과 기꺼이 '연대'할 수 있다. 그들은 서로 동일한 기호품을 선호하는 동호인이기 때문이다. 나는 상대 남자를 바꾸기보다, 그 남자와 교제하는 방식을 바꾼다. "그것은 맥도날드에서 버거킹, KFC에서 파파이스, 피자헛에서 도미노"로 바꾸듯이 우리는 "어떤 잣대에 맞지 않으면 상대를 교체"하며, "상대를 교체하는 게 어렵다면" "방식을 교체"(183면)하면 된다. 나는 내 남자를 다른 두 여자 세진, 보라와 공유하기로 한다. 나는 그녀들과 나의 "결핍"을 공유한다.

나는 그녀들로부터 "친구나 형제지간에도 나눌 수 없는 농도 짙은 교감"(181면)을 나눈다. 불안감은커녕 "공범의식", "누구도 범접하지 못할 친밀감"(182면)이 형성된다. 그녀들은 "남자에 대한 비슷한 취향을 공유한 나의 여자 친구들"(295면)이다. "한 남자를 사랑하는 세 여자의 동호회"는 애인보다 더 끈끈한 동질감을 공유한다. 나는 내 남자의 여자 친구들로부터 생일을 축하받으며 감격한다. 아버지가 교통사고를 당하자, '그'가 아닌 '그녀들'이 즉각 병원에 나타나 나를 위무해 준다. 그녀들과의 만남은 나에게 사소하면서도 친근한 일상으로 자리 잡는가 하면, 나아가 그들은 나의 진취적 사회활동을 자극하고 독려한다. 세진이 차린 이벤트 회사에서 나와 보라가 직원으로 일한다. 그들은 죽이 잘 맞는 '동호인'에서 한 걸음 더 나아가 야심찬 '동업자'가 된다.

그들이 사랑을 기호품으로 취급하는 이유는 진정 사랑하는 대상이 '타인'이 아니라 바로 '자신'이기 때문이다. 그들은 다른 사람보다도 자신을 사랑하기 때문에, 애인에게 구속되지 않으며 동시에 애인을 구속하지도 않는다. 이들의 넘치는 자기애(自己愛)는 외부로 파급되지 않고, 자기 안에서 타오르다가 또 다른 기호품을 찾아 부유하게 된다. 결국 남자는 세 여자로부터 사랑 받는 것 같지만, 실상 자신을 내어놓으면서 사랑해주는 여자는 없으므로 그는 외롭다. 여대생 보라는 그를 일컬어 자기 삶의 "휴게소"라 명명한다. "장거리 여행을 하는데 휴게소가 없으면 안 되잖아요. 사실, 여행 목적지보다 가는 길에 만나는 휴게소가 더 신나고 좋았어요. 어쩌면 그 여행에서 가장 행복했던 순간이, 휴게소에서 보내는 짧은 시간일 수도 있다고 생각해요."(285면) 보라의 고백은 곧 나의 연애관이기도 하다.

세 여자와 한 남자, 그들 모두는 정주하지 못한다. 나는 그 남자와 관계하기 위해 모텔 대신 차를 선택한다. 나는 침침한 지하 주차장 차 안에서 그와 사랑을 나눈다. 차는 나에게 "이동식 모텔"이며, 나와 그의 사랑도 어느 순간 다른 대상, 다른 방식으로 이동할지 모른다. 나와 그의 사랑은 차 안에서 잠시 정거하는가 하면, 다시 또 다른 목적지를 향해 각기 길을 나선다. 이 도시에서 우리는 수시로 '트렁크'를 고르며, 일탈을 꿈꾼다. 크고 작은 도시의 불빛을 보면서 자란 그들은 별에 대한 그리움이 없다. 그들에게는 "별빛보다 저 가로등 불빛이 더 친근"하며, "때때로 크나큰 위로가 된다."(124면) 그들은 불온한 궤도를 떠돌고 있는 이 도시의 인공위성들이다.

> 희귀해진 별빛보다 넘치고 넘치는 이 인공적인 빛이, 내가 낸 세금의 일부로 빛나고 있는 저 빛이 소중하게 느껴진다. 닮은 듯 다르고 다른 듯 닮아 있는 도시의 무수한 불빛은 사라지지 않을 것이다. 사라진다면 새로운 또 하나가 그 자리를 어김없이 채울 것이다. 이 도시에서 살아가는 사람들 모두가 자기만의 빛을 갖고 다른 색깔, 다른 냄새를 뿜으며 살고 있지 않은가. 나는 그 속에서 살아 내야만 한다. 그런데 저 인공적인 빛들 중에서 내 빛은 어느 자리를 갖게 될까.(125면)

그들은 모두 저마다 빛나는 자기만의 인공의 빛을 꿈꾸지만, 그 빛은 오래가지 않는다. 그것은 축소지향적 자아의 무사안전 보호막에서 이루어지는 일상의 부유에 그칠 뿐, 또 다른 세계를 탐험하고 그 세계와 자신을 나란히 하기에는 너무나 나약한 자아를 갖고 있기 때문이다. 그러므로 그들에게 지금 이곳의 백화점 쇼윈도의 불빛은 너무도 황홀하고 거대한 것으로 다가온다. 그들은 그것을 소유함으로서 결핍된 자아를 한시적으로 메워 볼 뿐, 또다시 그들의 불온한 궤도를 헤매며 소모적이고 피로한 여정에 나서야 한다. 소비하는 주체는 자본 권력에 의해 조정당하는 가운데, 인류의 가치는 물론 파렴치한 범죄 행위에 대한 반성적 사유를 거세당한다. 축소 지향적 자아가 탐닉하는 무사안일한 일상과 그 속에서의 안주는 유통기한이 짧다. 인공의 빛이 충전된 빛을 다 잃는 순간, 그들은 또다시 불온한 궤도를 헤매야한다. 이러한 명제에도 불구하고, 우리는 아침마다 눈을 뜨면, 일용할 양식을 위해 자본주의 시장에 뛰어들어 스스로의 교환가치를 창출해 내야 한다. 이러한 삶의 양가성으로 인해 우리는 더욱더 망각과 판타지에 중독된다.

4. 정크의 상상력, '폐물'과 '자원'의 간극

최근 소설에서 작가들은 문제적 신(新)국면에 병리학적 상상력으로 대응한다. 명지현은 현대인의 위기 담론을 병리학적 상상력을 동원하여 보여주고 있을 뿐 아니라, 병리학적 상상력을 통해 예술과 문학의 정신 및 인간이 지닌 원형성의 본질까지 탐색한다. 명지현은 창작집 『이로니 이디시』(문학동네, 2009)와 장편 『정크노트』(문학동네, 2009)를 동시에 출간했다. 『정크노트』에서 그녀가 채택한 정크의 상상력은 불온한 중독의 세계이다. 정크(junk)는 쓰레기, 쓸모없는 물건(廢物), 잡동사니, 고철 따위를 의미하며, 구어와 숙어로는 마약 중독과 관련된 의미로 통용된다. 이 작품의 중심인물은 아편중독자와 아편을 재배하는 소년이다. 양자 모두 현실에서는 쓸모없는 존재이면서 아편에 중독되어 있다. 명지현의 병리학적 상상력은 '정크'를 구현해 내는 특이한 인물 설정으로 시작된다.

작중 중학생 소년, 나는 농촌에서 할머니, 아버지와 산다. 어머니는 집을 나가고, 아버지는 알코올중독자이다. 음주운전 사고로 아버지는 병원에 입원하고, 나는 할머니와 함께 아버지 몫의 농사일을 돌본다. 공부와 담쌓은 지 오래인 나는 학교수업을 간신히 버텨나가던 차, 또 다른 세계를 만난다. 처음에는 용돈을 마련하기 위해 새로 이사 온 아저씨 집에서 소일거리로 시작했지만, 점차 그 일에 중독된다. 아저씨는 아편중독자이며, 나는 그 아저씨의 아편을 재배하는 일을 맡는다. 아저씨는 약물중독으로 의사 자격증을 박탈당했으며, 육체적 정신적으로 쇠약할 대로 쇠약해 있다. 나는 양귀비를 재배하면서 그 아름다움에 매료되어, 양귀비 재배에 극진한 정성을 쏟아 붇는다. 이런 나에게 아저씨는 미얀마의 마약왕 '쿤사'라는 이름을 붙여준다.

나는 'Junk note'를 만들어 양귀비의 성장과정을 기록하고 있지만, 이것은 결국 나에 대한 파행적 성장기록이다. 나는 양귀비를 키우면서 점차 그것에 중독된다. 양귀비를 재배하며 처음에는 그 빛깔에 눈이 멀었지만, 종국에는 아편에 몸과 마음을 잃는다. 나의 일상에 편재해 있는 모든 결핍은, 중독이라는 또 다른 방식의 자유와 풍만을 유도했다. 정크 경험자(정키) 아저씨는 그것을 다음과 같이 고백한다.

정크는 원래 쓰레기지. 쓰레기가 될 수 있는 자유! 밑바닥까지 내려가면
겁날게 없거든. 낮아지면 높아지는 거야. 낮아지려면 아주 최악이 돼야 해.
그래야 전체를 다 볼 수 있다. 악어를 상상하면 내가 악어가 되어버리고 네
가 전화기라고 하면 전화기로 변해버린다고. 아, 말로 설명하기가 정말 어
려워. 그러니까 그냥 음악을 들어. 정크는 완벽한 쾌락이야. 완벽! 사차원
의 세계에서 가져온 쾌락, 정크는 산타클로스처럼 빨간 보따리에서 기쁨을
꺼내주지 ─ 아주 순수한 쾌락의 정수, 진정한 환희. 완벽한 충족이지. 내
가 그리워하는 건 처음 정크가 내게 주었던 환희지. 처음 맛봤던 그때 그 기
쁨, 아무리 많은 양을 이 속에 집어넣어도 그때만큼 강렬하고, 완벽한 황홀
경은 다시 오지 않아. 기쁨은 나날이 희석되고 때로 불순해져. 그게 바로
정크의 딜레마야.[2]

아저씨의 유려한 정크 담론에도 불구하고, 아저씨와 나는 이 사회에
서 유기된 쓰레기들이다. 엄마는 집을 떠나면서 나에게서 떠났다. '나
는 네가 자랑스럽다'는 영화대사 같은 편지를 보냈지만, 그것으로 끝
이다. 버림받고 돈을 빼앗기고 얻어터지는 나는 결코 자랑스러운 존재
가 아니다. 가족을 잃고 의사 기능이 정지된 채, 시골에서 아편을 복용
하는 아저씨 역시 이 사회에서 유기된 쓰레기이다. 나는 아편 중독으
로 병원에 감금된 아저씨와 마찬가지로 점차 비이성적 광기의 세계에

....
2 명지현, 『정크노트』, 문학동네, 2009, 139~140면.

발을 들여놓는다. 아편재배는 성공했지만, 아저씨와의 칼부림으로 나는 극소량만 채취한다. 결국 광기와 죽음을 넘나들던 아저씨는 병원에 감금되고, 나는 시골집에서 떠나 시내에 있는 큰집에서 살게 된다. 큰집에서 혼자 아편을 맛보았으나, 그것은 완벽한 쾌락 환희 충족의 카니발이 아니었다. 오히려, 극도의 기쁨 뒤에 남겨진 극도의 고통이다.

결핍의 보완물로서 아편은 또 다른 중독의 세계로 이어졌다. 어머니가 부재한 집에서 결핍을 경험한 내가 아편에 매료된 것이나, 가족을 잃은 상실감을 망각하기 위해 아저씨가 아편에 매료된 것이나 같은 상황이다. 이들은 결핍을 대신할 수 있는 자유를 찾았으나 그것은 한시적 일탈에 지나지 않을 뿐, 눈을 뜨면 또다시 해결하지 못한 슬픔을 짊어지고 살아내야 한다. 그럼에도 작가가 소년의 성장담에 정크의 세계를 병치시킨 이유는 무엇인가. 대량의 중독은 안 되지만, 소량의 중독은 생활의 활력이 될 수 있다는 것인가. 의미를 부여하자면, 현대 도시에서 파괴되고 버려진 '폐품' 같은 존재를 작품에 기용함으로써 이 작품은 그 자체로서 현실을 비판하는 정크노트(junk note), 나아가 정크아트(junk art)를 시도하고 있다. 그러나 작품이 도출해 낸 결론은 현대 문명과 자본주의에 대한 대항 담론을 형성하기에 그 규모가 몹시 자족적이다.

나는 아저씨와 칼부림 사건 이후, 병원을 거쳐 다시 시골집으로 돌아온다. 시골집에서 김장하는 날, 나는 극소량의 아편을 국에 넣어 기쁨 없이 살아가는 큰 어머니와 주변 이웃들에게 먹인다. 할머니, 아버지, 큰어머니, 이웃 들은 순간적 환락에 빠져 잠시나마 고단한 현실을 잊는다. 작품 말미에 이르러 작가는 돌보지 않아도 자라나는 생명의 기운을 환기한다. 작가는 생명의 힘과 자유를 주장하면서 작품을 끝맺고 있지만, 실상 그러한 생명의 기운은 도심과 사회의 네트워크에서는 뿌리를 내릴 수 없는, 시골에서만 가능한 유토피아이다. 그것은 내가 시내(市內) 큰집에서 살 수 없어서, 다시 시골집으로 돌아간 것과 같은 이치이다. 자연과 시골에서 가능한 생기를 도심의 아파트에서 찾기는 어렵다. 결국 명지현이 구현해 낸 정크아트(junk art)는 정크를 구현해 내는 특이한 인물 설정에도 불구하고, 종국에는 규제와 통제를 일삼는 문명에 대해 생명의 자유를 옹호하는 정도에 그친다. 그렇더라도, 정크의 상상력은 자본주의사회에서 아웃사이더로 전락한 '폐품'을 의미 있는 '자원'으로 호환시킬 수 있도록 병리학적 상상력을 새롭게 동원한 유의미한 실험으로 호평할 수 있다.

5. 병리학적 상상력과 문학 정신의 성찰

　명지현의 창작집 『이로니 이디시』(문학동네, 2009)에는 다양한 병리학적 상상력이 혼재되어 있다. 명지현 창작집에 나타난 병리학적 상상력은 현대 문명과 자본주의에 대한 비판이 아니라, 예술의 순수성과 인간 생명의 순수성에 대한 탐색으로 확장되어 있어 이채롭다. 창작집에 나타난 병리학적 상상력은 예술가의 예술 정신에 대한 탐색, 소설가의 창작 정신에 대한 통찰, 생명의 본능적 성격에 대한 탐색이라는 세 가지 주제로 구분된다. 그중에서도 단편 「충천(蟲天)」과 「이로니, 이디시」는 작가가 병리학적 상상력을 동원하여 순문학 정신을 탐색했다는 점에서 주목할 만한 작품이다. 「충천(蟲天)」과 「이로니, 이디시」에서 주인공들은 독특한 병체(病體)를 지니고 있다.

「충천(蟲天)」은 예술가소설이다. 작중 예술가는 벌레에 몰입하다가 한쪽 눈을 잃는다. 한쪽 눈을 잃은 대신, 그는 손의 감각을 도모한다. 명지현은 예술가의 자기실현과 장인정신을 부각하기 위해 병리학적 상상력을 동원한다. 50대 도예가는 어린 시절부터 벌레에 빠져있었다. 그는 잘 빚어진 그릇에 징그러울 만큼 섬세하게 살아 움직이는 벌레를 그려낸다. 그는 화사한 빛 알갱이가 되는 벌레, 충천을 발견한다. 충천은 흙과 밀을 좋아했으며, 부화하면서 와르르 몰려 하늘로 오르는 은하수 벌레였다. 그는 충천을 채취하다가, 급기야 그 알이 눈에 들어갔으며, 이후 한쪽 눈은 벌레의 숙주가 된다. 그는 안대를 한 눈 속으로 흙을 밀어 넣으며, 다음과 같이 노래 부른다. "어서 나와라, 내 눈알 먹지 말고 흙을 먹어라."[3] 얼굴에는 흙물이 흥건하고 다른 쪽 뺨에도 눈물이 번들거린다. 시력을 잃을 지경이면서도 그는 벌레의 문양을 그리고, 나아가 충천이 만들어내는 빛 알갱이를 그릇에 만들어 넣으려 한다. 제자인 나는 선생의 집착을 우려하면서도, 그 역시 선생과 마찬가지로 충천의 비상에 흥분하며 모두 나가고 없는 공방을 지킨다.

「이로니, 이디시」는 독특한 병리학적 상상력을 보여주는 작품이다. 주인공 이로니(이동희)와 이디시(이덕신)는 몸통 하나에 옆구리가 들러붙

---

3 명지현, 「충천」, 『이로니 이디시』, 문학동네, 2009, 108면. 이하 이 작품집의 인용은 인용문 말미에 페이지 수만 밝히도록 한다.

은 채 태어난 자매이다. 어깨나 다리는 각자지만, 몸통이 붙었기에 함께 움직이고 함께 일어선다. 기형적 신체와 달리, 작중 이로니, 이디시는 명민하고 예민한 감각을 지니고 있다. 그들은 독일인 양부모와 선교사의 보살핌을 받으면서 성장한다. 이로니가 자주 몽상에 빠진다면 이디시는 한풀이 일환으로 글을 쓴다. 이디시는 마음에 들지 않는 것이 있다면 눈물을 흘리기보다, 한을 풀어내면서 써 내려가는 것이 좋다고 말한다. 식민치하 이로니, 이디시는 몸통이 붙어 있었지만, 한국전쟁기에는 하나의 '몸'과 그 곁에 부유하는 '영혼'으로 분리된다. 명지현은 글 쓰는 작가의 존재론적 성격을 병리학적 상상력에 근거하여 이로니, 이디시라는 두 존재로 형상화한다. 작가라는 존재는 몸은 자신의 것이지만 온전히 개인의 자유를 행사할 수 없으며, 단지 글쓰기를 통해 한을 풀어내야 하는 천형을 타고난다. 그들은 한 몸체 안에 자신의 것과 동시에 또 다른 고통의 목소리를 토해내는 앓는 영혼과 공존해야 한다. 명지현은 병리학적 상상력을 동원하여 작가의 정체성과 글 쓰는 행위를 성찰한다. 그것은 온전한 자기를 둘로 나누어, 그 한쪽에 타자의 고통과 상처를 담아내야 하는 고행의 길이다.

한편, 작가는 인간의 본능에 내재해 있는 생명의 자유로운 유로를 탐색한다. 「손톱 밑 여린 지느러미」에서 사내는 아가미가 나고 지느러미가 난다. 그는 태아였을 때의 환경으로 돌아가는 중이다. 그는 수영장에 간 직후부터 에너지가 솟구치는 흥분을 억누를 수 없다. 그의 몸은 무중력을 기억하고, 꽁치 통조림을 탐닉한다. 그의 신체는 점점 물고기로 변한다. 육지에서 인간으로 남기 위해서는 '본능'을 버려야 한다는데, 본능은 거칠게 신체의 변화를 촉진한다. "바다와 육지의 경계선에 생선 사나이가 서 있다. 경계를 넘느냐, 마느냐"(167면) 사람에서 물고기로 변하는 병리학적 상상력은 살아있는 본능의 힘을 환기한다. 도시와 일상은 인간의 본능을 억제하고, 규율 속에 가두고 서열화를 조장한다. 이에 반해 인간 본능에 잠재한 생명의 자발성은, 전체적 사회로부터 그리고 틀에 박힌 현실문법으로부터 독자들의 자유로운 비상을 가능하게 한다.

명지현은 다른 작가들에 비해, 다양한 주제를 실현하기 위해 병리학적 상상력을 동원한다. 정크의 상상력을 극대화하여 현대 사회 아웃사이더들의 재생을 모색하는가 하면, 예술가 정신을 통찰하기 위해 주인공을 병리적 신체로 설정하기도 한다. 한쪽 눈이 벌레의 숙주가 되어 손의 감각을 키워나가는 도예가, 한 몸에 두 사람의 신체와 인격을 소유한 인간, 모두는 그로테스크하다. 작가는 인물의 병리적 신체를 통해 예술과 문학이 추구하는 정신의 숭고미를 추적하고 있다. 병리학적 상상력을 동원하여, 신진작가로서는 보기 드문 예술가소설을 창작하여 고고한 예술 정신의 경지를 탐색하고 있다. 나아가 인간 신체의 새로운 변형과 창조를 통해 규범적 사회로부터 벗어나 인간 본능에 내재해 있는 생명의 자유를 보여주기도 한다. 명지현은 전문적 영역에 대한 탐색은 물론, 인간을 규제하는 다양한 경계로부터 자유를 실험해 보이고 있다.

6. 소설 담론의 전략으로서 감수성과 상상력

신예 작가들은 자본주의 도시 문명의 문제성을 직시하되, 이미 그들이 내면화한 도시의 생리에 비추어 소설에서도 한층 진화된 도시적 감수성을 선보인다. 도시가 진화한다면, 도시가 야기하는 문제들도 진화한다. 현실의 신(新)국면에 접어든 작가들 역시 새로운 감각으로 도시소설을 창작하는데, 그들은 도시에 새롭게 출현한 문제들을 천착하고 문제의 본질에 대한 해명을 시도한다. 대도시 서울이 팽창하여 수도권을 형성하고 광역화된 도시 중심으로 교육과 자본 그리고 사람이 밀집한 시대에, 소설에 나타난 도시의 문제성은 이미 우리들 일상에 깊이 파고들어 감각의 형태로 고착되어 있다. 젊은 작가들의 도시소설에 나타난 한층 진화된 도시적 감수성은 이미 고착된 우리의 도시 감각에 도덕적 성찰을 불러일으킨다는 점에서 신선한 읽을거리를 제공한다.

최근 소설에서 병리학적 상상력은 독자들에게 반성적 사유를 환기한다. 병리학은 생물체에서 볼 수 있는 모든 이상(질환) 및 기형을 대상으로 병의 원리를 파악하는 학문이다. 소설에서 병리학적 상상력은 현실의 병체(病體)와 병태(病態)에 주목하여, 우리 삶이 처해있는 난점과 모순에 대한 갈등을 환유한 것이다. 병리학적 상상력은 일찍이 은유를 근간으로 하는 문학에 적극 수용되었으며, 그것은 곧 작가들이 그들이 처해있는 현실에 대한 애증을 반영하는 객관적상관물이었다. 초현실주의 유파에서 나타나는 절단된 신체의 이미지들은 제1차 세계대전 이후의 참상과 무관하지 않으며, 식민지시대 시와 소설에 나타난 불구성은 당시 작가들이 처해 있는 식민지 현실, 불행한 가족사에 근간을 두고 있다. 의학에서 병리학이 병의 원리를 탐구한다면, 문학에서 병리학적 상상력은 인물과 그들의 삶에 병체와 병태를 초래하는 현실과 체제에 대한 작가들의 통찰이다. 그러므로 최근 다수의 소설에 나타난 병리학적 상상력은 일그러진 현실에서 전망을 찾기 위한 이중적 전략이다.

가족, 도시의 공모자 혹은 위장된 진정성

정이현의 『오늘의 거짓말』(문학과지성사, 2007)

1. 오늘의 문학과 오늘의 사회

정이현은 2002년 『문학과사회』에 단편 「낭만적 사랑과 사회」로 등단한다. 이후 그녀는 작품집 『낭만적 사랑과 사회』(문학과지성사, 2003), 『달콤한 도시』(문학과지성사, 2006), 『오늘의 거짓말』(문학과지성사, 2007)을 발표한다. 출판시장에서 꽤 팔린 그녀의 소설은 문학과지성사의 간판 작가라고 불러도 손색없을 만큼, 입지를 굳힌 것으로 보인다. 특정 출판사의 정체성을 파악하는 일이 높은 판매고를 자랑하는 작품집에 대한 이해와 같은 맥락에 놓여 있는 일은 아니다. 그럼에도 문학과지성사를 통해 등단하여 해당 출판사의 간판 작가로 자리 잡기 시작한 그녀의 소설을 읽어내려 가는 과정에서, 우리는 문학과지성사가 추구하는 문학적 지평과 오늘날 이 사회의 소설의 향방을 가늠해 볼 수 있다. 정이현의 소설에는 '문학과사회'가 조명하는 이 사회구조의 심층이 나타나 있다. 그것은 이 도시에서 벌어지는 갈등에 대한 해부임과 동시에 그에 대한 문학의 자성적 목소리이다.

정이현은 결혼을 비롯한 가족이라는 제도의 이데올로기를 비판적으로 성찰하고 있다. 정이현의 등단작 「낭만적 사랑과 사회」(『문학과사회』, 2002)가 처녀성을 미끼로 남자를 통해 신분상승을 꾀하는 젊은 여성의 결혼 판타지를 보여주고 있다면, 이후의 단편 「홈 드라마」(『작가세계』, 2003)는 청춘 남녀가 결혼을 결심한 이후 결혼에 이르기까지의 과정을 보여주고 있다. 「낭만적 사랑과 사회」에서 처녀성을 미끼로 좋은 조건의 남자를 만나 결혼하려는 여성 인물의 내면에는, 이 사회에 건재하기 위해 가족이라는 든든한 제도에 편승해야 한다는 여성의 야심 찬 생존 욕이 자리 잡고 있다. 그녀의 지난한 연애는 결국 이 땅에서 안존하게 뿌리내릴 수 있는 백그라운드로서 '가족' 만들기의 수단과 방법에 지나지 않는다. 「홈 드라마」에서 알 수 있듯이 결혼은 남자 측과 여자 측이 이익을 절충하는 사회적 합의과정이며, 그 안에는 남녀가 앓아야 하는 성병과 같은 보이지 않은 암투와 상흔이 자리 잡고 있다. 「홈 드라마」에서 남녀는 가족과 가족이 좌충우돌하는 가운데 새로운 가족이 잉태되는 과정을 보여준다. 결국 작중의 청춘 남녀는 이 사회에서 남은 생을 안온하게 영위하기 위한 방편으로, '남편'과 '아내'라는 가족 역할 모델과 그 제도를 적극 수용한다. 두 번째 소설, 장편 『달콤한 나의 도시』(문학과지성사, 2006)는 미혼 여성의 연애관과 결혼에 대한 판타지를 보여주고 있지만, 이 역시 가족이라는 제도적 기반의 자장권을 벗어나지 않는다. 그것은 가족을 거부하면서도 가족이라는 제도와 등질 수 없는 이 땅에 존재하는 미혼 남녀의 딜레마이다.

이전 작품에서 정이현이 결혼에 이르기까지 청춘 남녀의 결혼과 가족 이데올로기에 주목하고 있었다면, 최근작『오늘의 거짓말』(문학과지성사, 2007)에서는 도시의 삶에 주목하고 있다. 이 작품에서 그녀는 이혼 남녀, 청년실업자, 비정규직, 일상의 부부, 청춘 남녀를 통해 그들이 살고 있는 도시의 일상성이 어떻게 유지되고 있는지 보여준다. 탄탄한 도시의 빌딩 숲처럼, 도시를 유지 존속시키는 뼈대는 제도이다. 사람이 불완전하듯이, 사람이 만들어 놓은 제도 역시 언제나 삐거덕거린다. 우리 중 하나는 어느 순간, 그 제도의 희생양이 되기도 한다.「삼풍백화점」에서 유통업에 종사하는 선량한 20대 여성이 백화점 붕괴와 더불어 자취를 감추게 되듯이, 그것은 예고 없이 우리 주변에서 불쑥 벌어진다. 개인과 제도 간의 균열은 언제, 어떤 식으로, 우리 삶을 파국으로 몰고 갈지 알 수 없다. 이러한 불완전성으로 말미암아 우리는 '가족'이라는 제도, '가족적'이라는 타이틀, '가정'이라는 소규모 이익집단에 몸을 맡기려는 것이다. 제도를 위반할 수 있는 공모자, 제도에서 유리한 고지를 점할 수 있는 협조자, 제도와 등을 돌리고 개인의 소소한 욕망을 추구할 수 있는 최소한의 안전지대는 이 땅에서 '가족'이라는 형태로 이 사회의 그 어떤 제도보다 더 깊숙이 현실에 뿌리를 내리고 있다.

2. 제도를 위반하는 개인과 그의 공모자, 신(新)가족의 탄생

「오늘의 거짓말」에서 나와 주희는 7년 동안 연애하고, 일곱 달의 결혼생활 끝에 이혼한다. 그들은 연애와 생활이 다름을 자각하는 순간 '친하지 않은 친구'로 남기로 한다. 이 작품은 부부도 아니며, 친구도 아닌 두 사람이 결속력을 회복하는 계기와 그 과정을 보여주고 있다. 전처는 새로 사귄 남자와 새로운 삶을 준비하며 키우던 강아지를 전남편에게 맡기려 한다. 옥신각신하는 가운데 그들은 서로에 대한 반감이 고조된다. 그 정점에서 전남편은 전처를 태운 채 교통사고 가해자가 되고, 사고현장을 재빨리 벗어나면서 전남편과 전처는 친밀한 공모자로 돌변한다. 그들은 "완전 범죄의 기억을 간직하며 각자의 길"[1]을 떠난다. 그는 전처의 강아지를 맡아서 키우기로 한다. 그들은 다시 일상성을 회복한다. 도시의 일상성은 어떠한 책임도 지지 않으며, 자신의 소소한 욕망과 존재하는 제도 간에 적절한 절충점을 고안해 내는 과정에서 유지된다. 일상성을 파기하는 삶의 격동이 간헐적으로 찾아오지만, 그것은 공모자 간의 친밀한 합의로 다시 극복해 나갈 수 있다. 나는 결혼정보회사에서 B클래스에서 A클래스로 상향조정되었으며, 이제 재혼이라는 제도를 통해 또 다른 공모자를 찾아 나설 것이다.

우리는 이 도시에서 친절한 공모자를 마련하기 위해 가족이라는 제도에 매우 적극 편승한다. 「어금니」는 완벽한 중산층이 어떻게 견고하

---

1 정이현, 「오늘의 거짓말」, 『오늘의 거짓말』, 문학과지성사, 2007, 32면. 이하 이 작품집 내 작품의 인용은 인용문 말미에 페이지 수만 밝히도록 한다.

게 유지될 수 있는지 보여준다. 작중에서 나와 남편은 서울에 사는 중산층이다. 하나 있는 아들은 학업이 출중했고 대전 카이스트에 진학했다. 나는 자신의 생일날 아침 친지들과 저녁약속을 하고 치과에서 어금니 치료를 받는다. 갑작스러운 아들의 교통사고 통보로 나와 남편은 지방에 간다. 아들은 여중생을 돈으로 사서 차 안에 동승하고 있었으며, 사고 직후 여자아이는 죽었다. 피해자 사망 사고, 합의가 안 되면 실형을 살 수 있는 그 상황은 가뿐히 해결되었다. 남편은 학연과 지위, 그리고 돈(형사합의금)으로 그 일을 처리하고, 아들을 서울로 데려온다. 나는 "어떤 어미도 제 새끼를 지킬 수밖에 없다는"(90면) 소명감으로 아들의 컴퓨터 모니터에 들어온 메신저에 소녀를 만나지 않았다는 메시지를 띄운다. 남편은 아들의 학교에 병가휴학계를 내는 것이 아쉬웠지만, 그것을 군대문제 해결의 전화위복으로 본다. 평소 부부는 특별한 감정없이 살았지만, 아들의 교통사고 문제를 처리하는 과정에서 신뢰가 두터워진다. 사건을 해결한 후, 부부는 한우 꽃살을 먹으며 포도주 잔을 나눈다. 나도 "그건 이미 윤리의 차원이 아니"(90면)라는 것을 알고 있지만, 그렇다고 해서 삶의 패턴이 달라지는 것은 아니다. 이들 부부를 통해 우리는 이 사회에서 '가족'이 어떻게 견고한 제도로 자리 잡아나가는지 알 수 있다. 나와 남편이 뜨겁고 끈끈한 사랑을 공유하고 있지 않지만, '가족'을 보호하고 '가정'을 지킨다는 명목 아래에서는 내밀한 결속력을 지닌 공모자들이다. 이들 부부의 단단한 결속력이야말로 그들이 거친 사회에서 당당히 '중산층'으로 건재할 수 있는 원동력이 된다.

견고한 가족을 만들기 위해 이 땅의 청춘 남녀들은 더욱 영악하고 발칙해진다. 「익명의 당신에게」에서 여자는 의사 남편을 맞이하기 위해 남자와 공모를 서슴지 않는다. '의사 사위'·'의사 남편'이라는 판타지를 실현하기 위해, 그녀는 범법 행위도 불사한다. 연희는 변태성욕을 보인 남자 친구의 장래를 위해 그와 공모한다. 아니, 연희는 자신의 욕망을 사수하기 위해 제도를 역이용하는 파행성을 보인다. 연희와 같은 병원의 수련의인 상현은 늦은 밤 항문외과 여자 환자의 항문 사진을 찍는다. 환자의 고백으로 이 사건은 병원 내부에서 큰 문제를 야기한다. 결국 상현은 변태성욕자로서 낙인찍힐 뿐 아니라 병원 측으로부터 징계 대상이 될 터이다. 밤늦게 여자 환자의 항문을 찍은 사람이 상현이라는 사실이 밝혀지자, 연희는 의사인 남자 친구의 직위 박탈을 염려한다. 그녀는 "사랑하는 사람을 위해, 사랑을 지키기 위해, 제 안의 부적절한 욕망과 대면해야 하는 순간은 누구에게나 있"(313면)다고 자위하며, 불법 도움센터를 통해 상대방 환자 측의 불리한 환경을 조사한다. 연희는 피해자 측이 신용불량자라는 약점을 남용하여, 가해자는 상현이 아니라 환자 측이라는 내용의 자료를 병원 측 이하 언론사에 유포한다. 그녀는 제도를 역이용하여 자신의 욕망을 사수한다.

일단, 가족을 만들고 볼 일이다. 이 사회와 제도에서 개인이 건재하기 위해 '가족'이라는 울타리가 필요한 것이지, '가족'이라는 신성한 공동체를 계승하고 유지하기 위해 개인이 희생하는 것은 아니다. 「어두워지기 전에」에서 나는 일곱 번째 맞선본 남자와 결혼한다. 그들은 섹스리스부부이다. 섹스를 하지 않는다고 해서 부부간의 결속력이 없는 것은 아니다. 그로 말미암아 그들은 오히려 "부부사이에 전에 없던, 둘만 아는 어떤 기묘한 친밀감"(259면)을 가지고 있으며, 그것은 "잔잔한 저녁 호수 같은 사랑의 위력", "인공 낙원" 같은 평온함으로 그들을 묶어 준다. 나는 그것을 "동지애 같은 것"(274면)으로 믿지만, 엄밀히 말해 그것은 "물고 뜯고 찢고 부수고 피 흘리는 전투"와는 거리가 멀다. 그들은 상대에게 상처가 될 수 있는 의구심, 혹은 욕망의 언어를 직설적으로 발설하지 않는다. "한쪽 눈을 감고 한쪽 귀를 막는 태도가 공동생활에 합당한 지혜"라고 믿었으며, "평화적 거리를 유지하자는 무언의 약속"(279면)이 이 부부에게 존재하는 결속력의 실체였다. 그런 까닭에 나는 남편에게 영아살인사건의 혐의를 적극 캐묻지 않았으며, 남편의 내연녀에 대해서도 추궁하지 않는다. 나는 남편과 침대의 양 끝단에 잠을 잘지언정, 두 사람의 결혼생활 그 어떤 것도 훼손시키지 않는다. 나는 현실의 모럴과 무관하게, 오히려 "완전한 가정을 이루려면 반드시 대가가 필요"하며 "어떻게 해서든 임신을 해야겠다"(285면)는 요컨대 가족적 삶을 유지 존속시킬 수 있는 방안 모색으로 사고를 전환한다. 「그 남자의 리허설」에서도 마이너리그 성악가 강창규는 오페라 기획자 아내와 균형이 맞지 않는 절름발이 식의 결혼생활을 지속한다.

그렇다면, '가족'과 '가족적' 삶이 개개인의 불의와 부덕의 면죄부가 될 수 있을까. 교통사고를 내고 피해자를 묵살하거나 피해자의 죽음을 돈으로 사는 일련의 행위들이 가족과 가족적 삶의 영위를 위해서는 모두 허용될 수 있는 것인가. 결론부터 말하자면, 개인의 일탈과 부정은 가족의 존속과 안위를 위해서는 허용된다. 왜냐하면 그러한 가족들의 건재로 말미암아 이 사회가 통제되고 제도가 유지 존속될 수 있기 때문이다. '가족'은 개인을 위한 필요충분조건이지만, 나아가 이 사회 제도를 위한 필요충분조건이기도 한 것이다. 그러므로 이 사회 제도는 가족구성원이 진정한 애정과 신뢰가 아니라 내밀한 모종의 공모를 기반으로 삼고 있더라도 관계치 않는다. 어차피 이 사회는 가족의 통제를 통해 소규모 집단의 질서를 유지하는 것이, 더 큰 집단인 사회를 통제하고 유지하는 데 훨씬 용이하기 때문이다. 이제 그들에게 필요한 것은 '사랑' 대신 '파트너십'이다. 이것은 비단 가족구성원들만의 질서에 국한되지 않는다. 이 사회에 존재하는 무수한 개인은 또 다른 개인과의 상호공존을 목표로 양자내밀한 공모를 기획하는데, 그것은 인정과 감성이 메말라있지만 꽤 안정적인 것이다.

3. '위장된 진정성'과 '평화로운 일상성'

우리는 '진실'과 '거짓'의 경계가 없는 시대에 살고 있다. 왜냐하면 일상이 그러하듯, 일상의 언어는 '진실' 혹은 '거짓'이 중요한 것이 아니고 그것이 어떠한 효력을 파생시킬 수 있느냐의 기능에 집중되어 있기 때문이다. 「오늘의 거짓말」에서 나는 인터넷 홍보회사에 다닌다. 내가 하는 일은 회사에 의뢰된 상품 가스오븐레인지, 영화, 여행 등을 판매하는 사이트에 들어가서 간곡한 리뷰를 쓰는 것이다. 나는 "1979년 7월 7일" 출생한 "홍민경"이 아니라 "hsc7977"(118면)과 같은 암호의 익명성에 의지하여 자유롭고 평화롭게 글을 쓴다. 그것은 상품에 대한 구체적 설명과 진솔한 평가가 아니라 상품에 대한 위장된 진정성을 고객들에게 호소하는 것이다. 나는 가스오븐레인지, 조립식 책꽂이를 써 보지 않았을 뿐 아니라 코미디 영화도 보지 않았으며 크루즈 여행은 더더군다나 간 일이 없다. 그럼에도 나는 그 어느 누구보다 그 상품에 대해 잘 알고 있는 것처럼 글을 쓰며, 나아가 그 상품이 동종의 다른 상품과 비교할 수 없을 정도로 우월하다는 사실을 간곡히 전달한다. 소비자들이 나의 거짓말에 현혹되어 상품을 구매함으로서, 나는 자본주의사회의 유통과 소비의 촉매 역할을 수행한다. 나는 아파트 천장의 소음을 호소하기 위해 위층에 올라간다. 그곳에서 나는 박 대통령을 닮은 노인을 만나며, 그 노인이 평소 쓰는 러닝머신을 발견한다. "고요하고 적막했습니다. 아무 소리도 들리지 않았습니다"라고 거짓 상품리뷰를 쓴 후로, 나는 그 상품을 그곳에서 첫 대면한다. 노인은 상품리뷰를 신뢰해서 구입했지만, 나의 방문으로 인해 그 리뷰가 거짓임을 알고 다음과 같이 세상을 비난한다. "겉만 그럴듯하게 포장해서 파는 사기꾼이 득세하는 세상" "국가와 민족 앞에 부끄러운 줄도 모른 것들."(118면)

사실, 작중에서 내가 알고 있는 진실은 별로 없다. 나는 회사가 요구하는 대로 상품을 외장하고 포장할 줄만 알았지 그 상품에 대해 전혀 아는 바가 없다. 이러한 나의 행적은 투철한 직업의식의 소산도 아니며, 특정 직장의 전문성 탓도 아니다. 굳이 이유를 들자면, '위장된 거짓'이 '일상의 평화'를 가져다 줄 수 있기 때문이다. 나는 군인이었던 아버지가 부하 사병과의 성 스캔들로 죽은 것인지, 지뢰를 밟고 죽은 것인지 사인의 진실을 정확히 알 수 없다. 나는 남자 친구에게 아버지가 "근무 중 지뢰 사고로 돌아가"셨으며, 자신은 '국가유공자'라 위장한다. 이제 나는 아버지의 죽음과 관련하여 실재했던 진실을 알 수 없다. 나는 잘 위장된 거짓말로 부재하는 아버지의 진정성을 대신했으며, 잘 포장된 거짓말(상품리뷰)로 필요한 돈을 벌 수 있었다. 설령 구매자가 그 거짓말에 현혹되어 물건을 구매한 후 세상을 욕하더라도, 나는 도시에서 허용된 '익명성'으로 말미암아 그러한 상황을 아주 자유롭고 평화롭게 '이웃 간의 담소'로 승화시킬 수 있다. 도시를 비롯한 제도가 유지 존속되는 가운데 거짓은 위장된 채 재생산되고, 진실은 아무도 그 실체를 확인할 수 없다.

이러한 우리의 위장술은 제도와 개인의 사이에, 이미 일찍부터 공모된 것이다. 「비밀과외」는 1980년을 배경으로 2인칭 너의 시점에서 이야기가 전개된다. 너는 과외전면금지조치가 내려진 상황에서 비밀과외로 학업성적을 유지해 나간다. 어린 너의 입장에서 "들통 나는 순간 엄마는 경찰서에 끌려가고, 아빠는 그나마 붙어 있던 회사에서도 단칼에 해고"되는 "그토록 무시무시한 위험을 감수하고서, 대관절 왜 비밀과외를 받아야 한단 말인가" 묻지만, 엄마는 "안 된다고 안 할 수 있는 게 아"니며 "반드시 되는 일만 해야 하는 것이 아니라"(165~166면)고 한다. 한마디로 "세상은 그렇게 만만한 데가 아니"(166면)라는 것이다. 과외 → 공부 → 대학 → 시집과 같은 도식을 위해, "이 사회의 낙오자"(166면)가 되지 않기 위해 과외를 해야 한다는 것이다. 엄마는 사회가 금하는 밀수업으로 가계를 이어간다. "수상한 유통 경로"를 거쳐 엄마는 옷가지와 보석류 등의 미제 물건을 강남의 아파트 단지에 팔러 다닌다. 미제 물건을 "파는 쪽이나 사는 쪽이나 피차 다 아는 거짓말"을 하면서, 1980년대 한국 물건이 아니라 미국 물건을 선호하는 것 역시, 이 사회가 추구하는 도식 아래 유리한 고지를 점하기 위해서이다. 나와 엄마는 이

사회에 더욱 탄탄한 존립기반을 마련하기 위해 이 사회가 금하는 바를 수행한다. 이러한 일은 과외교사인 대학생들도 예외가 아니다. 과외교사인 대학생 역시 비밀과외를 통해 번 돈으로 사회운동의 여비를 충당한다. 그들은 이 사회에서 자아를 실현하기 위해 누구보다도 적극적으로 제도를 위반하고, 그러한 위반을 발판으로 사회 존립의 근거와 안정을 도모한다.

「빛의 제국」은 제20대 대통령 선거라는 큰 사건을 중심으로, '위장된 진실'과 '위장하려는 거짓'이 난무한다. 특정 후보를 지지하는 교수는 경쟁 후보의 과오를 발견하기 위해 자살문화연구센터를 만들고, 경쟁 후보가 관여하는 재단의 비리를 파헤치려 한다. 교수는 경쟁 후보가 관여한 '비원여자고등학교'의 내부비리를 캐고자 '자살문화연구센터'의 2년 계약 연구원으로 김현수를 채용한다. 그가 맡은 업무는 비원여자고등학교 재원생 장유희 자살 사건을 검토하여 자살이 아닌 '타살'의 혐의를 찾아내는 것이다. 그러나 얼마 지나지 않아 '자살문화센터'는 현판을 내린다. 이유인즉슨 그 교수가 지지하는 후보가 경쟁 후보의 지지자로 입장을 선회했기 때문이다. 죽은 장유희에 대한 사인을 제대로 확인할 수 없는 바와 마찬가지로, 김현수의 진로 역시 내일을 내다볼 수 없다. 거대한 패권의 구도 속에서 거기에 기생하려는 기득권 세력들 간의 대립과 파워게임은 계속되고, 이러한 거친 사회적 파장 속에서 약소한 개인은 자살의 형태로 죽음에 노출된다. 장유희의 사인을 알아내기 위하여 비원여자고등학교의 책임 교도관, 이미 가정주부가 된 동급생, 자영업자인 장유희의 오빠, 배우로 출세한 동급생 등의 다양한 사람들의 진술을 들었지만, 우리는 아무것도 알 수 없다.

'유서를 남기고 자살한 장유희'라는 위장된 진실만 있을 뿐이다. 왜냐하면 현실에 존재하는 진실은 권력자의 의도에 따라 적절하게 위장되고 포장된 것이며, 아무도 그것의 실체를 밝혀내고 추궁하려 하지 않는다. 도시의 일상성이 주는 안정을 깨뜨리지 않기 위해 우리는 거친 진실과 마주하기보다 위장된 진정성을 수용하는 것이 더 안전하다는 것을 잘 알기 때문이다.

진실이 위장되지 않은 채 현실에 존재한다면, 그 진실의 보유자는 위태로운 도시의 일상성에 휩쓸리고 만다. 「위험한 독신녀」에서 양채린은 좋은 집안에서 태어난 착하고 예쁜 소녀이다. 유달리 예쁘고, 또 유달리 착하기 때문에 그 소녀는 모든 사람들의 표적이 된다. 여고 시절에는 남자 선생님들로부터, 대학 시절에는 남학생들로부터 사랑과 동시에 상처를 받았다. 졸업 후에는 남자를 따라 브라질에서 10년을 살다가 못 견뎌서 이혼하고 돌아왔다. 10년의 세월을 기억 속에 지워버린 양채린은 지금 이 도시의 일상성과는 무관하게 10년 전의 삶을 살아간다. 그녀는 오늘 이 도시에서 "위험한 독신녀"이다. 이 도시의 면역체계를 구비하지 못한 그녀는 어떠한 방비도 없이 위험한 도시에 함부로 노출되어 있는 독신 여성이다. 거짓말을 못 하는 착하고 예쁜 소녀는 현실에서 평화로운 일상성을 갖지 못한다. 어느새 '진실'은 마주하면 불편한 것이 되었다.

4. 도시소설의 도식성에 대한 또 다른 제안

정이현의『오늘의 거짓말』에 등장하는 인물들은 친숙하다. 그들은
우리 자신이거나 우리 이웃에 살고 있는 사람들이다. 그녀의 소설에
등장하는 사건은 새롭지도 않고 진부하지도 않으며, 딱 지금 이곳에서
우리들이 당면하는 사건과 문제들이다. 그것은 일정한 도식을 보이기
까지 한다. ① 도시에는 평범하기 짝이 없는 보통 사람이 산다. ② 그
혹은 그녀는 자신이 살고 있는 제도를 위반한다. 혹은 제도가 그들의
일상을 위반하기도 한다. ③ 그 혹은 그들은 제도를 위반함과 동시에,
공모자로서 비밀스러운 결속력을 도모하면서 제도에 밀착해서 살아
갈 수 있는 토대를 구축한다. 이러한 도식을 통해 작가는 다음과 같은
사실을 보여준다. 도시에 살고 있는 그와 그녀는 거짓말을 하고 있으
며, 도시 역시 그들에게 거짓말을 하고 있다. 양자 모두 속고 속이는 가
운데 도시는 더욱 팽창하고 제도는 더욱 탄탄해진다. 그들에게 한 사
회를 움직이는 '제도'는 신성, 위엄, 권위와 같은 움직일 수 없는 불가
침의 계명이 아니다. 그것은 언제, 누구에 의해, 어떻게 해서든지 위반
할 수 있음과 동시에 개인의 안위를 위해서는 다시 그 속으로 편입해
야 만하는 본능과 본능 간 충돌의 격전지이다.

정이현의『오늘의 거짓말』은 이러한 도식 안에서 오늘 이 공간을 살
아가는 우리들의 다양한 모습을 변주하고 있다. 도시 소시민들의 일상
을 재현해 놓은 그녀의 소설이 단순히 세태소설로 추락하지 않은 것은
작중 인물들의 소소한 자기고백 때문이다. 정이현 소설의 미덕은 우리

들의 숨기고 싶은 자질구레한 내면의 심사들을 고스란히 보여주는 데 있다. 정이현의 소설에는 다양한 사건, 사고와 더불어 오늘을 살아가는 우리의 갈등이 구체적으로 구현되어 있는 반면, 우리가 살아왔고 앞으로 살아가야 할 삶에 대한 깊은 성찰은 찾아 볼 수 없다. 젊은 작가의 인식이 현실에 대한 천착에 머물러 있을 뿐, 현실을 승화하고 수용해야 하는 혜안에까지 미치지 못한 데 대해 아쉬움이 남는다. 이와 더불어 소설에 자주 등장하는 일본소설과 미국 시트콤의 흔적을 지적할 수밖에 없다. 걸러지지 않은 이러한 흔적들은 이 작가가 현실의 경험에 앞서 현실을 재현해 놓은 현란한 이미지를 먼저 수용하고 있음을 보여준다. 문학과지성사가 배출해 낸 걸출한 신예 작가 정이현이 후속작에서는 감각적 이미지를 수용하되, 자기 성찰과 실존에 뿌리 내린 경험을 체현해 내기를 바란다. 이러한 제안은 작가 정이현의 한계라기보다, 오늘 주어진 영광과 영예가 내일의 새로운 전환을 위한 가장 큰 걸림돌이 될 수 있음에 대한 권고이다.

　이 글을 시작하면서 우리는 정이현의 소설을 통해 『문학과사회』가 추구하는 문학적 지평과 오늘날 이 사회의 소설의 향방을 가늠해 볼 수 있다고 언급한 바 있다. 정이현이 그녀의 소설에서 오늘날 우리 삶에 내재해 있는 갈등을 꼼꼼히 재구하고 있음에 비해 그에 대한 명쾌한 정답과 혜안이 나타나지 않는 것과 관련하여, 우리는 다음과 같은 세 가지 사실을 유추할 수 있다. 첫째, 신예 작가 정이현의 작가적 수련기가 아직 끝나지 않았다. 둘째, 과거의 삶이 그러했듯이 오늘날의 삶 역시 명확한 정답과 혜안이 있는 것은 아니다. 셋째, 『문학과사회』를 비롯하여, 오늘날의 문학 현장에서는 지금 이 시간 이 공간을 문제 삼는 것, 그 자체마저도 쉽지 않다. 왜냐하면 실재하는 삶일망정 우리의 의식은 그것을 이미 진부한 과거의 영역으로 치부할 수밖에 없는, 실재가 의식을 따라잡을 수 없는 급박한 의식의 변화에 직면해 있기 때문이다. 다수의 중견작가들이 시공간을 초월한 역사적 소재에서 이야기의 안정성을 추구하는 것 역시, 삶의 현장이 지닌 진부함을 누구보다 더 잘 감지했기 때문이다. 그런 의미에서 볼 때 이 시간, 이 공간의 문제에 천착하는 작가의 노력이 더욱 신선하게 다가온다.

감수성의 변화와 친(親)자연성에 대한 회의

1. 감수성의 변화

영화 〈리얼스틸(Real Steel)〉(2011.10)의 흥행은 현대인의 감수성 변화를 시사한다. 첫째, 인간의 폭력과 광기는 끝이 없다는 점이다. 머지않은 미래의 인간은 인간 간의 복싱이 아니라, 로봇 간의 복싱을 즐긴다. 로봇 간의 복싱이 더 과격하고 파괴적이기 때문이다. 인간들 간의 복싱은 상해를 입히더라도, 손과 발 혹은 머리를 없앨 정도의 파괴력을 가지고 있지 못하고 또 그렇게 해서도 안 된다. 반면 철제 로봇은 머리가 떨어져 나가고 손과 발이 뭉텅 잘려나간다 하더라도, 처절함보다 스펙터클한 이미지가 쾌감을 자극한다. 로봇 간의 과격한 복싱은 더 자극적이고 더 폭력적인 것을 요구하는 현대인의 감수성에 잘 부합한다.

둘째, 인간이 스틸(로봇)과 서정적 교감을 이루어 낸다는 점이다. 아버지와 아들 간의 화해와 갈등해소 과정도 물론 중요하게 다루어지지만, 그것보다 더 중요하게 부각되는 것은 아이와 로봇 간의 친화력이다. 위기상황에서 아이는 로봇의 팔에 의해 구사일생으로 살아난다. 로봇은 기계적이면서도 인간과 정서적 친화력을 보인다. 링에 올라 온 아이와 로봇은 서로 마주보고 음악에 맞춰 동일 동작으로 리듬을 탄다. 아이와 로봇 간의 정서적 교감은 폭력적 광기와 구분되는 또 다른 순수한 동심의 세계를 보여준다. 그들은 서로의 내면을 읽어 내거나, 적어도 읽어내는 것처럼 보인다. 인간은 '자연'이 아니라 '스틸'과 정서적으로 교감함으로써 불화하는 일상에 적응할 수 있는 기운을 회복하는 것이다.

이러한 특징은 현대인의 감수성과 관련하여 획기적 변화를 내포하고 있다. 서정시와 서정소설에서 흔히 발견할 수 있는 주객일치의 화해는 전래적으로 인간과 자연 간의 소통과 교감을 통해 이루어져 왔다. 피곤하고 지친 일상에서, 인간은 항용 변함없는 자연을 통해 피곤한 현실을 잊고, 내일에 대한 새로운 희망을 그려낼 수 있었다. 「메밀꽃 필 무렵」에서, 허생원은 장돌뱅이의 고달프고 외로운 심사를 흐드러진 달과 메밀꽃을 통해 불식시킬 수 있었다. 전래의 서사에서, 인간은 늘 변함없이 질서정연하게 흘러가는 자연이라는 객체와 결합함으로써 주체와 현실 간의 불화의 거리를 좁혀나갔다.

반면 오늘날에 이르러 인간은 자연 대신 스틸(로봇)과 결합함으로써 주체와 현실 간의 불화를 극복해 나간다. 아버지로부터 유기된 외로운 아이는 로봇과 소통하고 일치를 이룸으로써, 자신을 버린 아버지를 이해하고 현실을 받아들인다. 오늘날 우리는 휴대폰과 컴퓨터(네트워크)를 비롯한 기계를 소유하지 않고서는 일상을 살아내지 못한다. 인간과 인간의 관계는 더 이상 자연이 매개하는 것이 아니라, 기계를 통해 그리고 기계에 의해 강력한 소셜 네트워크를 실현한다. 우리는 일상에서 불화에 직면할 때, 손쉽게 네트워크에 접속함으로써 새로운 소통의 장에 합류한다. 자극적 폭력에 더욱 경도됨과 동시에 인간의 감수성은 이제 느린 자연의 시간(절기)이 아니라 더 빠른 속력과 쾌감을 동반하는 기계에 경도된다.

요컨대 우리에게 스틸(기계)은 이제 자연을 대체하여 주객화합과 서정적 교감의 대상으로 급부상하고 있다. 이 영화의 흥행은 우리의 변화된 감수성의 현주소를 확인시켜준다. 그렇다면 오늘날 우리에게 자연은 어떤 존재인가. 특히 농경 사회를 모태로 발전한 이 땅에서 이제 농촌은 어떤 모습으로 우리에게 인지되고 있는가. 이 글에서는 천명관의 「전원교향곡」(『문학사상』, 2011.11)과 이재백의 「하얀꽃비는 아름답다」(『계간문예』, 2011 가을)를 통해, 지금 이 시점에서 우리에게 농촌이라는 전래의 자연환경은 어떻게 인식되고 있는지를 주목해 보았다.

2. 적대성의 세계

천명관의 「전원교향곡」(『문학사상』, 2011.11)은 1920년대 자연발생기 카프문학의 적대감을 재현해 내고 있다. 엄밀한 의미에서 그것은 농촌에 대한 적대감이 아니라, 후기자본주의 현실의 척박한 구조에 대한 것이다. 그렇다 하더라도 소설 내부적으로 보아, 작가는 지금 이 땅의 현실에서 '농사'는 더 이상 자연친화적 삶을 대변하지 않는다고 말한다. 그에 의하면 귀농은 자본주의의 현실에서 패배한 자들의 위태로운 마지노선이다. 작중 인물의 귀농전말은 다음과 같다.

8년 전 정환은 아내를 데리고 농촌으로 들어간다. 그는 폐가나 다름없는 외딴 농가주택을 사들여 집을 개축했다. 그는 포도나무를 심어, 여름이면 알알이 굵은 포도를 따먹으며 수확의 기쁨을 만끽할 수 있으리라 기대했다. 밤이 되면 별이 총총히 박힌 밤하늘을 바라보며, 또 다른 무공해의 내일을 기약하며 잠들 수 있으리라 여겼다. 작가는 그들이 꿈꾸는 '로맨틱한 전원생활'을 '농사꾼놀이'라 명명한다. 아내는 환경운동 시민단체에서 열심히 일했으며, 친환경제품을 고집하는 등 대안적 삶을 지향했다. 소설가를 지망하고 예술가가 되려던 아내의 허영심은 농촌과 자연으로 경사되었다.

농촌에서 그들의 경이와 환희는 오래지 않아 깨어진다. 그들은 얼치기 아마추어 농사꾼일 뿐, 농사짓는 법을 몰랐다. 한창 각광받던 돼지감자 농사를 지었으나, 가격 폭락으로 귀농정착금은 모두 빚으로 남았다. 게다가 마을에 돼지 축사가 들어서자, 분뇨 냄새와 파리 모기가 들끓으면서, 그들이 살고 있는 은골은 지옥으로 변했다. 악취가 진동했고 무엇보다 파리 떼에 시달렸다. 그 사이에 아들 은우가 태어나기도 했지만, 그들의 대안적 삶은 5년 만에 막을 내린다.

은골은 젖과 꿀이 흐르는 가나안 땅이 아니었다. 땅은 척박했고 농약과

비료 없인 아무것도 내어 주지 않았다. 저축해 놓았던 돈은 금세 바닥이 났고 빚은 늘어만 갔다. 시골이라고 해서 돈이 없이 살 수 있는 건 아니었다. 그리고 경제활동으로 치자면 농사는 영 젬병인 일이었다. 그때서야 비로소 그들은 자신들의 아비가 왜 일찍이 아름다운 고향을 뒤로 하고 슬픔 많은 도시로 떠났는지 아프게 깨달았다.[1]

빚덩이를 떠안은 정환에게 자연은 애초 생각했던 것처럼 낭만적 대상이 아니었다. 자연은 더 이상 그들이 꿈꾸던 주객화합과 동화의 세계가 아니다. 들끓는 파리 떼, 분뇨와 오물로 가득 찬 돼지 축사, 사나운 셰퍼드가 버티고 있는 그곳은 더 이상 자연 그대로의 모습도 아니다. 축사에 있어야 할 수퇘지가 정환의 집 장독대를 어슬렁거리며, 장독을 깨뜨린다. 천지사방에는 파리 떼가 윙윙거린다. 아내는 이혼을 요구했고, 정환은 농사는커녕 빚더미에 앉아 아무 것도 할 수 없다. 정환은 담배와 술에 절어 있다. 이혼 후 아내는 도시로 나가, 언니가 운영하는 김밥집 일을 도우며 아들을 키웠다. 두 달에 한 번 아들은 아빠의 집으로 왔다.

더 끔찍한 일이 발생한다. 농촌에서 아버지와 하룻밤을 보내던 아들 은우가 셰퍼드에게 물어뜯기는 사건이 발생한다. 뒤늦게 잠에서 깨어난 정환은 아들을 구해내고 백주대낮 개와 뒤엉켜 싸운다. "이 똥개새끼야! 송곳니는 나에게도 있다. 네가 독일산 셰퍼드면 나는 분노에 찬 핏불, 너 따위 잡종과는 상대도 안 되는 야생의 늑대다!" 정환은 아이를

1 천명관, 「전원교향곡」, 『문학사상』, 2011.11, 158면.

데리고 병원에 갔지만, 아내와 마주할 면목이 없다. 울분과 적대감마저 보이는 아내에게, 정환은 다시 집으로 돌아갈 차비를 얻어야 했다. 정환은 끔찍한 공포감, 수치심, 자신에 대한 혐오감에 빠진다. 집으로 돌아온 그는 개집과 돼지 축사, 실패한 꿈의 잔해들을 모두 불 지른다. "매캐한 냄새가 바람에 실려 오며 짐승들의 울부짖음이 점점 더 커졌다. 꽥꽥대고 컹컹대는 소리가 마치 지옥의 한복판인 듯 끔찍했다."

천명관의 「전원교향곡」은 1920년대 최서해의 「홍염」과 「탈출기」, 나도향의 「물레방아」를 떠올리게 한다. 지주의 집을 불태우고 울분을 삭이던 1920년대 프롤레타리아는 2011년 이 땅에 여전히 잔존해 있다. 불타오르는 축사의 모습은 2011년대식 프롤레타리아 계급의 출현과 그들의 적개심을 보여주기에 충분하다. 이 작품에서 작가는 도시의 부적응자들이 적당히 그들의 허영심과 결탁하여 농촌으로 돌아갔을 때, 그들이 직면하는 현실을 가감 없이 잘 보여준다. '전원'은 낭만적 관념에만 그칠 뿐, 현실에서 맞닥뜨린 농촌은 파리지옥, 분뇨로 가득한 돼지 축사에 지나지 않으며, 생산비에 훨씬 못 미치는 농작물가격으로 가계부채는 급증한다. 아무도 그들을 찾아오지 않으며, 그들 역시 아무에게도 의탁할 수 없다. 작중에서 정환의 해소할 길 없는 공포심, 수치심, 혐오감은 방화를 통해 해소된다. 이러한 정화작용은 정환 자신을 송두리째 산화시킨다는 점에서 비장하지만, 가정과 개인의 파멸을 초래한 현실에 대해 다양한 문제를 던진다.

예나 다름없이 농촌의 별들은 총총히 빛나건만, 그 별은 이제 더 이상 인간에게 내일의 꿈을 약속해 주지 못한다. 더 이상 자연은 주객화합과 화해라는 서정적 대상으로 존재하지 않는다. 축사와 분뇨와 파리, 오물, 가계 빚으로 가득 찬 농촌은 실상 사람들에게 적대적이지 않을 수 없다. 이윤추구의 극대화를 지향하는 자본주의 현실 앞에서, 자연의 시간은 너무 더디 간다. 1년 365일 궂은 노동으로 거두어들인 결실은, 공장에서 하루 밤사이 만들어 낸 가공품과의 가격 경쟁에서 지속적으로 뒤쳐진다. 값싼 외국 농산물이 들어옴에 따라 자연과 더불어 농사짓는 일은 생존경쟁에서 더욱 열세로 몰린다. 결국 사람들은 고향만큼 아름답지 않고 슬픔도 많지만, 생존을 위해 큰 시장이 있는 도시로 떠날 수밖에 없다. 후기자본주의사회가 생산과 더불어 소비를 종용하지만, 하늘과 땅만 바라보고 사는 농민들은 가계 빚만 가중될 뿐 소비 주체가 될 수 있는 여지는 희박하다. 그러니 어찌 자연과 친화할 수 있겠는가.

3. 친화성의 세계

이재백이 「하얀꽃비는 아름답다」에서 보여주는 농촌과 자연은 서정적 조응의 대상으로 친화력을 지닌다. 천명관이 적대적 농촌생활을 반어적으로 '전원교향곡'이라 명명했다면, 이재백은 고단한 농촌의 일과 속에서도 자연과 인간이 하나 되는 세계를 시사하며 말 그대로의 '전원교향곡'을 보여주고 있다. 과연, 이미 친(親)기계적 현실에서 인간이 자연과 하나 되는 것은 가능한 일인가. 이재백은 얼치기 농사꾼이 아니라 전래의 순박한 농사꾼을 통해 그 가능성을 시사한다.

　나는 과수원에서 배를 재배한다. 40이 다 되어 간신히 늦장가를 갔으며, 국제결혼을 면한 것을 자위한다. 배 농사는 1년 내내 애간장을 녹이며, 긴장을 늦출 수 없다. 김칫국을 마셨다가 농약을 마시는 수도 있기에, "모든 일이 다 그렇지만 이 농산물만은 카운터가 끝나고 현금이 주머니에 들어올 때까지 믿어서는 절대로 안 되는 것이었다." 나는 자신을 일컬어 '알밤 같은 인생'은 생각할 수도 없는 '쭉정이 인간', '농투성이 인간'으로 분류한다.

　　잘난 놈, 출세한 놈은 도시로, 못난 놈은 시골에서 농투성이로, 사회적인 구조 상태였다. 가는 데마다 눈에 띄는 주말농장이란 간판을 볼 때마다 진짜 농사꾼들은 이맛살을 찌부러트리기 마련이다. 언론매체마다 농번기에 접어들면 일손이 모자란다고 대서특필하고 농촌 일손 돕기 슬로건을 그럴 듯하게 앞세우지만 그것도 역시나 말뿐이었다.[2]

　농사는 가을철 열매 수확으로 끝나는 것이 아니다. 다음 해의 농사를 위해 새로운 일을 해야 한다. 다음 해에 열릴 자리를 가늠해서 가지치기를 해야 한다. 남들 다 쉬는 겨울철, 북풍이 몰아치는 혹한기부터 이른 봄까지 작업이 계속된다. 그러다 보면 새순이 솟아나고, 앙상한 가지에 새로운 우듬지가 고개를 내민다. 그러면 퇴비뿌리기, 잘라놓은 가지 치우기 등, 이 일 끝나면 저 일을 해야 한다. 많은 시간과 노력을

....

2　이재백, 「하얀꽃비는 아름답다」, 『계간문예』, 2011 가을, 157면. 이하 이 작품의 인용은 인용문 말미에 페이지 수만 밝히도록 한다.

들이지만, 하늘이 내려주는 천운에 따라 생육과정은 또 달라질 수 있다. 대량생산하는 공산품과는 비교할 수 없다.

가지치기, 거름주기, 농약치기, 풀베기 등 40~50명의 인부가 필요하지만, 해가 갈수록 사람 구하기 힘들다. 시기를 놓치면 안 되는 까닭에 사정은 더욱 절박하다. 배 봉지 씌우기 작업에 들어가야 하는데, 일손들이 부족하여 과수원과 전답 들이 묵어가는 판국에 행정당국은 유휴노동력을 엉뚱한 곳으로 몰아 부친다. 이 바쁜 농번기에 행정당국은 사람들을 공공근로 사업장으로 죄다 몰려가게 만든다. 멧돼지의 출몰 정도야 영리한 진돗개 제리를 채근할 수 있지만, 없는 노동력을 메우기 위해서 농민은 밤낮없이 일해야 했다. 8월 초순 더위가 극성을 부리는 계절, 사람들은 피서를 가지만 그들은 더욱 왕성해진 쑥대와 잡풀들을 베어내야 했다.

작중에서 내가 이러한 상황을 감내해 낼 수 있는 힘은 어디에서 오는가. 그것은 내가 자연과 주객합일을 이룰 수 있는 친화력을 가지고 있기 때문이다. 거대한 밀림으로 변한 과수원을 제초기로 밀면서 나는 야생의 살아있는 생명을 발견한다. 고성능 분무기에서 발사된 농약은 과수원 전체를 안개천지로 변화시키는 한편, 나는 야생의 산토끼, 파충류, 새끼 꿩과 경주를 벌인다.

어서 날아가라고 소리쳤지만 녀석에겐 통할 이 없는 것이다. 푸드덕거리기만 할 뿐 걷는 것조차 서툴다. 비틀거리는 애기 걸음마 때문에 마스크 안에 감춰진 얼굴에서 미소가 떠오른다. 비록 힘든 일이지만 이런 걸 보는 것으로 그동안 쌓여온 피로가 말짱 가시는 것 같았다. (160면)

나는 알을 품기 위해 예초기 칼날에 여지없이 목이 달아난 어미 꿩을 보면서 연민과 자책을 지니는가 하면, 멧돼지를 잡아야 하지만 진돗개의 목줄만은 풀어놓지 못한다. 아내는 진돗개 제리의 목줄을 묶어 놓음으로서 동물의 살상을 피하려 했으며, 나는 제초기로 풀을 밀 때마다 생명이 다칠세라 노심초사한다.

　가을 수확기에 접어들어 배가 여물 무렵, 멧돼지가 출몰하여 1년치 배농사를 허탕 치게 만든다. 나는 진돗개 제리의 목줄을 푸는 대신, 전선으로 사이키 조명을 설치한다. 배 밭들이 불야성을 이룬다. 전축의 노랫가락은 스피커를 통해 반복 재생된다. 별난 잔치가 벌어진다. 진돗개 제리와 멧돼지의 결투, 그것을 참관하려는 배 밭 주위의 짐승들. 그때 예기치 못한 상황이 벌어진다. 적의를 감춘 짐승들이 스피커 주위로 어슬렁거리며 모여든다. 진돗개 제리와 멧돼지는 결투 대신, 댄스를 선택한다. 멧돼지는 자취를 감추었고, 아내는 기다려왔던 태기를 보인다. 이 얼마나 자연친화적이고 생명친화적인가. 이재백은 작은 생명들과 교감할 수 있는 농민의 자연친화력을 보이는데, 어쩌면 이런 사람만이 가난한 농촌을 감당해 낼 수 있는지도 모른다.

　갖가지 어려움에도 불구하고, 내가 지속적으로 농사지을 수 있는 것은 살아있는 야생의 생명체들, 아내와 새 생명 때문이다. 다시 말해, "쭉쟁이 농투산이"의 삶을 살아가는 나에게 힘을 주는 것은 가을의 결실에 앞서, 살아있는 생명들이다. 이 작품에서 작가는 시종일관 과수원의 배꽃이 낙화하는 아름다운 모습에 초점을 맞추고 있거니와, 주인공이 배꽃의 낙화를 아름다움으로 인지할 수 있는 여유는 "서로에게 혼을 불어 넣는" "아내"의 존재, 그리고 그 아내와 함께 생산해 낼 수 있는 "떡두꺼비 같은 아들" 혹은 "달덩이 같은 딸"이 전제해 있기 때문이다. 생명의 온기로 농사의 고단함을 이겨내는 그들에게는, 자연과 더불어 친화하고 화합할 수 있는 감수성이 남아 있다. 문제는, 이러한 친자연적 인간이 점차 설 자리를 잃어간다는 데 있다.

4. 자연친화적 삶과 생활과의 거리

감수성마저 친(親)기계성을 보이는 우리에게 농사를 지으며 농촌에서 산다는 것은 무엇을 의미하는가. 이재백이 「하얀꽃비는 아름답다」에서 지적했듯이, 농사꾼은 '쭉정이 인간', '흙투성이 인간'일지 모른다. 남들이 피서 가는 시간에 그들은 더욱 왕성해진 자연과 싸워야 한다. 우리가 지향하는 생태적 삶은 실체보다, 허영이 가미된 것이다. 주말농장의 형태로 체험은 좋지만, 생활로서 농사는 감수해야 할 일이 너무 많기 때문이다. 자본주의사회에서 농사를 업으로 삼아 일용할 양식을 얻고 자식을 교육시키며 내일을 기약하기에는, 출발점부터 균등하지 않다. 생산양식으로서 농사는 기계가 하루아침에 생산해 내는 물량을 쫓아가지 못한다. 자연의 시간에 순응함으로써 결실을 얻을 수 있는 농사는 초시간적이고 노동집약적인 기계에 의한 제조를 따라갈 수 없기 때문이다.

이러한 상황을 고려할 때, 천명관과 이재백은 지금 이 시대 농사짓는 일의 두 가지 상황을 보여준다. 빚과 생활고에 쪼들리면서 파산하느냐, 그렇지 않으면 생명을 사랑하는 마음으로 바지런히 몸을 놀려 그 속에서 자족적 삶을 사느냐. 후자의 삶이 말처럼 그리 순탄하고 쉬운 일은 아니다. 그것은 살아있는 자연을 보듬고 수용할 수 있는 감수성이 없으면 불가한 일이다. 1년 365일 긴장을 늦추지 않고 수확을 위해 고심하는 일, 그것은 농사의 대풍에만 열의를 쏟는 문제가 아니다. 매시간 자신의 수확을 위해 노력하면서, 야생의 어미 꿩이 새끼를 보듬는 일도 고려해야 하는 것이다. 결실을 앞두고 열매를 보호하면서도 동시에 그 열매를 먹겠다고 달려드는 야생의 동물들을 보듬어야 하기에, 그것은 수치(數)와 결과를 우위에 둔 기계적 삶에서 보면 매우 바보스러운 일이 아닐 수 없다.

성석제는 「황만근은 이렇게 말했다」(『동서문학』, 2000 겨울)에서 이미 그 바보의 삶을 깊이 천착한 바 있다. "도시의 육십 대는 되어 보이는 주름진 얼굴, 싱글벙글하는 표정, 멋대로 뻗친 흰머리, 거칠고 큰 손, 굽은 어깨"의 황만근은 마을의 궂은일을 도맡아 하면서도 잇속을 차리지 않는 바보로 통했다. 황만근은 군청에서 열린 '농가 부채 해결을 위한 전국 농민 총궐기대회'에 참석을 위해, 읍으로 간 이래 마을로 돌아오지 않았다. 그는 시위도 하고 의지도 보여주자는 취지에서, 고장 난 경운기를 끌고 100리 길을 갔다가 돌아오는 길에 죽은 것이다. 궐기대회는 참여인원도 적었을 뿐 아니라 경운기를 끌고 오는 사람은 없었다. 농사를 지어도, 짓지 않아도 농민들은 부채에 시달렸다. 스스로 진 빚도 문제지만, 연대 보증을 서는 바람에 한 가구가 파산하면 보증 선 사람 역시 연쇄적으로 파산하는 일이 드물지 않았다.

성석제는 작품 말미에 농민들의 가난과 정부대책 간의 불균형을 시사하고 있지만, 그에 앞서 이 작품은 자연친화적 인간의 현실 부적응이 부각되어 있다. 자연의 순리에 따라 농사지으며, 욕심 없이 사는 황만근은 법이 필요 없다. 그가 부당한 사회와 소통하려는 순간, 그는 비명횡사하고 만다. '하늘이 내고 땅이 일으켜 세운 사람' 자연인, 황만근이 천지자연과 소통하면서 벽지농촌에 살 때에는 어떠한 불화와 갈등에 휘말리지도 겪을 필요도 없었다. 왜냐하면 그는 자신의 삶을 자연의 질서에 맞추어, 자연과 주객합일의 세계를 온전히 살아내고 있었기 때문이다. 요컨대, 자연인이 아니고는 이 땅에서 농사지으며 안분지족하기는 어렵다.

농사는 자연적 삶을 요구하지만, 현실은 실리적 이윤을 요구한다. 사람들은 친(親)자연적 삶을 추구하지만, 주말 한때 일시적 경험에 국한될 뿐 온전한 생활 자체로 수용하지 않는다. 생활은 물질적으로 풍요로워야 하는데, 그 풍요의 일부로서 친자연적 음식, 친자연적 주거환경, 친자연적 녹색문화를 장식처럼 선택하는 것이다. 생산양식의 변화에 맞추어 인간들의 감수성은 점차 변한다. 자연과 동일시하고 자연과 하나 되는 삶을 살기에, 현실은 너무 빨리 그리고 너무 많은 것을 요구한다. 그러한 속도경쟁에서 살아남기 위해 인간은 이제 자연이 아니라 기계에 경도된다. 자연이 아닌 기계에 대한 인간의 친화력은 이미 오래전부터 서서히 진행되어 왔거니와, 이러한 지적 역시 어쩌면 발빠르게 변해 가는 현실에서 단지 낭만적 향수만을 자극하는 데 그치는 것은 아닌지 자문하게 된다.

농업을 살리는 일은 자연을 살리는 일만이 아니라 미래를 살리는 일이다. 지그문트 바우만은 현대 인간이 설계와 같은 질서구축을 통해 배제하고 사장해 온 농업의 친자연성에 대해 다음과 같이 말한다. "농업은 연속성을 대변한다. 하나의 낟알은 더 많은 낟알로 되돌아오며, 한 마리의 양은 여러 마리의 양을 낳는다. 변한 듯해도 변한 것은 없다. 존재의 재확인과 재긍정으로서의 성장…… 상실 없는 성장…… 도중에 아무것도 잃지 않는다. 죽음은 재생으로 이어진다. 농촌 사회가 존재의 영원한 연속성을 당연시하는 것은 자연스러운 일이다. 그들이 목격하고 실천하는 것은 끊임없이 이어지는 종말들로, 그것들은 시작의 부단한 반복, 아니 영원한 부활과 구별되지 않았다."[3]

....
3 지그문트 바우만, 정일준 역, 『쓰레기가 되는 삶들 — 모더니티와 그 추방자들』, 새물결, 2008, 48면.

감수성 딜레마, 소통과 소비의 양가성

김애란의 『두근두근 내 인생』(창비, 2011)에 대해

1. 감수성과 작가정신

작가의 감수성은[1] 놀라운 일을 해 낸다. 그들은 이 세상에서 목소리를 갖지 못하고 주목받지 못한 생명을 읽어내고 언어화한다. 그들은 신문기자나 역사가들이 할 수 있는 구체적 사건, 명징한 대상이 아니라, 어디에 존재하고 있는지도 모를 그래서 존재의 기본권마저 상실한 대상을 읽어낸다. 그들의 이러한 작업은 독자들을 눈 뜨게 하고, 나아

....

1 이 글에서 감수성(感受性, sensidility)은 넓은 의미로 감각의 예민성을 뜻하며, 감각적 반응뿐만 아니라 감정적·정서적 반응의 예민도까지 포함하여 쓰인다. 경우에 따라서는 감각기관이 외계로부터 자극을 받아 감각·지각을 생기게 하는 감수성을 감성(感性)과 동일하게 보기도 했다.

가 세상의 변화를 초래한다. 최근 소설이 영화화된 공지영의 『도가니』에서도 살펴볼 수 있듯이, 작가의 읽기 작업은 영화와 같은 다른 매체로 전유되어 그 대상에 대한 이해의 폭을 넓히며 세상을 변화시키는 데 일조하기도 한다.

이때 작가가 대상을 읽어내는 힘은 그 특유의 감수성에 있다. 그것은 단순히 어떤 대상을 감각하는 정도에 그치는 것이 아니다. 대상에 대한 이해와 애정에 기초해 있으며, 궁극에는 그 대상의 조건을 작가가 자진해서 살아내는 것이다. 특히 그들이 읽어 들이는 대상의 조건이 열악하고 보잘 것 없을수록, 그것을 읽어내는 작가의 읽기 작업은 깊은 고통을 수반한다. 이때 작가의 감수성은 빛을 발하게 되는데, 그것은 고통스러우면서도 가치를 창조해 내는 소명의식으로 충만해 있기 때문이다. 우리는 이를 일컬어 '작가 정신'이라고 명명한다. 고통에도 불구하고 가치를 창조해 내려는 작가의 소명의식은 고귀하다.

그가 읽어 들이고 만들어내려는 대상의 실재를 살아내는 작업은 녹록하지 않다. 그것은 단순한 감정이입과 교감에 그치지 않는다. 그 대상이 지닌 삶의 조건을 살아내면서 동시에 자기를 절제하여 작가의 목소리가 아니라 대상의 목소리가 이 땅에 울릴 수 있도록 해야 하기 때문이다. 작가는 대상을 받아들이고 대상의 고통을 감당해 내는 동시에, 그 대상이 자기 목소리를 실현해 낼 수 있도록 길을 열어줘야 한다. 이때 감정을 "글로 쓰는 것"은 감정을 공간에 "고정"하는 것이다. 어떤 감정을 경험하는 것과 내가 그 감정을 알게 되는 것 사이에 거리가 생기기 때문이다. 입말이 글말로 옮겨지면, 말은 귀로 듣는 대신 눈으로 "볼" 수 있게 되고, 언어 행위에서 분리되어 탈맥락화된다.[2] 작가에 의해 창조된 인물은 소설로 표기되면서, 작가로부터 분리되어 주체적이고 독자적인 길을 걷게 된다.

작가는 자신의 감정 속에서 길을 잃지 않도록 열정과 냉정을 조율하며, 소설에서 인물을 살리기 위해 자신의 입지를 최소화시키는 기술을 연마한다. 이 글에서는 김애란의 『두근두근 내 인생』에 나타난 감수성의 공과에 주목해 보려 한다. 이 작품은 단편소설을 창작해 오던 김애란의 첫 장편소설이다. 기존에 발표한 단편에서 작가는 대상에 대한 감정이입 능력을 충분히 발휘하여, 감수성 풍부한 화자의 서정성 짙은 시각을 선보여 왔다. 이 작품 역시 주인공 화자 아름이는 그를 둘러싼 주변 세계와 충분히 교감하고 있다. 소년은 자연과 사물, 부모와 현실 그리고 그를 이용하려 했던 사람들에 이르기까지 깊은 신뢰와 관용을 보인다.

소설의 내용은 다음과 같다. 일찌감치 임신한 소녀는 퇴학당하고, 생활이 무엇인지 곤궁함이 무엇인지 알아나가면서 엄마가 된다. 아버지가 되자, 체고 특기생 소년은 공사판에서 생활을 익혀 나간다. 17세 최미라와 한대수는 그들 자신이 뭐가 될지도 모르는 상황에서, 엄마와 아빠가 되었다. 팔삭둥이 조산아, 아름이가 태어났다. 아름이는 3세부터 조로증(早老症)에 걸려 17세까지 살다 죽었다. 이 소설은 어린 자식 아름이의 시점에서 엄마와 아빠의 삶을 반추하고, 얼마 남지 않은 자기 생을 마감하기까지 과정을 보여주고 있다. 주인공 아름이는 나이에 비해 너무 늙어 있으며 노쇠한 육신에 비해 실제 나이는 너무 어리다. 이러한 불균형 속에서 아름이가 할 수 있는 일은 교감하고 소통하는

....

2 에바 일루즈, 김정아 역, 『감정 자본주의』, 돌베개, 2010, 72면.

것이다. 그는 언어와 자연을 비롯한 그를 둘러싼 부모와 현실의 조건을 수용하면서 동시에 소통한다.

김애란의 『두근두근 내 인생』에서 주목해야 할 것은 주인공의 질병이 '소통'과 동시에 '소비'되고 있다는 점이다. 소년은 조로(早老)하여, 엄마 아빠보다 더 빨리 늙는다. 동네 할아버지와 말동무가 되는가 하면, 그들보다 훨씬 빨리 늙고 빨리 죽는다. 동시의 그의 질병은 말하기 좋아하는 사람들을 통해 미디어를 통해 유통되고 소비된다. 심지어 불치병 소년의 내면마저 호기심과 이야깃거리로 전락되려 한다. 김애란은 소년의 조로증을 통해 현실의 질서를 전복시키면서 사회의 균질적 삶의 문제성을 환기하고 싶었는지도 모른다. 성장이 자아와 세계 간 조화를 의미할 때, 자아는 그 스스로를 타락시키지 않은 채 어찌 이 불온한 세계를 상대로 성장을 꿈꿀 수 있을 것인가. 이 지점에서 김애란은 성장을 포기하고 아예 늙음으로 건너뛰었으며, 사건 대신 감수성에 기대어 소통을 시도한다. 소설에서 주인공의 소통능력은 자신을 둘러싼 일체의 세계와 갈등을 무화시킬 정도로 뛰어나지만, 동시에 그 소통은 소비되고 있어 의심스럽기도 하다.

2. 의심스러운 소통, 너무 늙거나 너무 어리거나

아직 10대에 불과한 아름이는 신체나이 80대로 전락한다. 아름이는 세 살 때부터 아팠으며, 14년 동안 아파왔는데, 이제 육체는 노령에 접어들어 통원치료가 불가능할 만큼 면역력이 떨어졌다. 아름이는 육체만 노령화되는 것이 아니다. 그의 정신 연령 역시 17세 그 이상의 삶을 이해하는데, 특히 예순이 넘은 장씨 할아버지와 말동무가 될 정도로 조숙하다. 그는 학교 가는 대신 스스로 자신을 둘러 싼 언어와 자연을 이해해 나가는가 하면, 엄마 아빠의 근심을 이해하고 예순 넘은 노인과도 친밀한 교감을 나눈다. 아름이는 마을 노인과 잘 논다. 아름이는 예순이 넘는 장씨 할아버지, 그리고 아흔이 넘은 큰 장씨 할아버지와도 교감한다. 아름이가 병원에 입원했을 때 그를 찾아준 유일한 친구도 장씨 할아버지였다. 평소 아름이가 먹고 싶어 하던 소주를 사와서, 엄마 몰래 전달해 주기도 한다. 장씨 할아버지는 아름이에게 둘도 없는 말동무가 되어 주었으며, 엄마 아빠에게 하지 못한 여자 친구에 대한 이야기도 아름이는 장씨 할아버지에게 털어 놓는다.

이 작품에서 두드러진 부분은 엄마 아빠에 대한 아름이의 극진한 애정과 교감이다. 아름이는 조로증에 걸린 자신의 상황을 두고 부모에게 전혀 불평하지 않는다. 아름이는 부모님의 슬픔과 근심을 읽어내고, 오히려 더욱 조심하려 든다. 그래서인지, 그의 장래 희망은 세상에서 가장 부모를 웃기게 하는 자식이 되려는 것이다. 그는 어린 시절부터 제 또래 아이들이 가져봤음직한 아집과 어리광 없이, 오로지 부모의 심정을 읽어내고 주어진 상황을 수용했다. 병원비로 근심에 잠긴 부모에게, 아름이는 자진해서 방송출현을 고집한다. 초라한 자기 외모에 대한 사춘기 소년의 수치심보다 부모에 대한 근심이 앞섰던 것이다. 17세 소년은 자기 삶뿐 아니라, 아버지와 어머니의 삶마저 함께 살아내고 이해하려 했다.

부모에 대한 아름이의 극진한 애정은 구체적으로 어떤 종류의 것인가. 부모에 대한 아름이의 지극한 마음을 알기 위해, 프롤로그에 나타난 아름이의 내면과 1930년대 시인 이상(李箱)의 시를 비교해서 읽어보자.

아버지는 자기가 여든 살 됐을 때의 얼굴을 내게서 본다.

나는 내가 서른넷이 됐을 때의 얼굴을 아버지에게서 본다.

오지 않은 미래와 겪지 못한 과거가 마주본다.

(…중략…)

아버지, 나는 아버지가 되고 싶어요.

아버지가 묻는다.

더 나은 것이 많은데, 왜 당신이냐고.

나는 수줍어 조그맣게 말한다.

아버지, 나는 아버지로 태어나, 다시 나를 낳은 뒤

아버지의 마음을 알고 싶어요. [3]

나는 나의 아버지가 나의 곁에서 조을 적에, 나는 나의 아버지가 되고, 또 나는 나의 아버지의 아버지가 되고, 그런데도 나의 아버지는 나의 아버지 대로 나의 아버지인데, 어쩌자고 나는 자꾸 나의 아버지의 아버지의 아버지의 — 아버지가 되느냐. 나는 왜 나의 아버지를 껑충 뛰어넘어야 하는지. 나는 왜 드디어 나와 나의 아버지와 나의 아버지의 아버지와 나의 아버지

3 김애란, 『두근두근 내 인생』, 창비, 2011, 7면. 이하 이 작품의 인용은 인용문 말미에 페이지 수만 밝히도록 한다.

의 아버지의 아버지 노릇을 한꺼번에 하면서 살아야 하는 것이냐[4]

　17세 조로증 환자 아름이는 매우 조숙하다. 17세에 아이를 낳은 아버지는 이제 34세이다. 34세 된 아버지에게 아름이는 다음과 같이 말한다. 자신과 같은 아들을 낳아서 지금 아버지가 지닌 상처와 고통을 고스란히 이해하고 감당해 내겠다고 말이다. 성숙하고 사려 깊은 아름이의 고백은 매우 비범하여 숭고하기까지 하다. 아버지에 대한 아름이의 고백을 이상(李箱)의 시와 비교해 보는 일은 흥미롭다. 이상 시에 나타난 시적 화자는 아버지가 나의 곁에서 졸고 있기 때문에, 자기가 아버지의 역할을 감당하는 것을 부담스러워 한다. 아버지가 졸고 있음으로 해서, 나는 아버지는 물론 할아버지 및 문중의 아버지 역할까지 한꺼번에 모두 감당해야 한다는 사실이 너무 버겁다는 것이다. 이것은 적어도 아버지의 삶을 살아가는 것이 무엇인지, 그 무게감이 얼마나 큰 것인지 알고 있는 화자의 고백이다.

　이에 비해 아름이의 고백은 아름답지만, 현실감이 없다. 아버지의 무게감을 온전히 알고 있지 않기 때문이다. 그것은 순수한 어린아이의 동심이거나 그렇지 않으면 성스러운 십자가를 지는 행위로 대변된다. 순수하고 아름다운 소년의 내면은 '현실'을 훌쩍 뛰어 넘어 성스러움 혹은 의뭉스러움의 경지에 이르러 있다. 그것은 어린이의 정서이면서 동시에 노인의 정서이다. 아름이는 '어른'이 아니라 어린이와 노인 사이에 끼여 있다. "존재를 책임져야 하는 이들의 피로와 슬픔"을 감당해

4　이상, 이승훈 편, 「詩第二號」, 『이상문학전집 ―시』, 문학과사상사, 1994, 21면. 띄어쓰기와 문장부호는 필자에 의한 것임.(『조선중앙일보』, 1934.7.24~8.7 발표된 작품)

내기에는 과도하게 순수하다.

소설에 등장하는 엄마 아빠 역시 아름이의 시선으로 관찰되고 있어 역시 순수한 존재로 등장한다. 그들은 존재를 책임져야 하는 이들의 피로와 슬픔을 가지고 있음에도, 그 감당의 과정에서 부딪혔을 무수한 상실감, 소외의식, 사회와 현실로부터 상처가 과도하게 절제되었거나 미화되어 있다. 그 이유는 이 소설이 예기치 못했던 고난에 대한 슬픔, 고독, 처절한 아픔에 대한 승화과정 대신, 난치병 아들과 부모 간의 순수하고 애절한 관계가 중심 주제로 부각되어 있기 때문이다. 에필로그에서부터 소설 말미(부모님을 위해 쓴 아름이의 소설)에 이르기까지, 아름이의 부모에 대한 절대적 애정 그리고 부모의 아름이에 대한 무한한 애정 이 양자가 소설의 몸체를 이루고 있다. 그것은 어린이의 이야기도 아니고, 노인의 이야기도 아니다. 그 결과 어린이가 어른이 되는 과정을 다루기보다 자식과 부모 간의 절대적 친화력을 보여주는 데 그치고 만다.

3. 감성 테크닉, 감성 마케팅

에바 일루즈는 자본이 감정을 어떻게 활용하는가에 주목한 그의 저서에서 다음과 같이 감정의 작용을 설명한 바 있다. 감정이입 — 타인의 관점이나 감정과 동일시하는 능력 — 은 감정 기술인 동시에 상징 기술이다. 감정이입의 전제조건은 남들의 행동이 보내오는 복잡한 신호를 해독하는 것이다. 소통을 잘한다는 것은 남들의 행동과 감정을 해석할 줄 안다는 뜻이다. 소통을 잘하려면 감정 기술과 인지 기술 둘 다를 매우 복잡하게 조율할 줄 알아야 한다. 곧 감정이입에 성공하려면 남들이 자기의 자아를 은폐하는 동시에 노출하는 복잡한 신호망을 완벽하게 알고 있어야 한다.[5]

　작가 김애란은 누구보다도 대상의 행동과 감정을 잘 해석하는 감수성이 뛰어난 작가이다. 작가로서 작중 인물에 대한 감정의 들고 남은 물론, 독자 대중의 감정곡선을 조율하는 능력을 지니고 있다. 그 결과 작중 인물의 슬픔에 대해서도 적절한 은폐와 절제, 그리고 노출과 현시를 적절하게 배치해 내고 있다. 이처럼 감정을 적실하게 수용하고 안배하는 독자적 능력을 감성 테크닉이라 명명한다면, 감성 테크닉은 자본주의 메커니즘 속에서 일찍이 감성 마케팅으로 활용되고 있다. 대중 드라마를 비롯하여 설득을 목적으로 하는 광고의 마케팅은 대중의 감성 코드를 읽어내는 데서부터 출발한다.

　김애란의 소설에서도 감성 마케팅이 나타나 있다. 아름이의 질병과 고통은 마케팅에 동원된다. 피디와 구성작가의 진두지휘 속에 아름이의 질병은 마케팅의 기획과 의도에 맞추어 기획되고 편집된다. 아름이의 질병과 고통은 공중파 방송을 통해, 시청자들의 동정심을 유발하고 그들의 주머니를 털어 기꺼이 기부와 동참을 유도한다. 시청자들의 모금이 증가하는 만큼, 시청률이 증가하는 것이며 궁극에는 방송사의 존재감과 부가가치가 높아진다. 이러한 시장원리의 출발에 아름이의 질

5　에바 일루즈, 앞의 책, 49면.

병과 고통이 마케팅의 원천 소스로 놓여 있다는 점은 문제적이다. 최근 TV프로그램(〈정글의 법칙〉 등)에서 흔히 볼 수 있듯이 위험천만한 곳에서 타인의 위태로운 생존이 시청자들에게 무차별적으로 소비되고 있으며, 방송국은 더 자극적인 프로그램을 만들어 상품화하는 데 열을 올린다. 그렇다고 해서 아름이가 출현한 방송이 무분별하거나 자극적이라는 말은 아니다.

아름이는 자진해서, 〈이웃에게 희망을〉이라는 TV프로그램 출연의사를 밝혔다. 병원비를 감당하기에 힘겨운 부모를 위해, 아름이는 수치스러운 자신의 질병과 외모를 과감하게 TV 모니터에 노출하고 자신의 일상과 내면을 공개했다. 여기서 주목해야 할 점은, 불치병 소년에 대한 감정이 호기심을 유발하여 대중들에게 소비되고 있다는 점이다. 병원비 조달을 위해서, 아름이 가족은 TV방송에 의지할 수밖에 없으며 방송은 더욱 많은 사람들에게 유포되어 동감을 자아내야 했다. 방송 내용은 시청자들의 감정을 자극하고, 적절하게 시청자들의 동정을 '구매'할 수 있도록 만들어져야 했다. 자본주의 메커니즘은 감정을 산포하고 소비하고 유통시킨다. 동정을 구매하기에 적합할 정도의 감정 노출과 절제, 대중의 시선에 맞춘 감정 표현과 접근 등으로, 질병과 환자의 내면이 적절히 선별되고 포장되어 재구성된다.

"저, 피디님."

"응?"

"저 아이도…… 성욕이 있을까요?"

승찬 아저씨는 멈칫하다 무심하게 답했다.

"그런 걸 왜 물어?"

'요즘 애들은 이렇게 다 대범한가?' 싶으면서도 촌스럽게 정색하지 않으려는 노력이 드러난 말투였다.

"아프다고는 하지만, 그래도 열일곱인데, 어떨까 싶어서요."

"글쎄 …… 애 엄마 말로는 2차성징이 없었다고 하니까, 아마 성욕도 없지 않을까?"

작가 누나가 물었다.

"그런 게 없을 수도 있을까요, 사람이 ……?"

승찬 아저씨가 바닥에 꽁초를 비벼껐다. 창살 너머로 아저씨의 빨간색 컨버스 운동화가 보였다.

"나도 모르겠네, 어떨지. 그래도 보통 애들이랑 좀 다르지 않겠어?"

작가 누나가 말없이 끄덕이는 모습이 절로 그려졌다.

"저, 그런데 피디님."

"왜, 또?"

"아, 아니에요."

"왜? 뭔데 그래?"

"저, 이런 말 하면 벌받을 것 같은데, 정말 이렇게 말하면 안되는거 아는데요,"

"………"

"저 아이 말하는 모양새를 보니까,"

"응."

작가 누나가 가까스로 흥분을 누르며 입을 뗐다.

"이번 회, 대박날 것 같아요."(138~139면)

이렇게 만들어진 내용의 제목은 〈누구보다 키 큰 아이, 아름〉이다. 프로그램은 다음과 같이 시작한다. "아름이는 올해 열 일 곱살이다. 독서와 농담, 팥빙수를 좋아하고 콩이 들어간 밥과 추위, 유원지를 싫어한다. 하지만 아름이가 무엇보다도 좋아하는 건 엄마, 아빠다. 아름이의 바람은 내년에 열여덟 살 생일을 맞는 것. 얼핏 보면 평범한 꿈이지만, 아름이에겐 오래전부터 혼자 감당해온 아픔이 있다."(168면)

적절한 문맥과 리듬에 따라, 질병의 위험수위와 환자의 순수한 내면을 안배해 넣은 방송이 중계된다. 아름이는 "그 하루로 아낄 수 있는 부모님의 몇 년 치 노동을 꿈"으로며, 방송촬영의 어려움을 감내해 낸다. 나아가 아름이는 사람들에게 가장 호감을 줄 수 있는 모습과 스타일을 고안해 내려 애쓴다. 사람들의 정서를 자극할 수 있는 애잔한 멘트를 구사할 줄도 안다. 꿈을 이룬 아이보다 꿈을 이루지 못해 실패해서 상처받은 아이가 더 부럽다고. 왜냐하면 자신은 애초부터 실패할 기회마저 상실한 아이이기 때문이라고 말이다. 나아가 아름이는 무엇인가가 되는 것 대신, 곁에 있는 부모에게 "제일 재밌는 자식", "제일 웃기는 자식"이 되고 싶다는 희망을 고백한다. 일련의 TV 방송 내내 모니터 상단에는 조그맣게 ARS 번호가 붙박여 있었다. 기부는 전화뿐 아니라 온라인으로 일반후원금도 모금하고 있으며, 신용카드 포인트로도 결제가능하다고 했다.

방송을 통해, 아름이의 심경에 큰 변화를 초래하는 일이 생겼다. 이 서하라는 또래 소녀의 편지를 받게 되었다. 병원에 입원해 있는 동안, 아름이는 서하와 메일을 주고받으면서 또래 소년이 느꼈을 법한 설렘과 기쁨을 만끽한다. 서하의 편지는 아름이를 두근대게 만들었다. 그러나 아름이의 첫사랑이자 마지막 사랑이었던 이서하는 실은 17세의 소녀가 아니라 36세의 아저씨였다. 그 아저씨는 시나리오를 쓰는 사람이었으며, 불치병 소녀와 소년의 사랑을 다룬 영화를 준비하고 있었던 것이다. '난치병을 앓는 소년'은 또 다른 마케팅 시장의 원천소스로서, 다른 이들에게 소비되고 있었던 것이다. 감성 테크닉의 관점에서 난치병을 앓는 소년 아름이의 애절하고 절박한 정서가 또 다른 차원에서 마케팅의 용도로 기획되고 있었던 것이다.

이러한 지점에 이르면, 작가의 소설쓰기 작업도 의심스럽게 되돌아보게 된다. 난치병을 앓는 소년의 절절한 이야기가 독자들에게 어떤 영향을 미칠 수 있을 것인가. 동정을 유발하는 최상의 상품이지 않은지, 만약 그렇지 않다면 작가는 이러한 대상을 통해 독자들에게 무엇을 말하고 싶었던 것인지 되물을 수밖에 없다. 난치병 소년과 부모의 절절한 가족친화력, 어려운 조건 속에서도 순수함을 잃지 않은 소년이 세상에 보내는 희망 메시지, 저처럼 불행한 사람도 이렇게 행복하게 살고 있으니 어깨에 짐 진 모든 사람들 힘내세요. 이와 같은 의도를 발견해 내는 데 그친다면, 이 소설은 잘 만들어진 대중소설이다.

4. 텅 빈 조로(早老), 성장의 부재

애초부터 작가는 생명에 대한 가치에 주목하려 했다. 조로증에 걸린 아름이의 역량을 통해, 생명의 가치와 의미를 강조한다. 모든 생명은

'태어나는' 것이 아니라 '터져 나오는' 것이란 점, 모든 생명은 제 몸보다 작은 껍질을 찢고 폭죽처럼 터져 나왔다는 점에 주목한다. 보드랍고 환한 '생명'을 갖는 일은, 건조하고 메마른 현실에서 그 자체가 생산이면서 치유의 역할을 한다. 그러나 그것은 젊음이 지닌 정열 및 투지와는 다르다. 이 소설에서 섹슈얼리티는 거세되어 있으며, 남녀 육체관계는 17세 소년의 순수한 시점에서 '유머'로 처리되어 있다. 그것은 "나랑 해, 나랑 해"라는 남자의 말에 "나도 잘해, 나도 잘해"라고 여자가 답하는 그런 세계이다. 아름이가 죽기 전에 남긴 엄마 아빠에 관한 소설의 일부를 소개하면 다음과 같다.

세상은 고요했고 나무들은 풍요롭게 너울댔다. 어머니와 아버지는 그 야릇하고 암시적인 침묵을 묵묵히 견뎌내고 있었다. 흔들려야 할 것은 흔들리고, 벌어져야 할 것은 벌어지리라고, 그냥 내 버려두고 있었다. (…중략…) 이윽고 땅바닥을 내려 보던 두 사람의 눈이 동시에 마주쳤다. 두 사람은 한동안 서로에게 뚫어지게 바라봤다. 어머니는 상대에게서 눈을 떼지 않은 채, 뜬금없이, 쌀쌀맞게 말했다.

"이 고장 남자랑은 안 해"

더벅머리 아버지가 어안이 벙벙한 얼굴로 물었다.

"뭐라고?"

어머니가 반복했다.

"이 고장 남자랑은 안 해. 절대로 안 해 ……."

그러곤 누가 먼저랄 것 없이, 격렬하게 입을 맞추기 시작했다.

(…중략…)

신령하고 오래된 나무, 점잖은 큰어른나무 아래서의 일이었다. 헛기침하
듯 하늘하늘 흔들리던 나뭇잎 하나가 어머니의 손등 위로 살포시 내려앉았
다. 산에 있어 푸르던 것이 살[肉]에 앉으니 더욱 선명했다. 어머니도 아버
지도 그 사실을 몰랐지만, 그건 정말 예쁜 초록이었다. (350~351면)

인용문에서 알 수 있듯이, 아름이의 엄마와 아빠는 여자와 남자이기
이전에 암컷과 수컷이다. 그러면서도 묘하게 주위 자연과 상응하여 일
치를 이루는 얌전한 자연의 일부이기도 하다. "큰어른나무 아래" 그들
은 작은 잎사귀 같이 미소한 생명체로 존재한다. 이 속에 그려진 남녀
의 육체적 사랑은 섹슈얼리티의 세계도 아니며 무질서하고 무절제한
야생(野生)의 존재 방식도 아니다. 섹슈얼리티를 '유머'로 처리할 수 있
는 대상은 어린아이 혹은 노인일 뿐, 피가 끓는 청년·어른의 세계는
아니다. 작가는 은연중에 젊음 그 자체가 지닌 패기와 도전 그리고 열
정을 순수보다 하등의 것으로 처리하고 있다. 장씨 할아버지의 말처
럼, 젊음은 무모해서 무식하고 오만하고 자신만만해서 불편한 것으로
취급된다. 그래서 젊음이 칭송받을 마땅함은 오직 몸뚱이뿐이라는 것
이다. 난치병을 앓는 아름이의 신체가 모든 대상에 대한 능동적 소통
주체가 될 수 있는 데 비해, 젊은이들은 무질서하고 종잡을 수 없는 대
상으로 시사된다.

아름이는 순수하고 생명력 넘치는 자연과의 교감능력도 뛰어나지
만, 인간 세상에 대한 교감 능력도 우월했다. 아름이는 부모의 심정을
깊이 이해하는가 하면, 같은 동네 할아버지의 삶과도 충분한 교감을
이루어 낸다. 그렇다면, 아름이의 순수가 지닌 정체는 무엇인가. 아이

인가 노인인가. 조로증에 걸린 아름이는 제 나이보다 훨씬 많이 그리고 빨리 늙어 갔다. 아름이는 소설의 시작부터 끝까지 시종일관 세계와 갈등하지 않는다. '나만 왜 이런 병에 걸려야 하는가.' '나의 부모는 왜 이다지도 생활력과 비전을 갖추지 못했는가.' '나는 왜 자기 삶도 버거운데, 이러한 삶이 세상 사람들의 구경거리로 전락해야 하는가.' 작가는 이런 부분에 대한 아름이의 통절한 절망감을 압축하고 뛰어넘어 버렸다. 그 결과 그 모든 시련을 다 감당해 낸 성숙한 아름이를 소설의 출발점으로 내세웠던 것이다. 그것이 바로 작가의 감성 테크닉이었으며, 독자들에게는 감성 마케팅으로 활용되었다.

결국 아름이는 조로(早老)한 육체와 달리 정신적 성장까지 수행해 냈다고 볼 수 없다. 왜냐하면, 애초부터 아름이는 자신의 육체, 부모, 사회, 현실과 대립도 없었으며 갈등을 가지지 않았기 때문이다. 자아와 세계의 대립과 충돌 속에서 자아가 왜소해지든 세계가 비대해지든, 변화의 모드는 대립과 충돌 속에서 시작되는 것이다. 아름이는 순수한 어린이의 세계가 흔히 그러하듯, 모두가 통하고 화해하는 동심의 세상에서 벗어나지 않은 것이다. 물론 갈등과 신념을 갖기도 전에 병에 걸렸다는 점을 고려해야 하지만, 육신의 병이 깊을수록 절망의 깊이는 더욱 강렬할 수밖에 없는 인지상정을 작가는 과다하게 순수성으로 미화시켰다.

성장이 없는 육체, 성장이 없는 정신은 사회성이 부재한다. 우리의 삶은 사회 안에서, 세상과 더불어, 자신이 성장함과 동시에 자신이 소속한 공동체와 현실이 함께 성숙해져야 하기 때문이다. 그것이야말로, 다른 자연물과 구분되는 인간이 지닌 사회적 존재의 의의가 아닐 수 없다. 그런 의미에서 아름이의 조로(早老)는 이 세상 모든 대상과 아무런 갈등 없이 소통하는 데는 성공했지만, 그 자신이 아이에서 어른이 되는 통과의례가 부재해 있으며 그 결과 어린아이가 노인이 되기까지 성장의 내용들이 부재해 있다. 그것은 작가가 지적했듯이 '텅 빈 노화'이다. 섹슈얼리티로부터 해방되었으나, 그것은 정치성마저 거세해 버렸다. 그것은 이 소설이 장편소설임에도 불구하고 그에 걸맞은 서사성을 획득하지 못했다는 점에 대한 방증이기도 하다.

어린 소년의 서정적 감수성은 자연친화적이고 동심어린 눈으로 세상을 포용할 수 있는 너그러움을 보이고 있으나, 세상의 모순과 갈등을 발견해 내고 그에 대해 반박하고 저항할 수 있는 용기를 꺾어 버리고 말았다. 그 결과 아름다운 이야기는 아름다운 문체와 이미지의 미학을 실현하는 데 기여할 뿐, 이 세상을 아름답게 할 수 있는 정신적 깊이는 담보하지 못했다. 대중적 위안과 슬픔의 감각적 아름다움을 소환해 내는 데는 성공했지만, 슬픔이 에너지로 탈바꿈할 수 있는 가능성을 보여주지 못한 것이다. 소설의 다음과 같은 대목처럼 작가는 아름다움 자체에 지나치게 경도되어 있었던 것이다.

나는 그걸로 뭔가 만들어볼 요량이었다. 물론 그것이 무엇이 될지는 아무도 모르게. 나조차 모르게. 아름다움이 아름다워질 수 있게. 사람 손을 타, 태어나자마자 죽는 새끼 강아지의 운명이 되지 않게. 아름다움이 잘 태어날 수 있도록 말이다.(94면)

초라한 육체와 반(反)성장 서사

천명관의 『고령화 가족』(문학동네, 2010)을 중심으로

1. 자본주의 vs 초라한 육체

이 글에서는 천명관의 『고령화 가족』(문학동네, 2010)을 중심으로 후기 자본주의 시대 반(反)성장 서사의 의의에 대해 살펴보려 한다. 천명관은 2003년 단편 「프랭크와 나」로 문학동네신인상을 받으면서 작품 활동을 시작했으며, 이듬해 2004년에는 장편 『고래』로 제10회 문학동네 소설상을 수상했다. 소설집으로 『고래』(문학동네, 2004), 『유쾌한 하녀 마리사』(문학동네, 2007), 『고령화 가족』(문학동네, 2010)이 있다. 등단이래 천명관 소설은 연구자들에게 흥미로운 관심의 대상이 되었다. 작품집이 출간될 때마다 문단에서는 관심을 보여 왔으며, 특히 그의 신선한 소설

작법에 대해 주목해 왔다.[1]

최근에는 학위논문으로 천명관의 서사전략이 연구되는가 하면,[2] 장편『고령화 가족』은 연극으로 각색되어 무대에 올려지기도 했다. 연극 〈고령화 가족〉은 2011년 7월 21일부터 8월 12일까지 정보소극장에서 상연되었다. 연극 〈고령화 가족〉은 각색의 한계로 말미암아 서사구조의 취약성이 지적되기도 했으나, 희극성과 연극성이 돋보이는 연출로 각광받았다.[3] 대중적 흥미와 새로운 소설의 가능성을 선보인 천명관에 대한 논의 중에서, 『고령화 가족』과 관련하여 주목을 끄는 몇 가지 논의를 소개하면 다음과 같다.

정여울은 『고령화 가족』과 관련하여 작가를 다음과 같이 평가했다. "그는 언어적 관습이 서사를 매너리즘에 빠뜨리기 전에, 날것의 욕망이 제멋대로 서사를 휘두르게 내버려 둔다. 그에게 언어보다 선험적인 것은 이미지이며, 이미지를 움직이는 힘은 육체 안에 갇힌 욕망이다."[4]

....

1　김남혁, 「부조리한 이야기에서 주체적 삶으로 — 천명관 장편소설『고령화 가족』」, 『창작과비평』통권 148, 2010.6, 창비, 478~482면; 이경재, 「아이러니스트가 바라본 우리 시대 가족 — 천명관 장편소설『고령화 가족』」, 『문학과사회』통권 제90호, 2010.5, 문학과지성사, 482~486면; 정여울, 「안티-신파, 안티-이념, 그리하여 안티-서사로」, 『문학과사회』통권 제81호, 2008.2, 412~414면; 고인환, 「젊은 소설의 존재방식에 대한 몇 가지 생각」, 『오늘의 문예비평』통권 제68호, 오늘의문예비평, 2008.2, 42~60면; 김영찬, 「짐작할 수 없는 일들의 아이러니」, 『유쾌한 하녀 마리사』, 문학동네, 2008, 387~405면; 황도경, 「미친, 새로운 몽상 혹은 열린, 소설의 문법」, 『오늘의 문예비평』통권 제59호, 오늘의문예비평, 2005.6, 70~88면; 손정수, 「이야기를 분출하는 고래의 꿈은 무엇인가 — 천명관『고래』」, 『실천문학』통권 77호, 2005.2, 379~388면; 류보선, 「이야기, 혹은 소설의 미래」, 『고래』, 문학동네, 2004, 431~452면.
2　이진선, 「한국 현대소설의 이야기 서술 전략 연구 — 성석제와 천명관의 소설을 중심으로」, 명지대 문예창작학과 석사논문, 2011.8.
3　백로라, 「이야기구조의 한계와 신선한 연출적 상상력 — 문삼화 연출의 〈고령화 가족〉과 최진아 연출의 〈예기치 않은〉」, 『공연과 리뷰』제74호, 현대미학사, 2011.9, 161~171면.
4　정여울, 앞의 글, 413~414면.

언어 이전의 이미지, 그 이미지를 자극하는 힘이 육체 안에 갇힌 욕망이라는 점은 천명관 소설에 대한 적확한 지적이다. 자본주의 메커니즘의 한계를 직시할 수 있는 힘은 이성이 아니라 오히려 우리들의 제멋대로 일그러진 욕망일 수 있기 때문이다.

천명관 소설은 근대적 제도 안에서 근대적 이성으로 재단된 이야기 방식과는 거리가 멀다. 김남혁은 『고령화 가족』을 평가하면서, 혈연공동체로서 가족이데올로기를 미화한 작품이 아니라고 보았는데,[5] 그것은 그의 소설이 근대적 제도 속의 인간을 주목하되 근대적 이성 밖의 감수성으로 만들어졌기 때문이다. 천명관은 근대적 이성과 제도가 만들어 놓은 현실을 직시하되, 독특한 감수성으로 독자들에게 이성과 제도 너머를 사유할 수 있도록 한다. 『고령화 가족』을 평가하면서 이경재는 작중 어머니를 '맘마'로서의 모성이라 명명하며 기존의 모성 개념과 차이를 지적했는데,[6] 이 역시 천명관이 가족과 모성 이데올로기라는 제도권 담론으로 포용할 수 없는 길들여지지 않은 자연으로서 인간 본성에 주목하고 있기 때문이다.

이러한 사실을 고려해 볼 때, 천명관의 『고령화 가족』은 후기자본주의의 성장 신화가 지닌 한계와 문제점을 담지해 낸 작품으로 평가할 수 있다. 천명관 소설은 후기자본주의 일그러진 성장 담론에 제동을 걸고, 인문학에서 반(反)성장 담론의 비전을 모색할 수 있는 가능성과 구체성을 시사하고 있다. 이 글에서는 천명관의 『고령화 가족』을 중심 텍스트로 설정하여, 후기자본주의사회 반(反)성장의 이미지로서 '초라

---

5 김남혁, 앞의 글, 480면.
6 이경재, 앞의 글, 486면.

한 육체'가 함의하는 바에 주목하고, 우리가 몸담고 있는 현실과 우리 자신의 문제점을 직시할 수 있는 계기로 삼으려 한다.

2. 후기자본주의와 반(反)성장 담론

성장에 대한 회의

반(反)성장 서사를 살펴보기에 앞서 '성장'의 의미를 천착해 볼 필요가 있다. 성장이란 무엇인가. 성장에 대한 양가성을 드러내는 천명관의 단편 「二十歲」를 파블로 네루다의 시 「젊음」과 비교해 보자. 천명관이 인지하는 성장의 개념을 주목하기 위해, 먼저 네루다의 시를 읽도록 하자.

> 길가에 서 있는 자두나무 가지로 만든
> 매운 칼 같은 냄새,
> 입에 들어온 설탕 같은 키스들,
> 손가락 끝에서 미끄러지는 생기의 방울들,
> 달콤한 성적(性的) 과일,
> 안뜰, 건초더미, 으슥한
> 집들 속에 숨어 있는 마음 설레는 방들,

지난날 속에 잠자고 있는 요들,

높은 데서, 숨겨진 창에서 바라본

<u>야생 초록의 골짜기</u>

빗속에서 뒤집어엎은 램프처럼

<u>탁탁 튀며 타오르는 한창때</u>[7]

<u>취향을 갖는다는 건 얼마나 멋진 일인가!</u> 그것은 여러 보기 가운데 반드시 하나의 정답만을 골라하는 사지선다의 세계와는 차원이 다른 세계였다. <u>그것은 틀린 것을 두려워하지 않아도 되는 공평하고 무사(無私)한 세계였으며 믿기에 따라선 내가 찍은 게 다 정답이 될 수도 있는 너그럽고 당당한 세계였다.</u>[8]

사실, 스무 살 나이엔 아무것도 절실한 게 없다. 그것은 젊음이라는 빛나는 재산이 있기 때문이 아니라 <u>아직 욕망이 구체화된 나이가 아니기 때문</u>일 것이다. 젊음은 그저 <u>무지와 암흑의 카오스에 갇혀 있는 어설픈 가능태일 뿐, 특별한 의미가 없다.</u> 당시 내게 필요한 건 심심함을 달래줄 만화책과 담배값, 그리고 아무 데고 내키는 대로 쏘다닐 수 있는 자전거 …… 그 외에 또 뭐가 있었을까?(「二十歲」, 372면, 밑줄은 필자)

두 글은 모두 성장한 청년이 젊음을 자각하는 내면풍경을 보여준다.

---

7 파블로 네루다, 정현종 역, 「젊음」, 최영미 편, 『내가 사랑하는 시』, 해냄, 2009, 128면. 밑줄은 필자.
8 천명관, 「二十歲」, 『유쾌한 마녀 마리사』, 문학동네, 2007, 356면. 밑줄은 필자. 이하 이 작품집의 작품 인용은 인용문 말미에 작품명과 페이지 수만 밝히도록 한다.

네루다의 시가 젊음에 주목한 탓도 있겠지만, 시에서 젊음은 "손가락 끝에서 미끄러지는 생기의 방울들"이며 "탁탁 튀며 타오르는 한창"이다. 그 속에는 "설탕 같은 키스", "마음 설레는 방"이 있는가 하면, "야생 초록의 골짜기", "매운 칼 같은 냄새"도 잠재해 있다. 네루다는 젊음을 떠올리며 모험, 호기심, 열정과 에너지로 충만한 시기를 노래하고 있다.

반면, 천명관의 소설에 나타난 스무 살 청년은 상대적으로 빈약한 내면을 소유하고 있음을 알 수 있다. 그는 스무 살이 되어서야 '취향'을 발견한다. 취향은 나와 너를 구별 지으며, 나의 나 됨이라는 정체성 발견의 시작이 된다. 젊음이라는 빛나는 나이에 비해, 그들은 아직 자신의 욕망을 가져 본 적도 없었다. 그런 까닭에 그들에게 갑작스럽게 찾아온 젊음은 '무지'와 '암흑의 카오스에 갇혀 있는 어설픈 가능태'에 불과하다. 그것은 프로이트가 말한 '두려운 낯섦(unhomely)'과도 상통한다. 지금까지 친숙하고 편안한 것으로 여겼던 것에 숨겨져 있고 은폐되어 있는 무언가를 발견한다.[9] 더 문제적인 것은 그들이 취향을 발견했으나, 그것을 구사하고 주장하기에 그들의 나이와 신체는 너무 고령화되었던 것이다.

작중 주인공이 스무 살에 발견한 취향은 초라하고 보잘 것 없었다. 그는 사랑인줄 모르고 한 여자와 동거하고 헤어졌는가 하면, 진짜인줄 알고 숭앙해 맞았던 기타리스트와 기타가 '짜가'였음을 발견한다. 허술함과 가짜들 틈바구니에서 발견한 '취향'은 나로 하여금, 빛나는 젊음과 상반되는 볼품없이 초라한 실체와 조우하게 하는 아이러니를 제

<hr />

9 프로이트, 정장진 역, 「두려운 낯설음」, 『창조적인 작가와 몽상』, 열린책들, 1996, 105면.

공한다. 이 사회는 젊은 개체들이 언제나 무리를 그리워하도록 만들었으며, 그렇지 못한 젊음은 유랑(流浪)과 방외(方外)의 존재가 되었다. 사회는 개인의 가치를 사회적 가치와 동일시하는 가운데, 성장이라는 이름의 동일화에서 유리된 개인에게 트라우마를 유통시킨다. 무의식중에 사회화된 개개인은 자기계발 혹은 자아실현이라는 사회적 담론을 재생산해 낸다. 성장이 사회적 성공신화와 동일시됨으로써, 사회적 성공에 도달하지 못한 이들에게 치료의 내러티브를 유포하기까지 한다.[10] 두려운 낯섦은 결핍을 조장하여 좀 더 적극적이고 능동적인 자기계발로 이어졌다.

그 결과 이 땅의 젊은이들은 "부족의 구성원에게 의당 필요한 기율과 위계"를 내면화하고 아무런 자의식 없이 부족의 "명예심과 연대의식"을 획득해 나가면서 성장이라는 통과의례를 거쳐 갔던 것이다. 그러한 통과의례에서 일탈하거나 부적응할 경우, 비행 혹은 낙오자로 낙인찍히기 일쑤였다. '취향'은 사회적 아비투스에 그칠 뿐, 은밀하고 개별적이며 좀 더 자율적인 형태로 존재할 수 없었다. 그런 까닭에 지금 이 시점에서는 '성장'을 문제 삼기보다 오히려 '반(反)성장'의 새로운 가능성을 타진해야 할 것이다. 우리는 어떠한 정치적 혁명으로도 사회구조를 하루아침에 새롭게 변화시킬 수는 없다. 하지만 사물들을 재배열시키는 서사적 운동을 통해, 우리의 아비투스를 변화시키고 문화를 재형성해 나갈 때, 어느 날 사회구조 자체도 변화될 것이다.[11]

....

10 에바 일루즈, 김정아 역, 『감정 자본주의』, 돌베개, 2010, 90~125면 참조. 미국에서는 정신적 고통이 전반적으로 민주화되는 과정에서, 정신 치유가 엄청나게 수지맞는 장사이자 번창하는 산업이 되었다. 정체성 내러티브는 한편으로는 자기계발 에토스를 그 어느 때보다 강렬하게 선전하면서도, 다른 한편으로는 고통의 내러티브이다.(같은 책, 89면)

후기자본주의에서 반(反)성장 서사의 의미

자본주의사회에서 성장한다는 것은 곧 자본주의에의 '적응'과 상통한다. 자아가 정립되지 않은 상태에서 자본주의의 내면화는 우려할 만한 일이다. 그런 까닭에 본격소설에서 작가들은 성장하지 못하는 인물 혹은 성장을 거부당한 인물을 통해 지금 이 땅에서 진정한 성장이 무엇인지 자문하거나 성장이 가능한 조건이 새롭게 탐색되어야 함을 제기한다. 1970년대 조세희 연작소설에 나타난 '꼽추', '앉은뱅이', '난쟁이'는 이 사회가 제시하는 성장에서 열외가 된 존재들이다. 그들은 불균형한 신체의 이미지만큼, 이 사회에서 불균등한 처우를 받는다. 그 결과 그들의 범죄는 이 사회의 성장 서사에 제동을 건다. 그것이 과연 누구를 위한 성장이었으며, 성장이라 명명할 수 있는가. 자본주의에 도태된 인간들을 제도적으로 소외시키는 현실에서 성장이 가능하기는 한 것인가.

작가들은 자본주의 가치의 획일적 내면화가 초래하는 문제의 심각성에 주목한다. 사회의 동일화 전략에 이끌려 획일화된 내면화는 부정되어야 할 세계에 대한 순응으로, 그것은 결코 균등하고 민주적인 삶이 아니다.[12] 작가들은 작중 인물로 하여금 더 이상 타인의 욕망을 욕

....

11 나병철, 제7장「서사문화의 시대를 위하여」, 『소설과 서사문화』, 소명출판, 2006, 516면.

12 민주주의의 발전이라는 면에서 국가(정부)는 공산주의에 맞서는 평행추로서 민주주의를 성공적으로 진전시켜 막대한 성취를 보였다. 정부는 민주주의라는 단어를 통제하여, 극소수 사람들만의 통치, 인민 없는 통치만을 허용하는 체제를 정당화하는 계급적 이데올로기로 만들었다. 견제 받지 않고 규제되지 않는 자유시장 경제에 대한 요구, 무자비할 만큼 모든 수단을 동원해 이뤄진 반공산주의, 군사적 방식으로든 다른 방식으로든 수없이 많은 주권국가와 그 나라의 내정에 간섭할 수 있는 권리, 이 모든 것을 '민주주의'라고 부르는데 성공한 것이다.(크리스틴 로스, 「민주주의를 팝니다」, 조르조 아감벤 외, 김상운 외역, 『민주

망하지 않도록 자기 욕망에 균열을 발견할 수 있는 다양한 서사 장치를 탐색해 왔다. 제도화된 자아로 하여금 순응과 도태를 극복하고, 그 스스로 자각하고 분노할 수 있는 삶의 여지를 모색해 왔던 것이다. 천명관 소설에서 그들은 스스로 "얼치기 자유주의자의 꿈과 허영, 그리고 좌절"[13]을 살아낸 자신의 삶을 반추하기도 한다. 그들의 욕망은 자생적이고 발본적인 것이 아니었고, 열등감에서 비롯되었으며 동질감을 얻기 위한 지난한 동일화의 과정이었음을 회고한다.

> 우리는 서구문화에 대한 선망과 열등감으로 가득 차 있어 가요 대신 팝송을 듣고, 방화 대신 외화를 보고, 한국소설 대신 번역소설을 읽은 세대였다. 학교에서 배운 건 아무것도 없었다. 한 때 열심히 '독재타도'를 외쳤지만 우리가 이룬 것이 무엇인지는 알 수 없었다. 한때는 무언가를 해냈다는 성취감에 들뜨기도 했지만 돌아보면 다시 제자리인 것 같기도 했다. 때론 아무런 지지도 없이 전속력으로 어딘가를 향해 달리다 막다른 벽에 부딪친 것 같은 기분이 들기도 했다. 그리고 그 세대는 어느덧 옛날 영화나 보며 과거를 추억하는 중늙은이가 되고 말았다. 영화를 볼 때마다 나는 내 삶 전체가 뿌리 없이 이리저리 휘둘리며 신기루를 쫓아 살아온 원숭이짓 같은 게 아니었을까, 하는 생각에 실소를 지었다. (266~267면)

그들 모두는 조금씩 "외국에서 묻혀온 버터 냄새와 서양식의 과장된

주의는 죽었는가?』, 난장, 2010, 161~162면 참조)
13 천명관, 『고령화가족』, 문학동네, 2011, 268면. 이하 이 작품집의 작품 인용은 인용문 말미에 페이지 수만 밝히도록 한다.

포즈에 매료되었다. 거기에 뭔가 더 멋지고 세련된 인생이 있다고 믿었던 것이다."(173면) 기실 그들은 지금 여기의 일도 자세히 알지 못하지만, 모호하고 불완전한 자기 삶보다 해석할 수 없지만 훨씬 멋있어 보이고 세련된 인생으로 인도할 것 같은 서구의 것들이 현실에 부재한 환희를 제공해 준다고 믿었던 것이다. 그러다가 변한 것 없는 일상과 조우하면서 그들은 지금까지 선망해 왔던 것이 '신기루'였으며, 각자가 한 마리의 '원숭이'에 지나지 않았다는 뒤늦은 성장통을 치르는 것이다. 외양적 성장은 거듭해 왔으나 그것이 '흉내 내기'에 지나지 않았음에, 이미 고령에 도달한 그들은 뒤늦게 성장에 대한 회의와 통렬한 성찰에 이르게 되는 것이다.

그런 의미에서 소설에 나타난 '초라한 육체'는 이미지이기에 앞서 반(反)성장 서사의 조건이기도 하다. 작중 인물들은 나이도 많고 흉측할 정도의 비만이다. 설령 그들이 뱃살을 흔들며 엉덩이춤을 추더라도, 그것은 징그럽고 혐오스럽다. 그들의 초라한 육체는 상품성과 경쟁력으로부터 훨씬 뒤떨어진 무용하거나 잉여의 존재에 불과하다. 작중에서 말하기 좋아하는 이웃 노인들의 시선에는 '고령화 가족'이 노인들이 투기하기 위해 밖으로 가지고 나온 오물과 다를 바 없는 이 사회의 쓰레기 같은 존재로 분류된다. 이러한 이유로 후기자본주의의 이상적 신체, 그 반대편에 놓인 그들의 초라한 육체는 현실에 대한 전복과 일탈의 가능성이 잠재해 있다. 소설이 진정한 공동체를 잃어버린 시대에 총체성을 찾아나서는 모험을 통해 삶의 의미를 발견해 나가는 장르라고 할 때,14 그들의 초라한 육체는 잃어버린 총체성의 요원함과 아득함을 상기시키면서 동시에 고단한 삶의 여정을 대변한다. 『고령화 가족』을 천착하기에 앞서, 천명관의 데뷔작 「프랭크와 나」를 주목해 보자.

아내의 시점으로 전개되는 소설 속의 주인공은 남편이다. 그는 "백팔십오 센티미터의 키에 백 킬로그램"이 넘는 거구의 사내이다. 그는 국가공인 기술자격증을 대여섯 개나 가지고 있었지만, 실직 후에 취직은 쉽지 않았다. 캐나다에 사는 사촌을 통해 국내에서 랍스터 판매를 중개하려 했지만, 어설픈 해프닝으로 그친다. 빚을 내어 간신히 남편은 캐나다에 갔으나, 아무 성과 없이 돈만 탕진하고 돌아왔다. 남편은 '의리' 하나로 캐나다 사촌의 제안을 온전히 믿었으며, 캐나다에 가서도 '의리' 하나로 사촌의 파탄 난 삶을 봉합하는 데 일조한다. 캐나다에서 30킬로그램이 빠져서 돌아온 남편은 인생의 고달픈 그늘이 짙게 드리워져 웃음도 말수도 줄어들었다. 남편의 초라한 육체의 탕진은 자본주의사회에서 생의 탕진과 왜소한 인간의 기계적 삶을 보여준다. 다음 인용문은 캐나다에 간 남편을 기다리는 아내의 불안한 내면과 자본주의에 압사당하는 초라한 육체를 시사하고 있다.

그날 밤 꿈에 다시 랍스터가 나타났다. 여전히 깊은 바다 속이었고 랍스터들은 거대한 집게발을 천천히 흐느적거렸다. 그런데 내가 다가가 몸을 건드리자 갑각이 힘없이 떨어져 나갔다. 갑각 안의 발은 시커멓게 썩어 있었다. 이상한 냄새도 풍겼다. 썩은 살들은 몸체에서 떨어져 나와 곧 바닷물 속에 흩어졌다. 나는 흩어지는 살들을 손으로 움켜쥐려고 애썼지만 그 살들은 미끄덩거리며 손가락 사이로 빠져나가 물 속에서 흐늘거리다 흔적도

----

14 게오르그 루카치, 반성완 역, 『소설의 이론』, 심설당, 1989, 76~77면.

없이 사라졌다. 잠에서 깨어났을 때, 나는 막막한 허탈감에 사로잡혀 한동안 멍하게 앉아 있었다. (「프랭크와 나」, 25~26면)

천명관 소설에서 의리와 순정을 간직한 인물은 그들이 지닌 '의리'와 '순정'으로 말미암아 현실의 낙오자가 된다. 그들이 의리를 지키려 할수록, 그들의 삶은 형편없이 꼬이게 된다. 「프랭크와 나」에서 나는 '의리' 때문에 가정 파산은 물론 본인의 생명마저 위협에 처했으며, 「순가락아, 구부러져라」에서 나는 '순정한 열정'으로 말미암아 학교, 군대, 가족 모두로부터 소외되고, 노숙자로 전락한다. 그들의 의리, 순정, 순수는 그들 삶을 예상치 않은 상황으로 몰고 갔으며, 그들은 비대한 육체와 더불어 사회의 부적격자로 낙인찍힌다. 순수했던 그들은 이익을 극대화하는 생존 시장에서 열등감을 경험하면서 동시에 질투심과 적개심을 발견해 낸다. 그들은 균질화된 현실의 기준에 기대어 자신의 부진과 부실을 자각하면서 성급하게 사회의 표준적 가치를 내면화하지만, 그들이 체득한 조심성과 규칙성 그리고 두려움은 현실에서 그들을 더욱 조악하고 위태롭게 만들 뿐이다. 이때 비정상적으로 비대한 그들의 육체는 자본주의에 적응하지 못하는 개체들의 불완전하고 불안한 삶을 표상함과 동시에 전복의 가능성도 잠재하고 있다. 그들은 잠재한 야생성에 생기를 받는 순간, 뒤늦게 발견한 취향(영화감독, 연애)을 찾아 길을 나서는 것이다.

3. 초라한 육체의 양면성 — 사회적 삶의 탕진, 야생적 삶의 부활

초라한 육체는 사회의 기대치에 맞추어 관리되거나 조절되지 않은 신체이다. 초라한 신체의 표상성을 이해하기 위해 이 시대가 선망하는 상품가치가 두드러진 신체에 주목해 보자. 천명관은 「비행기」에서 골프 교육용 비디오테이프에 등장하는 스포츠 스타 잭 니클라우스를 다음과 같이 묘사한다.

> 스포츠선수답지 않은 퉁퉁한 몸매와 독일계임을 말해주는 짧고 부드러운 금발, 무언가 고통을 참아내는 듯한 신중한 표정과 기계처럼 안정되고 정교한 스윙동작은 그가 단 한순간의 임팩트를 위해, 언제나 제멋대로이고 싶은 자신의 육체를 얼마나 오랜 시간 달래고 길들여왔는지 말해주고 있었다.(「비행기」, 321면)

잭 니클라우스의 외모는 그의 부(富)와 선별된 인종을 표상한다. 그의 '안정되고 정교한 스윙동작'은 스포츠의 일부이면서 동시에, 이를 실현하기 위해 '제멋대로이고 싶은 육체를 얼마나 오랜 시간 달래고 길들여왔는지' 말해준다. 그것은 신체를 비롯한 우리의 삶이 최상의 기대치(자신의 상품성)를 실현하기 위해 자연 그대로가 아니라 인위적으로 가공하고 포장하고 훈련되어 왔음을 보여준다. 잭 니클라우스는 세계적 프로 골퍼이자 세계적 스포츠웨어 판매의 선두에 있다. 잘 단련되고 정제된 신체는, 곧 잘 팔리며 풍요로운 부를 표상한다. 그의 신체는 그 누구보다도 자본주의 통과의례를 매끈하고 우수하게 수료해 낸 트레이드마크이다.

문제는 이러한 심벌을 좇아 무수한 미성숙한 자아의 성장통이 시작된다는 것이다. 그에 대한 의심은커녕 맹목적 추종과 동일화 과정이, 자본주의사회의 획일화된 또 하나의 이상한 민주적 진풍경을 만들어 낸다. 미성숙한 자아는 각자 자신의 취향이 만들어지기도 전에, 사회가 만들어 놓은 동일화 전략의 로드맵을 내면화하는 가운데 결핍을 경험하고 불완전성부터 자각하는 것이다. 천명관 소설에 자주 등장하는 육중한 신체는 인간 생존수단의 상품화, 상업화, 화폐화 과정에서 열외가 된 '잉여의' '여분의' 존재를 표상한다. 그들은 '현대화된' 지역과 '현대화 중인' 지역에서 생긴 자본주의의 인간쓰레기를 대변한다. 그들은 현대적 생활 방식에서 생존수단과 방법을 거세당한 존재들이기 때문에,[15] 역설적으로 설계된 현대화에 제동을 걸 수 있는 존재이기도 하다. 탕진된 육체는 일종의 쓰레기로서 그것은 모든 생산의 어둡고 수치스러운 비밀이면서,[16] 동시에 생산과 설계의 실체를 전복시킬 수 있는 코드이다. 혼돈은 질서의 분신이며 마이너스 기호가 붙은 질서이다.

천명관의 『고령화 가족』에 등장하는 일가(一家)는 사회로부터 폐기처분된 인간쓰레기들의 집합이다. 그들은 외적으로는 너무 늙었으나

---

15 지그문트 바우만, 정일준 역, 『쓰레기가 되는 삶들 — 모더니티와 그 추방자들』, 새물결, 2008, 21~26면 참조. 이하 쓰레기 담론은 이 책을 참조한 것이다.

16 위의 책, 59면. 현대라는 시대 내내 국민 국가는 질서와 혼돈, 법과 무법, 시민과 호모 사케르, 소속과 배제, 유용한(=합법적) 생산품과 쓰레기 사이의 구분을 관장할 권리를 주장해왔다. '수많은 그럴싸한 말들에도 불구하고' 질서 구축 과정에서 생산된 쓰레기를 골라내고 분리하고 처리하는 작업, 그리고 국가가 권력을 주장할 근거를 제공하는 일이 국가의 최우선 과제이자 메타기능이었다.(같은 책, 69면)

내적으로는 너무 젊어 있다. 사회적 시선에서 그들은 노쇠하고 상품성을 상실한 육체들이지만, 자연 그대로의 시선으로 볼 때 오히려 그들은 사회화에서 유리된 존재들이기에 아직 너무 젊어 있다. 그들의 초라한 육체는 인위적이고 획일적인 사회 규범에 길들여지지 않은, 자유에 대한 또 다른 표상이다. 더군다나 어리석을 정도로 무모했던 육체의 탕진이 의도되어진 저항이 아니라 자연 그대로의 삶의 결과라고 할때, 이것이야말로 후기자본주의 포스트모더니즘 소설의 의도되지 않은, 말할 수 없는 것에 대한 분출이라 할 수 있다.

작중 인물들은 너무 일찍 노쇠해 버렸다. 그들은 인생을 탕진하고 사회와 대응할 생의 기운을 상실했다. 1인칭 주인공 '나'의 전력은 다음과 같다. 48살의 나는 영화판에서 감독으로 일하다가 망한 충무로의 낭인이다. 아내와 이혼했으며, 알코올중독자로 전락했다. 그의 형 오한모(오함마)는 52살의 120킬로그램의 거구로서 폭력과 강간, 사기와 절도로 얼룩진 전과 5범의 변태성욕자이다. 나는 그를 정신불구의 거대한 괴물, 인간망종으로 취급한다. 그는 교도소를 제집 드나들듯 드나들면서 파란만장한 청춘을 보냈다. 손대는 사업마다 말아먹고, 엄마집으로 들어와 3년째 눌러 붙어 있다.

곧이어 45살의 여동생 오미연도 바람을 피워 이혼당하고 딸 민경을 데리고 엄마 집으로 들어왔다. 엄마는 아버지가 돌아가신 이래, 동네 주부들을 상대로 기능성화장품을 팔고 있다. 너무 빨리 노쇠한 그들이 엄마에 대한 원초적 그리움을 호소한다. 엄마는 이혼과 파산, 전과와 무능의 불명예를 짊어진 삼남매를 포용하여 집으로 받아들인다. 내가 엄마의 집으로 가겠다고 했을 때 엄마는 쾌히 승낙하고 닭죽을 끓여놓았다. 나는 엄마 집에 와서 엄마가 만들어 놓은 닭죽을 맛있게 먹고 나른한 잠에 빠진다. 잠에서 깨어보니, 형 오한모가 텔레비전을 보고 있다. 내가 엄마 집에 있기로 했다고 하자, 일찍이 엄마 집에 들어온 형과 살벌한 영역다툼을 벌이게 된다.

눈을 떠 보니 거실엔 텔레비전이 켜져 있었고 그 앞에 거구의 한 사내가 냄비를 끌어안고 닭죽을 퍼먹으며 코미디프로를 보고 있었다. <u>아직 쌀쌀한 날씨임에도 불구하고 그는 반소매 차림이었는데, 셔츠가 배를 채 다 가리지 못해 두꺼운 살집이 밖으로 비어져나와 있었다. 텔레비전쇼를 보며 웃음을 터뜨릴 때마다 그의 거대한 뱃살이 출렁거렸다.</u>(18~19면. 밑줄은 필자)

'선빵'을 날린 건 역시 그였다. 내 얼굴을 향해 대뜸 냄비를 집어던진 것이다.
　─ 이 새끼가 어따 대고 눈을 부라려!
　역시 싸움에 관해선 오함마가 나보다 한 수 위였다. 냄비를 얼굴에 정통으로 맞은 나는 주춤했다. (…중략…) 냄비에 머리를 얻어맞은 나는 완전히 '꼭지'가 돌아버려 자리에서 곧장 튕겨 일어나 오함마를 향해 미사일처럼 날아갔다. 그리고 마구 악을 쓰며 주먹을 휘둘러댔다.
　─ 씨발새끼! 네 집도 아닌데 내가 들어가든 말든 왜 지랄이야, 지랄이!
　바짝 독이 오른 내가 악을 쓰며 달려들자, 오함마도 잠시 주춤했다. 하지만 역시 노련한 싸움꾼답게 그는 순식간에 나를 바닥에 눕히고 발로 짓밟기 시작했다. (…중략…)
　─ 이 새끼가 이젠 아주 미쳤구나. 그 동안 동생이라고 봐줬더니 …… 너, 오늘 죽어봐라!

오함마는 사정없이 나를 짓밟았다. 나는 두들겨맞는 와중에도 그의 바짓가랑이를 붙잡고 매달렸다. 그러다 그가 다리를 들어올리는 순간, 머리로 그의 사타구니를 정통으로 들이받았다. 오함마는 악! 소리와 함께 사타구니를 감싸쥐고 바닥에 나뒹굴었다. 나는 때를 놓치지 않고 그의 배 위에 올라타 옆에 있던 닭죽 냄비를 집어들어 마구 휘둘렀다.(21~22면)

형제간의 영역 다툼은 길들여지지 않은 야생동물들의 싸움을 방불케 한다. 48살과 52살 거구의 중년남자가 거실에서 나뒹굴어, 닭죽 찌꺼기가 여기저기 묻어 있고 찝찔한 코피가 낭자하다. 난장판을 수습하는 것은 엄마이다. 여동생마저 집으로 들어오자, 나는 오함마와 같은 방을 써야 했다. 오함마는 120킬로그램의 거구에 시도 때도 없이 방귀를 뀌어대었고, 나와 그의 동거는 동물원의 우리를 방불케 했으나 종내 그들은 '의리'를 저버리지 않았다. 가출한 조카를 찾으면서, 그들은 서로에 대한 의리를 지킨다. 오함마는 매번 자기 자신과 타자들 간의 불균형한 소통으로 오해와 실수를 연발했던 것이며 그 결과 그는 강간범, 사기범, 절도범이라는 범법자로 낙인찍혔던 것이다. 엄마의 집에서 야생의 힘을 축적한 그들은 머지않아 각자 자신의 일을 찾아 집을 나선다.

4. 엄마, 여자, 자연 그리고 반(反)성장의 생기(生起)

그들은 이 사회에서 불필요한 존재이거나 쓸모없는 존재이며, 그렇지 않으면 잉여의 존재이다. 작중 인물들 간의 관계는 좌충우돌하고 비생산적이고 견고하게 유지될 수 없는 관계이다. 이들의 막장 인생에는 해피엔딩과 별개로 지루한 일상, 수많은 시행착오, 어리석은 욕망, 부주의한 선택으로 가득 차 있다. 이 막장가족은 "평생 가난에서 벗어나지 못하고 변두리만을 떠돌며 낭떠러지를 걷듯 살아온 천애의 삶, 아무리 똥줄 타게 뛰어다녀봤자 입에 풀칠하는 것조차 버거웠던 무능과 무지, 숱한 수모와 상처, 불명예와 오명의 역사"(141면)를 걸머진, 이 사회에서 성장하지 못한 존재들이다. 사회적 기준과 가치 잣대에 비추어 열외로 영락한 존재지만, 이들을 존재 그 자체로 긍정하는 대상이 있다. 그것은 바로 엄마이다. 이 글에서 주목하려는 것은 구태의연한 모성애를 말하려는 것이 아니다. 그것은 있는 그대로의 존재를 수용하여 생장의 가능성을 일깨우고 담지하며 수행하는 자이다.

칠순이라는 사회적으로 영락한 연령에도 불구하고, 엄마는 여자이면서 또한 살아있는 대상을 살려내는 또 다른 자연의 표상이다. 엄마는 밖으로 부지런히 화장품을 팔러 나가는 와중에도 꼬박꼬박 자식들의 밥을 챙겨주었다. 일흔이 넘은 엄마는 화장품을 팔기위해 늘 화장을 한다. 그것은 작중 노파가 할머니이기 이전에, '여자'이며 '자연'으로 존재하기 때문이다. 그것은 좌충우돌, 약육강식, 사회의 아이러니와 일탈에도 불구하고 변함없이 있는 그대로의 존재 그 자체를 수용할 수 있는 생기(生氣)이기도 하다.

　　최근의 엄마에겐 의아한 대목이 하나 있었다. 그것은 온 식구가 한데 모여 살면서부터 엄마에게 알 수 없는 활기가 느껴졌다는 점이었다. 아무리 나이보다 젊어 보인다고는 하지만 엄마는 이미 칠순이 넘은 노인이었다. (…중략…) 엄마로선 그야말로 혀를 깨물고 죽어도 시원찮을 상황이었을 텐데도 엄마는 마치 물 좋은 온천에라도 다녀온 것처럼 얼굴에 생기가 넘치고 목소리까지 한 톤 더 높아졌다. (…중략…) 고기를 먹다 문득 엄마를 쳐다보니 그녀는 어느새 젓가락을 내려놓은 채 우리들이 먹는 양을 물끄러미 바라보고 있었던 것이다. 그 표정은 오래전, 엄마 앞에 제비새끼들처럼 나란히 앉아 밥을 먹을 때 어린 우리들을 지켜보던 바로 그 표정이었다. 그저 못 입히고 못 먹이는 자식들을 안쓰러워하는 눈빛과 그래도 열심히 먹고 잘 자라니 다행이라는 흐뭇한 미소가 뒤섞인 복잡한 표정을 나는 그날 삼겹살을 굽는 자리에서 다시 목격한 것이다.(57~59면)

　영락한 삼남매가 한 집에 모여들자, "사람은 어려울수록 잘 먹어야 된다"(59면)는 지론으로 엄마는 없는 살림에 매 끼니마다 고기를 만들어 올린다. 엄마는 고기를 밥상에 올리는 방식으로, 세상에서 패배하고 돌아온 자식들에게 다시 재기할 수 있는 힘을 불어넣어 주었던 것이다. 엄마는 낭떠러지에 내몰린 자식들에게 고기를 먹이며, 생에 대한 의지를 북돋운다. 그 스스로 생명의 기운이 얼마나 끈질긴 것인지를 보여주면서, 각각의 생명에 내재한 자생적 고난 해결 능력을 북돋워준다. 제멋대로 구는 그들의 야생적 삶을 보듬어 안고, 내면에 잠재한 야생성을 북돋워주기 위해 매 끼니마다 고기를 먹이는 것이다. 고기를 먹이긴 하되 밖에서 살아내고 살려내는 일은 각자 자신의 몫이므로, 엄마는 밖의 일에 대해서는 무심하다. 그것이야말로 중심이 부재한, 규범적이고 획일화된 잣대가 부재한 가운데 생장하는 자연(自然)의 생장 방식이다.

칠순이 넘은 노모는 '엄마'이자 '여자'라는 정체성을 지니고 있다. 그녀는 노인 혹은 인생의 패배자가 아니라 인생의 많은 경험을 가지고 있는 자상한 '연장자'였으며, 한 남자와의 열애를 간직하고 지켜나가는 '여자'이다. 그녀는 후처로 들어와 전처 자식 오함마를 친자식처럼 알뜰히 거두어 먹이면서 가정을 돌보았다. 오한모가 2살 때, 엄마는 나를 낳았다. 이후에도 그녀는 같은 동네 전파사의 구씨와 바람이 나서 집을 나가는가 하면, 예쁜이 수술을 하면서까지 육체의 욕망을 탐닉하는 데도 적극적이었다. 여동생 미연은 엄마와 전파사 구씨 사이에 태어났다. 전파사 구씨가 구치소에 갔을 때, 엄마는 미연을 안고 아버지에게 이끌려 다시 집으로 들어왔다. 나는 "엄마는 정숙하고 현명하게 남편을 보필하고 자식을 위해 희생하는 여자일 뿐, '성적 욕망을 가진 여자'라는 생각은 단 한 번도 해본 적이 없"(174면)지만, 엄마는 어머니이기도 하면서 암컷의 자연이었음을 시사한다.

"젊은 시절 외간남자와 눈이 맞아 자식들을 팽개친 채 야반도주를 하기도 하고, 어두운 진실을 사십 년간 감쪽같이 덮어둔 채 배다른 자식과 씨 다른 자식을 억척스럽게 한집에서 밥해 먹여 키우고, 세상사에 실패하고 돌아온 자식들은 다시 거둬주고, 뒤늦게 재회한 옛사랑을 불륜의 씨앗인 딸의 결혼식장에 불러들인 엄마"(211~212면)는 여자이면서 자연이다. 그녀는 개인적 삶과 사회적 삶을 살아나가되, 균질화된 패턴을 따라가는 것이 아니라 내부의 에너지와 외부의 규율 간에 조화를 이루어 낸다. 때로는 '엄마'로서 때로는 암컷이자 여자로서, 엄마야말로 '취향'을 살아내고 있다. 엄마는 인간적이면서도 동시에 자연적 정리를 가지고 있었다. 그것은 열정적 사랑보다 더 차원 높고 믿을 만한 것이다. 부서진 희망의 흔적으로 삶을 지속시켜 나가는 나에게 '엄마'는 야생성을 표상하는 원형적 자연이다.

천명관의 소설에서 아버지는 가족의 삶에 큰 영향을 미치지 못한다. 가족 중에서 가장 일찍 세상을 떠난 것으로 설정되었을 뿐, 소설에서 아버지의 직접적 목소리가 노출된 부분은 없다. 자식들은 아버지로부터 어떤 영향과 감화도 받지 않았으며, 가죽부츠와 오토바이를 제외하고는 그에 대한 특별한 추억이 없다. 아버지의 위상은 실체 없이 '그림자'에 그친다. 아버지의 비존재감은 엄마가 뒤늦게 받아들인 전파사 구씨의 비존재감과도 상응한다. 그는 집에 고장 난 전축을 고쳐놓으며 과거의 소리를 복원해 내는 일을 했지만, 정작 자신은 어떤 목소리와 성격도 내비치지 않았다.

그것은 이미 이 가족이 출발점부터 자본주의의 패배자로 설정되어 있다는 것, 막장가족의 야성적 삶이 기실 가장인 아버지의 무능력에 기인해 있음을 반증해 준다. 천명관은 아버지의 질서 속에 만들어진 사회적 조건과 판 들을 불신하고 회의하고 있다. 상징적이고 규범적인 아버지의 권위가 약화되어야만, 나머지 구성원들의 자율성과 야생성이 발휘될 수 있기 때문이다. 작가는 권위적 상징계의 질서가 만들어 낸 사회화의 허상을 일찍이 간파하고, 그에 대한 회의감을 부재한 아버지를 배경으로 가족 구성원의 들쑥날쑥한 야생성 속에서 보여주려 했던 것이다.

5. 성장 신화의 상품, '시민'

자본주의사회에서 성장이 자본주의에 대한 순응이라 한다면, 반(反)성장은 자본주의에 대한 성찰이라 볼 수 있다. 천명관 소설에 나타난 초라한 육체는 고령화에다 비대하여 사회적으로 경쟁력이 없다. 그들의 육체는 자본주의의 상품가치로부터 유리되어 있으므로, 자본주의의 동일화 전략의 자장 밖에 있다. 그런 까닭에 그들의 초라한 육체는 자본주의의 기획과 설계를 맘껏 조롱하면서, 그것을 전복시킬 수 있는 가능성으로서 야생성을 소환해 낼 수 있다. 반(反)성장 서사에서 초라한 육체가 함의하는 바를 깊이 천착하기 위해, 점차 비대해지는 자본주의의 괴력에 주목할 필요가 있다.

자본주의는 민주주의 담론과 결탁하여, 전 국가적 차원에서 유포 확산되기에 이르렀다. 자본주의는 민주주의를 '브랜드'로 삼아 제품의 실제 내용으로부터 제품의 판매 가능한 이미지를 완전히 잘라내는 상품물신성의 최신 변형으로 뒤바꾸어 놓았다. 정치적 합리성으로서 '신자유주의'는 입헌주의, 법 앞의 평등, 정치적·시민적 자유, 정치적 자율성과 같은 자유민주주의의 기본 원리를 '비용 / 수익 비율', '능률', '수

익성', '효율성' 같은 시장의 기준으로 대체했다. 이러한 신자유주의적 합리성에 의해서 각종 권리와 정보접근뿐만 아니라 정부의 투명성, 책임성, 절차주의 같은 여타의 입헌적 보호 장치마저 쉽게 회피되거나 무시된다. 국가는 공공연히 인민의 지배가 아니라 '경영관리 운용의 구현체'로 탈바꿈한다. 신자유주의는 민주주의의 정치적 실체를 부스러기로 만들어, '시장민주주의'로 전락시켰다.[17]

천명관이 구현해 낸 육체의 탕진은 이러한 거대 자본주의에 대한 조롱이며, 분노이면서, 작가의 자기반성이기도 하다. 초라한 육체, 그 육체의 탕진은 부정에 대한 부정적 표상 방식으로 자본주의 사회가 지향하는 성장 담론에 제동을 건다. 그들의 초라한 육체는 자본주의의 이상과 모순되며, 수익성 효율성과 같은 시장의 기준과 길항한다. 초라한 육체는 상품가치는 물론 소비의 주체도 아니다. 자본주의 자장에서는 경쟁력 없는 잉여의 육신이지만, 사회적 규범이 거세된 이후 발동하는 야생성은 표준화된 사회적 생존 대신 자연적 생존 방식을 환기한다. 역설적으로 볼품없이 뚱뚱하고 통제가 어려운 그들의 육체는 사회의 통제로부터 해방되면서, 동시에 내면의 자유를 구가한다. 초라한 육체는 소비할 수 없는 대신, 자기 자신과 소통하면서 현실에 팽배한 잘못된 성장 서사를 비판하기에 이른다. 소통되는 것은 소비되는 것과 구분되어야 한다. '고통'마저 상품화되는 자본주의 구도 속에서, 진정한 소통은 서로 주고받으며 자아와 타자가 밀고 당기는 길항관계 속에서 각자 힘이 생겨야 하는 것이다.

---

17 웬디 브라운, 「오늘날 우리는 모두 민주주의자이다 …」, 조르조 아감벤 외, 앞의 책, 85~94면 참조.

우리 사회가 성장했다고 말할 수 있는가. 천명관 소설에 등장하는 초라한 육체는 성장이라는 판타지 속에 감추어진 사회의 정교한 시스템과 그 시스템에 무반성적이고 무비판적으로 순응하는 우리들의 안일한 자의식에 제동을 건다. 더 문제적인 것은 자본주의에 길들여진 우리들의 감수성이다. 에바 일루즈에 따르면 우리는 호모센티멘탈리스이다. 감정 자본주의는 여러 감정 문화들을 재배치하면서, 한편으로는 경제적 자아를 감정적이 되게 만들었고, 다른 한편으로는 감정들을 좀 더 도구적 행위에 종속되게 만들었다.[18] 심리학자, 경영, 인간관계 컨설턴트 들에 의해 정식화된 정서성이라는 새로운 모델이 중간계급 직장 내의 사회성 양식 및 모델을 교묘하게 그러나 확실하게 바꾸어 놓았다.

다시 천명관 소설의 초라한 육체로 돌아가자. 우리는 천명관의 소설에 등장하는 초라한 육체를 보면서 재미를 느낀다. 그것은 초라한 육체의 주인공들이 자본주의사회에서 우스운 존재에 지나지 않음을 우리 스스로 무의식적으로 합의하고 있기 때문이다. 희극의 미학이 그러하듯, 초라한 육체의 주인공들은 우리가 정해 놓은 평균치의 삶에서 이탈해 있다는 점에서 우리는 '실소(失笑)'에 빠지는 것이다. 그만큼 우리는 육체적으로 정신적으로 자본주의사회가 정해 놓은 표준적 가치를 뿌리 깊이 체득해 있는 셈이다. 작중 인물이 열등하다고 느끼는 만큼, 자신의 삶은 이 사회의 표준치에 육박해 있다고 자신하는 것이다. 우리의 감정 역시 자본주의의 유통구조 속에서 자본주의의 기획에 의

---

18 에바 일루즈, 김정하 역, 『감정 자본주의』, 돌베개, 2010, 55면. 이하 감정 자본주의 담론은 이 책을 참조한 것이다.

해 잠식당해 있다.

 그런 의미에서 천명관 소설의 초라한 육체는 자본주의만이 아니라 현대인들을 조소한다. 당신들이야말로 진정 이 사회가 지정해 놓은 평균치의 성장에 도달한, 자본주의의 통과의례를 매끈하게 통과한 시민이라고 말이다. 우리의 성장이 알고 보면, 자본주의의 적극적 내면화와 동일화 과정이 아니었는가 하고 말이다. 성장했다고 믿는 자의식 속에서 내면의 취향이 거세당했고 야생의 살아있는 자연이 거세되었으며, 언제나 결핍과 불완전함 속에서 또 다른 내일의 평균치를 소망하며 흉내 낼 수 있는 또 다른 무엇을 욕망하고 있는 것은 아닌가. 애초부터 성장이 불가능하고 공존만 가능한 세상에서 성장이라는 판타지를 만들어 낸 것은 아닌가. 성장은 단지 문명과 규율이 만들어 놓은 이 사회의 진보성을 유지하고 존속하기 위한, 이 사회의 동일화 전략이 아닌가. 사회가 만들어 놓은 통과의례를 의심 없이, 아니 적극적으로 추종해 온 우리들은 자신도 모르게 이 사회의 동일화 전략을 살아내는 획일화된 서사구성물은 아닌가.

피로사회에서 생동(生動)을 꿈꾸기

천명관의 『나의 삼촌 부르스리』 1 · 2(예담, 2012)

길은 미래를 향해 뻗어 있지만
그 길을 만든 건 추억이었다

길은 속도를 위해 존재해왔다
하지만 추억의 몸인 그 길은 자꾸
속도의 바깥으로 나를 끄집어내곤 했다

실연의 신발은 속도를 갈망했고
사랑의 신발은 정지를 찬양했다

바뀐 사랑을 이끌고 그 길을 지나갈 때마다

새로운 추억은 그보다 오래된 추억을 지웠고
가까운 미래는 더 먼 미래를 지웠다
하여, 미래와 추억은 어느 순간 길 위에서 만났다

난 이미 낡아버린 신발로 미래를 추억하였다
길이 끝나는 곳에서, 그 길은
내 암흑의 내부를 걷기 시작했고
비 내리는 내 기억들의 필름이 몸을 풀어
길의 미래가 되어주었다.[1]

1. '피로사회'와 이야기의 육체성

　온라인과 오프라인에서 인기를 모은 천명관의 신작 『나의 삼촌 부르스리』1 · 2(예담, 2012)는 원초적 생동감을 보여준다. 소설의 줄거리는 단순하다. 사생아 권도운은 이소룡을 흠모하며 평생을 살았으며, 자신에게 주어진 삶의 역경을 살아내는 가운데 부르스리가 성취할 수 없었던 첫사랑을 사수해 낸다. "작은 체구에 까무잡잡한 얼굴, 뭘 해도 어색하고 촌스러운 태가 남아 있는 삼류 액션배우와 어디를 가든 사내들

1　유하, 「내 몸을 걸어가는 길」, 『세운상가키드의 사랑』, 문학과지성사, 1995, 53면.

의 눈에 띌 수밖에 없는 여배우",[2] 성사되기 어려운 커플이 남자의 고진감래 끝에 사랑에 골인한다. 짝퉁으로 출발한 인생이지만, 긴 세월을 거쳐 스스로 고유한 인생 스토리를 완성한다.

얼핏 통속적 멜로 서사를 벗어나지 않는 듯하지만, 최근 젊은 작가들의 감수성과 구분되는 새로움을 지니고 있다. 자폐적 우울에 시달리는 인간이 아니라, 순진무구한 '광인'의 모습을 보여준다. 이와 같이 역동적 삶을 내장한 소설이 이 시대 각광받을 수 있는 것은, 우리가 살고 있는 사회가 생동하는 육체를 잃어버리고 외피와 건강만을 추종하는 데서 기인한다. 이러한 현대 사회를 한병철은 '피로사회'라 진단한다. 그가 진단한 후기 근대 사회의 문제점은 다음과 같다.[3]

후기 근대 사회는 '성과사회'이며, 그 사회를 살아가는 자아는 '성과주체'이다. 전대의 산업사회가 '규율사회'로서 변함없는 정체성에 의존해 있었다면, 후기 산업사회는 '성과사회'로서 생산의 증대를 위해 유연한 개인을 필요로 한다. 규율사회가 부정성과 강제성에 기반을 두고 있었다면, 성과사회는 부정성에서 벗어나 무한정한 '할 수 있음'을 야기한다. 성과주체의 심각성은 강제성이 외부에서 기인한 것이 아니라 내부의 긍정성에서 온다는 점이다. 과다한 노동과 성과는 자기 착취로 치닫는다. 후기 근대의 성과주체는 의무적 일에 매달리지 않는다. 복종, 법, 의무 이행이 아니라 자유, 쾌락, 선호가 그의 원칙이다. 명령하는 타자의 부정성에서는 벗어나지만, 그 자신의 '자유'에서 새로운 강

---

2 천명관, 『나의 삼촌 브루스리』 2, 예담, 2012, 186면. 이하 작품 인용은 인용문 말미에 권수와 페이지 수만 밝히도록 한다.
3 한병철, 김태환 역, 『피로사회』, 문학과지성사, 2012. 이하 피로사회에 대한 분석은 한병철의 책을 참고로 한 것이다.

제가 발생한다. 그는 자기 자신의 경영자가 되어야 한다.

'타자로부터의 자유'는 나르시시즘적 자기 관계로 전도되어, 성과주체에게 많은 심리적 장애를 초래한다. '규율사회'의 부정성이 '광인'과 '범죄자'를 양산한 데 비해, '성과사회'의 부정성은 '우울증 환자'와 '낙오자'를 만들어 낸다. 생산성 향상을 비롯한 성과를 향한 압박이 탈진 우울증을 초래한다. 우울증은 긍정성의 과잉에 시달리는 사회의 질병으로서, 자기 자신과의 전쟁을 벌이고 있는 인간의 실체를 반영한다. 우울증 환자는 '자신의 자주성에 지쳐버린' 사람, 즉 자기 자신의 주체가 될 힘을 상실한 사람이다. 그는 '주도적이어야 한다는 요구'의 끝없는 반복에 지쳐 있다. 긍정성의 과잉, 즉 부인이 아니라 '아니라고 말할 수 없는 무능함', 해서는 안 됨이 아니라 '전부 할 수 있음'에서 비롯된다.

'폭력'은 분쟁과 갈등의 부정에서만이 아니라 '동의'의 긍정성에서도 발생한다. 모든 것을 흡수하는 것처럼 보이는 자본의 전일적 지배는 합의적 폭력이라 할 수 있다. 문제는 개인과 개인의 경쟁이 아니라 경쟁의 자기 관계적 성격이다. 성과주체는 자기 자신과 경쟁하면서 끝없이 자기를 뛰어넘어야 한다는 강박, 자기 자신의 그림자를 추월해야 한다는 파괴적 강박 속에 빠진다. 자유를 가장한 이러한 자기 강요는 파국으로 끝난다. 자아가 도달 불가능한 '이상 자아'의 덫에 걸려들면, '이상 자아'로 인해 완전히 녹초가 된다. 이때 현실의 자아와 이상 자아의 간극은 자학으로 이어진다.

이것은 자본주의적 생산관계와 밀접한 관계가 있다. 자본주의가 일정 생산수준에 이르면, 자기 착취는 타자에 의한 착취보다 훨씬 더 효과적이고 능률적이다. 그것은 자기착취에 '자유'의 감정이 동반하기 때문이다. 타자에 의한 강제가 자유를 가장한 자기 강제로 대체된다. 성과주체는 완전히 타버릴 때까지 자기를 착취한다. 자학성, 자살에 이르기까지 자기 자신에게 날리는 탄환이 날아든다. 자아는 자기 자신과 전쟁을 치른다. 현실의 자아는 '이상 자아'에 비해 자책할 수밖에 없는 낙오자이다. 사람들은 자기에게 폭력을 가하고 자기를 착취한다. 타자에게서 오는 폭력이 사라지는 대신, 스스로 만들어 낸 폭력이 그 자리를 대신한다. 자기 착취는 기만적 자유의 느낌을 동반하는 한에서, 타자에 의한 착취보다 효율적이다.

> 현대사회는 더 이상 주권사회가 아니다. 우리 모두를 호모 사케르로 만드는 저주는 성과의 저주이다. 자기가 자유롭다고 착각하는 성과주체, 호모 리베르, 자기 자신의 주권자, 자기 자신의 경영자를 자처하는 주체는 바로 이러한 성과의 저주에 빠져 스스로를 호모 사케르로 만든다. 그러니까 성과사회의 주권자는 자기 자신의 호모 사케르인 것이다.[4]

자본주의 경제는 생존을 절대화한다. 자본주의 경제는 '좋은 삶'이 아니라 '더 많은 자본'이 '더 많은 삶', '더 많은 삶의 능력'을 낳을 것이라는 환상을 자양분으로 발전한다. 생존의 히스테리로 인해 좋은 삶에 대한 관심은 밀려난다. 삶을 감싸던 서사성은 완전히 벗겨졌고, 삶은 '생동성'을 잃어버렸다. '생동성'이란 단순한 생명력이나 건강보다 훨씬 더 복합적인 것이다. 건강에 대한 열광은 삶이 돈 쪼가리처럼 벌거

---

4 위의 책, 110~111면.

벗겨지고 어떤 서사적 내용도, 어떤 가치도 갖지 못하게 되는 상황에서 발생한다. 무슨 수를 써서라도 보존해야 할 것은 오직 자아의 '몸' 밖에 없다. 이상적 가치의 상실 이후에 남은 것은 자아의 '전시가치'와 더불어 '건강가치'뿐이다. 벌거벗은 생명은 모든 목적론, 건강해야 하는 이유를 제공하는 모든 목표 의식을 지워버린다. SNS시대 "소셜 네트워크 속의 친구들은 마치 상품처럼 전시된 자아에게 주의를 선사함으로써 자아 감정을 높여주는 소비자의 구실을 할 따름이다."[5]

이 지점에서 시뮬라크르 이상의 의의를 제공할 수 있는, 생동이 넘치는 소설의 육체성을 언급할 필요가 있다. 소설이 내장하고 있는 육체성은 전시 효과 및 건강이라는 안전한 삶과는 별개로, 인간이기에 꿈꾸는 생기와 역동성을 내재하고 있다. 천명관의 『나의 삼촌 부르스리』 1 · 2는 7080세대의 성장 서사로서, 2010년대의 '성과사회'가 아니라 1970~80년대 '규율사회'를 배경으로 지순한 인간의 삶의 방식을 보여준다. 그것은 이전세대의 진부한 삶의 재현이 아니라 삶에 내재해 있는 원초적 생동(生動)을 재현한 것이다. 이때 생동(生動)은 이 작품에 나타난 이소룡이 무협영화의 히로인이며 이를 추종하는 주인공이 영화배우 이소룡을 추종하는 대역 배우이기 때문이 아니라, 주인공의 정서와 감수성이 원초적 생의 본능을 따르고 있다는 데 있다.

----

5 위의 책, 97면.

2. 짝퉁의 열등감에서 고유한 스토리 만들기

권도운(道雲). 그는 할아버지의 서자이다. 서자 도운은 집성촌 마을에서 외톨이로 살았으며, 그 누구에게도 속하지 못했다. 그를 움직이는 인생의 변함없는 좌표가 있다면, 그것은 이소룡이다. 영화배우 이소룡은 1970년대를 풍미했다. 당시 한국은 독재와 대중문화가 홍성했으며, 이소룡은 그 시대를 대변하는 대중스타였다. 유하는 산문집『이소룡세대에 바친다』에서 대중스타의 가치를 분석했는데 "스타란 한 시대의 유행하는 문화적 인식소들을 한 몸에 요약하고 있는 존재들"[6]이며, "새로운 스타가 보여주는 새로운 매력이란 결국 한 시대의 대중들이 갖는 욕망의 시의성과 유행의 그물망에서 건져 올려진 것"이다.[7]

이소룡의 스타성은 1970년대 대중이 지향하는 욕망과 맞물려 있다. 그것은 작중에 언급된 바와 같이, 전대 액션영화의 구태의연한 신비주의에서 탈피한 '육체성'과 '현실성'의 결합이다. 그는 '몸의 현실성'을 토대로 새로운 스타일의 무술영화를 창조했다. 몸을 통해 현실성을 획득했다는 사실은 중요하다. 독재라는 강력한 '규율사회'이지만, 적어도 '몸'에 대한 건전하고 정당한 믿음이 통용될 수 있었다. '무도인'과 '무도인의 윤리'가 통용될 수 있었던 만큼, 1970년대 삶을 감싸던 서사성은 몸으로 대변되는 구체성과 진정성을 내포하고 있었다. 그런 까닭에 도운이 이소룡을 통해 터득한 윤리는 이론적 체계는 없지만, 그의

<hr>

6 유하,『이소룡세대에 바친다』, 문학동네, 1995, 117면.
7 위의 책, 127면.

삶을 짝퉁에서 진품으로 격상시킬 수 있는 근거가 되었다.

도운은 몸으로 이해하고 몸으로 실천했다. 예컨대 무술영화에서 밥그릇을 손으로 들고 먹는 인물들을 통해 그는 '고개를 숙이지 않겠다', '내 밥은 내가 벌어먹겠다'는 의지를 돈독히 한다. 1970년대 무지와 낭만의 틈바구니에서, 무도인 이소룡은 구체적이고 진지한 '정의(justice)'로 존재했다. 도운에게 이소룡은 부재한 아버지이면서 법과 종교의 세계를 대변했으며, 미래 삶의 표본이기도 했다. 이소룡을 통해 그는 현실을 완전무결한 총체성의 세계로 인지할 수 있었으며, 이소룡에 대한 환영으로 불우한 과거와 현실의 불의를 타계할 수 있었다.

고향에 있을 무렵 그는 영화촬영장에서 대역 배우의 무술 신(scene)을 대신 함으로써, 이소룡이 되려는 꿈을 구체화했다. "꿈을 갖는다는 게 그런 것일까? 속눈썹이 얼어붙을 만큼 추운 밤길이었지만 마치 꿈을 꾸듯 발은 허공을 내딛는 것만 같았고 기이한 열기가 온몸을 감싸고 있어 추운 줄도 몰랐다." "너무나 강렬하고 뚜렷해서 차마 정면으로 응시하기가 두려웠던 그것은 바로 자신이 이소룡이 되는 거였다."(1 : 180 면) 이소룡이 되는 것과 더불어 또 하나의 꿈이 생겼는데, 그것은 영화촬영장에서 본 여배우 최원정에 대한 사랑이다.

도운은 처음 상경하여 북경반점의 배달원으로 일했다. 그는 홍콩에서 찍는 이소룡 영화에 출현하겠다는 포부를 갖는다. 북경반점 마사장의 도움으로 밀항선을 타긴 했으나, 밀입국이 적발되어 한국으로 회항했다. 돌아온 그는 군대에 입대한다. 제대 후 농사일을 하던 중, 규율사회의 희생양이 된다. 1980년 계엄령이 발포되자, 그는 범죄의 소지가 있는 인물로 분류된 것이다. 규율사회의 강제와 부정성에서 범죄자가 양산되듯, 그는 불량배의 머릿수 채우기의 희생양이 되어 삼청교육대에 끌려간다. 그는 불량배보다 더 무섭고 거대한 조직과 규율에 억눌리지만, 살아서 무사히 고향으로 돌아온다. 규율사회에서 그는 때로는 '광인'으로, 때로는 '범죄자'로 취급되었다.

제대 후 서울로 돌아가, 그는 본격적 대역 배우의 삶을 산다. 그가 실제 경험한 현실은 무협의 진실과는 거리가 멀었다. "주먹이 빠르다고 강한 것이 아니었으며 옳다고 해서 항상 승리하는 것이 아니었다."(2: 70면) 권격영화가 몰락하자, 그는 아동영화에서 대역 배우로 일했다. 오랜 세월 영화판을 기웃거리던 중, 그는 한물간 여배우로 전락한 최원정과 호흡을 맞추게 된다. 그녀는 삼류영화와 아동영화의 주변캐릭터를 전전하고 있었다. 첫사랑을 시작한 이래 10여 년이 훌쩍 흐른 후에야, 그는 원정과 사랑을 나눌 수 있었다. 원정에 대한 그의 사랑은 이소룡이 되겠다는 꿈을 다른 방식으로 옮겨놓은 것이다. 오랫동안 이소룡 판타지 속에서 허우적거린 결과, 현실에서 그가 성취한 것이 아름다운 여배우의 육체였다.

그가 지향해 온 이소룡의 강렬한 육체성은 아름다운 여성과의 강렬한 사랑으로 전유된다. 짝퉁에서 시작된 삶은 통속적이지만, 또 다른 스토리를 만들어 냈다. 그는 이소룡의 삶을 베끼려 했으나, 이소룡과 자기 사이에 가로놓인 현실적 한계와 역경을 감내해 내는 과정에서 현실의 실체를 터득해 나간다. "정의가 실현되지 않는 건 그래서일까? 자신이 머릿속에서 그려놓은 세계와 현실세계가 그토록 달라서? 약한 자를 보호하고 싶지만 보호할 수 없고 악당을 물리쳐야 하는데 누가 악당인지조차 알 수 없는 것도? 그래서 그토록 가슴이 답답하고 헛헛했

던 걸까? 상상과 현실의 세계가 충돌하느라?"(2 : 170면)

이소룡의 짝퉁에서 출발했지만, 종국에 이르러 그는 이소룡이 아니라 권도운이라는 새로운 인생 스토리를 만들어 나간다. 원정이 영화사 사장 아들에게 강간을 당하고 물속에 뛰어든 사실을 알게 되자, 그는 사장 아들을 응징하고 그 스스로 자기 삶의 파국을 감행한다. "행복은 너무 짧았고 추억은 견디기 힘든 고통으로 변해버렸다." "그는 언제나 무협의 세계에서 살아왔지만 기실 그것은 너무 천진하고 무기력한 세계였다." 현실 세계는 정의와 진실이 아닌 좌절, 모멸, 환멸을 안겨 주었다. 그는 행방불명이 된 원정의 살인범으로 몰렸고, 급기야 교도소에 수감되었다. 그에게는 원정을 기다리는 목표 외에 아무것도 남아 있지 않았다.

원정은 치욕스러운 삶의 종지부를 찍고자 도미(渡美)했으나, 도운의 수감 소식을 듣고 한국으로 돌아간다. 작가는 영화적 상상력을 십분 발휘하여, 가볍고 유머러스하게 비극을 희극으로, 때로는 희극을 비극으로 터치한다. 도운은 정의가 없는 곳에서 정의를 실현하는가 하면, 고매한 정의가 알고 보면 개인의 복수에 지나지 않음을 보여준다. 도운이 파렴치한 유사장에게 무협인의 정의를 구사한 것도, 알고 보면 한 여자에 대한 사사로운 복수와 순정에 지나지 않는다. 종국에는 유치한 통속으로 끝난 이 짝퉁의 삶을 어떻게 평가해야 할까. 작품 말미에서 다음과 같은 작가의 제언은 눈길을 끈다.

한때 이소룡이 되고 싶다던 꿈은 낡은 필름 조각처럼 형체도 없이 지워져 빛바랜 추억으로 남아 있을 뿐이었다. 하지만 그에게 끌려 다녔던 지난 삶을 후회하지는 않았다. 모두 무의미한 짓이었다고도 생각하지 않았다. 비록 형체도 없는 귀신에 들려 어두운 밤길을 헤매듯 세상을 떠돌다 끝내 교도소에 수감되는 운명이 되었지만 그런 격정마저 없었다면 자신의 삶은 지푸라기처럼 아무 의미도 없었을 거라고 생각했기 때문이었다.(2 : 345~346, 밑줄은 필자)

첫사랑의 완성이라는 다소 통속적 결론으로 막을 내리지만, 그의 삶에서 과연 '이소룡'이 없었다면 어떠했을까. 천명관 소설에 나타난 '짝퉁의식'은 하나의 삶이 선진적인 또 다른 삶을 모방하는 것에 그치지 않는다. 짝퉁에서 출발했으나, 그의 격정은 진짜가 보여주지 못한 삶의 구체성과 독자성을 실현해 보였다. 이러한 짝퉁의식은 비단 주인공 권도운의 생(生)에만 국한되지 않는다. 작가가 화자인 '나'의 목소리를 빌려 "우리는 자발적으로 서구문화의 상대적 우월성을 인정했던, 그래서 스스로 우리 자신을 부끄러워한 세대"라고 말한바 있거니와, 그것은 7080세대의 정체성이기도 하다. 7080세대는 머리로는 서구에 대한 관념을 채워나가면서, 몸으로는 선진화의 토대를 위해 동분서주했다. 이것은 특정 세대의식이기도 하지만, 기실 우리 삶 자체가 일정 부분 모방과 자의식으로 구성되어 있다. 우리는 자신의 비루함과 왜소함을 감지하는 순간, 외부의 타자로 시선을 돌린다. 끊임없는 질투와 동경을 통해, 우리는 자신의 또 다른 일면을 만들어 나간다. 질투와 동경의 시선은 외부를 향해 있었고, 우리 내부의 식민지는 결핍과 욕망에 의해 끊임없이 조장되고 변형되어 왔다. 자신을 바꾸기 위해 부단히 몸부림치는 가운데, 우리는 자신의 허위와 조우했다. 우리는 그러한 자의식으로 매 순간 머뭇거리면서 자기 삶의 객관적 거리를 통찰해 온 것이다.

3. 삶에 포진된 멜랑콜리와 접속하기

나는 살아 있는 죽음을 살고, 절단되고 피 흘리는 시체가 된 육신을 살고, 느려지거나 중단된 리듬을, 고통 속에 소멸된, 지워졌거나 부풀려 과장된 시간을 살아가고 있다. 타인들의 의미 속에는 부재하고, 괴이하며, 순진한 행복에 우연적인 나는 그러한 나의 의기소침에서 지고한 형이상학적인 명철성을 얻어낸다. 삶과 죽음의 경계에서 나는 가끔 '존재'의 무의미의 증인이 되고, 인간관계와 존재들의 부조리를 드러낸다는 자부심을 갖는다.[8]

멜랑콜리는 우울과는 다르다. 의학용어에서 시작된 이 용어는 근대인의 어둡고 우울한 분위기를 의미하게 되었다. 김동규에 의하면 멜랑콜리는 "인간 영혼의 어두운 그림자, 암흑의 세계"[9] "우리 내부의 어두운 힘이 야기한 견딜 수 없는 고통의 반복적 타격으로 영혼 전체에 어둡게 번져버린 영혼의 검은 멍"이다.[10] 적어도 문학작품에서 멜랑콜리

....

8   줄리아 크리스테바, 김인환 역, 『검은 태양 — 우울증과 멜랑콜리』, 동문선, 2004, 14면.
9   김동규, 『멜랑콜리 미학 — 사랑과 죽음 그리고 예술』, 문학동네, 2010, 264면, 김동규는 그의 저서에서 영화 〈글루미 선데이〉를 텍스트로 삼아 멜랑콜리 미학을 유려하게 설명해 낸다.
10 위의 책, 265면.

는 단순히 감정의 다운과 감정적 디플레이션이 아니다.

멜랑콜리의 문학적 가치에 대해 줄리아 크리스테바는 "글로 씌어진 멜랑콜리는 더 이상 같은 이름을 가진 정신병원에서 일어나는 혼미 상태와는 큰 관련을 맺고 있지 않다."[11] "문학적 창조 행위는 정동을 증언하는 육체와 기호들의 모험이다. 이 모험은 분리의 표지로서, 그리고 상징 차원의 시초로서 슬픔을 증언하고, 내가 최선을 다해 나의 현실 경험과 조화시키려고 노력하는 기교와 상징의 세계 속에 나를 자리 잡게 하는 승리의 표지로서 기쁨을 증언한다. 그러나 문학적 창조 행위는 이 증언을 체질과 전혀 다른 하나의 소재 속에 산출한다. 문학적 창조 행위는 정동을 리듬, 기호, 형식 속에 옮겨 놓는다."[12]

건강함과 다소 거리가 먼 멜랑콜리는 삶의 주름진 이면을 보여줄 수 있다는 점에서, 소설 수사학에 있어서는 또 다른 생동(生動)을 제공한다. 현실의 문법과 대조적으로 소설의 문법은 삶을 묘파해 내기 위해 일정량의 영혼의 검은 멍, 멜랑콜리를 동반해야 한다. 소설의 육체성은 멜랑콜리의 구체성으로 구현된다. 주인공이 자신에게 주어진 삶의 진폭에 고뇌하면서 검은 멍을 만들어 가는 가운데, 서사의 구체성과 진실성이 확보된다. 천명관은 『나의 삼촌 부르스리』 1 · 2에서 작중 인물들의 다양한 멜랑콜리를 묘파해 냄으로써, 독자들의 내면에 잠재해 있는 멜랑콜리와 조우하도록 만든다.

주인공 권도운의 삶뿐 아니라, 그의 삶을 들려주는 조카인 '나'와 나

----

11 줄리아 크리스테바, 앞의 책, 19면. 줄리아 크리스테바는 네르발의 시에 나타난 '검은 태양'을 '멜랑콜리'의 대유로 삼아 홀바인의 그림을 비롯하여 도스토예프스키를 등을 오가며 멜랑콜리 미학을 탐색한다.
12 위의 책, 36면.

의 '형' 모두는 독자의 내면에 잠재해 있는 근원적 멜랑콜리를 환기한다. 무엇보다도 작가는 권도운이라는 주인공의 불우한 인생여정을 통해 아득한 그리움, 오래된 슬픔, 따뜻하지만 만질 수 없는 안타까움 등을 보여주면서 독자의 내면에 잠재해 있는 멜랑콜리를 일깨운다. 전염성 강한 작가 특유의 서정적 문체와 동반하여, 작가는 작중 인물이 처한 멜랑콜리를[13] 독자들로 하여금 공유하게끔 만든다.

도운은 자신이 처음 대역으로 등장한 영화를 보고 감동과 회한에 젖는다. 주인공의 멜랑콜리는 다음과 같이 독자들에게 전달된다. "자신이 영화 속에 나왔다는 걸 세상 사람들이 다 알아줬으면 싶은 자랑스러움과 그 사실을 아무도 몰랐으면 좋겠다는 부끄러움, 뭔가 중요한 걸 해냈다는 뿌듯함과 못할 짓을 했다는 죄의식 등 온갖 이율배반적 감정이 안에서 마구 들끓어 영화가 어떻게 끝났는지도 모른 채 극장문을 나섰다."(1 : 171면) 소설은 '나'라는 화자의 관찰자 시점에서 전개되지만, 소설 곳곳에서 주인공 도운의 초점화가 이루어진다. 작가는 초점화를 통해 인물의 복잡 미묘한 감정의 여러 가닥을 빠짐없이 전달한다. 초점화된 도운은 자기애(自己愛)에 대한 환희와 타인을 의식한 데서 나온 자기부정(自己否定)이라는 양가성을 오간다.

---

13 김동규는 멜랑콜리의 증상을 ① 욕구불만, ② 무관심, ③ 고립감, ④ 죽음의 불안과 같은 과정으로 정리한다. 멜랑콜리의 주요 특징으로는 다음과 같은 여섯 가지를 든다. 첫째 멜랑콜리커에게 멜랑콜리의 대상과 원인은 불분명하며 이유 없이 슬프다. 둘째, 멜랑콜리는 묘사하기 어려운 정체불명의 미묘한 감정이다. 셋째, 멜랑콜리는 막연하지만 검질긴 불안감으로서 미래의 죽음에 대한 불안감이 주된 정조이다. 넷째, 멜랑콜리는 극단적 감정들의 급격한 전환을 특징으로 하는데 극도의 긴장에서 극도의 권태감, 터질 듯한 충일감에서 끝없는 공허감 사이를 오락가락 반복한다. 다섯째 멜랑콜리는 어떤 상실감, 종국에는 자기 상실감이다. 여섯째, 멜랑콜리는 강한 자의식을 전제로 멜랑콜리커는 자기집착과 자기연민으로 귀결되는 스스로를 사랑하는 나르시스트의 정조이다. (김동규, 앞의 책, 266~272면)

화자인 '나'는 소설에서 주인공 못지않은 큰 비중을 지니고 있다. 도운의 조카인 '나'는 사춘기 시절 시골 중학교에 부임한 젊은 영어선생님에 대한 사랑으로 눈이 멀게 된다. 사춘기 소년에게 젊은 여선생은 절대적 욕망의 대상으로 자리 잡는다. 한글조차 익히지 못한 친구에게 집에서 과외를 해 주는 선생님, 그 선생님과 친구 간의 친밀함을 오해하고 시기하여 친구를 모함하는 등 친구의 삶을 나락으로 이끈다. 소년의 고삐 풀린 욕망이 무모하게 치달은 결과, 친구의 삶의 향방을 바꾸어 놓았다. 학교변소에 친구와 선생님 간의 음란한 모습을 그려놓는가 하면, 종태 일가의 희망이 담겨있는 송아지의 고삐를 끊어놓아 송아지와 어미 소의 죽음은 물론 절망한 그의 아버지가 농약을 먹고 자살에 이르도록 몰고 간다. 몰락한 종태 일가는 마을을 떠나고, 종태는 주먹세계에 빠진다. 일련의 사건을 통해 독자들은 사랑과 파괴라는 양가의 감정, 시기심과 속죄의 마음을 오가는 '나'의 멜랑콜리와 조우한다. 작가는 사춘기 소년의 무모한 사랑의 추이를 끝까지 추궁하여 독자들에게 죄책감, 혐오감, 무기력, 절망감을 공유하게끔 한다.

이러한 멜랑콜리는 사춘기 소년의 삐뚤어진 욕망에만 국한된 것이 아니다. 시골에서 빛을 발하던 형 역시 서울의 명문대에 진학 후, 깊은 멜랑콜리의 늪에 빠진다. 그 역시 서울 바닥에서는 주연이 될 수 없다는 사실을 깨달은 것이다. 그는 신념 없이 운동권에 가담하는가 하면, 또 쉽게 발을 뺀 후 고시에 전념한다. "형을 움직인 것은 이데올로기가 아니었다. 그를 움직인 것은 콤플렉스였다. 그리고 교과서에 안 나오는 혼돈과 외로움이었다. 그는 법전 속에서 자신의 인생을 구하고자 했다. 간결하고 단호한 판결문 안에 담긴 명징한 미래와 단단한 약속,

그것이 그가 선택한 구원의 길이었다."(1 : 293면) 형이 직면한 혼돈과 외로움은 화자인 나를 통해 독자들에게 전이된다. 형은 꺾임이 없었던 자신감과 꺾일 수밖에 없는 현실의 거대함을 오가면서, 삶이 지닌 무게와 비애를 경험한다. 멜랑콜리는 언제 어디서나 살아 움직이는 자들의 도정(道程)에 산재해 있으므로, 이를 경험하는 작중 인물의 구체적 삶은 독자들에게 살아있는 현실감, '생동'을 일깨운다.

북경반점 마사장은 홍콩에서 이소룡 영화를 찍겠다는 도운의 꿈이 무모한지 알면서도 도운에게 기회를 준다. 꿈을 못 이룬 남루한 도운에게 마사장은 다음과 같이 위로한다. "꿈이 현실이 되고 나면 그것은 더 이상 꿈이 아니야. 꿈을 꾸는 동안에는 그 꿈이 너무 간절하지만 막상 그것을 이루고 나면 별 게 아니란 걸 깨닫게 되거든. 그러니까 꿈을 이루지 못하는 건 창피한 일이 아니야. 정말 창피한 건 더 이상 꿈을 꿀 수 없게 되는 거야. 그때 내가 원한 건 네가 계속 꿈을 꿀 수 있게 해주는 거였어."(2 : 107면) 다소 진부한 대사이지만 여기에는 삶에 대한 작가의 멜랑콜리가 내재해 있다. 피할 수 없고 돌이킬 수 없는 삶이지만, 그럼에도 지속시켜 나가야 한다는 삶에 대한 애증(愛憎)이 나타나 있다. 삶에 대한 애착과 그에 대한 좌절은 그 궤도를 벗어날 수 없는 우리 삶의 변함없는 공식이다.

떨어지고 맞아죽는 배역에 최선을 다하는 대역 배우 권도운은 삶에 대한 작가의 멜랑콜리를 대유한다. 주인공 도운은 세상이 무협의 세계와 다르다는 사실을 알고 있음에도, 현실에서 무도인의 윤리를 살아내는 수밖에 다른 도리가 없었다. "세상은 너무나 교묘하고 복잡해 무엇이 정의이고 누가 악당인지 알 수 없"고, "빠르게 변하는 세상의 속도를 따라잡지 못해 언제나 서너 발자국 뒤에서 허겁지겁 뒤따라가는 처지"(2 : 112면)이지만, 그는 삶을 멈추거나 팽개치지 않고 그가 유일하게 알고 있는 이소룡이라는 삶의 방식을 살아낸다. 때때로 현실의 벽에 부딪혀 꿈이 산산조각 나고 깊은 회한에 발목이 잡혀 바닥을 알 수 없는 늪 속에 허우적대기도 하지만, 그럼에도 그는 자신의 배역에서 발을 빼지 않고 살아낸다.

작가는 타오르는 분노로 원한과 복수의 화신이 된 인물들을 작중에서 죽음으로 퇴장시키는 것과 달리, 주인공 권도운은 질기게 살아남아 그가 꿈꾸는 삶에 좀 더 근접하게 만든 후 소설을 끝맺는다. 물론 작가도 소설의 결말에서 그가 선보인 희망과 위안의 공허함을 알 것이다. 위기에 직면했을 때마다, 그가 정기자에게, 정기자가 그에게 읊조리는 다음과 같은 말은 낭만적 세계의 자기 최면에 지나지 않는다. "우리가 아주 힘도 세고 덩치도 큰 놈에게 제대로 걸려들었다고. 하지만 무사히 교육을 마치고 보란 듯이 걸어서 나가면 그게 바로 그놈에게 본때를 보여주는 거라고."(2 : 227면) 그럼에도, 독자 역시 이러한 달짝지근한 자기 최면에서 위로받는 것 외 다른 도리가 없다.

작품의 말미에 이를수록 작가는 독자들에게 달콤한 위로의 플롯을 듬뿍 선사한다. 북경반점의 마사장은 죽으면서 도운에게 집을 유산으로 물려준다. 작가는 권도운의 삶을 나락으로 내몰기보다 요행으로 부활시키면서, 독자의 내면에 잠재해 있는 기만적 자기 최면에 호소한다. 이 지점에서 소설의 통속성을 비판해야겠지만 주인공의 행복한 삶을 기원하는 다음과 같은 작가의 여린 감수성을 읽어나가면서, 독자는 작가 천명관의 멜랑콜리와 접속하게 된다.

오래전에 부서져버린 세계를 고집스럽게 부둥켜안고 썰물처럼 모두가 빠져나간 자리에 혼자 남아 엉거주춤 맴도는 것이 어떤 면에선 삼촌과 닮아 있기도 했다. 그것을 순정이라고 부를 수 있을까? 나이가 들어도 결코 뻔뻔스러움은 늘지 않아 아무 데도 선뜻 발을 담그지도 못하면서 늘 구원을 꿈꾸는 그 가난한 마음을? 차마 말하지 못하고 감히 말할 수 없는 것들 사이에 갇혀 아무런 확신도 없이 늘 생의 언저리를 겉돌기만 하는 그 수줍음을?(2 : 328면)

나이가 들어도 뻔뻔스러워지지 못하고 늘 구원을 바라는 가난한 마음, 아무 확신도 없지만 생의 언저리를 겉도는 듯한 그 수줍음은 바로 독자 자신의 모습이기 때문에, 우리는 작가의 멜랑콜리에 빠르게 전염된다. 짝퉁의 열등감과 순정은 우리 모두의 삶에 내재한 원초적 조건이기도 하다. 우리는 오래전에 부서져 버린 세계를 가슴에 담아 두며, 썰물처럼 모두 빠져나간 자리에 혼자서 엉거주춤 맴돌곤 한다. 그로 말미암아 우리는 삶의 매 순간 멜랑콜리에 빠진다. 그것을 단순한 '우울'이 아니라 '멜랑콜리'로 격상시키기 위해, 작가는 기만적임을 알면서도 요행이라는 자기 최면을 플롯으로 삼았을 터이다.

작가는 멜랑콜리의 어둡고 음울한 색조에서 창조의 원천을 발견하는 자이다. "인간이 겪는 고통의 농축물은 검은 담즙으로 전치될 수 있고 다시 그것은 '검은 잉크'로 전치될 수 있다. 뛰어난 작가는 멜랑콜리, 곧 인간의 고통스러운 파토스를 창작의 재료, 또는 기폭제와 원동력으로 사용한다. 다시 말해서 작가는 흰 종이 위에 자신의 검은 담즙을 잉크 삼아 선명한 글자를 적어 넣을 수 있다."[14] 이때 "멜랑콜리는 창조적인 일, 곧 타자를 사랑하여 자기 내부로 타자를 받아들이고 그럼으로써 미래의 타자를 길어내는 일을 하는 사람이 가질 수밖에 없는 고통과 슬픔의 정조이다."[15] 무릇 소설가를 비롯한 예술가들이란 특정인에 대한 사랑에 앞서 삶 자체를 사랑할 수밖에 없는 멜랑콜리커들이다.

4. 머뭇거리면서 '생동'하기

한병철은 피로사회의 성취주체들에게 "행동이 노동의 수준으로 내려가는 것을 막는 데 필요불가결한 요소"[16]로서 '머뭇거림'을 제안했다. '소설'이라는 장르는 급변하는 현실 속에서 일종의 머뭇거림이라 명명할 수 있다. 필자의 경우, 유년 시절 집 옆에 자리한 극장에서는 매번 다양한 형태의 무술영화가 개봉되었다. 부모님은 바쁜 일상에서도 심야에 무술영화를 보러갔으며, 막내인 나를 데려가곤 했다. 비디오가 보급될 무렵, 부모님은 〈천룡팔부〉와 같은 무술영화 비디오를 구입하여 장롱에 소장하기도 했다. 영화관에서 혹은 비디오로 보았던 무술영화에는 언제나 '진리'가 존재했고, 명징한 진리의 존재를 확인하며 어린 마음에도 위안을 얻곤 했다.

....
14 위의 책, 356면.
15 위의 책, 361면.
16 한병철, 앞의 책, 49면.

점차 자라고 활동반경은 넓어졌지만, 무술영화에서 본 명징하고 통쾌하며 숭고했던 '진리'는 현실에서 찾기 어려웠다. 종교는 진리 그 자체가 이유가 되어 영위되고 있었지만, 현실에서는 '당위'만 있을 뿐 '진리'의 존재는 희미했다. 유년기에는 자신에게 부과되는 '당위'를 진리로 맹종하기도 했다. '진실'과 '당위'가 일치하지 않는 시대에 근대소설이 출현했음을 떠올릴 때, 좋은 소설이라면 '삶의 서사성을 핍진하고 깊이 있게 구현'해 보여주어야 한다. 다소 통속성과 위안의 자기 최면을 보이고 있지만, 천명관의 『나의 삼촌 브루스리』1·2는 지난한 삶의 역경에 직면하는 우리 내면에 자리 잡은 짝퉁의 열등감과 멜랑콜리가 삶의 생동하는 주름들을 만들어 낼 수 있음을 보여준다.

이소룡에 대한 짝퉁의식으로 좌충우돌 자신(自身)을 아끼지 않은 주인공의 삶은, 독자들에게 육체에 대한 추억을 일깨워 준다. 피로사회에 소설의 육체성은 독자들에게 재미를 줄 뿐만 아니라 생동을 일깨워 줄 수 있다. 성과주체는 '무엇이 더 멋있는가', '무엇이 더 안전한가'를 우선에 둘 뿐, 몸을 움직이려 하지 않는다. 건강을 위해 운동을 하고 미용을 추구할 뿐, 현장의 생생한 노역에는 가담하지 않는다.

다소 통속적 결말이지만 작중 권도운의 '분노'는 궁극에 이르러 그의 부진한 삶에 짝퉁이 아닌 새로운 스토리를 부여해 주었다. 1970~80년대 규율사회에서 어떤 이들은 분노하고 몸을 움직인 까닭에 광인 혹은 범죄자로 분류되었다. 도운의 분노는 그의 삶을 변화시켰으며, 그의 인생을 짝퉁이 아닌 또 다른 진품으로 격상시켰다. 우리는 짜증과 신경질이 아니라, 분노할 수 있어야 한다. "분노는 현재에 대한 총체적인 의문을 제기"하며, 분노는 "현재 속에서 중단하며 잠시 멈춰 선다는 것이다." "분노는 어떤 상황을 중단시키고 새로운 상황이 시작되도록 만들 수 있는 능력이다."[17]

성과사회의 피로한 영혼들에게 그들의 고단함이 어디에서 기인한 것인지 되물을 필요가 있다. 그들은 주어진 모든 것을 긍정했기 때문에, 머뭇거리면서 분노하지 않았기 때문에 피로한 것이다. "부정성이야말로 인간 존재를 생동하는 상태로 지탱"해 준다는 점을 상기하자. 한병철의 지적처럼, 힘에는 두 가지 있다. 긍정함으로써 무언가를 할 수 있는 힘이 있는 반면, 부정함으로써 하지 않을 수 있는 힘도 있다. 부정적 힘은 단순한 무력함, 능력의 부재와 다른 것이다. "부정적 힘은 무언가에 종속되어 있는 이런 긍정성"을 넘어서서 "하지 않을 수 있는 힘"[18]이다. 소설은 멜랑콜리를 동반하여 독자들을 머뭇거리게 만드는가 하면 우리에게 하지 않을 수 있는 힘, 열등감을 전유하여 새로운 삶을 견인할 수 있는 힘을 줄 수 있다. 이것이야말로, 우리 시대 재미있는 소설이 줄 수 있는 생동이자 서사의 육체성이다.

----

17 위의 책, 50면.
18 위의 책, 53면.

감정 없는 인간, 월경(越境)하는 인간

1. 21세기형 문제적 인간

이 글에서는 2013년을 기점으로 '젊은 소설'을 주목해 보았다. 데뷔 7년차 이하 신진 작가에게 주어지는 '웹진문지문학상' 수상작(『제3회 웹진문지문학상 수상작품집』, 문학과지성사, 2013.3)을 통해 젊은 작가들이 구현해 낸 오늘을 사는 우리의 자화상을 살펴보았다. 총 11편의 작품에 대해 심사자는 "저마다의 개성과 스타일로 저마다의 삶—앓이와 문학—앓이 방식"[1]을 선보이는 젊은 작가의 에너지를 치하하기도 했거니와, 이들

---

1 우찬제, 「심사평」, 『제3회 웹진문지문학상 수상작품집』, 문학과지성사, 2013, 11면. 이하 작품 인용은 이 책을 참조했으며, 인용문 말미에 페이지 수만 밝히도록 한다.

이 보여주는 삶의 양태는 오늘을 사는 우리 삶의 증후(症候)이면서 동시에 다가올 삶의 징후(徵候)이기도 하다.

　일련의 소설들은 크게 '새로운 형태의 소설 실험', '인간의 내밀한 심리에 대한 탐색', '도시의 일상성이 지닌 문제성' 세 가지 범주로 나눌 수 있다. 제3회 수상작은 김솔의 「소설 작법」으로, 이 작품은 '새로운 형태의 소설 실험'을 선보였다. 작가는 후기자본주의 시대 소설 창작의 의미와 가치를 시사하고 있다. '소설이란 무엇인가'가 아니라 '소설 창작이 무엇인가'를 탐색하고 있다는 점에서, 후기자본주의사회에서 소설이 창출해 낼 수 있는 새로움이 있는지, 있다면 어떤 것일 수 있는지 보여준다. 소설에 대한 발본적 질문을 던지고 답을 구하려 했던 신인 작가의 패기와 노력을 높이 평가한 것으로 보인다.

　이 글에서 주목하고 싶은 것은 김솔의 소설이 아니라 그의 수상소감이다. 김솔의 수상소감은 젊은 작가들이 어떠한 삶을 살아왔으며, 어떻게 생을 바라보고 있는지 보여준다.

　돌이켜보면 나이 마흔이 넘도록 저는 제 삶을 깊이 사랑하지 않았습니다. 굳건한 신념으로 시대의 숨통을 터준 적도 없었고, 찬란한 사랑에 이끌려 파멸을 공모한 적도 없었으며, 숭고한 인류애를 근육의 노동만으로 증명해 보인 적도, 그렇다고 죽살이의 경계를 넘나들며 처연하게 방랑한 적도 없었습니다. 그저 어둠에 젖은 들개처럼 음험한 책들을 기웃거리면서 저의 무덤이 될 자리를 찾고 있었을 뿐입니다. 운이 좋다면 먼지 위에 누워 있다가 갑자기 들이닥친 바람칼에 잘려 한순간 흩어지게 되는 꿈을 품었습니다. 하지만 그 위를 걷기에 꿈은 너무 희미하였고 제 발바닥은 너무 뾰족

하였습니다. 그리고 누군가의 꿈으로 빚어진 자에게 불면증은 곧 불임증을 의미한다는 사실을 너무 늦게 깨달았습니다.(23~24면)

젊은 작가가 보여주는 자기 삶의 고백은 비단 김솔 개인에게만 국한되지 않는다. 그것은 동시대를 살아가는 현재 젊은이들의 내면풍경을 대변하고 있기 때문이다. 그들은 자기 삶을 깊이 사랑하지 않았다고 고백한다. 대의적으로 사상이나 신념으로 시대의 길잡이가 되지도 못했다. 개인적으로 뜨거운 사랑에 빠지지도 못했다. 그렇다고 땀을 흘리며 열심히 노동에 뛰어들지도 못했다. 당연히 처연한 방랑의 경험도 있을 리 없다. 그들은 '음험한 책'을 기웃거리며 불면증에 시달렸으며, 그 과정에서 과연 새로운 것을 생산해 낼 수 있을지에 대해 의심했다. 삶과 일체에 대해 사랑이 없는 것은 아니지만, 용기와 열정이 없었던 것이다.

이러한 21세기 문제적 개인들이 선택한 장르가 소설이다. 최근 소설에는 이러한 문제적 개인의 일상과 내면이 고스란히 재현되어 있다. 이 글에서는 '도시의 일상성이 지닌 문제성'에 주목하여, 21세기 문제적 개인의 실태를 조명해 보았다. 신인 작가들은 그들의 소설에서 새로운 인간형을 구현해 내고 있는데, 그중에서 특별이 주목할 대상은 '감정 없는 인간'과 '월경(越境)하는 인간'이다. 이들이 창조해 낸 일련의 신인(新人)은 기실 우리 일상을 캐리커처한 것이라는 점에서, 새롭지 않을 수 있다. 그러나 우리의 '일상에 내재한 문제성'을 구체적 인물로 형상화하고 재현해 놓았다는 점에서 새롭지 않을 수 없다. 적어도 이들은 지금 이곳의 삶을 그들만의 방식으로 사랑하고 있는 것이다.

2. 감정 없는 인간 ― 김엄지, 「영철이」 · 정용준, 「유령」

'도시의 일상성이 지닌 문제성'을 다룬 소설에서 이채를 끄는 대목은 '감정 없는 인간'의 출현이다. 우선, 김엄지가 「영철이」에서 창조해 낸 감정 없는 인간에 주목해 보자. 부부가 있다. 남편은 실직해서 컴퓨터로 바둑만 두며 놀고 있다. 아내는 남편을 대신해 바깥일을 나간다. 남편이 실직하기 전에도 아내와 남편의 관계는 좋지 않았지만, 남편이 실직한 후로 불화와 갈등의 골은 더 깊어간다.

문제는 작중에서 갈등을 인식하고 속을 끓이는 사람이 아내에게만 국한된다는 점이다. 남편은 부부관계를 비롯한 매사에 있어서 깊이 생각하지 않는다. 무색무취한 남편의 태도가 아내를 더 답답하게 만들었다. 작가는 이를 일컬어 '심플 마인드'라고 하고, 이 작품을 선정한 평론가는 '무위의 인간형'이라고 명명한다. 아내는 아이가 들어서지 않자 강아지를 키우며 위안을 받고 있었는데, 그 강아지마저 집을 나가는 사태가 발생한다. 아내는 남편에 대해 더 이상 참지 못하고 다음과 같이 폭발한다.

> "당신은 그냥 무야. 무. 차라리 진짜 무면 썰어 먹기라도 하지. 너란 인간을 도대체 어디에 써먹어. 어디에 써먹느냔 말이야. 달달 떨린다, 떨려."
> "꼭 나를 어디에 써먹어야 겠어."
> "뭐? 뭐라고? 뭐라고 씨불이니 인간아. 인간아."(175면)

그녀가 생각하기에 영철은, 집에서 바둑만 둘 줄 아는 남자, 아니 남자가 아니라 사람, 사람이라 하기에도 뭐한, 생명체일 뿐이었다. (185면)

이들 부부에게 인간의 존엄성 따위가 존재할 리 없다. 그러한 관념은 사회와 교육으로 인간에게 강제된 이데올로기에 불과할 뿐, 인간은 지난한 삶의 현장에서 생존을 영위하기 위한 그저 '도구'에 불과했다. 이 땅에서 나이가 찬 남자들은 아내가 필요했고, 마찬가지로 나이가 찬 여자들은 남편이 필요했던 것이다. 그것은 사랑의 결실이라기보다, 남은 삶을 위한 수단이자 방편이었다.

작중 아내의 친구는 임신이 안 돼서 고민하는 아내에게 다음과 같이 위로한다. "부담 갖지 마, 고민할 것도 없어. 아이는 낳아서 뭐하려고. 낳아봤자 짐이야, 짐. 좀 곤욕인 줄 알아? 임신은 성병이야, 성병. 섹스 부작용이라고."(178면) 그렇다. 결혼은 생활의 연장에 불과한데, 거기에 어떠한 짐이 끼어든다는 것은 상당히 부담스러운 일일 수 있다. '섹스'는 유용한 신체의 배출이 될 수 있지만, '임신과 출산'은 비생산적이며 짐일 수밖에 없다는 것이다.

아내는 강아지 이름을 남편의 이름을 따서 '영철이'라 불렀다. 아내에게 남편 영철이는 개 영철이만도 못한 존재였다. 개 영철이 없어지자, 아내는 지체 없이 남편 영철을 버린다. 소설의 맥락을 유심히 보면, 작가는 남편을 버리는 아내의 몰인정을 탓하고 있지 않다. 오히려 작가는 영철의 '심플 마인드'의 실체에 주목한다. 그는 이혼에도 동요되지 않았다. 그가 아내를 사랑하지 않은 것은 아니라, 아내를 사랑하는 방식이 달랐다. 끼니와 섹스와 아이에 대해 심각하게 고민하는 아내에 비해, 영철에게는 그러한 고민이 없었다. 그렇다고 행복한 것도 아니다. 아내와 이혼하고, 그는 동생네 집에 얹혀산다. 거기에서도 줄곧 컴퓨터의 바둑 게임으로 시간을 보낸다. 그는 감정 없는 인간으로 살아가고 있었다.

그런데 영철이 감정을 발산하게 되는 사건이 발생한다. 평소 컴퓨터 바둑게임에서 진 사람들은 댓글에 욕설을 달기 일쑤였다. 그날은 자신 보다 18살 어린 동명이인의 바둑파트너가 연패 다섯 시간이 경과하자, 다음과 같은 욕설을 퍼부었다. "존나게 이기니까 기분 좋냐 병신 새끼 가 나잇살 처먹고 반나절 바둑 두네 아 쪽팔. 너랑 이름 같은 거 존나 쪽팔."(191면) 그날 밤, 영철은 울었다. 그는 감정이 없는 것이 아니라, 감정표출에 무뎠던 것이다. 창밖으로 개 짖는 소리를 듣고, 영철은 잃 어버린 개와 아내를 생각한다. 그는 아내에게 전화를 걸어 집 나간 개 를 걱정했다. 사실 아내에게 사과하려 했던 것이나, 그는 개 이야기만 건넸다. 그는 감정이 없는 것이 아니라, 그것을 표출하는 데 어눌했다. 영철의 어눌한 소통 방식은 그를 더 무력한 존재로 만들었다.

김엄지가 보여준 '영철이'는 알고 보면 주변의 우리 일상이기도 하 다. 영철이는 있는 듯이 없는 듯이 살아가고 싶은 우리들의 자화상이 다. 마음을 심플하게 먹는 것은, 외부로부터 무뎌지기 위한 것이고 무 뎌짐으로 해서 상처를 덜 받기 위한 것이다. 영철은 그 특유의 심플 마 인드 덕택에 실직, 이혼을 비롯한 자기 삶의 고통을 견뎌낼 수 있었다. 이처럼 '심플 마인드'는 외부로부터 자신을 보호하기 위해 한 꺼풀의 보호막을 씌운 것이었는데, 그것이 감정 없는 인간을 만들게 된 것이 다. 감정을 거세하는 노력에도 불구하고, 일상에서 그들이 맞아야 하 는 생의 파국과 상처의 강도는 평등하다.

여기에 또 다른 감정 없는 인간이 있다. 정(情), 은밀함과 같은 개인적인 감정을 경험하지 못한 인간은 인간일 수 있는가. 사적이고 은밀한 감정은 인간의 존재 방식 중 중요한 부분을 차지한다. 사사로운 감정을 경험해 보지 못한 인간은 이 사회에서 어떤 모습으로 존재하게 되는가. 정용준은 「유령」에서 태어날 때부터 감정을 경험해 보지 못한 인간을 등장시키고 있다.

주인공은 희대의 살인마로 사형집행을 기다리고 있다. 그의 신원을 확인할 수 있는 근거는 아무것도 없다. 그는 어린 시절 외딴 산골에서 누나와 함께 살았다. 누나는 아침에 나가서 저녁에 들어왔으며, 그는 무료한 중에 살아 있는 대상에 대한 살해 행위를 시작했다. 작은 벌레에서 시작된 살해는 점차 큰 대상으로 옮겨갔다. 그 사실을 누나에게 알리자, 누나는 그의 곁을 떠났다. 누나는 그의 엄마였고, 그는 아버지도 알 수 없었다. 그의 살해 의지는 그 출처와 동기를 스스로도 알지 못한 채, 점차 범위와 대상을 확대해 나갔다.

이제 사형집행 여부를 기다리는 그는 슬픔도 두려움도 없다. 왜냐하면 애초부터 그에게는 감정이 없었기 때문이다. 그의 고백을 들어보자.

집이 없고 가족이 없던 저는 여기저기 떠돌며 지냈습니다. 하고 싶은 것을 하고, 하기 싫은 것을 하지 않고 살았습니다. 저는 점점 단단해졌고 무심한 사람이 됐습니다. 자극에 무디어졌고 모든 것에 무관심해졌습니다. 실망하는 일도 없었고 더 이상 호기심도 의문도 없었습니다. 저는 제 본질이 이끄는 대로 살기 시작했습니다. 제 능력이 필요한 자들에게 능력을 팔았습니다.(248면)

누군가에게 저는 자연이고 운명입니다. 믿으실지 모르겠지만 저의 행위에는 의도가 없습니다. 죽이고 싶어 하는 욕망이 없고 그것으로 인한 쾌감도 없습니다. 저는 그들을 그냥 죽입니다. 저는 미워하는 사람이 없고 사랑하는 사람이 없습니다. 따라서 제게는 복수도 없고 오해도 없지요. 제 살인은 어떤 의미로 자연스러운 것입니다. 폭우가, 눈덩이가, 번개가, 성난 곰이 인간에게 죄책감을 가질 필요는 없습니다. 저 역시 그러합니다. 심지어 저는 가끔 누군가를 죽이는 것은 내게 주어진 일종의 과업이 아닐까 생각한 적도 많습니다. 사실 다른 인간들도 무심코 많은 것들을 아무 거리낌 없이 죽입니다. 꽃을 꺾고 풀을 밟고 손가락으로 벌레를 눌러 죽입니다. 하지만 죄책감을 갖지 않지요. 저 역시 그렇습니다.(236~237면)

그는 부모로부터 유기당하고 스스로를 단단하고 무심한 사람으로 만들었다. 또 다른 형태의 '심플 마인드'로 무장했다. 그래야지만 여타 자극에도 무심하게 견뎌 나갈 수 있기 때문이다. 그에게는 감정이 없다. 사랑도 미움도 복수심도 없으므로, 죄책감도 없다. 그에게 인간은 유일무이한 존재가 아니다. 인간은 '폭우', '눈덩이', '번개', '곰'과 다를 바 없는 자연과 동일한 대상이다. 일체의 의도, 욕망, 쾌감도 없이 그는 살인 행위를 자연현상과 동일하게 받아들였다. 그런 까닭에 그에게 사형은 처벌이 아니라, 반복되는 자연현상의 궤도 밖으로 나오기 위한 출구였다.

작품 말미에는 감정 없는 인간이 감정(웃음)을 표출한다. 수형자인 그가 교도관으로부터 특별히 사적 감정을 느꼈기 때문이다. 이때 감정은 자기 스스로 만들어 낸 것이 아니라, 다른 사람에 의해 전이된 것이다. 작중 교도관 '나'는 수형자인 그에게 개인적 감정, 정(情)을 전달한다.

특별히 그가 기억할 만한 음식을 만들어서 먹게 해 준다. 교도관은 사형수에게 다음과 같이 말한다. "교도관도 인간이고 수형자들도 인간 아닌가. 우리들도 자꾸 보면 정이 들지. 그것은 죄와 상관없는 아주 개인적인 감정이네."(240면)

'감정 거세'는 현대인들이 일체의 상처와 고통으로부터 자신을 보호하기 위해 만든 보호벽이다. 이러한 보호벽을 입는다고 해서 상처가 우리에게 틈입하지 않는 것은 아니지만, 적어도 상처로부터 우리를 무디게 할 수 있다. 여전히 우리가 살아가야 할 세상은 길고 험난하기 때문에, 어떤 형태로든 자신을 보호해야 했다. 그 과정에서 우리는 감정을 잃어야 했다. 무딘 감정은 상처로부터 무뎌지지만, 일체의 사랑으로부터도 무뎌지게 만든다. 그 결과 우리는 고통도 없지만 사랑도 없는 딜레마에 처하게 된다. 앞서 수상자의 수상소감에서 드러나듯이, 우리는 사랑이 없는 것은 아니지만, 용기와 열정이 없다. 왜냐하면 우리는 고통과 상처가 두렵기 때문이다. 이장욱의 소설에는 감정의 거세 대신 월경(越境)이라는 대안이 나타나 있어 이채를 띤다.

3. 월경(越境)하는 인간 ― 이장욱, 「절반 이상의 하루오」

우리는 태어나기도 전에 이미 중층적으로 구별 짓고 구획된 세계에 편입된다. 특정 국가와 집단의 일원으로 태어나고, 특정 일가의 구성원으로 양육된다. 우리는 사회화되면서 그 사회의 질서만 내면화하는 것이 아니라, 사회의 배제를 비롯한 서열화까지 내면화한다. 온전한 나를 발견하기도 전에, 배제와 서열화의 한계 안에 스스로를 가두어, 절반 혹은 절반 이하의 나로 살아간다. 이장욱은 「절반 이상의 하루 오」에서 이 경계를 넘나들 수 있는 독특한 캐릭터를 창조했다.

작중에서 하루오는 할아버지가 미국인이며, 어머니는 오키나와 태생이다. 그리고 부모님이 이혼하고 대학까지 낙방해서, 삶의 의욕을 잃었다. 하루오는 그를 둘러싼 집단과 섞이지 못했다. 오키나와 태생에다 미국계인 그의 혈통은 일본인으로 수용되지 않았다. 하루오가 그러하듯, 우리는 가족이라는 집단에서부터 제 사회 집단 나아가 근원적 인식의 영역에 이르기까지, 이미 집단이 만들어 놓은 구분과 경계를 넘어서지 못한다. 경계를 넘어서지 못하기 때문에, 경계 안에서 꿈을 닫아버리거나 틀 속에 삶을 끼워 맞추려 한다. 주인공 '나'만 하더라도 비행사가 되기 위해 시력 교정 수술을 받았지만, 망막을 깎은 라식수술이 망막 파열의 위험성을 초래할 수 있다 하여 비행사의 꿈은 좌절된다.

일련의 과정에서, 우리는 온전한 개체가 아니라 절반 혹은 절반도 못 되는 자아로 현실을 살아간다. 그 속에서 우리는 불안과 두려움으로 또 하나의 경계를 만든다. 이것이 우리의 일상성이 만들어지는 과정이다. 섬세한 작가는 우리들의 일상성에 내재해 있는 미세한 문제성을 1인칭 관찰자 주인공인 '나'와 '하루오'의 삶의 대비를 통해 보여주었다. 작중에서 나는 연애, 취업, 결혼과 이혼, 아버지의 죽음 등을 겪으면서 일상의 굴레에 대해 다음과 같이 고백한다.

어느 순간 인생은 '갑자기' 흘러가는 모양이다.(132면)

충동적으로 떠난 여행처럼, 모든 것이 내 곁을 휙휙 흘러간다는 느낌이었다.(132~133면)

절반 이상의 나는 어디 다른 곳에서 살고 있는 듯한 느낌이었다. 그건 아마도 아내 역시 마찬가지였을 것이다.(133면)

모든 것이 뜻대로 되지 않는다고 생각했지만, 실은 내 뜻이 무엇인지도 정확히 알 수 없었다. 원인과 결과가 마구 뒤섞이는 느낌이었다.(133면)

우리는 '온전한 나'를 알지 못한다. 우리가 아는 것은 '절반 이하의 나' 혹은 '절반 이상의 나'에 불과하다. 주인공 나를 비롯한 다수의 사람들은 절반 이하의 삶을 살고 있다. "모든 것이 내 곁을 휙휙 흘러간다"고 느끼는 것은, 내가 무엇을 원하고 있는지 스스로도 알지 못하기 때문이다. 인생이 뜻대로 이루어지지 않는다고 하지만, 정작 우리는 내가 원하는 그 뜻이 무엇인지 모르고 있다. 설령 안다고 해도 그것은 사회가 만들어 놓은 기준치이거나, 그도 아니면 그 기준치에 억눌려 자신의 의지를 아예 닫아버리기도 한다.

문제는 나와 사회와의 대결이 아니다. 과연 내가 내 뜻을 다 안다고 해서 인생이 달라질 것인가. 문제는 알고 모름에 있는 것이 아니라, 삶을 대하는 유연함에 있다. 그것은 경계를 통과하며 흘러가는 것이다. 국경과 국경, 민족과 민족, 여기와 저기, 이러한 구분을 유연하게 넘나들면서 삶을 건강하게 지속시키는 데 있다. 이장욱이 창조해 낸 '절반 이상의 하루오'는 제 경계를 유연하게 흐르면서 변화를 몰고 오는 캐릭터이다.

'절반 이하의 나'밖에 살지 못하는 우리와 달리, 하루오는 '절반 이상의 '나'를 살아간다. 그는 이쪽과 저쪽의 경계를 넘나들며 차이를 무화시킨다. 일본에서 '절반 이하의 나'를 살아가던 하루오는 부산으로 '여행' 와서, 새로운 경험을 한다. '여행'이란 이쪽의 내가 저쪽에 감으로 인해, 이쪽을 잊고 저쪽의 일상에 젖어드는 것이다. 여행에서 이쪽과 저쪽을 구분 짓는 일체의 것을 제하고 남는 것은, 순수하게 골격만 남은 삶이다. 무엇의 수단이 되고, 무엇을 만들기 위한 것이 아닌, 순수한 삶 자체만 남는다. 그 삶을 살면서 우리는 그 이전과 다른 새 삶을 발견할 수 있다.

작중에서 하루오는 여러 나라를 여행하며 '변화'는 있으나, '구별'이 없는 삶을 살아간다. 인도에 가면 인도인의 모습으로, 또 다른 곳에 가면 그곳 사람들과 뒤섞인다. 그것은 방편과 수단을 위한 삶이 아니라, 단순한 삶 자체에 해당하는 행위이다. 하루오의 모습을 '나'는 다음과 같이 묘사한다.

　　하루오는 짐을 챙겨 우리 자리로 옮겨 왔다. 그리고 그 밤의 열차 안에서 내내 오랜 친구처럼 이야기를 나누었다. 처음 만났을 때조차 전혀 어색하게 느껴지지 않았다는 건 좀 의아한 일이지만, 하루오는 <u>공기처럼 자연스럽게 우리에게 스며들었다</u>. 말하자면, 그녀와 내가 이쪽에 있고, 풍경과 사람들이 저쪽에 있다. 이쪽과 저쪽은 서로를 바라보지만 그 사이에는 건널 수 없는 유리막 같은 게 있다. 우리는 유리막 저편의 세계를 구경하고 저편의 세계는 우리에게서 어떤 식으로든 수수료를 받는다. 여행이든 관광이든, 그런 것이다. 그런데 그 중간에 하루오가 슥 들어와 양쪽의 경계를 흩뜨려 놓는다. <u>유리막 같은 것이 갑자기 사라져 버려서 바깥의 공기가 밀려</u>

<u>들어온다. 그런 것이다.</u>(123면, 밑줄은 필자)

하루오는 경계를 흩뜨려 놓으면서 바깥의 공기가 밀려들어 오게 한다. 그 흐름은 외부에서 온 것이 아니라, 하루오 자신에게서 나온 것이다. 이러한 하루오의 모습은 흐르는 '물'을 연상시킨다. 이곳과 저곳을 자유롭게 흘러가는 물은, 흐르는 과정에서 자신도 변화하지만 주변의 경관도 변화시킨다. 하루오는 자신도 변화하지만, 그 과정에서 나와 주변 사람들에게도 미세한 변화를 연동시킨다. 자신 이외 또 다른 물과 한데 섞여 본래의 모습이 바뀌는가 하면, 자신이 지나가는 공간과 환경의 모양마저 바꾼다.

이것은 '자유'의 다른 이름이다. 경계를 넘나드는 곳에서 '변화'가 시작된다. 작품 말미에서 '다카하시 하루오'는 '하라 교스케'로 변화하여, 한국 회사에 입사지원서를 제출한다. 그것은 자유이며, 새로 유입된 바깥의 공기이다. 이러한 스며듦이 삶을 정체가 아니라 가능성으로 인도한다. 일상의 우리는 절반 이하의 자아만으로 경계 안에서 사유할 뿐, 경계를 넘나드는 자유를 구가하지 못한다. 경계를 허물고 절반 이하가 아니라 절반 이상 아니 온전한 자신을 찾아서, 우리에게 부여된 자유를 구가할 필요가 있다. 유하의 다음과 같은 시는 유연한 변화를 보여주는 물의 가치와 자유의 가능성을 생생하게 묘사하고 있다.

바다를 바라보라

물은 시내에 들어서면 시냇물의 몸이 되고

강으로 흐르면 강물의 몸이 된다
그러면서 시내와 강의 넓이,
바닥의 돌들과 바위의 모습을 변화시킨다
스스로 변화하면서, 마침내
세상을 변화시키는 물의 운동성

사색하는 자여, 바다를 바라보라
출렁이는 저 바다를 바라보라
그 무한한 물의 진리를 담아내는
그릇의 깊이를[2]

---

2 유하, 「바다를 바라보라」, 『천일馬화』, 문학과지성사, 2000, 90면.

어린 / 젊은 어른(young adult)의 발견과 청소년소설

1. 청소년문학

청소년문학이 다수의 출판시장을 점유하는 시점에서, 청소년문학에 불을 댕긴 김려령의 소설을 살펴보는 일은 청소년문학 장의 특수성뿐 아니라 최근 소설의 방향성을 감지할 수 있는 계기가 된다. 김려령의 『완득이』(창비, 2008)는 한국 독서교육의 풍토와 출판 시장의 판로가 맞물리면서 그 효과를 톡톡히 보았다. 어린이문학평론가 오세란은 '『완득』 이후'라는 표제로 이 작품의 출간이 청소년문학 시장의 변화를 몰고 왔으며, 이는 청소년문학뿐 아니라 일반 소설계에도 여파를 몰고 왔음을 지적한 바 있다.[1] 물론 여기에는 작가 김려령이 선취해 낸 깊이 있는 주제의식과 간결하면서도 명징한 문체의 탁월함이 전제해 있다. 다문화가정, 외국인 노동자, 장애인, 소수자와 같은 묵직한 주제 의식과 의미만을 전달하는 속도감 있는 문체의 절묘한 조화가 청소년 뿐 아니라 일반 독자들의 시선을 끌었던 것이다. 이 글에서는 이미 문학 시장에 자리를 굳힌 청소년문학의 특수성을 살펴보기 위해, 김려령의 청소년 장편소설 『완득이』(창비, 2008)와 『우아한 거짓말』(창비, 2009)이 도달한 지점을 천착하려 한다.

2. '어린 어른'과 현실의 만남

현대소설 그중에서 본격소설의 주인공은 제도와 권력, 자본에 잠식 당함으로 인해 거기에서 파생되는 삶의 불균형과 파행성을 보여준다. 이러한 인물을 우리는 '문제적 인물'이라 명명한다. 청소년소설에도 문제적 인물이 등장하는가. 등장한다면, 그들은 어떤 성격을 지니고 있으며 어떤 문제성을 지니고 있는가. 그에 앞서 우선 '청소년'의 범주와 개념부터 살펴볼 필요가 있다. 백과사전에 의하면 '청소년'은 어른과 어린이의 중간 시기이다. 흔히 만13세에서 만18세, 중1에서 고3의 시기에 해당하는 사춘기를 겪는 학생이다. 일찍이 문학의 영역에서는 '학생소

....
1 오세란, 「『완득이』 이후」, 『창작과비평』 통권 148호, 2010.6, 343~359면.

설'이라는 범주 아래 다양한 소설이 발간되고 영화화되기도 했는데, 굳이 '청소년문학'이라는 새로운 범주가 확산된 이유는 무엇인가.

이러한 질문에 대한 답하기 위해 최근 널리 쓰이고 있는 일본 신조어 '영 어덜트(young adult)'라는 호칭을 주목해 볼 필요가 있다.[2] 패션계에서 영 어덜트는 20대 초반의 의류시장을 겨냥해서 널리 명명되고 있지만, 문학계에서 영 어덜트는 10대 후반의 젊은이를 겨냥해서 명명되고 있다. 양자 모두 그들이 노리는 것은 '학생'보다는 '어린 어른'이라는 자극적 요소이다. '어린 / 젊은(young)'이라는 키워드와 '어른(adult)'이라는 키워드를 모두 만족시킴으로서, 양자 모두 신선한 소비의 주체로서 학생을 적극적으로 시장에 포섭하고 있는 것이다. 결과야 어찌됐건 '어린 어른'에 대한 새로운 발견은 그 내용물에도 변화를 몰고 오게 되었다.

문학의 경우 '학생'은 학교라는 범주가 크게 자리 잡고 있으므로, 이야기의 범주가 제한적일 수밖에 없다. 이에 비해 '어린 어른'은 학교는 물론 제반 사회에 노출되어 있는 사회의 신참자로서 다양한 공간에서 그들의 경험과 단상을 보여줄 수 있다는 점에서 소설이 다룰 수 있는 영역을 확대시켰다. 다시, 청소년소설에서 문제적 캐릭터로 돌아오자. 김려령의 출세작 『완득이』에서 주인공은 문제적 인물인가. 작중 주인공 완득이는 고등학생이고 그의 생활 범주가 학교인 것 같지만, 실상 소설에서 다루고 있는 영역은 '학생' 완득이가 아니다. 완득이는 학교 문제로 고민하고 있지 않다. 오히려 그의 고민은 학교 밖에 있다. 난쟁

----

2 소영현은 소비시장과 청소년문학 장의 관계에 대해 일찍이 우려를 표명한 바 있다. 소영현, 「북 쇼핑 시대의 문학, 『완득이』라는 낯선 영토」, 『작가세계』, 2008.8, 320~334면.

이 아버지를 두고 있으면서 다른 사람들의 편견을 묵묵히 견뎌내는가 하면, 뒤늦게 출생의 비밀을 알고 베트남 여인을 엄마로 받아들여야 하는 원형적 인간의 문제를 고민하고 있다. 그가 지니고 있는 굵직한 문젯거리는 오늘날 우리가 안고 있는 현실의 문제인 까닭에, 완득이야 말로 현대소설에 나타난 문제적 인물이자, '영 어덜트'의 대표 격이라 할 수 있다.

작가는 '학생' 완득이를 그렸던 것이 아니라, 오늘날 한국 사회에 만 연해 있는 불균형한 현실과 조우하고 기꺼이 그것을 감내해 내야하는 '어린 어른'을 보여주었던 것이다. 그러므로 소설 『완득이』에서 완득 이의 학교부적응, 진로 탐색, 이성 문제 등은 이 소설이 지닌 특장이 아니다. 학교 및 이성문제와 관련된 일련의 사안은 이미 학원소설, 학생 소설에서 오랫동안 다루어 왔다. 작가는 소설이라는 말랑말랑한 장르를 선택해서, 이 땅의 청소년들에게 현실에 산재해 있는 모순과 불균형 현상에 눈길을 주고 그 환경에 동참할 것을 권유한다. 진정한 성장은 공부하는 일 외, 자신이 처해 있는 현실을 직시하고 그곳에 있는 어려움을 포용하는 데 있음을 보여준다. 우리가 살고 있는 현실에는 '불편'하고 '부당'한 일이 많다고 말이다. 그 불편과 부당의 기원에 관심을 가지고, 그것의 해소를 위해서 학교에서 책만 보는 학생이 아니라 '젊은 어른'이 되어야 한다고 말이다.

아직 때 묻지 않은 어린 어른의 눈에 비친 다문화가정, 외국인 노동자, 장애인, 소수자의 현실은 구태의연하고 묵직한 문제가 아니라 그가 살고 있는 일상의 문제로 신선하게 포착된다. 그들은 나이든 어른이 만들어 놓은 기존의 편견을 뛰어 넘어, 오히려 그들이 어리기 때문에 더욱 투명하고 명징하게 문제의 출발점으로 돌아갈 수 있다. 그들은 색안경 없이 제각각의 인간에게 실현되어야 하는 근본적 평등과 자유를 소환해낸다. 의미만을 전달하는 김려령의 간결한 문체는 '어린 어른'들의 간결하면서도 꾸밈없는 내면을 드러내는 데 적절하다. 김려령의 문체는 복잡하게 여러 생각이 중첩되어 있지 않으며, 지금 이 순간 자신의 판단과 느낌을 인지하고 그것을 왜곡 없이 전달함으로써, 어린 어른의 순수한 감성을 전달하는 데 성공했다.

작중에서 완득이가 베트남 여인을 어머니로 받아들이는 데에는, 복잡하고 심각한 이성이 아니라 본능에 가까운 원형 심리가 작용하고 있다. 반찬을 만들어 오는 여인에게 당장 '엄마'라고 부르지는 못하지만, 그 여인이 신고 있는 낡은 단화는 자꾸만 완득이 눈에 거슬린다.

얼마나 교양 있는 사람이 되고 싶어서 자식한테 꼬박꼬박 존댓말을 쓰는지 모르겠다. 가난한 나라 사람이, 잘사는 나라의 가난한 사람과 결혼해 여전히 가난하게 살고 있다. 똑같이 가난한 사람이면서 아버지 나라가 그분 나라보다 조금 더 잘산다는 이유로 큰 소리도 내지 못한다. 한국인으로 귀화했는데도 다른 한국인에게는 여전히 외국인 노동자 취급을 받는 그분이, 내가 버렸는지 먹었는지 모를 음식만 해놓고 가는 그분이, 개천 길을 내려간다. 몸이 움직인다. 내 몸이 미쳐서 움직인다. 저 꽃분홍색 술이 낡은 단화 때문이다.[3]

....
3 김려령, 『완득이』, 창비, 2008, 148~149면. 이하 이 작품의 인용은 인용문 말미에 페이지 수만 밝히도록 한다.

비극의 주인공과 비교해서 희극의 주인공이 고뇌가 없는 것이 아니다. 비극의 주인공이 행동에 앞서 머릿속으로 계산하고 갈등하는 동안, 희극의 주인공은 계산 없이 몸부터 움직인다. 그들의 어눌한 움직임이야말로 오히려 가감 없이 현실을 수용하고 현실을 변화시킬 수 있는 활력이 된다. 계산 없이 앞뒤 가리지 않는 완득이의 몸이 그의 머리보다 더 빨리 움직이고 있다. 완득이는 체육관비의 일부로 어머니에게 새 신을 사 드린다. 작가는 완득이의 성장이 아니라, 어리고 순수한 어른 완득이를 전유하여 다문화가정이 이 땅에 어떻게 존재할 수 있는지 그 가능성을 보여주고 있다.

같은 맥락에서, 장애인 아버지를 둔 완득이는 장애인의 비애가 무엇인지 그들의 몸과 마음을 누구보다 더 잘 알고 표현한다. 그것은 커밍아웃으로 떠벌리며 주위의 동정을 사는 일이 아니라, 장애를 가진 그 사람이 자신의 아버지라는 사실을 받아들이고 아버지의 상처가 곧 자신의 상처임을 호소하는 것이다.

그렇게 태어나서 그런 모습일 수밖에 없는 아버지에게 사람들이 어떤 시선을 던지는지 모르고 하는 소리야? 발톱이 빠지고 인대가 늘어나면서까지 연습하며 진정한 춤꾼을 꿈꾼 아버지를 변두리 카바레로 내몰고 웃음거리를 전락시킨 …… 그래, 나는 한 번도 내 입으로 아버지에 대해 말한 적이 없다. 내가 커밍아웃을 하면 그 놀림이 내가 아니라 아버지를 향하게 되리라는 걸 너무 잘 아니까. (…중략…) 1등만이 특별한, 나머지는 1등의 언저리로 밀려나 있어야 하는 …… 내 아버지는 호킹 박사같은 1등 대접을 원하는 게 아니라, 높기만 한 지하철 손잡이를 마음 편하게 잡고 싶을 뿐이다.

떳떳한 요구조차 떳떳하지 못하게 요구해야 하는 사람이 내 아버지다. 내 입으로 말하라고? 아버지는 이미 몸으로 말하고 있다.(137~138면)

　어린 어른의 순수한 시선은 현실의 부조리를 과장하거나 미화하지 않는다. 오히려 그들은 순수하기 때문에 현실의 암울한 그림자와 손쉽게 한 몸을 이루고, 그것이 곧 자신의 일부임을 고백할 수 있다. 김려령이 개척한 청소년소설에서 문제적 캐릭터는 일반 소설의 주인공들보다 가볍게 현실의 불균형에 접근한다. 소설에서 '어린 어른'은 아직 현실의 무게를 감당할 만한 성인(成人)은 아니지만, 현실의 문제를 포장 없이 전달할 수 있는 투명하고 순수한 시선을 지니고 있다. 다시, 청소년소설의 '문제적 인물'에 대한 처음 질문으로 돌아가자. 김려령은 '어린 어른'의 포지션을 충분히 잘 살려냈기 때문에 청소년소설에도 문제적 인물이 존재할 수 있는 가능성을 열어 놓았다.

3. '어린 어른'의 내면 탐색

　『완득이』 이후 작가는 더 깊게 탐색해야 하는 과제에 직면했다. 그것은 김려령의 문제만이 아니고, 청소년문학이라는 타이틀을 내걸고 글을 쓰는 모든 작가에게 주어진 과제이다. 청소년은 완전한 어른이 아니지만 아동도 아니기에 청소년소설에서 문제의식은 그 이름에 값

할 수 있는 깊이가 요구된다. 『완득이』를 발간한 지 1년 후 김려령은 『우아한 거짓말』을 출간한다. 『우아한 거짓말』은 중1 소녀의 자살을 중심으로, 여중생을 죽음으로 몰고 간 현실을 탐색한다. 굳이 소설가가 말해주지 않아도, 우리는 그 답을 잘 알고 있다. 가족의 무관심과 생활고, 학교에서 발생하는 왕따 문제 등이 예민한 감수성을 지닌 여중생에게 감당할 수 없는 큰 짐으로 다가왔다고 말이다. 작가는 이 작품에서 뻔한 내용의 확인보다 그들의 목소리를 담아내는 데 주력하고 있다. 자살한 1학년 여중생 천지의 목소리를 중심으로, 소녀들의 내면에 갇혀 있는 목소리를 들어보자.

천지는 어른스러우면서도 진지한 아이이다. 온순하고 착실한 딸이고 학생이다. 편모슬하에서 생활고로 인해 이사가 잦았고, 그런 탓인지 천지는 친구와 잘 어울리기 어려웠다. 학급에서도 8~10등 사이를 오가며 고른 성적을 유지했다. 천지는 "성적이 좋아야 남들이 자기 말을 신용하기 때문"에, "안 그러면 자기 말은 항상 공중분해"[4]되기 때문에, 공부했다. 그녀는 학교에서 자신의 존재를 '투명인간'이라 표현한다. "내가 교문을 통과할 때도, 교실에 앉아 있어도 선생님들은 나를 보지 못했습니다. 급식을 먹을 때, 화장실을 갈 때, 체육 시간에 조를 짤 때도, 아이들은 나를 보지 못했습니다. 내가 보이지 않는 존재라는 걸 너무 늦게 알았습니다. 그만 떠나야 했습니다."(99~100면)

초등학교부터 중학교까지 같은 학교에 다니는 화연이가 천지에게는 가장 가까운 친구였다. 그러나 화연이는 천지를 이용하고 상처를

---

4 김려령, 『우아한 거짓말』, 창비, 2009, 106면. 이하 이 작품의 인용은 인용문 말미에 페이지 수만 밝히도록 한다.

주었다. 천지가 자살하기 전까지, 화연에게 천지는 '관상용', '화풀이용' 대상이었다.

> 지나치게 바른 천지가 숨 막혔다. 지겨웠다. 관상용이자 화풀이용 친구 관계도 이제 수명을 다했다고 생각했다. 충돌에 익숙하지 않아 그냥 참아 버리는 아이, 이런 아이 하나쯤 왕따로 만드는 건 식은 죽 먹기였다. 반 아이들이 이미 괴롭히고 있는 왕따는 재미없었다. 새로 만들어야 했다. 티 나지 않게 교묘하게, 그리고 싹 빠지기. 그게 더 흥미로웠다. 그런데 천지는 늘 왕따에서 살아남았다. 성공 직전까지 갔다가도 번번이 실패했다. 성공하지 못한 계획. 그것으로 인해 발생하는 반사적 불이익이 서서히 화연에게 나타났다. 초조했다.(23면)

화연이는 겉으로는 선물을 교환하고 절친 각서를 나누지만, 속으로는 영악한 놀이를 즐기면서 천지의 내면에 깊은 상처를 주곤 했다. 그런 화연이의 내면에도 깊은 외로움이 존재하고 있었는데, 그것은 일찍이 가정에서부터 자라나고 있었다. 화연이 부모님은 중국집을 운영하면서 친지를 먹여 살려야 했으며, 뒤늦게 낳은 딸 화연이를 돌볼만한 여유가 없었다. 화연이는 집 밖의 학원을 전전해야 했고, 늘 친구들의 관심을 받고 싶어 했다. 아이들에게 있어서 화연이는 같이 놀지는 않지만, 필요할 때 돈을 써 주는 그런 아이였다. 좋아서라기보다 먹을 거 사주고, 노래방비 내고, 극장에 가면 팝콘을 돌리는 봉으로 인식되었다. 화연이는 소위 '공짜 지갑'이었다.

천지는 화연이를 비롯해 지긋지긋한 일이 반복되는 학교라는 괴물 앞에서, "상대가 버리지 않으면 내가 버린다. 단순한 버림이 아닌 완벽한 버림이 필요"했고, "영혼과 육체의 완전한 버림"으로 자살을 선택했다.(193~194면) 학교 국어시간 수행평가에서 천지는 자신의 자살을 예고하는 글을 발표한다. 수행평가의 내용은 다음과 같다. "선입견이란 얼마나 무서운가. 누군가 의도적으로 퍼뜨린 악의적인 선입견이라면 더욱 그렇다. 흔히 쓰이는 선입견 조장 방법을 알아보자. ① 칭찬을 베이스로 깔고 모함을 포인트로 주기 — 사람들은 베이스보다 포인트에 더 민감하게 반응한다. ② 과거의 단점으로 현재의 장점 흠집 내기."(13~14면) 천지가 발표한 글은 다음과 같다. "조잡한 말이 뭉쳐 사람을 죽일 수도 있습니다. 당신은 혹시 예비 살인자는 아닙니까? 감사합니다."(23면) 천지의 담임은 처음 발령받은 국어선생님이었기에, 학생 문제에 노련하지 못했다. 천지는 엄마와 언니가 없는 집에서 목을 매고 자살한다.

놀이동산의 키 큰 피에로처럼 버팀목이 되어 주었던 천지가 없어지자, 이제 화연이의 삶이 아슬아슬해지기 시작한다. 더 이상 아이들의 호응과 박수도 사라진 마당에, 화연이는 학교에서 왕따가 되어야 했다. 천지가 죽자, 아이들은 이제 화연을 대상으로 증인이 됐고 폭로자가 됐다. 또 하나의 죽음이 예견되고, 그 어린 영혼의 죽음을 천지의 언니인 만지가 막아낸다. 『우아한 거짓말』은 또 다른 죽음을 막기 위해 용서하고 화해하는 착한 결말을 맺으며, 규범적 학생소설의 도식을 보인다. 그 결과 오늘날 학교라는 제도와 학생의 문제를 확인한 데 그친 감이 있다. 작가는 어린 소녀의 내면 탐색이라는 한 가지 문제를 깊이 천착하긴 했지만, 그것이 그리 새로울 것이 없다는 점에서 『완득이』 이후를 개척해 내지 못한 것으로 보인다. 그럼에도 이 작품이 눈길을 끄는 대목이 있다. 그것은 어린 소녀의 죽음이 아니라, 죽음 뒤에 남겨진 사람들이 어떻게 삶을 지속시켜 나가는가를 보여주는 대목이다.

4. 죽음 뒤의 삶을 지속시키는 사람들

작가는 죽은 소녀의 내면 탐색보다 오히려 살아남은 자들이 어떻게 그 죽음을 애도하며 그들의 삶을 지속시켜 나가는가에 초점을 맞추어야 했다. 작가는 여중생을 자살로 몰고 간 현실을 보여주면서, 또 한편으로는 그녀의 죽음을 끌어안고 살아가야 하는 사람들의 삶을 조명한다. 왕따 소녀의 자살 원인 규명은 예견할 수 있는 소재인 데 비해, 살아남은 자들이 죽음을 어떻게 수용하고 그들이 삶을 어떻게 지속시켜 나갈 수 있는가에 대한 탐색은 쉽게 말해질 수 없는 부분이다. 딸이 죽은 자리에서 엄마는 남은 딸과 어떻게 살아가는가. 죽은 딸을 둔 엄마의 입장에서 가해자의 엄마에게 어떻게 응수해야 할 것인가. 친구의 죽음에서, 동생의 죽음에서, 어린 소녀들은 어떻게 자신의 삶을 인식해야 할 것인가. 죽음이라는 큰 상실감을 공유하게 된 사람들의 삶은 주인공의 자살보다 더 진지하고 지난한 것이다.

엄마는 9년 전 남편을 잃었다. 천지의 아버지는 조각가였다. 큰딸 만지가 태어나자, 조각과는 전혀 상관없는 바이오수세미 공장에 취직했다. 천지의 미적 감각은 아버지에게서 물려받은 것이지만, 그것 외에도 심각한 생활고를 물려받았다. 아빠는 생계를 위해 바이오수세미 공장에 취직하면서 작품을 다 태워버렸다. "아빠의 말을 빌리자면, 저 살아야 할 곳으로 날려 보냈다" "죽어 말라버린 나무에 생명을 불어넣는 것에 기쁨을 누렸던 사람. 너울 너울 강물 따라 굽이굽이 산등성 따라 살아야 했을 사람. 엄마는 그런 사람을 도시로 끌고 와버렸다는 죄책감을 아직도 지우지 못했다."(75~76면) 엄마는 미란의 아빠 곽만호에게 잠시 흔들리기도 하지만, 곽만호가 병든 아내의 존재를 자신에게 숨겼다는 사실을 알고 그에 대한 미련을 버렸다.

엄마는 무거운 삶을 가볍게 응수하며 슬픔을 생활로 전환시켰다. 엄마는 마트에서 일하며 만지와 천지 두 자매를 키운다. "엄마는 커피를 한 모금 마시고 낮은 한숨을 쉬었다. 사는 게 다급했다. 아직 내일이 준비되지 않았는데, 금세 내일이었다가 벌써 어제였다. 새끼들한테 인생 전부를 건 엄마는 아니었지만, '무슨 일'이 생기면 언제든 달려 올 엄마가 있다는 믿음과 존재감은 주고 싶었다."(163면) 중1 천지와 중3 만지, 두 딸과 전셋집을 전전하며 빠듯하지만 성실하게 생활해 왔건만, 둘째 딸 천지가 자살하는 사건이 발생한다. 엄마는 생활 앞에서 절제된 감정으로 슬픔을 수용했다. 남은 딸 만지를 위해 내일을 준비한다. 엄마와 남은 딸, 그들에게 생활은 계속되기 때문이다. 아침시간 큰딸 만지는 엄마에게 반찬투정을 하고, 엄마는 작은딸을 잃은 슬픔과 산재해 있는 생활의 어려움을 다음과 같이 감내해 낸다.

"반찬에서 좀 벗어난 얘긴 줄은 아는데, 자식은 가슴에 묻는다며? 근데, 엄마는 안 그런 거 같아. 그날 다 흘려보낸 것 같아."

"가슴에 묻어? 못 묻어. 콘크리트를 콸콸 쏟아붓고, 그 위에 철물을 부어 굳혀도 안 묻혀. 묻어도, 묻어도, 바락바락 기어 나오는 게 자식이야. 미안해서 못 묻고, 불쌍해서 못 묻고, 원통해서 못 묻어."

엄마는 맨밥을 듬뿍 퍼서 우걱우걱 먹었다.

"남편 복 없는 년은, 자식 복도 없다더니 ⋯⋯."

"근데, 엄마. 부모 복 없는 애는 ─ 친구 복도 없어."

만지는 숟가락을 내려놓고 후다닥 방으로 달려갔다.

"너 이리 안 와!"

"아뇨, 오현숙 여사. 밥 드세요, 밥. 밥심. 응? 엄마 힘!"

만지는 가방을 메고 슬쩍 엄마를 피해 현관으로 나갔다.

"학교 다녀오겠습니다!"

"뭐 저런 게 내 배 속에서 나왔어. 아유, 가슴 답답해 ⋯⋯."

엄마는 앉은 채로 손만 뻗어 냉장고 문을 열었다. (56~57면)

이 대목은 이 작품에서 작가가 도달한 최고의 성과이다. 딸을 잃은 엄마의 상실감, 그럼에도 삶을 지속시켜 나가는 엄마의 힘겨움이 생생하게 드러나 있다. 작가는 여중생의 죽음을 다루되, 그녀의 목소리에 주목하기보다 그러한 죽음 뒤에 놓여 있는 삶을 견뎌내는 것이 얼마나 힘겨운지 그것을 감내해 내는 자의 인고(忍苦)를 보여주는 데 많은 지면을 할애해야 했다. 엄마는 산다는 일이 좀스럽고 치사스럽지만, 남은 딸 하나를 지키기 위해 꿋꿋하게 오늘을 생활한다. 엄마에게 자식은 절대적 존재이기에, 그녀는 다음과 같은 말을 속으로 삼킨다. "기집애야, 나한테는 니들이 신이고 종교였어."(114면) 엄마는 천지가 화연에게 주기 위해 사달라고 했던 MP3를 화연의 중국집에 가서 건네준 후, 자장면을 주문해서 먹는다. 딸을 잃은 엄마는 가해자인 화연 엄마에게 다음과 같이 으름장을 놓는다.

사과하실 거면 하지 마세요. 말로 하는 사과는요, 용서가 가능할 때 하는 겁니다. 받을 수 없는 사과를 받으면 억장에 꽂힙니다. 더군다나 상대가 사과받을 생각이 전혀 없는데 일방적으로 하는 사과, 그거 저 숨을 구멍 슬쩍 파놓고 장난치는 거예요. 나는 사과했어, 그 여자가 안 받았지. 너무 비열하지 않나요?(210면)

천지 엄마는 좋아하지도 않는 자장면을 꾸역꾸역 먹어내고, 화장실에 가서 게워낸다. 엄마가 죽은 딸 뒤에 남은 삶을 지속시켜 나가듯이, 언니 만지 역시 동생 천지의 상처를 읽어내며 중학교 3학년을 보내고 있다. 작가는 천지 언니인 만지를 초점화하여 친구와 학교를 탐색한다. 언니는 동생 천지를 둘러싸고 있던 우울증과 교우관계를 돌아본다. 동생이 만났던 사람을 만나고 동생이 읽었던 책을 읽는가 하면, 동생이 있었던 교실에서 동생의 상처를 읽어낸다. 동생의 내면에 존재하는 상처와 고통을 함께하지 못한 언니는, 동생이 없는 집과 학교에서 동생을 애도하며 그녀의 삶을 살아 나간다. 언니인 만지 못지않게, 미란과 미라 역시 죽은 천지의 애도에 동참한다.

미라는 천지의 친구이고 미란은 만지의 친구이다. 미라 자매는 '어린 소녀'가 아니라 '어린 어른'의 삶을 살아가고 있어 눈길을 끈다. 그들은 오랫동안 병석에 누워 있던 엄마를 여의고, 가정을 돌보지 않는 아버지의 방임 아래 살고 있다. 아버지는 살아생전의 엄마를 구타했으며, 엄마가 죽은 후에도 집에 오지 않았다. 그들의 눈에 비친 아버지는 "존재 자체가 혐오스러운 인간, 배운 것도 기술도 없으면서 힘든 일은 죽어도 안 하는 인간"이다. 그는 부동산 사장 밑에서 일하면서, 가게 방에서 화투와 포커를 치며 세월을 보낸다.

돌봄과 보살핌이 부재해서인지, 미란과 미라는 일찍이 가족에 대한 환상이 없었다. "사람 사는 거 다 같을 거라고 자신들의 비루한 삶을 위안했다."(138면) 오히려 미란은 아버지 곽만호가 저지른 일을 수습한다. 아버지는 집요하게 만지 엄마에게 접근했으며, 그 과정에서 상처받았을지 모르는 친구 만지를 집으로 데려와 음식을 해 먹인다. "미란과 미라는 능숙하게 재료를 손질하고 요리를 했다. 긴 세월 자리에 누워 있던 엄마와 손님처럼 다녀가는 아빠를 둔 탓이다. 부모를 챙기며 살아야 했던 미란과 미라. 오늘은 아빠가 벌리고 다니는 일에 대해 정리를 할 필요가 있었다."(133면) 그들은 그들보다 더 슬프고 힘든 만지를 초대해서, 음식을 나누며 그녀의 슬픔을 공유한다. 자살한 천지가 '어린 소녀'로 존재하고 있다면, 미란과 미라는 '어린 어른'으로 존재하고 있다. 김려령은 '어린 소녀'의 독백보다 '어린 어른'이 삶을 살아내는 일을 조명하는 데 더 능숙하다. 작가는 자신의 특장을 살려 죽음으로 죽음을 말하기보다, 지난한 삶을 통해 삶의 곡예를 어떻게 넘을 수 있는지를 보여주는 편이 더 좋았을 것이다.

5. 영 어덜트(young adult)의 가능성
— 키덜트(kidult)의 감수성보다 생활의 발견

김려령의 『완득이』가 성취해 낸 청소년소설의 일 경지는 '어린 소녀'보다 '어린 어른'을 조명한 데 있다. 작가는 청소년들에게 '생활'과 '현실'을 일깨워 주었다는 점에서 일 경지를 보여주었다. 김려령의 소설은 청소년들이 학생으로서의 본분을 다하는 것 외, 현실과 생활에도 눈을 뜰 수 있는 여지를 보여주었다. 영 어덜트(young adult)의 존재가 부각되면서 청소년소설에서 다룰 수 있는 주제의 범주가 확산되었고, 본격문학으로서의 성취 가능성도 보여주었다. 한편, 청소년문학이 본격문학과 동급으로 유통될 때 우려해야 할 지점이 있다. 그것은 청소년문학이 어린이의 감수성을 지향하는 키덜트(kidult)들의 취향과는 구분되어야 한다는 점이다. 어른으로서 어린이의 취향을 즐겨한다는 것은 '선택적' 감수성의 영역이다. 그들은 이미 세상과 현실을 깊숙이 경험하고, 그것으로부터 일탈 혹은 그것으로부터 휴식으로서 어린이의 취향물을 선호한다. 그러므로 청소년문학은 키덜트들에게 과거의 향수를 자아내게 하는 취향의 대상으로만 고착되어서는 안 된다. 요컨대 능동적 소비 주체인 키덜트들의 독서취향이 주축이 되어, 청소년문학이 확산 유통되어서는 안 된다는 것이다.

청소년문학, 적어도 청소년소설은 청소년도 '문제적 인물'이 될 수 있다는 데서 시작되어야 할 것이다. 그들이 '어린 소녀 / 소년'이 아니라 '어린 / 젊은 어른'으로서 이 사회와 현실, 그리고 첨예한 생활의 일부를 발견할 수 있도록, 청소년소설은 그들의 범주를 넓히고 새로운 영역을 탐색해야 한다. 청소년문학 작가들은 청소년들에게 학교와 공부에 전념해야 하지만, 그러한 학교와 공부가 근본적으로 발생했고 요구되는 현실과 생활의 감각을 환기할 수 있는 소설을 창작해야 한다. 학교와 공부만 보는 어린 소녀 / 소년이 아니라, 학교와 공부를 요구하는 현실과 생활의 실재를 읽어낼 수 있는 '어린 어른'의 감수성과 지성을 심어주어야 할 것이다. 지금은 영 어덜트이지만, 가까운 시일 내 현실과 생활에 전면 노출되는 어덜트가 될 것이고 그 가운데 일부는 보다 나은 현실과 생활을 설계할 수 있는 어덜트가 될 것이다. 청소년문학의 당위성이 요구되는 시점에서, 이제 청소년문학은 생활의 발견이라는 아이템을 청소년의 코드로 변환시켜야 한다.

3부
시민사회와 자유를 향한 도정

내 안의 자연, 자유에 대한 탐색

백시종의 『돼지감자꽃』(계간문예, 2012)

1. 시민과 인간 사이의 삶

　일찍이 루소는 『에밀』(1762)에서 '인간을 만들 것인가 시민을 만들 것인가'를 고민했다. 그에 의하면 모든 것은 조물주에 의해 선하게 창조되었음에도, 인간의 손길만 닿으면 타락하게 된다. 그러므로 왜곡되고 변형되기 이전, 인간 안에 잠재해 있는 자연을 일깨우는 것이 교육이다. 에밀은 의존하되 복종하도록 해서는 안 되며, 요구하되 명령하도록 해서도 안 된다고 말한다. 복종과 명령에 길들여진 시민의 삶은 인간의 자율성을 소멸시키기 때문이다. 영혼이 세상의 편견에 물들어 뒤틀리기 전에, 울타리를 치고 보호해 주는 것이 교육이라는 것이다.

루소는 자연의 질서 안에서 자연이 부여한 인간으로서의 삶을 살아야 함을 가르친다. 루소가 에밀을 통해 시민이 되기 이전, 교육을 통해 자기 안의 자연을 일깨웠다면 문학은 이미 세상의 편견에 물들어 뒤틀린 영혼들에게 치유와 자유의 가능성을 시사한다. 문학교육의 관점에서 문학은 심미적 위안, 심미적 안정감, 전인성(全人性) 함양을 비롯하여 이데올로기 자체의 비판에 이르기까지 시민 독자들이 균열된 삶을 자각하고 스스로 변화를 모색할 수 있도록 해 준다.

　백시종은 창작집 『돼지감자꽃』(계간문예, 2012)에서 시민과 인간 사이의 삶을 오가며, 인간의 자유를 찾아 좌충우돌하는 여러 인물들의 고단한 삶의 층위를 조명한다. 소설에 재현된 다양한 인물군상과 그들이 직면해 있는 문제는 지금 이 순간 우리가 겪고 있는 삶의 실체이다. 작가는 현실에서 뒤틀린 인물의 상처와 고통을 예리하게 포착하여 그들의 갈등이 어디에서, 무엇 때문에 기인한 것인지 탐색한다. 나아가 피로한 시민들에게 잃어버린 자유를 일깨우고 자유인으로 귀환할 가능성을 시사한다. 노련한 작가가 채취해 낸 문제적 현실을 읽어 들이면서 그와 더불어 자유로 나아가는 길을 동행하다 보면, 우리는 문학이 주는 심미적 치유와 자유에 한층 가까워질 수 있다.

2. 시스템으로서 국가와 종교 혹은 규율과 복종

우리는 자유로부터 얼마나 멀어져 있는 걸까. 창작집의 표제이기도 한 「돼지감자꽃」은 현실에 존재하는 인간의 부자유와 그에 대한 통찰이 깊이 개진되어 있다. 이 작품에는 자기 삶의 주인이 자신이 아니었음을 뒤늦게 자각하고 혼란스러워 하는 중년의 내면이 잘 나타나 있다. 주인공은 몸담았던 직장을 떠나 전원주택에서 정원을 돌보는 데 전념한다. 표면적으로 보아, 그는 충직한 이 땅의 공무원이었으며 어려운 교회 일도 마다않고 수행하는 믿음직한 교인이다. 그런 그에게 돌아온 것은 무엇인가. 기실 국가가 그를 배신한 것도 아니고, 교회가 그를 배신한 것도 아니다. 그럼에도 그의 내면에 자리 잡은 배신감과 혼란은 어디에서 기인한 것인가.

젊음의 열정을 송두리째 쏟아 부었지만, 남은 것은 회한의 가위질뿐이다. 그 이유를 고달픈 사회생활에서 오는 피로감으로 단순화시킬 수 없다. 거기에는 나이 듦에 대한 회한도 있을 것이요, 돌이킬 수 없는 과오와 허물에 대한 자의식도 있을 것이다. 공공 기관의 일원으로서 시민의 몫을 다 했지만, 그러고도 남는 회한이 있다면 그것은 그가 '시민'으로서의 삶을 살았을 뿐 '인간'으로서의 삶을 놓쳤기 때문이다. 뒤늦게 발견한 왕성한 돼지감자꽃의 자생적 생명력은 그의 내면에 존재하는 자연인, 생명을 일깨운다.

나는 국정원 출신의 대한민국 최고의 수사관이었다. 젊은 시절 몸담은 국가기관에서는 국가의 명령에 복종해 왔으며, 은퇴한 후에는 교회의 명령에 복종하기를 독촉 받는다. 젊은 시절 나는 국정원에서 직속 상관의 지시에 맹종하며 서로가 서로를 철저하게 견제해 왔다. 철통 같은 보안 시스템 속에서, 나는 시스템을 더욱 공고히 하는 데 전력했다. 은퇴 후 노년에 접어든 나는 장로교회의 규칙, 교회법, 조준표 당회장 목사에게 순종한다.

국정원에서 "내 모든 것을 올 인시킨 정보업무의 근간은 첫째도, 둘째도, 셋째도 충성이었는데, 그 충성의 정점 역시 오로지 한사람만을 위한 찬양이고 맹세일뿐이었다." 국가기관에서 충성의 대상이 대통령이었다면, 교회에서 충성의 대상은 목사이다. 국가의 공무원이 자기 직무의 중심에 국민을 두어야 한다면, 교회의 신도는 자기 신앙의 중심에 하느님을 두어야 할 것이다. 젊은 시절은 물론 노년에 접어들어서까지 나는 독재적 규율과 복종으로 일관해 왔다. 국민의 종이 되고 하느님의 종이 되어야 할 나는 독재자의 수하가 되어 있었다. 나는 직면한 업무에 대한 회의와 성찰보다, 도래할 이익과 배분에 눈이 멀었는지도 모른다.

잘못되어도 한참 잘못된 것이지만, 기실 이것이야말로 사회라는 거대 시스템의 존립 근간이 아닐 수 없다. 조직의 사업은 공공의 안보와 안녕이 아니라 결국 독재의 영속을 위한 발판이었다. 조준표 목사는 북한 선교프로젝트를 급조해서 교회재정을 횡령했으며, 횡령한 돈은 중국 연길에서 사적 사업자금으로 운용되었다. 교회 내부의 반대세력을 무마하기 위해 목사는 나로 하여금 국정원 간부직책을 활용하여 교회 내부 반대파의 탈세 사기횡령 건들을 적발하게 했으며, 목사는 자신의 신변을 잘 아는 내 입을 원천봉쇄하기 위해 나에게 장로직을 맡기려 했다.

이에 나는 아내의 끊임없는 독촉에도 불구하고, 교회에 나가지 않는다. 자기 안의 생명에 집중한다. 30여 년 청춘과 열정을 독재자의 하수인으로 바쳐온 마당에, 나는 더 이상 기관과 조직의 종이기를 거부한다. '권력의 시녀'가 되어, "뻔히 불법인 줄 알면서도 어쩔 수 없이 섬겨야 했던 우매한 해바라기"의 삶을 탈피하려는 것이다. 생의 열정이 소진되는 지점에 이르러, 나는 인공의 현실과 거리를 두고 성찰에 이른다. 그럼에도 나는 자연인으로 존재하지 못한다. 돼지감자꽃의 자연스러운 생장처럼, 인간은 자신의 본성을 그대로 살아내지 못한다.

특정 기관의 규율과 이익을 추종하면서, 생명을 마감할 때까지 자연인이 아니라 기관의 부속물로 살아간다. 기관은 시스템의 존립과 정당성을 영속시킬 수 있는 '잣대'를 도덕적 명제로 내세운다. 만인을 위한 도덕이 기관의 존립을 위한 수단으로 행사될 때, 도덕의 존재의의와 가치를 문제 삼지 않을 수 없다. 윤리의 대변자로 자부하며 행해 온 일들이 종국에는 권력의 시녀에 지나지 않았음을 인지한 순간, 지금까지 살아 온 삶 전체가 균열된다.

나는 뒤늦게 자신을 둘러싸고 있는 모든 시스템, 조정당해 온 완력으로부터 자신을 분리시키려 한다. 나는 가치관의 혼돈으로부터 벗어나기 위해 전원주택에서, 자연인으로의 존재가능성을 모색한다. 내가 정원의 초목들을 전지가위로 자르는 것은 초목(草木)의 생장을 위한 것이 아니다.

뻔히 알면서도 나를 곤혹스럽게 만드는 아내의 몰상식도 잘라내고, 내 육신 곳곳에서 우후죽순처럼 자라나는 수만 가지 스트레스도 사각사각 썰어낸다. 이발사들이 흔히 쓰는 머리를 깎을 때, 가위를 세워 사사삭 사사삭 마무리하듯 나 역시 철쭉과 회양목 표면뿐 아닌, 나의 일상에서 들쑥날쑥 걸그적거리는 돌연변이 가지들을 가지런히 잘라 정돈시키는 것이다.[1]

나는 일본제 근육 완화제를 부착하면서까지 양손 가위질을 하며 아침부터 저녁까지 가위를 놓지 않는다. 미련하고 따분하고 어리석은 행위임에 틀림없으나, 그것은 지금까지 자르지 못하고 지녀왔던 억압과 복종의 굴레로부터 해방과 탈출의 몸짓이라는 점에서 자연인의 부활을 예고한다. 나는 누구에게 보이기 위한 조경이 아니라, "내가 나한테 보여주기 위해" "나에게 나를 과시하기 위해" "나의 존재를 나에게 각인시키기 위해" "내가 어떤 유형의 사람인지 보다 명료하게 내 자신에게 확인하기 위해" 가위질을 한다.

가위질에서 떨어져 나온 것은 독재자의 수하가 되어 벌여왔던 무수한 부정과 비행의 기억들이다. "나는 싹둑싹둑 자른다. 원봉식도 자르고, 김일성 동상도 자르고, 사탄아 물러가라! 호령호령하는 조준표목사의 설교 목소리도 자르고, 북한 깃발도 자르고, 태극기의 깃봉도 자르고, 끊임없이 아니, 영원히 지속될 것 같은 아내의 잔소리도 자르고, 이 땅의 돌처럼 많은 '주의종'들도 자르고, 그리고 30년을 오로지 한 길로만 걸었던 내 축축히 젖은 발자국도 싹둑싹둑 자른다."

아내는 남편이 장로가 될 것을 믿어 의심치 않으며, 나에게 교회에 갈 것을 독려한다. 나는 빳빳하게 다려놓은 와이셔츠 대신, 작업복을

---

1 백시종, 「돼지감자꽃」, 『돼지감자꽃』, 계간문예, 2012, 221면. 이하 이 작품집의 작품 인용은 인용문 말미에 작품명과 페이지 수만 밝히도록 한다.

입고 울타리로 나선다. "쫓기는 사람인 양 가위질을 더 빨리 계속한다." "내가 자르고 싶은 것은 쥐똥나무 잎사귀나 가지가 아니라 내 머리 속에서 무질서하게 그리고 질펀하게 자라고 있는 무수한 상념들"이다. 그것은 "울분과 체념과 분노와 은폐와 보복과 어이없음과 이율배반과 슬픔과 비참함과 좌절과 죽음과 …… 총귀와 ……"

나는 내 안에 존재하는 살아 있는 자연의 잔영을 일깨우려 하지만, 슬픔과 혼란으로부터 벗어날 수 없다. 총귀와 마찬가지로 나 역시, "처음에는 너무나 선명해 보였는데, 가면 갈수록 돌고 도는 물레방아처럼 어디까지가 사탄의 영역이고 어디까지가 천사의 영역인지 그 경계를 찾을 수도 알 수도 없"기 때문이다. 이러한 혼란은 총귀 아버지의 실체가 그러했듯이, 일찍이 유년 시절부터 그들 삶에 존재해 왔다. 유년 시절 마을 사람들의 우상이었던 총귀 아버지가 남한의 철천지원수 간첩이었던 것처럼 말이다.

정의라고 믿었던 것이 불의였고, 불의라고 믿었던 것이 역설적으로 정의가 되는 세상은 과거에도 있었고 지금 이 순간에도 반복되고 있다. 고단하고 힘겨운 삶에서도 고결한 삶의 이유와 목적이 있어서 역경과 피로를 위무할 수 있었는데, 그 고결한 중심이 전복되자 삶 자체의 균열이 초래된다. 현재만이 아니라 지나온 과거가 균열되고, 오지 않은 미래의 삶까지 불투명한 균열의 조짐을 보이는 것이다. 중년이 되어서야 인지한 삶의 이율배반적 형식은 나를 혼란의 그늘 속으로 밀어뜨리지만, 그 속에서 다시 나는 구속 없는 자연인으로 자유를 찾기 위해 고독한 가위질을 시작한다. 나를 둘러싸고 있는 구속의 발견에서부터, 이미 자유를 향한 도정의 첫걸음은 시작된다.

3. 병든 이데올로기와 공생(共生)에서 오는 자유

「뜸베소」와 「망고 파라다이스」는 자유를 향한 여정의 결실이라 볼 수 있다. 백시종의 자유에 대한 탐색은 지금 직면한 이데올로기의 문제성과 그에 대한 피안 모색으로 이어진다. 작가는 「뜸베소」에서 사회주의를 통한 자유의 탐색과 그 한계의 실태를 보여준다. 이미 중년이 지난 나는 중국에서 압록강 너머를 바라보며, 과거 초등학교 담임선생님과 북한 주민의 부자유한 삶을 떠올린다. 당시 선생님은 가난하고 존재감 없는 나에게 '인권'을 각인시켜 주었다. 그는 프랑스 혁명의 인권선언문 '인간은 나면서부터 자유로우며, 평등한 권리를 지닌다'를 들려주며 학생들에게 다음과 같이 가르쳤다.

> 인간의 기본권처럼 절대적인 것은 없다, 인권은 신성불가침이다, 사람은 누구나 마땅히 누려야 할 자유와 권리가 있다. 형편이 어렵다고 기죽을 것도 없고, 넘친다고 뻐길 것도 없다. 깨끗하게 살면 가난은 필연적으로 도래하게 되어 있다. 그러므로 가난한 것이 부끄러움이 되지 않고, 가난한 것이 도리어 자랑이 되는 그런 세상이 좋은 것이다. 그런 세상을 만들기 위해 우리 함께 힘을 모으자 (「뜸베소」, 93면)

그는 사회주의에 대한 굳은 신념으로 남한의 여객기를 납치하여 월북했다. 세월이 흐른 지금, 북한 사회 인권의 현주소는 어떠한가. 결국 자유와 평등은 그의 신념 속에서만 자리했을 뿐, 북한 현실의 정황은 오히려 그를 배반하고 있었다. 가난과 주림에 못 이겨 탈북하는 주민들, 당원을 비롯한 지도부의 부정부패 …… 나는 월북한 담임선생님의 자세한 이력은 알 수 없지만, 중국에서 압록강 건너 800밀리 망원 렌즈에 포착된 북한 소년을 통해 인권 부재의 북한 실상을 읽어 들인다.

소년은 사친회비를 내지 못해 학교의 눈 밖에 났으며, 축구선수가 되려는 꿈도 무산될 지경이다. 아버지는 소를 사육했는데 뜸베소(고약한 버릇을 선천적으로 타고나온 소)는 아버지의 허리를 들이받는가 하면, 엎친 데 덮친 격으로 국가 보위부에 근무하던 삼촌은 죽음을 당했다. 뜸베소가 유산하고 날뛰자, 아버지는 소를 잡아 주림에 겨운 가족들에게 먹였다. 아버지는 간부들에게 소의 중요부위를 상납했는데도, 마을 광장에서 공개 처형된다. 나는 그 광장에서 과거 간첩이었던 담임선생님 후예로 짐작되는 닮은꼴의 얼굴을 포착한다.

사회주의가 이 땅에 인간의 자유와 평등을 실현할 수 있으리라 믿었으나, 북한의 사회주의는 부패되었고 주민들을 가난과 굶주림의 지옥으로 몰고 갔다. 그렇다면, 자본주의를 선택한 남한에서는 정의와 평등, 인권의 자유가 만개해 있는가. 「망고 파라다이스」에서 나는 처가 회사에서 공금을 횡령하여 출국금지령이 내린 범죄자이다. 나는 부모에 의해 정략결혼을 했으나, 아내와 관계해 본 적도 없으며 사랑하지도 않는다. 회사의 경영주인 아내는 집 밖에서 자고 활동했으며, 다른 남자의 아이를 임신하고 버젓이 출산하려 한다. 나는 아내의 출산일에 맞추어 400여만 불의 공금을 횡령하여, 팔라우에 있는 망고 파라다이스 섬으로 떠난다.

자본주의사회는 물질에 대한 공급력이 뛰어난 데 비해, 자유와 평등

그리고 인권이 만개하지 못했다. 물질에 대한 가치가 인간의 신뢰와 사랑을 압도했기 때문이다. 소유한 자들에게는 권력과 소비할 수 있는 자유가 확보되어 있지만, 그렇지 못한 이들에게는 상대적 박탈감과 소외를 초래했고 그들을 낙오자로 만들었다. 나 역시 회사를 독점한 아내와 사회로부터 존재감을 박탈당했으며, 급기야 도망치듯 그곳을 떠나기에 이른 것이다.

나는 파라다이스 섬에서 전용 요리사와 일꾼을 두어 유유자적한 시간을 보낸다. 섬사람들의 태도는 자본주의사회에서 소외와 박탈감으로 탈진한 나에게 신선한 충격을 준다. 한국에서는 물질이 계급을 만들고 비대한 물욕으로 인해 일상이 피로한 데 비해, 이국의 섬에서는 물질에 대한 경쟁을 찾아볼 수 없기 때문이다.

> 어쩌면 그들이 추구하는 가치의 기준은, 목표로 하는 일을 완수하는 데 있는 게 아니라 그들 상호관계를 즐기는데 있는지도 모른다. 그러기에 매양 부딪히는 이웃들인데도 만나면 시시콜콜 조곤조곤 얘기하고, 미소 짓고, 박장대소하고, 박수치며, 그 귀중한 시간을 깡그리 허비해 버리는 것 아닌가 (「망고 파라다이스」, 172면)

그것은 그들이 "삶 자체의 긴장감을 내려놓은" 채, "해안의 자갈처럼 똑같은 크기의 일상을 도란도란 살아내기 때문이다." 그들이 삶에서 긴장하지 않는 이유는, 목표의 완수와 이를 위한 경쟁보다 과정을 즐길 수 있다는 데 있다. 나는 섬에서 한국계 혈통을 지닌 고아를 발견한다. 혈통을 중시하는 한국인의 정서대로, 나는 그를 양아들로 삼아 잡

일을 시키지 않고 자신과 동일한 계층의 사람으로 살아가도록 한다. 그러나 소년은 옷을 벗어던지고 나무에 오르고 바다로 뛰어든다. 신분 상승과 문명화가 오히려 소년에게는 굴레인 것이다.

섬의 축제 기간, 나는 또 아이러니한 풍경을 목도한다. 달리기 경기의 선두주자가 "앞만 보고 달리는 것이 아니라 자꾸 힐끔힐끔 뒤를 돌아보며 신기록에 도전한다기보다 뭔가 보조를 맞추려는 듯 도리어 속력을 줄여 슬슬 달리기 시작하는 것이었다." 내가 스포츠정신 위배를 운운하자, "파라다이스 사람들은 2등 짜리가 자기를 따라 잡을까봐 겁내지 않"으며 "내가 너무 빨리 다른 사람보다 앞서 나가지 않는가" 염려한다는 것이다. 뒤이어 그들은 1등에 대해 성토한다. "함께 달릴 수 있도록 협력해야지, 저 혼자 독점하는 건 도둑 심보라구요!" 그렇다. "아주 잘 하는 것이 절대로 자랑이 아니라는 것이다. 뛰어나게 혼자 잘 하는 것보다 적당히 상대를 배려해가며 잘하는 것이 진정한 승자의 자세라는 것이다. 어떤 이유든 간에 다른 사람의 약함을 잔인하게 짓밟고 혼자 군림하는 것은 용납될 수가 없다는 것이다." 결국 찬란한 우승기는 어떤 팀에게도 돌아가지 못했다.

'승리'란 무엇인가. 승리가 필요하긴 한 것인가. 누구를 위해, 무엇을 위해 승리가 필요한 것인가. 애초부터 승리는 없었고 공존과 공생, 함께 하는 즐거움이 있었다. '승리', '우승', '우월'은 특정 집단의 권력과 이기심이 평온한 인간 정서를 교란시키고 적자생존이라는 집단 권력욕을 위해 강제해 온 것이 아니던가. 작가는 「망고 파라다이스」를 통해 북한의 사회주의와 남한의 자본주의를 넘어서서, 인간이 함께 할 수 있는 사회의 모습을 꿈꾸어 본다.

물론 파라다이스에도 이미 자본과 소유에 대한 이기심이 내재해 있다. 그것은 내가 이사벨라에게 지불하는 화대의 형태로, 내가 나자리오를 '구상렬'이라는 양아들로 입적하면서 강요한 문명의 족쇄로부터 시작된다. 아니 이미 파라다이스에도 빈촌과 부촌이 구분되어 있었고, 강자인 섬의 촌장은 약자인 힘없는 처녀(나자리오의 엄마)의 권리를 잠식한 지 오래이다. 과연 이 땅에 낙원이 존재 할 수 있기는 한 것인가. 북한에서도, 남한에서도, 파라다이스라 일컫는 남방의 섬에서도 '자유'는 존재하기 어려웠다. 그럼에도 파라다이스 섬 주민들의 유유자적은 어디에서 온 것인가. 그것은 그들이 '목표'가 아니라 '과정'을 즐기기 때문이다. 그들은 무엇인가를 독점하기보다 공생하는 삶이 훨씬 더 많은 자유를 행사할 수 있다는 것을 본능적으로 알고 있기 때문이다.

4. 치유의 시학 — 대신 죽기, 마음의 우상 허물기, 시인으로 살기

시스템과 이데올로기로부터 벗어나 자기 삶의 주인이 된다면, 우리는 적어도 구속으로부터 자유롭다고 할 수 있다. 여기서 더 나아가 병든 영혼까지 치유한다면, 우리는 자기 삶의 주인이면서 뒤틀린 영혼들을 위한 자유의 노래도 구가할 수 있을 것이다. 백시종은 「대신 죽기」·「내 마음의 우상」·「김광수시인전」에서 독자들에게 치유의 방안과 자유인의 실제 모습을 보여준다. 그는 권력과 물질 중심의 사회에서 낙오자가 감당하는 상실과 소외의 '조건' 속에서도, 스스로 치유하고 우리 안의 자유를 구가할 수 있는 방법들을 천착해 보인다. 그가 제시하는 치유의 시학은 '대신 죽기', '마음의 우상 허물기', '시인으로 살기'로 요약할 수 있다.

「대신 죽기」에서 나는 부모에게 물려받은 재산도 제법 있고, 무엇보다도 재벌그룹 증권회사의 직원으로 장래가 촉망되는 청년이었다. 그러나 나는 개인매수 전용계좌를 틀고 선물옵션에 이르기까지 큰 도박판을 벌이는 등 물욕의 늪에서 허우적거렸다. 나에게는 생년월일이 같고 외양이 동일한 사촌 형이 있는데, 닮은 외모와 달리 나와 사촌 형은 매우 다른 삶을 살았다. 그는 남미의 선교사로 일한다. 나는 큰 도박판에서 결국 거액의 채무자이자 범법자가 되었다. 나는 내 욕망의 노예가 되어 악성 스트레스, 음주, 흡연에 빠져 종국에는 전립선비대증에 걸렸고, 아내와 멀어졌다. 아내는 과거의 남자와 만나며 그의 사업을 도왔다. 나는 처남의 양계장 컨테이너에서 일을 도우며 기식했다. 양계장에서 나는 아내와 그녀의 남자가 처남의 이름으로 빼돌린 계좌를 찾아냈고, 그 돈을 빼내 빚의 일부를 갚고 사촌 형의 선교용 국제계좌에 입금했다.

나는 미국으로 건너가 사촌 형을 만난다. 폐암 3기의 형은 전립선암인 나를 위해 병원 예약을 해 두었다. 나와 형은 같은 병원에서 수술했지만, 수술 결과는 달랐다. 수술에 성공한 나와 달리, 형은 죽음을 앞두고 있었다. 형은 나의 병실로 들어와, "하늘이 내려준 닮은 꼴 외모"인 나를 형의 병실로 갈 것을 독려했고 형은 나의 병실에 있겠다고 고집했다. "너를 죽이고, 나는 살고 싶어, 우리 그렇게 하자." "나 대신 네가 죽어주라." "지금 너에겐 총알 자국이 있고 없고가 중요한 게 아니라 마음 속 흉터가 더 큰 문제 아니니? 나는 그것이 무엇인지 확실히 모르지만, 얼핏 어둡고, 차갑고, 냄새가 난다는 사실은 알아. 지금 너한테는 그 영혼의 흉터 지우는 것이 급선무 아닐까."

나는 형의 사역사업을 이으며 새로운 삶을 다시 살기로 마음먹는다. "여러 모로 나는 죽고, 형이 사는 것이 백 번 옳다." "종언이 형 대신 내가 죽어주었으므로 또 다른 형이 앞으로 남아 있는 찬란하고 아름다운 세상을 한껏 누릴 수 있는 것이다." "누구든지 아름다운 소망을 가지면 새로운 피조물이라 이전 것은 지나갔으니 보라, 새것이 되었도다." 자신만이 아니라 다른 누군가를 위해 대신 죽을 수 있다면, 그것은 아름다운 소망이며 그 정결함은 세상을 변화시킬 수 있다. 내가 물욕에 빠져있을 때 가정 파탄과 질병에 허덕였다면, 사촌 형을 위해 '대신 죽기'를 결심했을 때 나는 죽은 것이 아니라 새로운 삶으로 거듭 날 수 있었다. 사촌 형이야말로, 자신이 육체적으로 죽음으로써 병들어 죽어가는 나의 영혼을 새로운 영혼으로 거듭나게 해 준 것이다. 나의 뒤틀린 영혼을 살렸다는 점에서, 형은 나를 대신해 죽은 것이다.

나아가 작가는 「내 마음의 우상」에서 자기 내면의 우상을 없앨 것을 제시한다. 나는 경찰서 서장이다. 나는 초등학교 교정에 세워진 단군신상을 수차례 부신 광신도의 범행을 맡고 있다. 광신도는 우상숭배를 저지하기 위해 단군신상을 파괴했고, 나는 단군신상건립위원회의 입장과 광신도 사이의 일을 중재해야 했다. 이 어수선한 시점에서 나는 의붓어머니, 권여사의 부름을 받는다. 갑작스러운 권여사의 호출로 나는 어린 시절을 회상한다. 당시 나는 새어머니를 받아들 수 없었다. 독실한 기독교도인 그녀는 가족은 물론 친인척들을 교회로 이끌었지만, 나는 그녀와 그녀의 종교를 거부했다. 이제 권여사는 어린 시절 기독교를 절대시하며 의붓자식에게 강제하던 모습이 아니다. 그녀는 우상숭배범의 선처를 구하며, 나에게 우상을 재건할 수 있는 두툼한 돈봉투를 건넨다. 내가 십계명 첫머리의 우상숭배금지를 운운하자, 그녀는 다음과 같이 말한다.

> 그래, 십계명에 그렇게 씌어 있지, 하지만 죽은 형상을 세워서라도 살아 있는 사람을 석방시킬 수 있다면 그렇게 하는 것이 도리어 하나님께 영광을 돌리는 일이 아닌가 싶어서 말이야……지금 생각하니까……실상 우상은 단군신상이 아니라, 내 몸 속에 뿌리박고 있는 아집이 아닌가 싶구나. 말하자면 지금까지 널 용서하지 못하고 끙끙 앓던 내 아집, 내 독존……그게 더 큰 우상이 아닌가 싶구나.(「내 마음의 우상」, 91면)

이 작품에서 우상은 인위적으로 만들어 낸 금속과 나무의 조형물이 아니라, 마음 안에 맹목적으로 깃들어 있는 아집과 독존을 의미한다. 우리 내면에는 많은 우상이 난립해 있다. 있는 그대로 이해하기보다, 특정한 것만 고집하여 그 속에 가두어 두려는 고정관념이야말로 우상이라는 것이다. 우리 안에 있는 아집과 독존은 굴레를 만들어 우리의 자유에 멍에를 씌워 스스로를 구속하게끔 만들기 때문이다. 그러므로 자기 안에 존재하는 우상을 발견하고 그것을 버릴 수 있다면, 우리는 이미 자유인이라 할 수 있다. 이것은 특정 종교의 윤리가 아니라, 자연인으로서 타인과 더불어 공생을 실현해야 할 생명의 윤리이다.

「김광수시인전」에서 작가는 자유인의 실제 모습을 구현해 보인다. 이 작품에서 시인 김광수의 삶은 한 편의 시처럼 전개된다. 김광수와 첫 인연을 시작으로 해서 그가 문협 이사장이 되기까지, 내가 소개하는 김광수의 삶은 '시인'으로 요약된다. "거무튀튀하고 꺼끌꺼끌한 뚝배기. 한 번 달궈지기가 힘들지, 일단 시작되었다 하면 좀체 식지 않는 뚝배기의 기능…… 그는 45년이 지난 오늘까지도 그곳에 담겨지기보다는, 상대를 자신의 몸에 담아 뜨끈뜨끈 감싸주고 덮여주기를 더 즐겨하는 사람"이다. 대학 시절 그는 궁핍한 문학청년에게 쌀을 조달해 주는가 하면, 신참 작가의 얼치기 열기가 자아낸 허물을 보듬어 주기도 한다. 문협 이사장으로 봉직한 후 임기 말년에 이르러, 그는 어렵사리 성사된 일을 스스로 내려놓으며 '시인의 미학'을 실현한다.

> 어쩌면 문협의 미래를 위해 꼭 해놓고 말겠다는 그 자체가 내 업적을 남기려는 욕심 같고, …… 욕심이란 것도 따지고 보면 자기 잘났다고 뻐기는 교만에서 나오는 법이거든. 교만을 이기려면, 아까운 거, 안타까운 거, 억울한 거 상관 말고 그냥 두서없이 …… 내려놓는 수밖에 …… 다른 방도가 없는 것 같애.(「돼지감자꽃」, 159면)

작가는 김광수의 삶을 통해 무엇인가를 하려는 일이 기실 '무엇'이 아니라 '자신'의 욕심에서 발원한 것일 수 있음을, 교만 역시 내 마음의 우상으로 자리 잡아 의식하지 않는 사이에 자기를 잠식할 수 있음을 시사한다. 작가는 자신의 내면 깊이 잠재해 있는 교만을 이기기 위해서는 아까움, 안타까움, 억울함마저 두서없이 내려놓을 수 있어야 한다고 말한다. 잃은 듯한 삶에서 김광수가 찾은 것은 '자유'이다. 그의 삶은 정갈한 시 한편을 방불케 한다. 시를 창작하는 일보다 오히려 시의 정신을 살아내는 일이 더 어렵다. 작가는 시와 소설을 창작하기에 앞서 자신의 삶을 한 편의 숭고한 시로, 비장한 소설로 승화시킬 수 있어야 한다.

시를 살아내는 삶 혹은 소설을 살아내는 삶, 그것이야말로 문학이 제시해 줄 수 있는 자유의 구체적이고 웅숭깊은 재현의 영역이 아닐 수 없다. 이것은 작가의 몫이면서 동시에 독자의 몫이기도 하다. 창작(독서)과 삶이 하나로 일관되면서 문학을 살아낼 수 있다면, 그 삶 자체가 시학(詩學)이 될 것이다. 오늘날, 우리는 문학을 비롯한 예술을 소비하는 데 그친다. 시와 소설의 정신을 읽으면서 소비에 그칠 뿐, 그와 동일한 삶을 실행하는 것은 별개의 문제로 치부한다. 읽는 것만으로 정신을 고상하게 살찌우려 하는데, 그것은 지적 허영이다. 문학의 정신은 현실의 삶 속에서 실현되지 못하고 있다. 문학 정신을 실현할라치면, 그것은 시대의 논리에 역행하는 '착한 바보'로 인식되기 십상이다.

우리가 시의 삶을 살아낼 수 있다면 아픔과 상처는 있지만 그것은 숭고한 아름다움을 실현해 낼 수 있다. 우리가 소설을 살아낼 수 있다면 불화와 고통이 있지만 그것은 비장한 아름다움을 실현해 낼 수 있다. 아픔과 상처가 그리고 불화와 고통이 오히려 삶의 진정성과 아름다움의 깊이를 더해 줄 수 있다면, 우리는 과감히 작가가 제시하는 치유의 시학에 동참할 필요가 있다. 백시종은 창작집 『돼지감자꽃』을 통해 자유의 실현이 곧 문학의 정신과 맞닿아 있음을 시사해 준다.

5. 자유, 문예 시학의 가능태에서 현실태로

　우리는 시민과 인간 사이의 삶을 영위하고 있다. 우리는 시민으로서 소속된 사회의 규율에 부응하면서, 동시에 자신이 인간임을 잊지 말아야 한다. 아니 무엇보다도 먼저 인간임을 자각하는 가운데, 시민의 삶을 반성적으로 성찰할 수 있어야 한다. 그래야지 소시민이라는 안일한 삶에 매몰되지 않을뿐더러, 건강한 시민의 삶이 어떠해야 하는지 끊임없이 탐색할 수 있다. '시민'이기 이전에 '인간'임을 자각할 때, 우리 안에 있는 자연은 원활하게 우리의 자유를 행사할 수 있다. 백시종은 창작집 『돼지감자꽃』에서 외부 환경에 의해 혹은 자신의 시행착오로 인해 발생한 모든 '조건'을 감당하면서도, 동시에 우리가 '자유'에 도달할 수 있는 여로를 구체적으로 제시해 주었다.

　문학이 궁극적으로 독자에게 줄 수 있는 것은 자유의 가능성이다. 뫼비우스의 띠처럼 얽혀 있는 모순된 삶 속에서도, 문학은 우리 스스로 자신의 자유를 한껏 펼칠 수 있는 가능성을 보여준다. 그것은 「돼지감자꽃」처럼 자기극복과 치유의 가위질과 같은 소극적 몸부림에서 시작되겠지만, 그 작은 시작이야말로 우리 안에 있는 자유를 일깨우는 첫걸음이다. 나아가 대신 죽기와 같은 숭고한 공존을 실현하고(「대신 죽기」), 아집으로 가득 찬 내 안의 우상을 허물 수 있다면(「내 안의 우상」), 우리는 자유인이며 '시인'의 삶을 살아낼 수 있다(「김광수 시인전」). 활자를 읽는 지적 만족으로 문학을 소비하는 데 그치지 않고 우리가 문학을 살아낼 수 있다면, 우리가 사는 세상은 그만큼 더 아름다워질 것이다.

백시종의 창작집 『돼지감자꽃』에 등장하는 일련의 인물들은 우리 안에 있는 자생적 기운을 일깨우고, 우리에게 자유가 그리 멀리 있지 않음을 보여준다. 그것은 특정 체제와 종교의 이름으로 존재하는 것이 아니라, 우리 스스로 이루어내고 다가갈 수 있는 치기(治己)의 영역임을 보여준다. 나의 것인 동시에 우리 모두의 것이며, 우리 모두의 것이면서 동시에 나의 것일 수 있는 삶, 그것은 시민이기 이전에 건강한 인간이 내재하고 있는 공생(共生)의 미덕이다. 우리 안에 꿈틀대는 자연의 진리를 존중해야 한다. 우리 안에 존재하는 건강한 생명을 억누르면서 자기를 스스로 소외시켜서는 안 된다.

백시종은 독자들에게 우리 안에 내재해 있는 자유와 교감하고, 그 누군가 혹은 어떤 규범적 요소가 아닌 스스로 생장할 수 있는 자율성을 구가해 보여 준다. 그는 사회와 체제로부터 왜곡되고 변형되기 이전, 인간 안에 잠재해 있는 자연을 일깨워 준다. 그는 세상의 편견에 물들어 뒤틀린 영혼들에게 상처받은 시민이 아니라 순수한 자연인의 존재 가능성을 환기한다. 그는 우리가 특정 집단과 체제의 시민이기에 앞서, 그보다 웅숭깊고 광활한 대자연 속의 자유인이었음을 보여준다. 독자들은 그의 소설을 통해 시민이면서도 자유로울 수 있는 문예시학을 만날 수 있다.

내 안의 정의, 자유를 소환해 내기

윤흥길의 「산불」(『문학과 의식』, 2000 봄)

우리는 우리 정부가 베푸는 제반 시혜가 사회의 밑바닥에까지 고루 미치지 못함을 안타까워했다. 우리는 거리에서 다방에서 또는 신문지상에서 이미 갈 데까지 다 가버린 막다른 인생을 만날 적마다 수단 방법을 안 가리고 긁어모으느라고 지금쯤 빨갛게 돈독이 올라 있을 재벌들의 눈을 후벼파는 말들로써 저들의 딱한 사정을 상쇄해버리려 했다. 저들의 어려움을 마음으로 외면하지 않는 그것이 바로 배운 우리들의 과제였다.[1]

----

1 윤흥길, 「아홉 켤레의 구두로 남은 사내」, 『아홉 켤레의 구두로 남은 사내』, 문학과지성사, 2009, 168면.

1. '어린아이'와 '불안한 인간'

윤흥길 소설에는 독특한 두 가지 캐릭터가 등장한다. 순수하면서 본능에 충실한 '어린아이'가 그 하나이고, 성년이 된 '불안한 인간'이 나머지 하나이다. 어린아이는 소설의 주인공이자 화자인 반면, 불안한 인간은 주인공이되 작중 화자에 의해 관찰된다. 윤흥길 소설에서 '어린아이'가 자신의 시선과 사고를 통해 사건의 추이를 관찰하는 데 비해 '불안한 인간'은 자신의 시점을 갖지 못하며, 작가로 대변되는 주인공 화자의 관찰에 의해 불안한 인간의 정황이 묘사된다. 요컨대 윤흥길은 '상황과 사건'이 지닌 비극적 정황을 전달하기 위해서는 어린아이의 시점을 선택하는 반면, '인물'의 비극성을 부각하기 위해서는 작가 자신이 화자로 등장하여 인물을 직접 관찰하고 탐색한다. 전자를 대표하는 작품이 「장마」라면, 후자를 대표하는 작품이 「아홉 켤레의 구두로 남은 사내」이다.

「장마」는 '어린아이'의 시점을 극대화한 수작이다. 작가는 동족상잔의 비극 속에 신음하는 민족의 분열과 고통을 어린아이의 시선으로 포착하고 있다. 윤흥길은 자신의 유년 체험을 회고하면서 '어린아이'의 시점을 취하고 있는데, 소설에서 아이의 시점은 작가가 구현하려는 주제를 효과적이고 함축성 있게 전달하는 데 기여한다. 작가는 자신의 목소리를 숨긴 채, 순전히 어린아이의 시선과 사고를 통해 사건의 추이를 관찰하며 그 스스로 사건과 거리를 둔다. 그 결과 아이의 시점은 민족의 비극을 초래한 역사에 대한 책임으로부터 거리를 두고 있을 뿐 아니라, 이데올로기에 대한 가치평가로부터 자유로우며 나아가 역사와 사회에 앞서 존중받아 마땅한 인간 본연의 생물학적 가치와 자유를 문제 삼는다.[2]

「양」에서 나는 아버지와 어머니가 돌아오지 않는 집에서, 철모르고 병든 동생들을 돌보아야 하는 장남이다. 특히 모자란 동생 윤봉이는 한 번도 사람들의 관심을 받지 못하던 차 인민군 소년이 가르쳐 준 인민군가를 소리 높여 불러 난생 처음 마을 사람들로부터 관심을 받지만, 국군이 들어와서도 그칠 줄 모르는 윤봉이의 인민군가는 가족들의 애간장을 녹이며 가정파탄의 화근이 된다. 윤봉이는 홍역에 걸려 죽었지만, 그의 죽음은 이미 공공에 의해 준비되어 있었다. 작품의 표제에서 작가가 암시하듯, 윤봉이는 이 땅의 역사와 민족의 속죄양이다. 화자인 나는 아버지와 어머니가 부재한 집에서 동생들을 돌보며 배고픔과 두려움에 떨어야 했다. 이 작품에서 어린아이의 시점은 상황의 비극성을 객관적으로 보여줄 뿐 아니라, 유린된 어린 생명은 인간의 원초적 자유에 가해지는 억압의 문제를 환기하는 데 성공한다.

그렇다면 윤홍길 소설에서 '불안한 인간'이 시사하는 바는 무엇인가. 불안한 인간은 세상의 눈으로 보았을 때 '부족한 인간'이며, 세속적 눈으로 보았을 '불완전한 인간'이다. 세상과 세속을 비롯한 이 땅의 가공

----

2 정호웅은 이를 시점의 문제로 접근하지 않고, '소문의 조각맞추기로 표현하여 "원인을 뒷전에 두어 그 실체를 흐리고 그것이 만들어 낸 현상들을 앞세워 그것으로 소설의 육체를 구성하는" 창작방법이라 지적하지만, 그것은 형식만을 문제 삼은 지적이며 형식 너머에 있는 작가의 의도를 읽어야 한다.(정호웅, 「발견의 형식, 비판의 형식」, 윤홍길, 『황혼의 집』, 문학과지성사, 2008(초판 1976), 313면 참조) 이 글에서는 윤홍길의 초기 작품집으로 『황혼의 집』 (문학과지성사, 2008), 『아홉 켤레의 구두로 남은 사내』(문학과지성사, 2009)를 참조했다. 이후 『아홉 켤레의 구두로 남은 사내』에서 인용한 작품은 인용문 말미에 작품명과 인용 페이지 수만 밝히도록 한다.

된 문명과 사회의 시각을 뒤로 할 때, 아니 이 세상의 시선과 이들의 시선을 동등하게 견주어 보았을 때, 그들은 불완전한 것도 아니며 부족한 것도 아니다. 그들은 단지 어떤 이유로 말미암아 불안에 처해 있을 뿐이다. 윤흥길은 그의 소설에서 불안한 인간이 불안하게 된 까닭을 탐색하고, 그들을 평안하게 유도할 수 있는 방안을 모색한다. 이를 위해 윤흥길은 직접 소설 속에서 화자로 등장한다.

불안한 인간은 작중 화자의 관찰 대상으로, 작가가 부각하려는 주제를 구현한다. '불안한 인간'이 등장하는 일련의 소설에서, 화자인 나는 관찰자이며 불안한 인간보다 우월한 입지에 있다. 예컨대 「아홉 켤레의 구두로 남은 사내」에서 나는 집 주인이고, 불안한 인간은 세입자이다. 나는 학교선생님이라는 규범적이고 안정적 직장을 가지고 있지만, 불안한 인간은 안정된 직장을 구하지 못해 전전하며 붙박이 삶을 살지 못한다. 그는 가장이되 아버지의 책임을 다하지 못할 뿐 아니라 자신의 자유마저 억압받고 있다. 「내일의 경이」에서 문명남(文明男)은 학창시절에도 그랬지만, 졸업 후 어른이 되어서도 안정된 생활을 누리지 못한다. 한 직장에 오래 머물지 못하며, 친구들에게도 자신의 입장과 입지를 확실히 표출하지 못한다.

일련의 소설에서 '불안한 인간'의 거세된 목소리는 소설의 함축성을 배가하면서, 한 인간에게 가중된 불안의 깊이와 그 원인에 대해 독자들에게 암묵적 시사점을 효과적으로 전달한다. 반면 불안한 인간이 자신의 목소리를 갖는 순간, 소설의 긴장미와 함축성은 삭감된다. 「직선과 곡선」·「창백한 중년」에서 불안한 인간은 자신의 불안을 직접적으로 호소하고 자신과 같이 불안한 삶을 살아가는 이들을 소환해 내지만,

분명하게 단정 지을 수 없는 우리 삶의 복합성과 소설의 함축성은 거세되었다. 그런 의미에서 윤흥길 소설에서 불안한 인간은 불안에 대한 직접적 호소보다 주변인의 관찰에 의해 불안이 포착되는 것이 훨씬 효과적이라 할 수 있다. 그런 의미에서 「산불」은 불안한 인간과 이를 관찰하는 화자가 분명하게 드러나 있으며, 화자인 나는 불안한 인간의 불안이 가중되는 상황을 객관적으로 묘사하고 있다.

2. 불안한 인간과 부재하는 지위(status)

'어린아이'와 '불안한 인간'의 공통점은 '지위(status)'가 없다는 것이다. 알랭 드 보통은 지위(status)를 일컬어 "세상의 눈으로 본 사람의 가치나 중요성"[3]이라고 하고 있거니와, 윤흥길 소설에서 '어린아이'와 '불안한 인간'은 전혀 배려 받지 못하며 귀중하게 여겨지지 못한다. 윤흥길 소설에 등장하는 불안한 인간은 지위가 없음으로 인해, 주위로부터 모욕과 멸시를 당하는가 하면 그 스스로 자괴감에 빠진다. 「아홉 켤레의 구두로 남은 사내」와 「창백한 중년」의 권기용, 「내일은 경이」에서 문명남, 「그것은 칼날」에서 반편인 동필 등등은 지위를 가지고 있지 않다. 세상의 눈으로 보았을 때, 그들은 주위의 사람들로부터 인격적 대접을

....

3 알랭 드 보통, 정영목 역, 『불안』, 이레, 2008, 7면.

받지 못할 뿐 아니라 그들의 집과 일자리, 땅 등을 잃고 만다.

윤흥길 소설에서 어린아이 역시 넓은 범주에서는 불안한 인간에 포함된다. 작중에서 그들은 불안한 인간과 마찬가지로 '불안'을 표출한다. 「양」에서 아버지가 붙잡혀 갔으며 어머니도 돌아오지 않는 밤에, 나는 부모로부터 유기되었다는 불안에 사로잡힌다. 나는 병든 동생을 업은 채 남은 동생들의 두려움을 달래주려 하지만, 밤늦게까지 엄마가 돌아오지 않자 생존에 대한 원초적 불안으로 울음을 터뜨린다. "여태까지 안 오는 걸 보면 우리를 팽개치고 멀리 달아났음이 분명했다. 전에 승찬이네 어머니도 그랬다. 그러지 않으려 했는데 속에 맺힌 설움이 소리에 풀려 자꾸만 눈물로 비어져 나오고 있었다." 밤이 깊어 돌아온 어머니에게 이때껏 업고 있던 동생을 넘겨주었을 때, 동생은 이미 송장이 되어 있었다. 나는 동생의 죽음에 대한 책임보다 자신이 처한 처참한 생존 상황을 호소한다.

그럼에도, 윤흥길 소설에서 특별히 '불안한 인간'을 '어린아이'와 구분하는 것은 그들이 어린아이들과 달리 '자의식'과 '열등감'을 표출하고 있기 때문이다. 윤흥길 소설에서 어린아이들은 자의식과 열등감 없이 본능을 가감 없이 표출한다. 그들은 스스로를 포장할 필요도 없으며, 누군가로부터 인정을 받아야 한다는 강박관념도 없다. 그들에게 중요한 문제는 먹는 문제, 노는 문제와 같은 단순하고 소박한 본능차원의 것이다. 예컨대 「장마」에서 나는 하나 둘 버려지는 초콜릿이 아까워 낯모르는 사람에게 삼촌의 행방을 말해 버린다. "할머니의 말을 옮기자면, 나는 짐승만도 못한, 과자 한 조각에 삼촌을 팔아먹은, 천하에 무지막지한 사람 백정이었다."[4] 「소라단 가는 길」에서 전쟁의 기억 속에 등장하는 어린 화자들 역시 '전쟁'의 참혹성과는 무관하게, 어린 아이들만의 단순하고 소박한 본능으로 전쟁이라는 독특한 형태의 통과의례를 겪어낸다.

이에 비해 불안한 인간은 사회적 존재로서 '다른 사람들이 자신을 어떻게 보느냐에 예민한 촉각을 곤두세운다. 「아홉 켤레의 구두로 남은 사내」에서 권씨는 열 켤레의 구두를 통해 자신에게 없는 지위를 대체하려 한다. 권씨는 집을 나서서 다른 사람을 만나기에 앞서, 유난스레 구두의 광을 냄으로써 열등감과 자의식을 상쇄시키려 한다. 말갛고 반들반들 광이 나는 구두코는 권씨에게 부재한 지위(status)를 보상해 준다. 「직선과 곡선」에서 작가가 언급한 바와 같이, "아홉 켤레의 구두"는 "얼굴에서 잃은 체면을 엉뚱하게 발에서 되찾고자 기를 쓰던" "병적인 자존심"(「직선과 곡선」, 203면)에 다름 아니다.

그들의 자의식과 열등감은 사회적으로, 사회 안에서, 사회로 말미암아 형성되었다. 윤흥길 소설에서 본능에 충실하던 순진한 어린아이는 어른이 되면서 '자존감'보다 '열등감'부터 감내해야 했다. 그들의 불안은 태생적인 것이 아니라, 사회적으로 조장된 것이다. 일련의 작품에서 윤흥길이 주목하는 것 역시 무균질의 인간이 불안한 인간으로 되기까지 환경의 가해 요인이다. 「산불」은 무균질의 인간에게 열등감과 자의식을 조장하는 환경의 가해 요인을 잘 보여주고 있다. 작중 화자는 대학교수이자 작가이다. 「소라단 가는 길」을 비롯한 일련의 소설에서 윤흥길은 자신을 화자로 삼고 있거니와, 이 작품에서 작가는 화자로

---

4 윤흥길, 「장마」, 앞의 책, 2008, 78~79면.

등장하여 불안한 인간이 처해 있는 상황을 치밀하게 관찰하고 있다. 윤흥길은 서술의 다수를 불안한 인물의 수기로 처리하고 작가인 화자를 '거간쟁이'라 명명함으로서, 작중 인물과 사건에 대한 객관성을 극대화하고 있다.

「산불」에서 '화자'와 '관찰자'는 각각 '소설작가이자 대학교수'와 '상습적 방화용의자'로 등장한다. 화자가 대학교수이자 작가라는 사회적 지위(status)를 가지고 있는 데 비해, 관찰자는 가족도 없고 거처도 불분명한 방화용의자이다. 이러한 인물 설정은 작중에서는 '산불'을 경계로 하여 '구경꾼'과 '방화범'이라는 대립구도로 그려진다. 우선 특정 지위도 있으며 구경꾼으로 등장하는 '화자'의 입장에서 사건을 소개하면 다음과 같다.

나는 방학을 맞이하여 연구실에서 일을 보다가 학교 인근 야산에서 발생한 불을 구경한다. 그곳에서 생면부지의 젊은이를 만난다. 당돌한 젊은이는 작가인 나에 대해 잘 알고 있다. 이후 젊은이는 나의 연구실로 찾아와 '산불'의 방화범은 자신이 아니며, '산불'은 일종의 정화작용(카타르시스)일 수 있음을 지적한다. 두 번째로 나의 연구실에 나타난 젊은이는 서류봉투를 맡기고, 그 마을에서 종적을 감춘다. 그가 말한 2년 유예를 넘기고 난 후, 나는 서류봉투를 개봉하여 그 내용을 공개한다. 서류 안에는 산불방화범으로 몰린 김건식과 검찰 간에 이루어진 "피의자 신문조서", 김건식과 양형사 간의 신문 내용이 기록되어 있었다. 나는 이 젊은이와 대화를 나누고 그가 남기고 간 자료를 통해, 젊은이가 받아야 했던 불안의 실체를 알게 된다. 그는 대학촌에서 상습 방화 용의자로 낙인찍혀 오랫동안 곤혹스러운 삶을 살다가 끝내 견디지 못하고 홀연 행방을 감춰버린 것이다. 나는 방관자, 구경꾼의 입장에서 문제의 상황과 거리를 두고 그것을 음미하기만 했던 자신을 돌이켜 본다.

다음으로 아무런 지위도 없고 친지 및 울타리가 없는 '관찰자'의 입장에서 사건에 소개하면 다음과 같다. 이름은 김건식이다. 고아원 원장이 건실하게 잘 자라라는 염원으로 지은 이름이다. 대학에 입학한 그는 경찰에게 화염병을 투척한 혐의로 도로교통법과 집회 및 시위에 관한 법률 위반자라는 낙인이 찍혔다. 구치소에서 그는 동지의 이름을 말함으로서 변절자가 되어 버린다. 구치소를 나온 후 그는 대학을 자퇴하고, 공단과 공사판을 전전한다. 그는 비겁하고 유약한 자신을 한탄하며 자신을 격리할 유배지를 찾아 헤매던 중, 시골 마을의 대학 신축공사 잡역부로 일하며 그 마을에 정착한다. 그러나 그곳에서도 그는 '반사회적 불순분자'로 낙인찍혀, 방화사건이 일어날 때마다 방화범으로 몰려 신문을 당해야 했다.

그는 방화범이 아니라 불 구경꾼에 지나지 않음을 거듭 고백한다. 그는 '산'에 불을 지르지 않았으며, 이미 불이 난 현장에서 '자신'을 불지르는 의식을 치르고 있었다고 말이다. 그것은 "자신을 상대로 한 처절한 복수극"이었다. 대학 시절 "동지들을 헐값에 경찰에다 팔아넘기고 풀려난 과거의 나를 열 번이고 백 번이고 불구덩이 속에 처넣고는 태워죽이고 싶었습니다. 그래서 그렇게 산불이 날 때마다 득달같이 달려가서 나를 불 속에 집어던지고는 내가 타죽는 꼴을 만판 즐겼던 겁니다." 그 순간 그는 산화되고 있었다. "당장 내 몸뚱이를 불살라버릴 기세로 내 내부에서 산불과도 같은 심화가 탁탁 튀는 소리를 내고 뿌지직뿌지직 튀는 소리를 내며 한바탕 요란하게 타오르고 있었다." 그는 매번 산불이 나기를 기다려, '자신'을 어김없이 화형에 처하게 했던 것이다.

방화범으로 몰려 구치소에 있을 때 그의 신문 현장에, 고아원 원장 아버지가 자진 입회한다. 작고 아름다운 공동체 천성원에서 그는 부모님을 비롯한 원생들의 기대를 한 몸에 받았었다. 이후에는 고아원을 떠나 대학에 입학하면서 고학한다. 그는 "고학 생활을 통해 너무 빨리 우리 사회의 구조적 모순과 부조리한 현실을 알아버"린다. 대학 재학 시절 그는 집회 및 시위에 관한 법률위반으로 반사회적 불순분자라 낙인찍힌다. "가족들의 사랑에 대한 배신행위로 그들로부터 멀어지려는 게 결코 아니었"으며, "오히려 보다 더 진정한 방법으로 그들을 사랑하기 위해서는 어쩔 수 없이 그들로부터 멀어져야 한다는 이율배반적인 논리"를 가졌던 것이다. "독재정권을 무너뜨리고 민주주의를 회복시켜 기울어진 나라를 바로 세우는 그것이야말로 이 사회에서 대표적 소외계층인 내 가족들에게 떡시루를 통째로 안겨주는 가장 값진 선물이자 진정한 사랑임이 틀림없다고 확신했다." 그는 고아원 원장님을 더 이상 아버지라는 호칭으로 부르지 못하고, 오히려 박대하며 마음의 문을 닫는다.

우리는 「산불」에서 화자와 관찰자의 입장을 비교함으로써, 관찰자의 불안 요인을 알 수 있다. 뿐만 아니라 작가가 화자와 관찰자 간의 대비를 통해 독자들에게 전달하려는 바가 무엇인지 알 수 있다. 김건식은 자신의 의지와 무관하게 선량한 시민으로 존재하지 못하며, 자유를 박탈당한다. 그는 지위가 없는 것과 마찬가지로 자유마저 박탈당한다. 그는 불의에 복종하지 않았기 때문에, 이 세상이 주는 지위와 자유를 누릴 수 없는 것이다. 오늘날 대학 사회는 물론 사회 전반에 걸쳐, 전제적 규율과 불합리한 모순에 반기를 드는 정의로운 개인 '김건식'은 사라진 지 오래이다. 내 가족의 안일을 위해, 내 생활의 안위를 위해, 우리는 거대 조직의 규율과 모순에 항거하지 않는다. 오히려 조직이 수여하는 지위를 탐하여, 조직에 기생하고 아부한다. 윤흥길은 「산불」에서 불안한 인간 김건식의 산화(散華)를 통해, 오늘날 이 사회에서 찾아보기 힘든 정의로운 개인에 대한 향수를 보여준다.

3. '자유'를 위한 번제(燔祭)

윤흥길은 일찍부터 개인의 자유문제에 깊이 천착해 왔다. 파시즘적 구도 속에서 복종만을 강요하는 사회와 그 사회에 대항하는 외로운 개인의 문제는 「타임레코더」, 「제식훈련변천약사」, 「날개 또는 수갑」 등에서 학교, 군대, 공장을 비롯한 다양한 집단을 통해 보여준 바 있다. '개인'이기를 포기하고 집단의 권력에 복종할 때, 안온하고 손쉬운 평화를 보장받는다. 그러나 이러한 눈가림식의 평화는 우리들에게 내일을 약속하지 못한다. 윤흥길 소설 속의 인물들이 불안한 것은, 그들이 파시즘적 권력에 무릎을 꿇지 않고 외롭게 저항하고 있기 때문이다. 바꾸어 말해서 그들은 눈먼 자들이 만들어 놓은 집단의 규율로부터 그 스스로가 자유롭기 때문에, 세속의 현실에서는 오히려 불안하게 살아야 하는 것이다.

「산불」에서 방화는 "어떤 정신이상자의 소행"도 아니며, "치졸한 복수극", "경제적 이득을 노린 범행", "맹목적인 화풀이"도 아니다. 오히려 그것은 "어느 개인의 단독범행이 아니라 동시대를 살아가는 우리들 모두의 집단범행"에 가깝다. 한 걸음 나아가 작중의 방화(放火)를 사회적 시각으로 보지 않고 의식적 차원에서 볼 때, 우리는 장엄하게 '불타는 산'의 위용과 가치를 또 다른 방식으로 평가할 수 있다. 윤흥길은 이 땅의 불안한 인간들의 고독하고 외로운 자유를 귀히 여겨 그들을 소설의 높은 자리에 올려놓는다. 「산불」에서 '불타는 산'은 작가가 고독하고 외로운 자유인을 위해 올리는 번제이다.

「직선과 곡선」에서 권씨가 아홉 켤레의 구두를 불태우며 그 스스로 번제의 예식을 거행했던 것과 마찬가지로, 「산불」에서 윤흥길은 대학가 야산을 불태우며 자유로움에도 불구하고 불안한 인간들을 위해 번제 의식을 집전한다. 번제에 앞서 그는 다음과 같이 노래한다. "불티는 끝없이 올라 하늘을 밝힌다 산짐승들 곤두서고 물 속의 용도 놀란다 이렇게 불태우면 산은 기름져 삼사월에 고사리들 새순이 돋을 테지." 역설적으로, 작가는 "지난날 잘못된 것, 옳지 못한 것들을 몽땅 다 불태워 없앤 자리에서 새롭게 돋아나는 아름다운 생명체들이 주는 감동", "불이 가진 정화작용, 재생능력"을 환기한다. 그는 산불이 내장한 "원시적인 생명력"은 모든 낡은 것을 태워버리고 새것을 잉태하고 번창시킬 수 있는 원동력이 될 것임을 기약한다.

「산불」에서 우리가 주목해야 할 또 하나는 윤흥길이 작가로서 자신이 누려온 자유를 반성적으로 사유하고 있다는 점이다. 윤흥길은 그의 전작에 걸쳐 자유를 잃는 불안한 영혼의 고통을 위무하고 있지만, 이 작품에 이르면 그는 작가로서 자신이 누려왔던 자유마저 반성하는 청빈함을 보여준다. 작가로서 창작에 매진하던 자신의 귀기와 흥분이 혹여 불안한 인간 당사자들과 달리 구경꾼의 입장은 아니었는지. '주모자'를 따로 설정해 놓은 다음 작가로서 자신은 관찰자라는 명분의 방관자는 아니었는지. 그렇다면 자신은 문제로부터 상습지각생은 아니었는지. 이 지점에서 작가 정신의 청빈함이 돋보인다.

윤흥길은 "자기도 깊이 관련된 일에 정작 자기는 뛰어들 의사가 없으면서도 남들의 힘으로 그 일이 성취되는 순간이 오기를 기다리는 기회주의자의 자세", "이타심" — "그것은 여지없이 하나의 자각이면서 동시에 부끄러움의 확인"(「아홉 컬레의 구두로 남은 사내」, 178면)임을 작가라는 직분에 비추어 성찰한다. 더군다나 작중 화자가 몸담고 있는 '대학'이란 그가 일찍이 간파했듯이, "이름에 가려 사회의 실상을 보지 못하고 허상만을 보"(「직선과 곡선」, 216면)는 곳이 아니던가. 「산불」에서 윤흥길은 김건식의 목소리로 다음과 같이 자신의 입지를 반추하기도 한다.

작가는 범죄의 유혹을 행동으로 옮기지 않고 상상에 그치는 것으로 만족하는 존재다, 하는 식의 그릇된 사회통념이 결국 연쇄방화의 진범을 오리무중으로 도피시키고 무고한 사람들한테 억울한 누명을 씌우게 만드는 겁니다. 진범은 사회통념 뒷전에 안전하게 숨어 있는 채로 엉뚱한 사람들이 혐의자로 몰려서 억울하게 고통당하는 꼴을 회심의 미소로 지켜보면서 또다시 다음번 범행을 준비하고 있을지 혹 누가 압니까?[5]

소설의 의의를 밝히느라 소설을 읽으면 으레 작가와 교감한다. 그런데 윤흥길 소설은 읽다보면 작중 인물과 교감한다. 생생하게 살아있는 작중 인물의 삶을 훔쳐보며, 독자는 스스로 동화되어 연민과 자괴감에 빠진다. 그래서인가. 「아홉 켤레의 구두로 남은 사내」에서 사복 차림의 이순경이 사찰 대상자 권씨에 대해 '오선생'에게 들려준 다음과 같은 말은 긴 여운을 남긴다. "솔직히 말씀드려서 전 경찰관 입장을 떠나서 한 사람의 인간으로서 권씨를 사랑합니다. 가능하다면 그를 돕고 싶은 심정입니다. 아마 불원간에 오선생님도 그렇게 되고 말 겁니다. 부디 친절한 이웃이 돼주십사고 다시 한번 간곡히 부탁드리는 바입니다."(「아홉 켤레의 구두로 남은 사내」, 148면) 윤흥길은 이 땅의 불안한 인간들에게 자유를 찾아주기 위해 앞으로도 수차례 번제의식을 치를 것이다. 작가의 장엄한 의식이 현실에서 실효를 거둘 수 있기를 바라지만, 우리가 살고 있는 현실은 작가의 신성한 의례를 공허한 메아리로 돌려보내고 있는 것 같아 불안 가득하다.

....

5 윤흥길, 「산불」, 『문학과 의식』, 2000 봄.

내 안의 윤리, 믿음직스러운 화자

1. 사람이 그리워진다는 것 vs 과거가 풍부해진다는 것

부쩍, 사람이 그리워지는 시기가 있다. 찬란한 인생의 한때를 지내고, 노년기에는 사람이 그립다. 그래서인지, 그들은 자주 과거를 반추한다. 추억이라는 되새김질은 현실에 부적응하는 그들에게 위안을 준다. 그들은 모임과 전화에 민감해진다. 이미 상당부분 과거의 자태를 잃은 고향과 달리, 고교 동창은 "내 부모와 형제를 기억하고 있고 내가 자랄 때 모습을 기억"하고 있다는 점에서 그들이야말로 살아있는 고향, "꽃피는 산골"[1]이다. 그들에게 과거 한때는 세상이라는 무대에서 가장 치열하게 열연을 펼쳤던 생의 빛나던 시기였다. 그들은 그 빛나는 과거 한때를 공유하는 과거의 사람들을 그리워한다.

가장 빛나던 시기가 막을 내린 후, 그들은 과거를 그리워하는 것 외 무엇을 말할 수 있는가. 미치 앨봄은 『모리와 함께한 화요일』에서 '나이 드는 것'을 다음과 같이 설명했다. "사람은 성장하면서 점점 많은 것을 배우지. 22살에 머물러 있다면, 언제나 22살만큼 무지할 거야. 나이 드는 것은 단순히 쇠락만은 아니네. 그것은 성장이야. 그것은 곧 죽게 되리라는 부정적인 사실 그 이상이야. 그것은 죽게 될 거라는 것을 이해하고, 그 때문에 더 좋은 삶을 살게 되는 긍정적인 면"을 지니고 있는 것이다. 적어도, "삶에서 의미를 찾았다면 더 이상 돌아가고 싶어 하지 않"으며 "앞으로 나가고 싶어" 한다고 말이다.

미치 앨봄에 따르면, 나이 드는 것은 인생이란 무대에서 역할의 끝이 아니라 다양한 배역의 경험과 그 경험이 의미하는 바가 무엇이었는지 알게 되는 것이다. 나이를 먹음으로 해서, 인생의 일면이 아니라 다양한 면모를 보여줄 수 있는 연출자가 될 수 있다는 것이다. 그런 의미에서 앞서의 질문은 바뀌어야 한다. '가장 빛나던 시기가 막 내린 후, 그들이 과거를 그리워하는 것 외 무엇을 말할 수 있는가'가 아니라, '나이가 듦으로 인해, 그들이 볼 수 있고 말할 수 있는 것은 무엇인가'로 말이다. 최근 소설 중에서 노년의 현실 인식을 다룬 작품들을 주목했다. 소설에 등장한 그들은 과거에 대한 향수와 회포를 푸는 것 외, 현실의 또 다른 일면을 인간의 또 다른 일면을 직시하고 있었다. 인생의 살아온 과거가 풍부한 입장에서, 그들이 아직도 많은 오늘과 내일을 살

---

1 오세아, 「욕쟁이할멈의 외출」, 『계간문예』, 2011 봄, 249면.

아가야 할 우리들에게 전달하고 싶은 것은 무엇인가.

오세아의 「욕쟁이할멈의 외출」(『계간문예』, 2011 봄)에서, 문순태의 「휴대폰이 울릴 때」(『동리목월』, 2011 봄)에서, 노인들은 두 개의 목소리로 자신의 메시지를 전달한다. 그들은 각각 자신의 목소리를 가지고 있을 뿐아니라, 자기 내면의 또 다른 목소리를 동원하여 소설의 메시지를 명료히 한다. 주인공의 내면에 존재하는 엄마의 목소리(가르침), 또 다른 자아의 목소리(양심)는 기실 모두 작중 주인공인 노인의 또 다른 자의식으로서 그들의 독자적 말하기 방식이다. 그들은 복화술을 통해, 내면적 갈등의 실체를 더욱 구체화하면서 그들이 직시하는 현실의 제 양태에 대해 우려와 애정을 표명하는 것이다. 그들의 전언을 들어 보자.

2. 목소리의 유령 1 ─ 자기 안의 '윤리'를 발견하라

오세아의 「욕쟁이할멈의 외출」(『계간문예』, 2011 봄)에서 주인공 김칠순 여사는 칠순을 바라본다. 그녀는 외출을 싫어한다. "대문 밖만 나서면 왜 눈에 띄는 모든 것이 그녀에겐 거슬리고 신경을 덧들일까? 외출 내내 저절로 나오는 욕을 입에 달고 살아야하기 때문에 입이 더러워지지 않으려면 외출을 삼가야 한다." 그녀는 사사건건 불만불평이요, 눈에 띄는 모든 것에 시비를 거는 심술쟁이다. 그녀는 남편도 무고하며 삼남매도 잘 두었는데, 유독 나이 들수록 후덕한 맛이 줄어들고 신경이 예민해진다. 그녀는 자신이 보고 듣고, 경험하는 현실에 대해 불만 가득했다. 집안에서는 뉴스를 통해 각종 비리를 보고 미래에 대한 희망을 좌초당하는 데에서 욕이 나왔다면, 집 밖에서는 변칙을 일삼는 사람들의 천지라서 욕이 나왔다.

그녀의 욕은 태생적인 것이 아니다. 그녀는 오랜 세월에 걸쳐 살아왔지만, 원칙이 통하지 않고 진실을 외면하는 사회에 분하고 화가 나서 욕을 달고 살게 된 것이다. 정의로운 사회를 외치면서도, 불법과 협잡을 일삼는 이들에 대한 분노가 그녀로 하여금 욕을 토해 내게 만들었다. 그녀는 세상을 향해 경쟁하지 않는 무기력한 남편과 한 평생 자신이 살아온 삶에 대한 허무감, 평생 그냥 제 꿈에서 헤맨 데 지나지 않는다는 무력감에 빠진다. 그녀의 욕은 후천적인 것이며, 오래 살아온 과거만큼이나 훨씬 더 사나워져 있었다. 그 결과 그녀는 최대한 욕을 안 쓰기 위해서라도 밖에 나가지 않았다. 이러한 욕쟁이 김노파에게도 외출할 건수가 생겼다. 미국에 있는 친구 정자가 나와서, 모처럼 고등학교 동창모임을 한다는 것이다.

동창모임에 가기 위해 집을 나서자, 그녀는 건널목, 지하철, TV드라마를 비롯한 그들을 둘러싼 각종 세태를 욕하기 시작한다. "사실 김노파는 가난을 부끄러워하지 않았다. 서민은 으레 그렇게 살지만 열심히 일하고 아끼면 언젠가 그녀도 심이 펴리라. 그런데 그 뉴스는 그녀의 가난이 협잡과 사기, 뇌물 바치기와 투기를 못하는 그녀에게 있다는 걸 깨닫게 하면서 잘 살아보리란 그녀의 미래의 희망까지 날려 보냈다." 그랬다. 매사에 이런 식으로 '현실'은 그녀의 삶의 의기를 꺾어 놓은 것이다. 모처럼 모인 고교 동창들은 어머니에 대한 그리움, 어린 시절의 향수, 친구들 간의 험담, 대한민국에 대한 성토로 속절없는 수다를 이어나가고, 종국에는 막말과 싸움이 오간다. 칠순에 이른 그들은 이미 "목표, 의지, 꿈, 희망, 미래 같은 것을 잃어버"렸기 때문에, 아집과 한탄만이 가득하다.

특히 정의감이 남달랐던 김칠순 여사의 현실에 대한 열패감은 컸다. 그녀는 평생 법을 준수하면서, 제 분수와 도리를 지키면서 한결같이 정직하게 살아왔다고 자부한다. 어린 시절부터 믿고 의지했던 엄마의 가르침이 지금에 이르기까지 삶의 근본을 이루고 있었다. 아이러니하게도, 엄마의 가르침은 부패하고 위악적 세상에서 삶의 경쟁력은커녕 열패감을 안겨주기 일쑤였다. 과묵해서 근엄하기까지 했던 어머니는 돌아가셨는데, 어느 때부터인가 김노파에게 나타났다.

그녀는 엄마에게 "틀 속에 넣고 반듯하게 키워 준 건 고맙지만", "덕분에 난 평생 아무것도 못했다"고 푸념한다. 딸의 푸념은 이어지고, 엄마는 그녀를 다독거려 준다. "정부에서 펴는 모든 구호는 사실은 그 반대로 하면 훨씬 이로운데 엄마는 내게 귀에 딱지가 않도록 지켜야한다고 가르쳐서 나는 평생 손해만 보고 사는 거 아세요, 엄마?" "얘야, 다른 사람은 다 안 지키더라도 너만은 지켜라." "엄마, 지키는 것도 옳아야 지키죠." "옳은 걸 지키는 건 쉽지. 옳지 않아도 지켜야 제 페이스를 유지할 수 있단다." 김칠순 노파에게 나타나는 엄마의 목소리는 윤리정신이다. 엄마의 목소리는 그녀의 욕과 더불어 칠순이 될 때까지 그녀가 고수해왔던 정의와 윤리에 대한 신념이며, 그것을 공고히 떠받치고 있는 절대정신의 발현 방식이다.

칠순이 넘어서 입에 달고 사는 그녀의 욕은 당당하고 치열했던 그녀의 삶을 반증해 준다. 정의와 윤리에 대한 흔들림 없는 신념을 지니고 70여 년을 살아오면서, 현실에서 맞닥뜨린 배신과 울분과 서러움이 고스란히 그녀의 욕 속에 녹아난다. 이렇게 말이다. "젊어서 무던히도 아끼고 모은 내가 아니라 입으로는 정의로운 사회를 외치면서 불법과 협잡을 일삼은 놈들이 거리의 무질서와 소음을 차단한 채 뒷자리에 깊숙이 앉아 있었다는 걸 알게 되니까 화가 나서 미칠 지경이에요." 그럴 때마다 나타나는 엄마의 목소리는 그녀를 다독거려 준다. 그녀의 욕은 사랑에서 나온 것이며, 사랑하지 않았다면 애초 관심도 미움도 없을 터이니, 이제 "네가 대한민국 서울에 사는 게 아니라 이제 서울이 네 안에서 살 수 있게 됐다는 달관"에 이르러야 한다고 말이다. 욕쟁이 할멈과 엄마 간의 다음과 같은 대화 내용은, 세상에 대한 그녀의 끊임없는 애정과 신뢰를 보여준다.

　"엄마는 아시죠? 수천년 동안 허공으로 날아간 사람들의 염원이 어떤 한 점에서 뭉치고 뭉쳐서 커다란 덩어리가 되고 그 덩어리에서 우리를 위로하는 어떤 빛이 우리에게 돌아오는 거요." "그래, 그게 염원의 에너지란다. 억울한 사람의 눈물이, 바라는 사람의 간절한 기도가 절대로 헛된 게 아니란다. 그게 뭉치고 뭉쳐져서 에너지가 되고 빛이 되고 정신이 되어 지구를 정화시키지. 그 에너지가 나를 너에게 보냈듯이."[2]

　욕쟁이 할멈과 엄마 간의 대화 내용은 다분히 계몽적이지만, 그 이

2　위의 글, 255면.

면에는 개개인에게 윤리가 어떻게 건재할 수 있는지 그 가능성을 시사해 준다. 김칠순에게 말을 건네는 엄마라는 존재는 우리의 내면에 잠재하는 윤리가 어떻게 발현될 수 있는지 보여준다. 돌아가신 엄마의 목소리는 일찍이 자기 내면에 존재하는 윤리감각이다. 학교와 제도를 초월하여, 우리 내면에는 정의의 의지가 잠재해 있다. 오랜 인생의 여정을 경험해 온 사람은 다음과 같은 사실을 알고 있는 것이다. 인류의 오랜 공존과 번영이라는 것도 국가를 비롯한 집단의 제도적 규제에 의한 것이라기보다, 자기 내면에 존재하는 윤리 감각에 충실한 개개인의 실천이 지속되었기 때문이라고 말이다. 김칠순 노파와 엄마의 이야기는 누구에게서 주워들은 이야기가 아니고 그들이 스스로 보고 듣고 깨달은 것이므로, 작가가 강조한 바대로 '늙은이의 힘'이 느껴진다.

3. 목소리의 유령 2 — 안일보다 '가치'를 살아내라

여기 또 다른 인생이 노년으로 치닫고 있다. 문순태의 「휴대폰이 울릴 때」(『동리목월』, 2011 봄)에서 나는 25년 동안 출판사 시집출판 일을 하였다. 45살 무렵에는 그곳에서 시인이 된 여자를 만나 계약결혼하고, 12년 동안 살다가 헤어졌다. 혼자가 된 나는 시골에 들어가 고독과 여유를 즐긴다. 혼자만의 여유와 자유를 마음껏 누리는 것 같지만, 기실 나는 아침이면 휴대폰을 만지작거린다. "휴대폰이 울리지 않은 날은 내가 눈 뜨고 숨만 쉬고 있을 뿐 암흑 속에 갇혀있다는 기분이 들었다. 어쩌면 휴대폰 울림은 또 다른 내 생명의 작은 외침일지도 모른다." "하루에 스무 번 이상 휴대폰이 울"리고, "문자도 많이 왔"을 때와 달리, 지난해부터 갑자기 눈에 띄게 휴대폰이 울리지 않았다. 그것은 그만큼 세상과 멀어져 있다는 것이다. "세상 밖으로 내동댕이쳐진 기분이랄까. 세상과 멀어진다는 것은 내가 알고 있는 모든 사람들로부터 잊혀져가고 있음을 의미한다. 그것은 죽음과 다를 바 없다."

내가 세상과 연결되는 유일한 통로는 휴대폰이다. 매일 휴대폰을 만지작거리며 애타게 기다리는 것은 떠나간 여자로부터의 전화이다. 처음에는 눈물과 외로운 영혼을 노래하는 여자의 시가, 그녀의 창백하고 우수에 찬 얼굴이 마음에 끌렸다. "시인이 되는 것이 꿈이었던 나는 그녀의 시를 통해 대리만족하는 것으로 행복감에 젖었다. 그것으로 충분했다." 시인으로서 여자의 명성이 높아짐에 따라, 그녀는 호사스러운 몸치장과 오만함으로 가득 차 갔다. 그때서야 나는 그녀의 시가 진정한 삶과 영혼에서 우러나오는 것이 아니라, 기교에 의한 언어유희와 허위의식에 지나지 않는다는 것을 알게 되었다. 이후로 내가 시의 진정성 회복을 충고하면서 서로를 할퀴는 설전이 펼쳐졌고, 급기야 그녀로부터 이별선언을 통고받았던 것이다.

이제 시골에 혼자 사는 나는 매일 아침 화장실 변기위에 앉아 전날 걸려온 휴대폰 통화 내역을 되새겨보면서 하루 일과를 시작한다. "삭제와 저장"을 거듭 반복하면서, "내 나이가 어느새 내리막길로 들어서고 있다"는 것을 느낀다. 떠나간 여자를 못 잊어 휴대폰을 만지작거리는데, 정체모를 전화가 매번 걸려왔다. 정체모를 목소리는 나의 일거

수일투족은 물론 내가 감추어두었던 내밀한 마음까지 다 읽어낸다. 그 목소리는 나의 자유가 얼마나 이기적이며 초라한 것인지 각인시킨다. "너 혼자만 잘 살고 있으니 행복하냐?" "그 여자가 오지 않으니까 사는 게 허무하고 너무 외롭지?" 나의 삶을 가까이서 간섭하고, 심지어 꾸짖기까지 하는 그 목소리가 귀찮고 불편했다.

그런 어느 날 고교 동창 손창수로부터 전화가 왔다. 자신이 들어가 살 만한 빈집이 있는지 알아봐 달라는 것이다. 병고에 시달리던 아내가 죽자, 그는 시골로 내려와 그림에 전념하고 싶다는 것이다. 친구의 말을 들으면서, 나는 손창수가 "자유로워졌기에 시골에 들어올 수 있다고 했지만 외로움 때문에 옛 친구 옆으로 오려" 한다는 것을 안다. 나는 "함께 있어도 마음이 한결같이 유유하고 편한 사이가 되기란 그리 쉬운 일이 아니"며 "오로지 순결한 외로움만으로 마음을 비운 채 기도하듯 기다림의 시간을 채우면서 살"고 싶어 하는데, 그 속마음에는 친구의 존재가 성가신 것이다.

손창수에 이어 김병수가 빈 땅을 알아봐 달라고 전화한다. 시골에서 농사짓고 살고 싶다는 것이다. 아울러 폐암 말기의 염정수도 시골에서 요양하고 싶어 한다는 소식을 전한다. 화가의 꿈 대신 페인트칠을 하는 손창수, 정치가가 되려 했으나 종국에는 아파트경비원이 된 김병서, 사법시험을 준비했으나 업소에서 색소폰 부는 염정수, 그리고 시인이 아니라 출판사에서 시집 만드는 일을 한 나, 모두는 고교 시절의 화려하면서 순결했던 꿈 대신 현실에서 좌초당하며 초라한 생을 살아가고 있었다. "한 몸 가누기도 버거울 정도로 기력이 빠져 휘줄근한 초로의 모습", "실패한 인생은 유령처럼 실체조차 희미했다." 나는 "실체도 없는 그 친구들에게" "완전히 속박당한 기분"이 들었고, "혼자 있으면서도 그들과 함께 있는 것만 같아 잠시도 자유롭지가 못하고 불안했다. 당장 친구들이 내가 사는 집으로 들이닥칠 것만 같았다." 나는 전화 받기가 두려워 휴대폰을 진동으로 바꿔놓았다.

다음날 휴대폰의 정체모를 목소리가 나에게 다음과 같이 질책했다. "혼자만 잘 살면 행복할 것 같지? 안 그래. 혼자 걸으면 빨리 갈 수 있겠지. 그러나 여럿이 함께 걸으면 더 멀리 갈 수 있다는 것을 알아야지. 같은 꿈을 꾸었던 옛날 친구들을 가까이서 자세히 들여다보면 자신이 더욱 잘 보일 거야." 나는 더 듣지 않고 휴대폰 전원을 꺼버렸다. 잠자리에 들기 전에 고교 졸업 앨범을 열어본다. 네 명의 친구들이 마지막 소풍 때 찍은 스냅사진을 발견했다. "모자를 옆으로 삐딱하게 눌러 쓴 손창수는 오른손 검지와 장지로 담배를 꼬나물고 연기를 뿜는 폼을, 김병서는 콜라병을 소주병인 듯 들고 나발을 불고, 염정수는 허리를 옆으로 구부슴하게 꺾고 색소폰을 부는 시늉을, 맨 오른쪽의 나는 왼팔로 염정수의 어깨를 감싸 안은 채 오른손 검지로 허공을 향해 무엇인가를 가리키고 있었는데, 다른 세 명의 친구들의 시선이 모두 같은 방향을 바라보고 있었다."

같은 꿈을 꾸었던 친구들의 모습에, 자신의 모습이 겹쳐졌다. 실패한 인생의 내리막길에서 함께 어울리는 초라한 모습은 양로원의 한 장면을 연상시키면서도, 한편으로는 마음만은 편안하고 여유로울 수 있을 것 같았다. 생각이 바뀌자, 다른 사람을 의식하지 않고 저마다 자기 일에 열중하고 있는 네 사람의 모습이 생생하게 보인다. "나는 가을 햇살이 포실하게 내려 쌓이는 마루에 걸터앉아 시집을 읽고 있고, 손창수는 감나무 밑에서 막 추수를 끝낸 황량한 들판을 캔버스에 담기 바쁘고, 김병서는 마당 귀퉁이에서 흙을 파고 가을 배추씨를 뿌리고, 염정수는 노랗게 물든 은행나무 밑 벤치에 앉아 트럼펫을 연주하는 모습이 오래된 흑백영화의 한 장면처럼 고즈넉한 아름다움을 발산했다." "그 곳에 성공한 인생과 실패한 인생이 없었다. 함께 꿈을 꾼 친구들이 있을 뿐이었다."

나는 넓은 세상에서 저마다 자신의 위치에서 해 왔던 일들이 가치 있는 일들이었음을 직시한다. 이러한 깨달음은 내가 진정한 시인의 덕목으로 여자에게 강조했던 바이기도 하다. "좋은 시인이 되려면 기교나 언어의 유희에 매몰되지 말고 사물의 본질에 대한 철저한 인식과 이해와 사랑이 앞서야 한다"고 했거니와, 나는 남은 생을 의미 있게 살아 나가기 위해서는 눈앞의 안일에 매몰되지 말고 같은 곳을 바라보며 걸어온 존재들을 이해하고 사랑할 수 있어야 한다. 그것이 내가 앞으로 남은 생을 더 멀리 보고, 오래 갈 수 있는 비결이기도 하다. 나는 시인이 되는 대신 시인이 된 여자를 사랑했지만, 오히려 시인인 그 여자보다 더 시인의 본질을 잘 알고 있다. 그러면 된 것이다. '시인'이라는 타이틀보다 '시인'이라는 존재의 본질을 잘 알고 그것을 살아낸다면, 그 위치에서 이미 시인의 가치를 실현해 내고 있는 것이다.

다음날 아침 휴대폰에는 두 개의 통화기록이 있었다. 어제 오전 염정수가 "나 먼저 간다"라는 메시지를 보냈고, 오늘 새벽에는 염정수의 부고를 알리는 메시지가 찍혀 있었다. 안이한 삶에 앞서 가치 있는 삶이 무엇인지 자각했지만, 깨달음은 항시 현실에서 한 박자 늦다. 그렇다 하더라도 오래보고 멀리 가야함을 아는 나의 삶은 앞으로 달라질 것이다. 내 안의 목소리의 유령이 호시탐탐 출현하여 나에게 시인의 삶을 온전히 살아내야 할 것을 일깨워줄 것이며, 인생의 과거가 풍부한 나 역시 내면에 존재하는 윤리적 자의식을 소환해 내는 일을 게을리 하지 않을 것이기 때문이다. 문순태의 소설에서 목소리의 유령은 우리 내면에 존재하는 윤리적 자의식을 환기하며, 건강한 생의 영속성이 어디에서 오는 것인지 시사해 주고 있다.

4. 내 안의 윤리를 일깨우는 일

정의와 윤리는 멀리 있지 않다. 소설 속에서 살아온 과거가 풍부한 캐릭터들은 우리들에게 자기 안에 존재하는 윤리감각을 일깨워야 할 것을 시사한다. 그들이 오랜 세월을 살아오는 동안 터득한 것은, 밖에서 주입되고 강제되는 규범이 아니라 결국 자기 내면에 잠재해 있는 윤리에 귀를 기울이고 그것에 충실해야 한다는 사실이다. 우리는 그 누구보다 자신과 현실의 관계에 대해 잘 알고 있다. 우리는 단지 일신에 유익한 것만 받아들이며, 그 외의 것은 타자화하고 선택과 배제라는 합리적 이성으로 자신을 포장한다.

오세아는 「욕쟁이할멈의 외출」(『계간문예』, 2011 봄)에서 문순태는 「휴대폰이 울릴 때」(『동리목월』, 2011 봄)에서 살아온 과거가 풍부한 인간을 주인공으로 삼아, 우리 안에 존재하는 윤리가 발현될 수 있는 방식을 보

여주고 있다. 작중 주인공의 내면에 존재하는 그 목소리는 한갓 유령에
그치는 존재가 아니다. 목소리의 유령은 오랜 인생을 살아오면서 터득
해 온 노인들의 유의미한 생의 감각을 전달해 주는 믿음직스러운 화자
이다. 목소리의 유령을 따르는 데에는 일신의 안일과 이기를 접어야
하는 불편부당의 감내도 뒤따른다. 그것은 부당한 현실과 타협하지 않
는 것이며, 이기적 삶에 안착하려는 우리 삶을 지속적으로 불편함에
노출시키는 것이다.

　자기 안의 윤리를 일깨우는 일이 외롭고 지난하게 여겨진다면, 고정
희의 「상한 영혼을 위하여」(『이 시대의 아벨』, 문학과지성사, 1983)의 다음과 같
은 구절을 떠올려 보는 것도 좋겠다. "고통과 설움의 땅 훨훨 지나서 뿌
리 깊은 벌판에 가자. 두 팔로 막아도 바람은 불듯 영원한 눈물이란 없
느니라. 영원한 비탄이란 없느니라. 캄캄한 밤이라도 하늘 아래선 마
주 잡을 손 하나 오고 있거니." 시인의 말처럼 영원한 눈물과 영원한 비
탄은 없을 것이지만, 과연 우리는 영혼이 상할 정도의 눈물과 비탄을
감내해 본 적이 있는지 돌이켜 보아야 한다. 일상의 안일에 젖어 윤리
적 자의식을 소환해 내는 것조차 힘겨워하고 있으니 말이다. 고정희의
당찬 전언을 당장 수용하기 어렵기에, 우선 소설 속 시니어들의 전언
에 따라 내 안에 있는 윤리의 목소리에 귀 기울이도록 하자. 지금은 혼
자서 내면에 존재하는 외롭고 초라한 윤리 감각을 일깨워야 할 테지만,
언젠가는 "마주 잡을 손"이 다가올 것이니까.

인륜(人倫)과 자유,
사랑을 가능하게 하는 조건

1. 서구 개인주의의 균열

　오늘날 우리에게 개인주의는 무엇인가. 개인의 자유는 봉건의 그늘 속에 신음하던 대중에게 흥분을 안겨 주었고, 그들은 다른 사람들과 상관없이 자신의 뜻대로 나아가고자 했다. 이언 와트는 『근대 개인주의 신화』에서 돈키호테, 돈후안, 로빈슨 크루소, 파우스트 이야기를 '근대 개인주의 신화'로 분석해 냈다. 일련의 인물들은 중세의 사회적 지적체제로부터 근대 개인주의 사상이 지배하는 체계로 변천하는 과정에서 출현한 개인의 전형들이다. 앞뒤 재지 않는 너그러움과 이상주의의 맹목성을 보이는 돈키호테, 끝없는 여성편력을 통해 환상과 고통을 추구하는 돈후안, 충족되지 않는 호기심으로 끝내 지옥에 떨어지는 파우스트 등은 모두 중세적 인간과 구분되는 근대인의 새로운 면모를 보여 주었으며, 우리는 이들로부터 근대 출현한 개인의 원형을 발견했다.

　개인주의가 신화적 가치로 격상될 수 있었던 서구의 역사를 떠올려 보자. 대항해시대(15~16세기) 신대륙을 발견하고, 프랑스 대혁명(1789)을 통해 개인의 노력과 열정이 빚어내는 삶의 혁명적 변화를 떠올려 보자. 개인주의는 봉건적 삶의 조건에서 벗어날 수 있는 신생(新生)의 윤리로 작용했으며, 사람들은 그 속에서 일찍이 그들에게 허락되지 않았던 자유를 만끽했다. 나아가 그것은 진보의 원리로 승격되면서, 신화적 가치를 발휘하기 시작했다. 프랑스 대혁명이 이끌어 낸 시민사회는, 개인에 대한 자유의 신념을 세계만방에 알리는 계기가 되었다.

　신화의 경지에 올랐던 개인들이 지금, 이곳에서는 어떤 삶을 살아가고 있는가. 이러한 물음을 토대로 2011년 문예지의 여름 소설을 살펴보았다. 한국소설을 언급하기에 앞서, 서구에서 오늘날 개인주의가 어떤 위치를 점하고 있는지 살펴보는 것은 유용하다. 프랑스 작가 미셸 우엘벡은 『소립자(Les particules élémentaires)』(1998作 / 열린책들, 2008)에서 두 형제를 중심으로 서구의 개인주의가 치달은 파행지점을 보여준다. 개인은 있으나 가족이 없는 사회, 포르노는 있으나 사랑이 없는 사회, 과학은 있으나 존재가 부재한 사회, 욕망은 있으나 의미가 없는 사회, 그러한 사회에서 주인공들은 소멸하거나 자멸한다.

　그들의 부모는 자신의 욕망과 자유를 극대화하여 일찍이 이혼했으며, 그 결과 배다른 두 형제는 조모의 집과 기숙사에서 자란다. 형제는 각각 문학박사와 출중한 과학자가 되지만, 그들은 가정을 만들기는 고사하고 타인을 사랑할 수 없었다. 형인 브뤼노는 육체적 욕망을 채우며 생을 탕진할 뿐 사랑하지 않았으며, 결혼했지만 오래지 않아 이혼했다. 종국에 이르러 그는 정신병원에서 매일 약을 먹으며 욕망을 가라앉힌 후에야 남은 일과를 영위한다. 브뤼노의 배다른 동생 미셸은 오랫동안 자신을 사랑해 주는 여자가 있어도, 그 사랑을 공유하지 못한 채 건조한 삶을 살다가 돌연히 사라진다.

개인주의는 자유와 자아의식을 형성하고, 나와 남을 구별하려는 욕구와 남보다 우월해지려는 욕구를 만들었다. 그러나 모든 사회 규범에 맞선 개인의 완전한 권리, 절대적 자유가 도달한 귀결점은 처참하다. 미셸 우엘벡은 섹스가 생식으로부터 분리되고 나면 쾌락의 원리로서 존속하기보다 자기도취적 차별화의 원리로서 존속함을 보여준다. 자본주의는 인간의 욕망 충족을 개인의 영역에 묶어 둠으로써, 욕망을 어마어마한 규모로 발전시킨다. 포화된 욕망은 그 자체로 고통과 증오와 불행을 초래한다. 결국 성적 자유는, 개인을 시장 원리로부터 지켜 주는 마지노선이었던 가정마저 파괴한다.

이 시대 '개인의 자유'는 이미 빛이 바래고 있다. 미셸 우엘벡의 소설에 따르면, 그것은 혁명정신으로부터 너무 멀리 와 있을 뿐 아니라, 더 이상 진보의 토대가 될 수 없다. 소설의 종반부 주인공 미셸이 남긴 글에는 개인의 자유와 관련하여 작가의 의도가 시사되어 있다.

인간은 자기들이 두려워하는 그 공간 속에서 사는 법과 죽는 법을 배운다. 그들의 정신이 지어내는 공간 속에서 분리와 거리와 고통이 생겨난다. 하지만 더 설명할 필요 없이 분명한 사실이 있다. 사랑하는 사람은 바다 건너 산 너머에서 자기 연인이 부르는 소리를 듣는다. 어머니는 바다 건너 산 너머에서 자기 아이가 부르는 소리를 듣는다. 사랑은 존재들을 결합시킨다. 영원히 하나가 되게 한다. 선행은 존재와 존재를 묶어 주고 악행은 존재와 존재를 이간시킨다. 분리란 악의 또 다른 이름이다. 분리란 거짓의 또 다른 이름이기도 하다. 사실 세상에 존재하는 것은 아름답고 거대하고 상호적인 얽힘뿐이기 때문이다.[1]

'사랑' 그리고 '사람'은 그 발생에서부터 혼자가 아니다. '사랑'은 분리가 아닌 상호적 얽힘으로서, 존재들을 결합시킨다. 연인들이 서로를 부르는 소리, 어머니가 아이를 부르는 소리, 이 소리는 '바다 건너 산 너머'라는 거리를 초월한다. 타자와의 구분을 통해 자유를 추구했던 근대적 개인은 결국 행복하지 않았다. 개인은 자신이 분리해 놓은 거리만큼 더 왜소한 소립자가 되었으며, 그 소립자는 급기야 발생의 기원도 남겨놓지 못한 채 허망하게 소멸하거나 사라지고 만다. 이 소설에서 미셸 우엘벡은 지금 이 땅에서 사랑을 가능하게 하는 조건들을 살려내야 함을 시사한다. 우리의 삶 속에서 사랑을 가능하게 하는 조건들이 더 이상 훼손되지 않고 일상에 건재할 수 있도록 해야 한다고 말이다. 그렇다면, 우리의 일상에서 사랑을 가능하게 하는 조건들은 무엇인가.

---

1 미셸 우엘벡, 이세욱 역, 『소립자』, 열린책들, 2009, 324~325면.

2. 사랑을 가능하게 하는 조건, 인륜

한때 신화로 군림하던 서구 개인주의의 균열을 목도하면서, 지금 이곳의 소설을 보자. 이 땅의 문인들은 사랑을 가능하게 하는 조건으로 무엇을, 그리고 어떻게 보여주고 있는가. 2011년 『계간문예』 여름호에 게재된 중편소설 두 편은 해외교포 작가들의 작품이다. 강현우와 변소영은 각각 미국과 독일에 거주하면서, 그들의 일상을 소설 속에 담아내고 있다. 문체를 비롯한 시각의 차이는 있지만, 양자 모두 동시대 세계화의 범주에서 지금 우리 삶이 도달한 지점을 시사하고 있어 주목을 끌었다.

강현우의 「만삭」과 변소영의 「허밍」은 소설의 내용이 특별한 것이 아니라 작중 인물이 처해 있는 상황이 독특하다. 작중 주인공 한국인이 각각 미국과 독일에 살면서 부딪히는 사건과 결과는 단순히 외국에 사는 한국인의 삶을 보여주는 데 그치지 않고, 오늘 이 시각 자본과 문명의 진보가 도달한 지점에서 인간의 삶을 시사하고 있다. 그들은 미국과 독일에서 일상을 영위하면서, 동시대 삶이 지니고 있는 보편성의 일면을 보여주고 있다. 다시 말해 그들은 한국의 문제성을 보여주기보다, 지금 이 시대를 살아가는 보편적 인간의 문제를 보여주고 있다.

강현우의 「만삭」에서 주인공은 미국 이민자이다. 주인공 성주는 한국에서 남편을 잃고 두 아이를 키우는 억척어멈이었다. 그녀는 더 잘 살아 보겠다는 일념으로 미국으로 건너가, 돈을 벌고 두 아이를 키웠다. 미국에서 열심히 일한 결과, 집을 장만하고 딸은 변호사로 아들은 태권도 사범이 되었다. 자식들이 결혼과 더불어 집을 떠나자, 빈 둥지에 홀로 남은 성주는 외로움에 사무쳐 다시 고국으로 돌아온다. 한국에 온 성주는 쉰 살이 넘은 나이에 아이를 갖고 싶어 한다. 그녀는 수정란을 자궁에 이식하여, 임신에 성공한다. 배 속에 자라는 아기와 더불어, 그녀는 희망과 사랑으로 충만해 한다.

소설의 다소 긴 분량이 미국교포들의 외롭고 고달픈 갖가지 삶의 양태에 할애되어 있어 산만한 인상을 주지만, 이 작품은 인간의 행복은 어디에서 오는가를 탐색하고 있다. 가난과 싸우며 입지적 삶을 사는 그 순간, 성주는 한푼 두푼 돈이 모일 때 아마 행복했을 것이다. 그러나 그것보다 더 성주의 삶을 풍족하게 만들었던 것은 바로 엄마로서 아이들과 사랑을 나눌 때 이다. 의사가 왜 아이를 낳고 싶어 하는지 물었을 때, 성주는 다음과 같이 대답한다. "가만히 제 지난날을 생각해 보니까, 제 인생에서 가장 행복했던 때가 아기를 임신하고, 낳고, 키우던 시절이었어요. 아기를 쪽쪽 빨면서 키웠습니다. 세상의 그 어떤 것보다 예뻤고요. 기쁨이 충만했고, 삶의 희열을 느끼며 살았던 때였습니다. 다시 한 번 맛보고 싶어서요."

미국에서 이미 성주는 경제적 여유도 가졌고 자녀도 남부럽지 않게 키웠지만, 외로움이 깊어지고 우울증에 빠졌다. 그녀는 "어미와 자식의 그 돈독하면서 피붙이의 사랑을 끼고 사는 생활"이 그리웠던 것이다. 미국에서 성공궤도를 걷고 있었지만, 그녀의 가족은 사랑이 아니라 점차 '비즈니스' 관계로 추락하고 있었다.

딸아이는 긴 머리를 나풀거리며 로펌으로 출근을 했다. 아들이나 딸 아이 모두 자기들의 개인 신상에 관한 것을 물을라치면 '낫 유어 비즈니스!'라고 한다. '왜 내 일이 아닌가? 내 자식 일이 내 일이고, 내 가족 일이 내 일인데, 애들은 왜 나를 간섭만 하는 어미로 아는지' (…중략…) 환경이 바뀌고 교육 시스템이나 활동영역이 달라서인지 아이들은 아메리카나이즈의 사고방식으로 변해갔다. (…중략…) 미국의 어느 회사에서는 '댓스 낫 마이 잡', '아이 던 케어', '댓스 유어 프로블름'이라는 말을 쓰지 말자는 운동이 한창이란다. 개인주의와 자본주의가 최고로 기승을 부리는 이곳에서도 어떻게든 인화와 합심을 키우려는 판인데, 성주의 가정에서는 그녀만 소외되어 가는 것 같아서 서운했다.[2]

성주가 미국에서 직면했던 개인주의는 그녀의 가족 관계를 잠식했고, 중년에 접어든 그녀의 삶을 고독하게 했다. 그녀는 한국으로 돌아와 삶에서 가장 중요한 것을 다시 찾으려고 시도한다. 그것은 "사랑을 끼고 사는 일"이다. 굳이 가족과 가정이라는 울타리를 다시 만들지 않더라도, 자신의 삶에서 사랑이 가능하게 하는 조건을 만들고 싶었던 것이다. 나 아닌 새로운 생명을 만들어 내고, 그 생명과 교감을 이루어 나가는 일은 어머니만이 할 수 있는 신성한 창조 작업이다. 성주는 '바다 건너 산 너머'의 거리를 초월할 수 있는 소리를 다시 한 번 구가해 내려는 것이다. 어머니와 아이라는 인류의 기초를 통해 분리와 거리를 극복하고, 사랑의 일체감으로 존재를 영속시키려는 것이다.

변소영의 「허밍」에는 독일에서 작은 행복을 일구어나가는 가족이 등장한다. 서영애는 독일로 유학 가서 이평수를 만나 결혼한다. 이평

---

2 강현우, 「만삭」, 『계간문예』 2011 여름, 247면.

수는 독일로 입양된 이래, 독일에서 살고 있었다. 이평수에게는 낳아준 부모, 길러준 부모, 입양해준 부모, 세 사람의 부모가 존재한다. 이평수는 미국인 아버지를 두었으며, 한국인 아버지가 키워주었고, 다시 독일로 입양되어 독일인 부모를 두게 되었다. 이평수 부모의 다양한 국적은, 이평수 고국의 역사적 상처와 한계를 대변한다. 그는 '한국'의 척박한 역사로 말미암아 미국인 아버지를 가졌으며, 그를 수용할 수 없는 한국의 상황에서 다시금 독일로 입양된 것이다.

서영애 역시 엄마의 이혼과 재혼과정에서 엄마로부터 상처받고 화해하지 못한 채, 왕래를 끊고 있다. 딸은 엄마에게 자신의 결혼을 인정받고 싶어 하지 않았으며, 엄마 역시 딸의 결혼을 인정하려 들지 않았다. 이평수와 더불어 서영애의 가족사는 삶의 척박함 중에 틈입한 한국 개인주의의 음영을 시사한다. 이 두 사람이 독일에서 만나 새로운 삶을 일군다. 그들이 선택한 삶의 방식은 '가족'이다. 그것은 외롭고 적막한 세상에서 서로 온기와 감정을 공유하는 동반자로서, 생을 공유하는 것이다. 이평수와 서영애는 결혼 후 두 아이를 낳았으며, 그들만의 잔잔한 가족애를 나눈다.

서영애가 일구어 놓은 따뜻한 가정에서, 이평수는 묻어두었던 자신의 과거와 조우할 수 있는 여유를 가진다. 이평수는 아내와 두 아들과 함께 가을 방학을 맞아 2주간 한국에 다니러 나온다. 처음으로, 이평수는 고인이 된 친어머니의 묘소를 찾아간다. 서영애는 가정과 가족이라는 보호막을 통해, 이평수가 상처받은 자신의 과거를 수용할 수 있도록 정서적 여유와 안정을 주었다. 서영애는 남편과 자식, 가족을 지키며 소소한 일상을 감내해 내는데 그 잔잔하고 안온한 질서의 방식을

'허밍'이라 명명한다.

> 사실 남편과 지겨울 정도로 싸운 끝이라 영애는 이렇게 생각하기에 이르
> 렀다. (…중략…) 그래, 사랑이 별건가. 결혼한 사람들 모두 이렇게 사는 거
> 겠지 …… 다름 아닌, 허밍이었다. 너무나 떨려 노래 부르기를 주저하는 정
> 훈희에게 윤복희가 나지막하게 넣어준 허밍처럼 팍팍하게만 느껴지는 삶
> 에 그녀가 넣어주는 허밍.[3]

 살아온 과거가 다르고 성격이 다른 두 사람이 삶을 공유하는 일, 가
족을 이루어 오래도록 살아가는 일, 그것을 작가는 '허밍'을 깔아주는
것으로 표현하고 있다. 활자와 여백의 조화처럼, 그것은 상대가 노래
를 부를 수 있도록 화음을 넣어주고 저음을 깔아주는 것이다. 고달픈
인생의 무대에서 혼자 노래 부르는 일이 항용 쉽지만은 않은데, 그 노
래의 음역을 공유하는 것이 사랑이라고 말한다. 예측할 수 없는 삶의
노도에 떠밀려 때로는 힘들고 고통스럽더라도 노래를 불러야 하는데,
그러한 상황에서 상대가 노래를 부를 수 있도록 잔잔히 음역을 깔아주
는 그 행위가 바로 사랑이라고 말이다.
 그러한 허밍의 기저에는 가족적 삶의 방식이 자리 잡고 있다. 왜냐
하면 상대가 힘든 무대에 서 있는 언제 어디서든 곧바로 허밍을 깔아
주기 위해서는, 그 상대와 가장 가까이에서 일상을 함께 해야 하기 때
문이다. 이러한 이유로 말미암아, 가족과 가정은 사랑을 가능하게 하

----

3 변소영, 「허밍」, 『계간문예』 2011 여름, 289면.

는 조건으로서 오래도록 제도로 존속되어 온 것이다. 작가들이 뼛속까지 동양문화권이라서 사랑을 가능하게 하는 조건으로 남편과 아내, 어머니와 아이와 같은 가족을 내세운 것은 아닐 것이다. 해외 교포 작가들의 경험과 실제 삶 속에서 녹아든 성찰의 지점이 가장 가까이에 있는 인륜(人倫)의 발견으로 귀결된 것이다.

3. 사랑을 가능하게 하는 조건, 자유의 재인식

일상에서 한결같이 허밍을 부르며 살붙이를 돌보는 일은 말처럼 그렇게 쉽지 않다. 우리는 아버지와 어머니, 딸과 아들이기도 하면서 동시에 자유를 구가하는 '개인'으로 존재하기 때문이다. 근대 이래 짜릿한 흥분을 몰고 왔던 '개인'이라는 역사적 조건을 변화시킬 수 없기에, 오히려 그 개인 속에서 이 땅에 사랑을 가능하게 할 수 있는 조건을 탐색해 볼 필요가 있다. 오래되었지만 오래된 만큼 보편성을 지니는 헤겔의 전언들은 개인에 대한 성찰 방법으로 유효하다.

개인의 자유는 어디에서 오는가. 동시대 프랑스 대혁명의 열기를 독일에서 만끽했던 헤겔은 『역사철학강의』에서 일찍이 자유가 물질로부터 오는 것이 아니라 '정신'으로부터 온다고 강조했다. 물질과 달리 정신이야말로 자유를 구가할 수 있다고 말이다. 물질은 불완전해서, 끊임없이 변화하고 처음의 성질과는 다른 것으로 된다. 물질세계에서 일어나는 무수한 변화는 물질이 스스로 세운 목적을 지닌 능동적 작용이 아니라, 외부 조건에 맞추어 일어나는 변화이다. 물질은 변화를 거듭할지라도, 종국에는 사라진다. 우엘벡의 소설 『소립자』에서 브뤼노의 육체가 탕진되고 그의 엄마의 육체가 허무하게 사라지고 말듯이 말이다.

반면 정신은 내면에 중심점을 가지고 있다. 정신은 물질처럼 자신이 존재하기 위해 필요한 조건들을 외부에 의존하지 않고, 자기 안에서 모든 조건을 충족시킬 수 있는 힘을 가지고 있다. 여기에서 '자유'가 형성된다. 육체와 물질의 노예가 된 후기자본주의의 개인들은 자유롭지 못하다. 그들의 자유는 그 스스로에 의해 영위되는 것이 아니라, 물질적 조건에 의해 항시 변화하기 때문이다. 일찍이 헤겔은 자유의 개념을 물질과 정신의 관계를 통해 설명한 바 있다. 물질은 자신의 실체를 자기의 외부에 가지지만, 정신은 자신의 실체를 자신의 내부에 둔다. 이것이야말로 '자유'이다. 왜냐하면, 만일 내가 타자에 의존하는 것이라면 나는 내가 아닌 타자에 관계하는 것으로서, 나는 이 외적인 것을 떠나서는 존재할 수 없기 때문이다.

'자유'는 남에게 의존하지 않고 자신의 참된 모습을 찾아내려고 애쓰는 것을 말한다. 요컨대 타인과 상관없이 오직 자기 스스로에게 충실한 것이다. 헤겔의 절대정신 역시 스스로를 돌아보고 잘못된 것을 고쳐나가면서 자기 스스로를 만들어 가고 결국에는 순수한 본래적 모습을 찾으려는 노력으로서, 그러한 정신의 여정이 이 땅의 역사를 이끌어 갔던 것이다. 정신은 외부에서 힘을 받아 발전하거나 성숙하기보다, 스스로의 능력으로 고찰하고 반성하는 과정에서 목표를 이루어 나간다.

그렇다. 살붙이의 허밍만으로 사랑을 영속할 수 있는 것은 아니다.

허밍이 인간 간의 사랑이라고 한다면, 그 사랑이 온건하게 구현되기 위해서는 관계의 질서가 전제되어야 할 뿐만 아니라 그에 못지않게 스스로 참됨을 찾아 나서는 자율성이 선행되어야 한다. 정신만이 변함없이 항상 그 자리에 있으면서 우리가 눈으로 보는 물질세계를 뒤에서 통제할 수 있기 때문에, 정신의 통제가 전제되어야 하는 것이다. 물질세계는 정신의 세계에 대해서 아무런 진리도 가지고 있지 않다. 물건이 스스로 자신의 중요성을 결정하지 못하듯이, 어떤 것의 가치를 정해주는 것은 결국 정신이다. 그럼에도 인간은 물질과 자본의 노예가 되어 정신의 자유를 잃어버리며, 진리로부터 소원해지는 삶을 산다.

그러므로 아무 조건도 제한도 없는 '무제한의 자유'는 위험하다. 아무도 자신의 잘못을 알고 반성할 필요도 없을 것이고 자기 이익만을 챙기려 들 것이다. 그것은 또 다른 형태의 자연 상태이자 야만을 초래한다. 헤겔이 지적했듯이, 자연 상태는 오히려 불법의 상태이고 폭력의 상태이며, 방종과 충동을 초래할 수 있다. 적어도 우리는 사랑을 가능하게 하는 조건들을 구비하고 있어야 한다. '자유'에 양보와 공공의 약속과 같은 제한이 없다면, 사람들이 얻는 자유는 인간다운 자유가 아니라 동물적 자유이다. 끝없이 육체적 환락을 좇았던 브뤼노의 자유는 엄밀한 의미에서 자유가 아니었다. 그런 의미에서 가족과 가정은 사랑을 가능하게 하는 유효한 제도적 조건이 된다. 강현우와 변소영이 보여주는 모자관계와 언제든지 허밍을 깔아줄 수 있는 가족은, 이 시대 자유를 영속시킬 수 있는 최소의 마지노선일 수 있다.

우리는 '자유'를 위해 기꺼이 공공성과 인륜을 받아들여야 한다. 인륜과 법에 의해 인간의 충동, 욕망, 열정, 주관적 의지 등이 제한받게 되면 마치 자유가 억압받는 것처럼 보이지만, 이러한 제한이야말로 인간의 진정한 자유를 위해 필수불가결하다. 인간 삶의 영속성과 평화를 위한 이러한 필수불가결한 제한은, 미셸 우엘벡이 『소립자』의 서두에서 언급한 칸트의 '순수한 도덕'과 상응한다. 칸트의 저작을 직접 읽기보다 소설가가 발췌해 놓은 칸트의 전언을 읽는 것도, 우리 삶을 순수한 도덕으로 전환시킬 수 있는 신선한 계기가 되리라 믿는다.

> 순수한 도덕은 유일하고 보편적이다. 시간이 흘러도 변하지 않고 무엇이 거기에 부가되지도 않는다. 순수한 도덕은 역사, 경제, 사회, 문화 등 어떠한 요인에도 영향을 받지 않으며, 아무것에도 의존하지 않는다. 순수한 도덕은 무엇에 의해 결정되는 것이 아니라 모든 것을 결정하며, 무엇에 의해 조건 지어지는 것이 아니라 모든 것에 조건을 부여한다. 요컨대 그것은 절대적인 것이다.
>
> (…중략…)
>
> 그런데 우리가 실제로 관찰할 수 있는 도덕은 순수한 도덕의 요소들과 다른 요소들이 다양한 비율로 혼합된 것이다. 이 다른 요소들이 어디에서 온 것인가는 다소 불분명하지만, 대개는 종교에서 온 것이다. 어떤 사회의 도덕에서 순수한 도덕의 요소들이 차지하는 비율이 크면 클수록, 그 사회는 오래 오래 행복하게 존속할 수 있을 것이다. 만일 어떤 사회에 보편적인 도덕의 순수한 원리가 충만하다면, 그 사회는 세상이 다할 때까지 존속하게 될 것이다.[4]

....
4 미셸 우엘벡, 앞의 책, 39~40면.

오래된 현재, 제국주의에 대한 성찰

조정래의 『오 하느님』(문학동네, 2007)

1. 노르망디 조선인, 식민지 민족수난사의 복원

　19세기에서 20세기 초엽, 조선의 운명을 소환해 내는 작업이 최근 다수 작가들에 의해 이루어졌다. 그들은 식민지 종주국 일본과 피식민지 조선이라는 이자 관계에서 벗어나, 아시아와 바다 건너 남미 대륙에 걸쳐 개항 이후 조선의 근대화가 짊어진 비애를 미시적으로 조망한다. 김영하는 『검은꽃』(문학동네, 2003)에서 남미 대륙 멕시코로 떠난 구한말 조선인의 비극을 보여준다. 그들은 사탕수수밭에서 노동력을 착취당했으며, 남미에서 불우한 생을 마감한다. 황석영은 『심청』(문학동네, 2003)에서 인신매매로 팔려간 심청이 중국과 싱가포르, 그리고 일본과 조선으로 귀환하는 과정을 통해 동아시아 근대사는 물론 조선의 식민지 역사를 동아시아라는 넓은 맥락에서 접근한다. 이들은 조선의 바깥에서 조선의 운명을 조망하고 있으며, 조선의 하층민을 통해 식민지 수난사의 흔적을 추적하고 있다.[1] 김영하와 황석영은 공식적 역사의 좌표에서 밀려난 조선 하층민 삶의 질곡을 통해 민족의 수난을 통시적이고 미시적으로 보여준다.

한반도 내부에서 벗어나 세계사적 맥락에서 민족의 수난사를 직시하는 또 하나의 작품이 조정래의 『오 하느님』(문학동네, 2007)이다. 이 작품은 2006년 겨울과 2007년 봄 『문학동네』를 통해 분재되었으며, 그에 앞서 인터넷에 떠도는 이야기 그리고 이를 집중 탐색한 TV방송 〈노르망디의 조선인 — 1·2부〉를 통해 이야기의 골격이 만들어져 있었다. 1938년 일본군에 강제 징집된 조선의 소작농은 1939년 만소국경전쟁(노몬한전투)에 투입되어 소련군의 포로가 된다. 이후 그는 소련군에 편입되어 1941년 독소전쟁에서 모스크바 전투에 참전하던 중 다시 독일의 포로가 된다. 이후 그는 독일군이 되어 1944년 6월 6일 노르망디 상륙작전 때 미군의 포로가 된다. 제국주의의 식민지화 과정에서 아프리카와 아시아의 영토가 서구 열강의 손아귀에 넘어갔듯이, 그들의 몸은 러시아, 독일, 프랑스, 미국으로 이송되면서 제국이 강요하는 제복을 입고 제국의 이권을 위해 제국의 병기(兵器)가 되어야 했다.

....

1 이 외에 동일시기, 한말 '궁녀'를 주인공으로 조선의 안과 밖을 추적해 보여준 신경숙의 『리진』(문학동네, 2007)와 김탁환의 『리심』(민음사, 2006)이 있다. 신경숙과 김탁환의 소설은 개항기 조선의 근대를 재현하고 있지만, 주인공의 설정을 비롯한 전체 사건을 식민지 민족수난사의 전형으로 보기 어렵다. 꼼꼼하게 재구해 보아야겠지만, 두 작품에서 작중 주인공은 근대적 개인의 각성과 자기실현이라는 주제를 구현한다.

이미 논픽션의 형태로 널리 회자된 이야기를 작가가 소설로 형상화한 데에는, 이야기에 앞서 그것을 통해 작가가 제기하려는 작가적 진실이 전제해 있기 때문이다. 조정래가 노르망디 조선인에게 목소리를 부여한 것은 그 목소리를 빌려 동시대 독자들에게 강렬한 메시지를 전달하고 싶었던 것이다. 지난해 그는 『인간연습』(실천문학, 2006)을 통해 동구권의 몰락과 더불어 이 땅에서 사회주의자는 소외된 생명을 일구는 사람으로 거듭나야 함을 시사한 바 있다. 그로부터 멀지 않은 시점에서, 조정래는 20세기 초엽 실재했던 노르망디 조선인을 통해 2007년 이 땅에 구현되어야 할 한반도의 질서에 대해 재언하려 한다. 조정래는 『오 하느님』에서 식민지 역사를 민족의 독립이나 통일이라는 내부의 문제가 아니라, 보다 광범위한 세계사적 틀에서 복합적으로 관망한다. '노르망디의 조선인'은 열강의 파행적 민족주의의 최정점에 놓여 있으며, 그들은 20세기 조선의 운명을 환유하고 나아가 21세기 한반도의 미래를 투사한다.

2. 20세기 제국의 병기(兵器)로 전락한 조선 소작농의 비애

제국주의는 서구 세계가 경제적 이익을 위해 비서구 세계를 정복하기 시작한 16세기부터 표면 위로 부상했으며, 18세기 말엽부터 식민지 정부가 직접 식민지를 경영하면서 본격화된다.[2] 제국주의의 식민 정책은 초기에는 무역이나 선교, 탐험 등의 활동으로 나타나지만, 이후에는 군사력을 바탕으로 본격화된다. 20세기 전후 제국주의 식민 정책의 이면에는 강렬한 민족주의가 자리 잡고 있다. 초기 민족주의는 외부 세계의 발견으로 더욱 팽창한다. 국가 체제의 주도 아래, 민족주의는 민족을 국가와 동일시함으로써 민족적 공동체 의식을 국가 체제에 대한 충성으로 유도한다. 제국주의 팽창기, 단일 민족 공동체로서 '민족' 개념은 지배집단에 의해 약소국과 주변부 국가의 집단적 정체성을 억압하는 과정에서 조작된다. 예컨대 일본의 천황 중심 군국주의가 주변 아시아 약소국가들의 억압을 통해 조장되었다면, 독일의 나치즘은 유대인을 비롯한 슬라브인 등의 인종 차별을 통해 조장되었다. 제국주의 국가들의 민족주의는 식민주의 팽창정책을 펼치는 과정에서 파시즘과 나치즘의 형태로 민족주의의 파행을 연출한다. 제국의 민족주의는 국가체제 중심에서 자민족 이익의 극대화를 위해 이민족에게 폭력을 서슴지 않았다.

일본의 제국주의 팽창 정책은 1902년 영일동맹에서 얻은 자부심으로 승승장구한다. 영국은 러시아를 견제하고 국방비를 덜기 위해 일본에게 동아시아·태평양 지역의 경찰권을 떠넘긴다. 영일동맹은 조선에 대한 일본의 권리를 인정해 줌으로써 일본의 조선 합병을 용인하는 단초를 제공한다. 1905년 갱신된 2차 영일동맹 제3조에는 "일본은 한국에서 정치적·군사적 및 경제적으로 특수한 이해관계를 가지고 있으므로 영국은 일본의 이러한 이해관계를 보호하고 증진시키기 위해

....

2 고부응, 「식민 문학 읽기 서설」, 『초민족시대의 민족정체성』, 문학과지성사, 2002, 43면 참조.

정당하고 필요하다고 인정되는 지도 감시 및 보호 조치를 한국에서 집행할 권리를 승인한다"[3]는 내용이 들어 있다. 일본의 팽창은 대만과 조선에 그치지 않고, 1941년~1942년 영국의 식민지 홍콩과 말라야를 침략하는 등 더욱 거세졌다. 조정래의 『오 하느님』은 이러한 제국 일본의 식민지 팽창 정책의 도정에서 시작된다.

조정래의 『오 하느님』에서 주목해야 할 부분은 작중 주인공이 놓인 현실적 좌표이다. 주인공은 식민지 조선의 소작농 신길만이다. 20세기 초엽 조선의 소작농은 이중적 비애를 안고 있다. 한반도 내부에서 그들은 배고픈 프롤레타리아이며, 한반도 외부에서 그들은 억압받는 식민지 백성이다. 나아가 일본병사로서 그들은 비서구의 열등한 아시아를 대변한다. 제2차 세계대전에 강제 동원된 조선의 식민지 소작농은 이러한 복합적 좌표 속에 놓여있다. 신길만을 비롯한 조선의 소작농들은 일본에 의해 강제 징집되어 만소국경전쟁 노몬한전투에 배치된다. "지원병의 기본요건은 일본말을 할 수 있는 조선 청년들이었다." "상부로부터 인원을 할당받은 면사무소에서는 먼저 소학교 졸업자들을 골라냈다."[4] "그 다음 조건이 소작인의 자식이었다. 가난하고 힘없는 소작인들이라야 다루기 쉽기 때문이었다."(27면)

"그런 소작인들이 간직한 최고의 꿈은 자식이 면 서기가 되는 것이었다. 면 서기는 그들이 직접 대하는 가장 큰 권력자였고, 두려운 존재였다."(27면) 일본군 강제 징집의 다수는 소작농이다. 조선의 소작인들

3 박지향, 『일그러진 근대』, 푸른역사, 2003, 171~172면.
4 조정래, 『오 하느님』, 문학동네, 2007, 27면. 이하 이 작품의 인용은 인용문 말미에 페이지 수만 밝히도록 한다.

은 평생 남의 땅에서 일하며 가난하게 살 것인가 그렇지 않으면 신분 상승을 통해 새로운 계급으로 편입될 것인가를 갈등한다. 일본군으로 지원한 후 돌아오면 '면서기'를 시켜주겠다는 꼬임에, 조선의 소작농은 그 진위를 따지기에 앞서 마음이 동하여 전쟁터에 나간다. 식민지 모순을 드러낼 수 있는 중간자인 지식인과와 달리, 그들은 단순 병기(兵器)의 형태로 제국주의의 폭압에 속수무책으로 노출된다. 피식민지 하층민으로서 조선의 소작농은 제국에 국권을 잃은 약소한 조선을 대표하며, 나아가 20세기 전후 제국의 희생양을 대변한다.

신길만을 비롯한 조선인병사들이 "조선땅에 머문 것은 훈련기간이 포함된 몇 달에 지나지 않았"고 "일본은 '파견'이라는 이름으로 지원병들을 분산시켜 만주로 끌어갔다."(26면) "지원병은 명칭일 뿐이었고, 사실은 강압적인 '지명'이었다."(27면) 그들은 인천에서 만주 관동군으로 파견된 후, 노몬한전투에 투입된다. '노몬한'은 몽골, 중국, 러시아의 접경지대이다. "소련군은 자기네 영향력 아래 있는 몽골을 지원하는 동시에 자기네 국경도 지키기 위해"(24면) 참전한다. 신무기로 무장한 소련군은 수송로를 차단하고, 일본군의 식량과 군수품 수송차량들을 나포한다. 보급과 통신이 두절되자 일본군은 돌격전, 육박전, 자살공격을 감행하던 끝에, 종국에는 서로가 서로에게 칼을 들이대며 자결한다. 소대장은 "우리 용맹스러운 황군은 항복도 용납하지 않고, 포로가 되는 것도 용납하지 않는다. 오로지 용맹스럽게 옥쇄함으로써 천황 폐하께 충성을 바칠 뿐이다. 내가 먼저 옥쇄를 결행하겠다. 모두 깨끗하게 나를 따르라!"(37면)를 외치며 권총을 뽑아든다. 그러나 신길만은 칼을 겨눈 미시마를 선제공격하고 살아남는다.

이후 그는 몽골군에게 "나는 일본 사람이 아니오, 나는 조선 사람이오, 조선사람"(41면)을 외치며 투항한다. 몽골군의 포로가 된 신길만은 그곳에서 또 다른 조선인 포로를 만난다. 그들은 몽골의 수도 울란바토르에서 러시아 사람들로부터 신원조회를 받고, 이후 소련의 포로수용소로 이송된다. 그곳에서 신길만은 또 다른 조선인 포로들을 만난다. 소련 측에서 "일본군으로 돌아가겠느냐"고 묻자, 그들은 "조선 사람이니까 일본군으로 돌아가지 않겠다"(75면)고 답한다. 이에 소련은 "일본을 무찌르면 조선의 독립에 도움"이 될 것이며, "소련군은 틀림없이 일본군을 무찌를 것"(82면)이고 "그 때 당당하게, 자유롭게 고향으로 돌아"(83면)갈 수 있다는 백일몽을 제시한다. 소련은 일본에 대한 조선인의 민족 감정을 이용하여, 조선인을 소련병사로 만든다. 그들은 알렉쎄이, 게일리, 이스째빤, 빅토르, 아나톨리, 게오르기라는 생소한 이름을 갖는 것과 동시에, 생소한 격전지로 내몰린다. 고려인을 비롯한 소련 지배하 중앙아시아 약소민족 사람들과 더불어, 그들은 1941년 독소전쟁에서 모스크바를 사수해야 했다.

그들은 다시 독일의 포로가 된다. 독일은 조선인들의 생존본능을 자극하여 독일병사로 전쟁에 동원한다. "지금 당장 이루고 싶은 소원은 무엇인가? 딱 한 가지만 말하라"고 하자, 그들은 서슴없이 "배불리 먹는 것입니다"라고 답한다. 독일군은 배불리 먹여줄 것을 약속하는 대신, "시키는 일은 무엇이든지" 할 것을 강요하며 그들을 전쟁에 동원한다. 이 과정에서 독일 역시 소련과 마찬가지로 소수 민족의 비애를 자극한다. "봐라. 너희 민족은 스탈린에게 짓밟히고 착취당하는 노예가되어 있다. 우리 독일은 스탈린에게 고통당하고 있는 모든 소수민족들을 독립시키고, 구해 줄 것이다. 그러면 너는 독일군으로서 독일에 충성을 다할 수 있는가!"(166~167면)라고 말이다. 그들은 동방대대로 편입되어 연합군에 대항하는 독일병이 된다. 그들은 포로수용소를 짓고, 1944년 6월 6일 노르망디 해변에서 대서양 방벽을 쌓다가 미군의 포로가 된다.

미국으로 이송된 후, 그들은 혈서를 통해 그들의 국적이 조선이므로 조선인 포로수용소로 보내줄 것을 제안한다. 그러나 그들은 수용소의 질서를 어지럽혔다는 명목으로 쇠고랑을 차고 영창에 끌려간다. 그들은 소련병사들과 더불어 소련으로 송환된다. 소련과 미국은 얄타회담에서 자국민 포로에 대한 송환을 위해 제네바 협정('포로들은 입고 있는 군복에 따라 국적을 구분한다')을 무시하고, 포로를 상대국으로 강제 송환했다. 그들은 소련 땅에서 모두 총살당한다. 그들은 무엇 때문에, 누구를 위하여, 싸워야 하는지 영문도 알지 못하는 사투에서 간신히 살아남았으나, 정작 전쟁이 끝난 후 죽임을 당한다. 그들은 전장의 총칼이 아니라 제국주의 폭압에 의해 죽어야 했다.

그나마 그들이 평화로웠던 시기를 꼽는다면, 그것은 그들이 영어(囹圄)의 몸이 되었을 때이다. 그 이유는 그들이 일본인도 아니고 소련인이 아닌 것처럼, 그들은 독일의 포로도 아니며, 연합군의 포로도 아니기 때문이다. 몽골군 포로 막사에서 일본병사들이 "항복을 하거나 포로가 되어서는 안 된다는 일본군의 불문율을 어긴 죄"(50면)의식에 억눌려 있는 데 비해, 그들은 오히려 일본의 강제된 전투에서 풀려난 해방감을 만끽한다. 마찬가지로 미국에서 소련으로 이송되는 배 안에서도, 소련병사들이 스탈린의 명령을 어긴 죄로 침울해 있는 것과 대조적으로 조선인은 귀향에 대한 단꿈에 젖는다. 그러나 그들은 미국에서 소련으로 강제 송환된 후 총살당한다. 그들은 그들이 입었던 군복의 일본, 소련, 독일 그 어느 나라의 국민도 아니고 포로도 아니다. 그들은 그 모든 제국들의 희생양이다. '제국'이야말로 20세기 약소민족의 죄인이다. 조정래는 조선인 소작농의 가혹한 운명을 통해 20세기 초엽 제2차 세계대전을 조망하면서 열강의 민족주의가 제국주의와 결탁하는 과정을 보여주고, 독자들에게 분단체제 한국에 대한 통시적 조망을 제기하고 있다.

3. 20세기 초엽 극단의 민족주의와 '조선'이라는 민족 정체성의 형성

조정래의 『오 하느님』은 피정복자의 입장에서 19세기와 20세기 역사를 바라볼 수 있는 단초를 제공한다. 그것은 제국주의와 결합한 민족주의의 폭력성에 대한 증언이다. 일본 제국주의는 대만, 조선을 비롯한 아시아의 식민화를 통해 세력을 확장하는 과정에서 일본병사들에게 천황휘하 '일본 민족'에 대한 정체성을 내면화시킨다. 노몬한전투에서 보급이 끊긴 상황에서도 그들은 "천황폐하만세"를 외치며 자신에게 총구를 겨누거나 맨몸으로 적진에 뛰어든다. 그들은 적의 손에 죽기보다 서로가 서로에게 칼을 들이댄다. 이러한 일들이 가능한 이유는 그들이 그 어느 민족보다도 '민족'에 대한 정체성을 깊숙이 내면화하고 있기 때문이다. 일본의 민족주의는 개인의 존재를 불허하고 철저하게 군국주의 파시즘의 형태로 나타난다. 그들은 러시아의 무장병력 앞에서 극도의 위협에 노출되어 있으면서도, 제국주의에 대한 공포를 느끼기에 앞서 극단의 민족주의자로 표변해야 했다. 강제 징집된 조선 병사의 상황은 차치하고서라도, 일본병사가 겪어야 하는 이러한 이중적 테러는 제국주의 이데올로기의 잔혹성이다.

개항기 이래 한반도는 외부와의 갈등을 통해서 정체성을 만들어나 간다.[5] 그것은 한반도 내부에서 이루어지는 조화로운 역사 전개과정이 아니라, 한반도 밖에 존재하는 제국과의 적대적 관계에 의한 것이다. 구체적으로 한반도의 민족주의는 일본을 대표로 한 제국주의 침략에 의해 형성되기 시작한다. 국민전체를 포괄하는 한민족의 민족주의는 19~20세기 전환기까지는 발견되지 않았고, 20세기 이르러 3·1운동과 일제 식민통치를 겪으면서 형성된 이념이다. 한국을 비롯한 제3세계의 민족 공동체는 서구 민족주의와 제국주의에 대한 저항과 모방의 과정에서 생성 진화한다. 한반도의 민족 공동체는 일본 민족에 의해 피지배 집단으로 규정됨으로써, 한민족 구성원이 동질 집단임을 의식한다. 20세기 초엽 제국주의 국가들에게 있어서 민족주의가 극복의 대상이 되어야 하는 반면, 한반도는 민족주의에 눈을 뜬 것이다.

당시 한반도의 민족주의는 두 가지 사명을 완수해야 했다. 내부적으로는 전대 봉건 제도의 부패를 극복하고 안정된 정국을 마련해야 했고,

....
5 민족 공동체의 형성에 관해서는 고부응의 「식민 역사와 민족 공동체의 형성」(앞의 책, 105~128면)을 참조한 것이다.

외부적으로는 외세의 위협에 맞서 독립 국가를 형성해야 했다. 한반도의 민족주의는 일본을 비롯한 제국의 민족주의와 달리 외부에 폭력을 행사하기보다 외부로부터 억압을 받는 과정에서, 전통적 요소를 소환해내면서 피식민 백성의 내면에 '민족'이라는 개념을 환기한다. '민족'이라는 정체성이 만들어지면, 그 정체성을 유지하려는 노력이 뒤따른다. 식민 체제에서 외부적으로는 정치적 지배를 받지만, 내부적으로는 문화라는 내적 형식을 통해 민족성이 존재하며 이러한 내적 형식이 '민족'을 조성한다. 이때 과거로부터 전해오는 고유의 문화는 그들 집단의 정체성의 기원이 된다.

노르망디의 조선인을 세계열강의 틈바구니에 낀 조선의 운명으로 확대해서 본다면, 한반도에서 노르망디에 이르기까지 조선인들의 내면에 대한 추적은 20세기 초엽 조선이 세계사에 놓인 위치뿐 아니라 조선인이 민족을 내면화하는 과정과 그 성격을 알 수 있다. 노르망디의 조선인을 이끄는 두 가지 구심점은 '동물적 생존 본능'과 '귀향 의지'이다. 신길만은 사투에서 살아남기 위해 '동물적 생존 본능'에 몸을 맡긴다. 실상 욕망의 원형은 국가와 민족, 친지 그 어떤 것도 아니다. 욕망의 원형은 생존이며, 이를 가능하게 하는 밥이다. 생존의 위협 앞에서, 작중 인물들은 국적을 바꾸고 알지 못하는 다른 민족을 향해 총구를 겨눈다. 최소량일지언정 밥을 약속해 줄 때, 그들은 소련을 선택하고 독일을 선택한다. 미국 포로가 되었을 때, 소련의 포로는 자살한다. 그들이 선택한 것 역시 국가도 이념도 아니고, 밥이다.

노몬한의 사투에서 신길만은 불길에 휩싸인 김경두의 죽음을 외면한다. "신길만은 김경두에게로 달려가려던 몸짓을 멈추고 눈을 질끈 감았다. 불길에 휩싸인 그 몸부림은 너무 숨막히는 고통이고 무서움이었다." "김경두를 보려고 했다. 그러나 마음뿐이었다. 고개를 뒤로 돌릴 틈이 없었다."(21면) 그는 살아남기 위해 미시마를 난자하고, 몽골군에 투항한다. 독일군 포로수용소에서도 "그들이 당장 이루고 싶은 소망은 수용소에서 풀려나는 것"이 아니라 "배부르게 먹는 것이었다." "그들이 가장 많이 하는 말은 먹는 얘기였다. 가장 많이 꾸는 꿈도 배 터지도록 먹는 것이었다."(145면) 문명화된 서구의 한복판, 독일에서 조선인병사들은 오히려 문명으로부터 철저히 소외된 동물적 상황에 내몰린다. 문명화는 인류 공존공영의 공유물이 아니라 헤게모니를 장악한 상층집단이 하층집단으로부터 그들 스스로를 구분하기 위해 만든 계급전략에 지나지 않았다. 1899년 『독립신문』은 문명국, 개화국, 반개화국, 야만국을 구분하면서 문명국을 나라의 법률과 모든 다스리는 일들이 밝고 공평하여 무식한 백성이 없고 사람마다 자유권이 있으며 나라가 요순과 다름이 없는 것이라 정의하고 영국, 미국, 프랑스, 독일, 오스트리아 등을 예로 들었지만, 그러한 문명국의 한복판에서 오히려 조선인은 가장 야만(savagery)적인 상황에 노출되어 있었으며 가장 미개 (barbarism)한 동물 취급을 당한다.

조선인병사들은 '동물적 생존 본능'에 몸을 맡기고 있으면서, 동시에 '살아서 고향에 돌아가리라'라는 귀향 의지를 통해 공포와 위험으로부터 스스로를 구원한다. 이들의 귀향 의지를 대변하는 것은 '가족'과 '고향'을 비롯한 '조선적인 것'으로서, 그것은 고향에서 전해 내려오는 '격언'과 '종교' 그리고 '민담'과 '민요'의 형태로 나타난다. 신길만이 집을 떠나기 전, 어머니는 "호랑이한테 열두 번 물려가도 정신만 채리면 살아난다"는 전래 속담을 강조하면서 "어디서든 정신 딱 채리고 관세음보살님만 염혀. 그러면 틀림없이 살아날 길이 열릴 것잉게"(12면)라고 주술적 힘을 불어넣는다. 독일 포로수용소에서 모진 고통을 감내하면서 신길만은 어머니가 들려주신 민담, 오세암 이야기를 떠올린다. 이 이야기는 "어디서든 정신 딱 채리고 관세음보살님만 염"하라는 어머니의 목소리와 더불어 신길만에게 힘을 불어넣는다. 고향에서 전해 내려오는 속담과 이야기는 어머니의 목소리를 빌려 신길만의 내면을 공명한다.

독일의 포로수용소에서 신길만과 그 일행이 강제된 노동과 굶주림을 극복할 수 있었던 것도 공동체로 연대할 수 있는 노동요 때문이다. 침목을 운반하던 네 사람은 "어얼럴러"라고 부르고 "어야데야"라고 받으면서 "목도소리"(141면)를 낸다. 노동요는 그들로 하여금 민족어 화자로서 고향의 언어를 통해 고향의 정서를 소환해 냄과 동시에, 민족 공동체를 유지하고 존속시킨다. 고향의 소리가 힘든 작업시간 내내 그들을 위무한다. 신길만은 노몬한전투의 사선에서 "총알 피해 댕겨라"라는 아버지의 목소리를 듣는다. "그 목소리는 아버지가 바로 옆에서 말하고 있는 것처럼 생생하고, 담배 냄새까지 묻어났다."(20면) 평생 가난하게 살아온 아버지의 마음이 담겨있는 그의 이름 유래, "니 이름을 왜 길만이라고 지었는지 아냐? 길할 길(吉)자, 일만 만(萬)자, 니 평생 좋은 일만 있으라고 그런 것이다. 사람이 살면서 이름 덕도 보는 것잉게, 이름 믿고 무슨 일이고 열성으로 해야 혀."(29면) 노몬한전투의 사선에서 신길만은 아버지의 목소리를 전유하여 고향의 소리를 떠올린다. 그 소리에 의지하여 신길만은 공포와 공복을 극복한다.

강제 징집된 조선인병사들에게 자유가 있었다면, 그것은 오로지 '조선 사람'과 더불어 '조선어'를 말할 때이다. 같은 조선인들끼리 고향과 가족에 대한 그리움과 귀향 의지를 모(국)어를 나눌 때, 그들은 가장 자유로웠다. 소련의 포로수용소에서 신길만은 천일호를 만나고, 그들의 왁자한 조선말은 그곳에 있는 11명의 다른 조선인들을 불러 모았다. 아무리 어려운 상황에 처해 있을 때라도, 그들은 조선말을 주고받으면 위안과 안정을 찾을 수 있었다. 예컨대 12월 초순 소련의 혹한을 견디며 땅을 파면서도, 그들은 서로 조선말을 주거니 받거니 하면서 정서적 카니발을 만끽한다. "이 사람들 불알 안 얼어터지고 애들 낳고 사는 것 보면 용해." "또 허연 마누라 엉덩이 생각나는 모양이시네." "이리 추운 날 뜨뜻한 아랫목에서 한바탕 하던 생각을 하면 이게 뭐요그래." "이거 총각 앞에서 왜들 이러시오. 염치도 양심도 없이."(96~97면) 그들은 조선말을 나누면서, 전쟁과 무관하게 고향의 정서를 소환해 내고 내면적 카니발을 공유한다.

국가가 부재한 가운데 모(국)어는 국제적 소통력을 상실한다. 신길만 일행이 습득한 일본어는 아시아에서 통용이 되지만, 러시아의 병사가 되고 독일의 병사 나아가 미국의 포로가 되면서 언어적 위상을 상실한다. 미국에서 그들은 혈서를 통해 조선인 포로수용소로 보내달라는 간곡한 의사를 조선어로 전달한다. 국가의 부재는 국어의 부재를, 언어의 부재는 '존재의 부재'를 야기한다. 그들은 자신의 목소리가 자신을 구원할 수 없는 시대를 살아가는 20세기 초엽 제국의 타자들이며, 그것은 당시 조선이 처한 세계사적 정황이다. 그러나 조선어는 국제적 소통 기능을 거세당했음에도, 역설적이게도 민족 내부에서는 집단의 공동체를 강화하는 민족의 언어, 고향의 언어로서 구심적 역할을 수행한다. 아이러니하게도, 국가가 부재한 가운데 식민지 조선의 언어는 민족어로서 위상을 공고히 다져 나간 것이다

우리는 조정래의 『오 하느님』에서 다음과 같은 사실을 알 수 있다. 작중 인물들이 민족어로 표상되는 '귀향 의지'에 앞서 동물적 '생존 본능'을 가지고 있다는 점에서, '귀향 의지'와 '생존 본능'은 동일한 의미의 다른 표현에 지나지 않는다. 약소민족이 20세기 제국의 폭압에 굴하지 않고 존립하기 위해서는 강인한 생존 본능을 지녀야겠지만, 그것만으로는 제국에 필적할 수 없으며 그들은 반드시 언어와 문화로 대변되는 민족적 형식을 전유해야 한다는 것이다. 신길만을 비롯한 조선인 병사들은 살아남기 위해 고향의 언어를 통해 모국의 정서를 환기한다. 그들이 조선어를 구사하면서 정신적 구심점을 마련하고 민족적 정체감을 공고히 해 나갈 수 있었던 것은, 그들에게 강인한 생존 본능이 내재해 있었기 때문이다.

4. 신(新)세기 제국주의에 대한 우려와 분단 상황의 재인식

박지향의 지적대로 19세기 말과 20세기 초의 세계는 제국주의적 심성으로 충만해 있었고, 제국주의는 일종의 세계관이었다. 제국주의의 경쟁에 참여하지 않은 강대국은 없었으며 식민지를 소유하지 않은 국

가는 식민지로 전락할지도 모르는 위기감이 팽배해 있었다. 1868년 일본의 발 빠른 근대화 역시 이러한 위기감에서 배태된 것이다. 그들은 사회적 진화론에 입각하여 지배하느냐 지배당하느냐 두 가지 길밖에 없음을 직시한다.[6] 제국주의가 횡행하는 경쟁적 국제관계에서 일본, 중국, 러시아라는 강대국에 둘러싸인 약소한 조선이 누군가에게 종속되는 것은 당연하게 받아 들여졌다. 한반도에 대한 제국의 이러한 인식은, 제2차 세계대전이 끝난 후에도 독자적 국가 존립의 불가라는 명목으로 신탁통치를 초래한다.

이러한 세계사의 격변기에 노르망디의 조선인이 놓여 있었다. 노르망디의 조선인은 어느 쪽에 속해 있지 않으면서, 그 어느 쪽도 벗어날 수 없는 정체성을 갖고 있다. 이러한 그들의 정체성은 당자인 자신의 불확실한 상태뿐 아니라 20세기 초 한반도의 불확실한 상태를 대변한다. 그들은 고국의 애국자도 배신자도 될 수 없었다. 그들은 일본의 국민도 아니며 러시아와 독일의 포로도 아니다. 그들은 '제국주의의 포로'이다. 소련은 조선인의 민족 감정을 이용하여 조선인에게 러시아 국적을 강요하고, 독일은 자국의 승리를 위하여 조선인의 노동력과 생명을 갈취한다. 비서구의 유색인종으로서 조선인은 대서양 방어막을 설치하면서 제2차 세계대전의 최고 전지에 배치된다. 그들은 몽골의 대초원에서 러시아와 사투를 벌이고, 소련에서 모스크바의 사수를 강요당하며, 연합군에 대항하는 독일병사가 되는 과정에서 제국주의의

---

6 '백인' 열강들은 1919년 국제연맹헌장에서 '유색인' 열강에 대한 인종 간의 동등한 대우에 관한 조항을 묵살했다. 일본이 건설한 만주국의 내부구조에서 알 수 있듯, 대만과 한국 등에 대한 일본 식민주의 정책에는 서구 식민 정책을 내면화한 일본의 인종주의가 내재해 있다.

하수인이 되어야 했다. 제국주의 국가들은 그들의 이해관계에 충실했으며, 그들은 자국의 영리에 한해서만 조선의 문제에 개입했다. 자기와 타자의 구분이 그 어느 때보다 뚜렷했던 20세기 전후, 한반도는 일본과 서구 제국주의자들에 의해 소생 불가능한 타자로 존재했다.

조정래는 소생 불가능한 타자, 조선의 소작농이 제2차 세계대전의 희생양이 되어야 했던 과거의 상흔을 21세기 한반도에 다시금 복원해 낸다. 노르망디 조선인의 궤적은 동아시아의 반도에 위치한 우리 민족의 독특한 발전 경로를 이해하는 데 유용한 자료를 제공한다. 뿐만 아니라 그것은 구미제국의 세계정복사와 더불어 제국의 논리를 내면화한 아시아의 후발 제국 일본의 틈바구니에 낀 한반도의 역사적 좌표를 시사한다. 아울러 그것은 정복자의 역사 속에 묻히고만 수많은 피정복자의 상처와 미래를 환기한다. 나아가 노르망디의 조선인은 '오래된 현재'로서 현 시점 한반도에 대한 알레고리 일 수 있다. 분단 체제이면서 자본주의의 정점에 있는 오늘의 한국은, 또 다른 모습으로 진화한 제국의 양태와 헤게모니의 구도를 집약적으로 보여주는 청사진이다. 그런 의미에서 한국은 가장 세계적인 공간이다.

스티븐 엠브로스는 *D-Day*에서 노르망디의 조선인들이 살아서 돌아갔다면, 미국과 함께 싸웠거나 아니면 미국에 총부리를 들이대었을 것이라고 한다. 그러나 엠브로스의 지적은 미국의 입장에서 약소민족을 바라본 제국의 시선이다. 노르망디의 조선인이 자의에 의해 노르망디에 나간 것이 아니듯, 한반도는 안타깝지만 자주적으로 독립하지도 않았으며 제2차 세계대전 후에도 자주국가로서 존립이 불가했다. 한반도의 자주성을 인정하지 않고 신탁통치를 초래한 것이 서구의 열강이라는 점에서, 노르망디의 조선인이 살아서 돌아갔을 때 다시금 그들을 고향 땅에서 전장(그것이 미국 편이든 소련 편이든 간에)으로 내몬 것 역시 궁극적으로 서구의 열강들이다. 이제 민족사의 기록은 정복자인 제국의 시선과 더불어 피정복자 하층민의 시선에서 진실을 검증해야 할 때가 왔다. 이 지점에 조정래의 『오 하느님』이 놓여 있다.

문학이 지향하는 리얼리즘이 당대 세계의 반영이 아니라 당대 세계의 지배 이데올로기에 대한 비판적 고찰이라고 할 때, 조정래는 노르망디 조선인에게 목소리를 부여하여 폭압적 제국주의 역사의 실체를 고발함과 동시에, 오늘날 또 다른 모습으로 재현되고 있는 제국의 마수를 경고하고 있다. 개항 이후 한반도에 몰아닥친 제국주의의 침략에 저항하기 위해 신채호를 비롯한 근대 지식인들이 민족주의를 지향했듯이, 조정래는 2007년 이 시점에서도 만연한 제국주의에 대항하여 민족주의는 유효하며 민족 공동체를 견실히 다져나가야 함을 시사한다. 조정래는 분단체제의 한반도에서 민족주의는 남북을 통합해야 하는 카테고리로서 여전히 유효한 문제로 남아 있으며, 서구 열강의 틈바구니에서 이제 한반도의 민족주의는 새로운 모습으로 갱생을 도모해야 함을 역설하고 있다. 20세기 전후 제국주의 국가들이 '총과 칼'이라는 물리적 폭력을 동원했다면, 21세기 제국주의는 새로운 지배 방식으로 식민을 만들어 낸다. 조정래는 21세기에도 존속하는 제국주의의 검은 손에 대해 한반도 국민에게 각성과 자각을 요구한다.

강대국의 논리에 짓밟히는 약소민족의 비애라는 점에서 우리는 한국인이라는 민족적 정체성을 환기해야 하지만, 우리 역시 내면화한 제국의 논리(극단의 민족주의)를 통해 또 다른 약소집단을 짓밟을 수 있음을 간과해서는 안 된다. 아울러 작가는『오 하느님』에서 20세기 약소민족에 대한 강대국 폭압의 변주를 구체적으로 제시해 주어야 했다. 소련이 조선인에게 그리고 독일과 미국이 조선인에게 행사하는 폭력은, 서구의 제국주의와 천황제 파시즘이 결합된 일본 제국주의가 조선인에게 휘두르는 폭력과 구분되는 특이성을 지닌다. 일본과 독일에 맞선 소련, 소련과 연합군에 맞선 독일, 세계 질서의 대변자로 나선 미국, 각국이 아시아의 약소민족에게 가하는 폭압의 강도와 형태가 달랐음을 고려해 볼 때, 이에 대해 작가는 좀 더 면밀히 재구하고 사건으로 형상화해야 했다.『오 하느님』에서 조정래가 구현해 낸 20세기 초엽 제국주의의 만행은 근 한 세기가 지난 21세기에 복원되고 있는 만큼, 그것이 인물의 목소리와 더불어 '생생한 사건'을 통해 재현되었다면 독자들은 소설적 진실에 더 깊이 감응할 수 있었을 것이라는 아쉬움이 남는다.

4부
소설, 의혹과 통찰의 시학

소설, 시간과의 투쟁

1. 기억으로서 소설

서술적 작품이 전개하는 세계는 항상 어떤 시간적 세계이다. 시간은 서술적 방식으로 진술되는 한에 있어서 인간의 시간이 되며, 반면에 이야기는 시간 경험의 특징들을 그리는 한에 있어서 의미를 갖는다.[1] 소설은 시간과의 투쟁이라 볼 수 있다. 인간은 지각과 기억의 저장소로 간주될 뿐 아니라, 그것을 훨씬 뛰어 넘어 능동적이며 자기 규제적인 기능의 본산지로서도 간주된다.[2]

....
[1] 폴 리쾨르, 김한식·이경래 역, 『시간과 이야기』 1, 문학과지성사, 2012, 25면.
[2] 한스 메이어호프, 이종철 역, 『문학과 시간의 만남』, 자유사상사, 1994, 54면.

작가의 입장에서 볼 때 소설은 의도적 기억의 소산이다. 소설이란 시간이 활성화되어 기억의 과정에 망각이 개입한 경우 그 기억의 흔적을 상상력으로 펼치는 것을 말한다. 여기에는 저장과 인출 사이에 근본적 불일치가 일어나는데 그 불일치를 감행하는 것이 바로 인간의 현재 욕망이다. 그 욕망이 '나를 그림에 있어서는 모호하게 얼버무리거나 생략하게' 만든다. 아울러 그 욕망이 과거를 다시 보게 하는 것이다. 이때 '저장하는' 기억 작용과 '회상하는' 기억 작용은 전혀 다른 특성을 지니고 있다.[3]

저장한 기억이 지식이라면, 회상하는 기억은 개인적 경험이라고 할 수 있다. 이 회상은 근본적으로 재구성된 것이며 그것은 항상 현재에서 시작되고 망각이 개입되었다. 이런 이유 때문에 회상 기억이 치환, 변형, 왜곡, 가치 전도되는 것을 피할 수 없다.[4] 문학 창작에서 기억은 정통성과 정체성을 유지하는 일반적 기억이 아니라, 개인의 / 작가의 특수한 기억으로 볼 수 있다. 역사가 과거를 재현한다면 회상 기억, 즉 문학은 그것을 현재로 활성화한다. 역사가 기억을 탈마법화한다면 문학은 그것을 마법화한다. 역사가 모두에게 속하지만 누구에게도 속하지 않는 데 비하여, 문학은 작가 / 개인의 특수한 문제를 다루고 있지만, 모든 이의 문제가 될 수 있다.[5]

역사적 기억의 합법칙적이고 공론적인 보호를 받지 못하는 기억들은 마치 공터에 버려진 쓰레기처럼, 훼손되어 버려진 유물처럼 우리의

3 변학수, 『문학적 기억의 탄생』, 열린책들, 2008, 29면.
4 위의 책, 30면.
5 위의 책, 31~32면.

삶에 널브러져 있다. 작가들은 탄핵된 채 버려져 있는 자료들을 세상에 문학이라는 이름으로 복권을 시도한다.[6] 역사적 기억이 어떤 것을 단순히 되불러 오는 것이라면, 문학적 기억은 어떤 것을 새로 만드는 것이다. 다시 말하면 원래의 느낌과 갑자기 떠오른 회상의 조합에서 새로운 정서가 만들어지는데 이것이 창작이다.[7] 인간에 대한 문학적 재구성은 객관적이고 역사적인 자료 외에도 언제나 의식의 흐름과 기억 속에 있는 유의미한 연상의 형태를 인격이나 혹은 자아의 정체성의 구조를 드러내는 가장 중요한 단서로 작용했다.[8]

문학적 기억은 역사적 기억과 달리 단순히 기억을 저장으로 이해하고 있지 않다. 입력한 것을 되불러 오려는 노력은 하지만 그대로 되불러 오려고 하지 않는다. 그보다는 회복할 수 없는 어떤 상실감을 보충할 새로운 것을 찾아내는 데 주력한다. 그러므로 문학적 기억은 근원적으로 사후성(事後性)의 특성을 지니고 있다.[9]

....

6 위의 책, 32면.
7 위의 책, 45면.
8 한스 메이어호프, 앞의 책, 45~46면.
9 변학수, 앞의 책, 48면. 프로이트에 의하면 사후성이란 인간의 인지와 인식이 사건이 끝나고 난 후 그것을 회상하는 과정에서 가능하고, 회상을 하면서 그 사건의 의미가 만들어진다는 뜻을 내포하고 있다.

2. 자기인식의 장르로서 소설

소설은 자기인식 장르이다. 시를 자아의 세계화라 한다면, 소설은 자아와 세계 간 갈등의 서사화라 할 수 있다. 소설이 지닌 시간성은 다른 매체와 비교를 통해 확인할 수 있다. 회화가 시각적 공간예술이고 음악이 청각적 시간예술이라면, 소설은 시각적 시간예술이다. 독자는 소설 텍스트에 배열된 언어들을 시간의 흐름에 따라 시각을 이용해 읽어간다. 이때 독자는 물리적으로는 언어의 배열을 보지만, 상상적으로는 이야기 세계를 본다.[10] 이야기의 세계는 화자의 서술을 통해 독자에게 전달된다. 독자는 '화자'에 의해 화자가 지시하고 전달하는 사항만을 읽어내려 간다.

소설이 영화와 다른 점은 서술 주체로서 화자가 존재한다는 점이다. 이때 화자의 시간이란 화자가 언어를 구사하는 담론 시간을 말하며, 그것은 텍스트에 배열된 언어를 읽는 데 걸리는 텍스트 시간과 대개 일치한다. 화자의 담론 시간은 인물들의 이야기 시간을 전달하는 중개 역할을 한다.[11] 이러한 화자의 위치와 태도를 특별히 소설의 '시점'이라 명명한다. 작가는 자신이 전달하려는 바를 가장 효율적으로 전달할 수 있는 대상을 선택하여, 그의 시선과 목소리를 통해 그가 직면하는 사건과 인식을 전달하고 작품의 주제를 구현한다.

이러한 인식의 근저에 개인이라는 존재 방식과 주관적 상대성이 내

----

10 나병철, 『소설의 이해』, 문예출판사, 2006, 66면.
11 위의 책, 67면.

재해 있다. 우리가 개인적 경험의 영역 내에 머물러 있는 한, 시계나 달력에 의해 설정된 객관적 시간 측정에는 자의적이고 비현실적인 성질이 존재한다. 실제적 일에서 우리는 끊임없이 자연적 대상들의 움직임에 따라 양적이면서도 균일적으로 측정된 객관적 시간 순서의 일부가 된다. 이와 동시에 우리는 이러한 사건들이 개인적 경험의 주관적 시간 순서의 일부라는 점에서 전혀 다른 성질들을 갖고 있다는 것도 의식하고 있다. 경험된 시간은 주관적 상대성이라는 성질을 노정하거나 혹은 개인적 시간 측정에서 몇몇 유의 불균등한 분포와 불규칙성 및 비균일성으로 특징지어진다.[12]

근대소설의 출발은 시간에 대한 주관적 상대성에서 시작되었다. 근대소설은 환경으로부터 소외된 단절된 인물의 내면세계를 그리고 있다. 사회환경으로부터 단절된 공간의 인물들은 환경과 반응하지 않을 뿐더러 객관적 시간 감각을 상실한다. 그 결과 근대소설에는 객관적 시간의 플롯보다는 주관적 내면세계가 그려진다.[13] 자아는 내부적이건 외부적이건 자극의 수동적 수용자일 뿐만 아니라, 이러한 자극들을 통제하고 변형하고 조직화하며 통합하는 능동적 중심이기도 하다. 시간과 자아는 경험의 분리된 계기들을 어떤 유의 통일성 속으로 통합함으로써 서로서로 제약한다.[14]

시간 속의 지속이라는 요소와 지속하는 자아의 측면 모두를 명백하게 해 주는 요소가 의식의 흐름(stream of conciousness)이다. 직접적 경험의

12 한스 메이어호프, 앞의 책, 31면.
13 나병철, 앞의 책, 85면 참조.
14 한스 메이어호프, 앞의 책, 55~56면 참조.

복잡하고 혼란스러운 다양함에도 불구하고 자아는 연속적인 통일체로 볼 수 있다.[15] 근대소설에서 삶의 의미는 주로 통시적 질서보다 내면의 추이에 의해 형성된다. 작가들은 소설에서 시간적 계기를 해체한 채 주인공 의식내용의 병치를 통해 밀폐된 내면공간을 포착함으로써, 소외를 대상화한다. 자아와 세계 간 불화와 균열의 거리감을 표출하기 위해, 근대소설은 세계로부터 분리되었거나 이탈된 개인의 내면에 초점에 맞추는 것이다.

3. 포착 불가능한 지점에 대한 응시

최근 소설들(포스트모더니즘소설)은 이성중심주의와는 다른 코드로 현실을 해석함으로써 불확정성의 감각 속에서 독자의 현실에 대한 이해를 변화시킨다. 그것은 상습화된 현실 개념을 해체함으로써 메마른 합리주의적 현실의 구멍을 확인하면서 동시에 그 죽은 구멍 속에서 새로운 활력적인 삶의 태동을 확인하는 것이다.[16] 윤대녕은 편혜영의 「밤의 마침」을 평가하면서 삶의 불확실성과 동시에 그 속에 감추어진 비밀의 유의미성을 언급하고 있는데, 여기에는 바로 지금 이곳의 '소설 쓰기의 정체성'이 시사되어 있다.

....

15 위의 책, 57면.
16 나병철, 앞의 책, 97면.

편혜영의 「밤의 마침」을 읽으면서 나는 모리스 블랑쇼가 명명한 '바깥의 글쓰기'라는 말을 줄곧 떠올리고 있었다. 누구에게도 말할 수 없는 '밤의 시간대'에 발생하는 사건이 서사의 중심축을 이루고 있다는 점, 실증이 불가능한 지점을 작가가 응시하고 있다는 점, 게다가 '낮의 시간대'에서는 그 모든 일이 증발해버리고 만다는 점에서 말이다. 한데 중요한 것은 그 밤의 시간대에 발생했던 사건이 함축하고 있는 바가 실은 우리가 끌어안고 있는 삶의 공통된 속성들이라는 데 있다. 가령 불확실성, 모호성, 돌발성, 가변성 그리고 원천적으로 타자와 공유가 불가능한 '비밀'의 상존이 그러하다. 이러한 점들을 자각하고 나면 인간 존재라는 것이 한없이 비루하고 또한 결코 자신을 '실증'할 수 없기에 절대적으로 외롭고 고독하다는 사실과 직면하게 된다.[17](밑줄은 필자)

　지금 이 땅의 작가는 실증 불가능한 지점을 응시하고 있다. 그들은 증명 가능한 현실태가 아니라 언어화되지 못하고 코너에 몰려있는 어떤 지점을 주목하고 있다. 그것은 우리 삶의 중요하면서도 공통의 공유점임에도, 현실에서는 증발해 버린다. 소설쓰기의 어려움은 여기에서 발생한다. 작가들은 현실태에서 존재를 증명할 수 없으나, 분명 우리 삶에 내재해 있는 비밀을 채취해 내야 하기 때문이다. 그들은 불확실하고 모호하고 돌발적이며 가변적인 그 지점을 찾아 분투한다. 그 지난한 어려움의 발단은 일련의 비밀들이 타자와의 공유가 불가능한 데서 온다. 혁명이 없는 시대에 그 비밀들은 그 자체가 반사회적이기

....
17 윤대녕, 『제37회 이상문학상 작품집』, 문학사상, 2013, 346면.

때문이 아니라, 생래적으로 공유할 수 없는 것일 수도 있고 모호하고 돌발적인 형태를 띠고 있기 때문이다.

그 결과 작가들은 현실에서 포착할 수 없는 비밀의 시간들과 분투한다. 그 시간은 과거의 한 지점일 수도 있고, 현재 이 시간에도 공존하지만 수용되지 못하는 봉합된 지점일 수도 있다. 이 글에서는 2013년 이기호의 창작집 『김박사는 누구인가?』에 수록된 작품을 대상으로 이 작가의 시간과의 투쟁과정을 살펴보도록 하겠다.

4. 시간과의 싸움

최근 소설에서 시간은 어떻게 구현되는가. 이기호의 창작집 『김박사는 누구인가?』(문학과지성사, 2013)에는 총 8편의 단편이 수록되어 있다. 「밀수록 다시 가까워지는」은 프라이드 자동차에 관한 이야기이다. 나의 삼촌은 농촌에서 간신히 중학교만 졸업하고 고향집에서 농사일을 했다. 상급학교에 진학한 형들과 달리, 삼촌은 홀어머니와 농사일을 도우며 청춘을 보낸다. 할머니는 삼촌을 장가보내기 위해 서울에 있는 공장으로 보냈고, 여자가 꼬이라고 신형 프라이드를 사주었다. 그러나 삼촌은 여자가 아니라 프라이드와 사랑에 빠졌다. 삼촌은 공장도 그만두고 프라이드를 타고 떠돌이 생활을 했다. '도시의 젊은 생활'이라는 프라이드의 광고 카피와 달리, 삼촌은 도시생활도 아내도 얻지 못한 채 오직 프라이드만을 삶의 동반자로 여겼다. 그러던 어느 날 삼촌은 프라이드를 우리 집에 세워 둔 채 행방불명되었다. 나는 삼촌의 프라이드를 몰며, 삼촌의 차계부에 따라 그간 삼촌이 달린 거리와 시간대를 추적한다.

> 그때 당시엔 매일매일 프라이드에 시동을 걸면서 오늘이 마지막일 거야, 오늘이 마지막일 거야, 라고 중얼거렸으니까. 그도 아니면 어떤 반발심리 같은 게 있었을지도 모른다. 뒤로는 못 가는 자동차이니, 어쨌든 앞으로는 최대한 멀리, 최대한 빨리 가보자는…… 고속도로는 후진할 수 없는 길이니까, 무조건 앞으로만 가야 하는 길이니까…… 그러면서 나는 얼핏얼핏 삼촌도 나와 비슷한 게 아니었을까, 그래서 그토록 오랜 세월 프라이드에서만 머문 게 아니었을까, 하는 생각을 하기도 했다. 달리다 보니까 돌아갈 곳을 아예 잊어버린 게 아닐까, 하는…… 일종의 당혹감 같은 것 말이다.[18]

삼촌의 프라이드는 후진이 안 되는 차가 아니라, 애초에 후진이 안 되도록 만들어 놓았다. 삼촌은 애초부터 자동차 구입비에 불손하게 끼어든 30만 원 상당의 비용을 없애기 위해 자의적으로 차의 후진 패킹을 빼 버린 것이다. 87년산 프라이드를 20년 넘게 잔 고장 없이 몰고 다닐 수 있었던 것은 후진기능이 없기 때문이라는 것이다. 후진기능을 없앰으로써 엔진에 무리가 덜 갔기에, 자동차의 수명을 길게 쓸 수 있었다는 것이다. 잡다한 기능들이 오히려 자동차의 제 기능을 망가뜨리

---

18 이기호, 「밀수록 다시 가까워지는」, 『김박사는 누구인가?』, 문학과지성사, 2013, 66면. 이하 이 작품집의 인용은 인용문 말미에 페이지 수만 밝히도록 한다.

고 수명을 감축할 수 있다는 것이다.

삼촌의 삶과 후진이 되지 않는 프라이드 양자 모두 모던한 도시생활과 양립될 수 없지만, 이들의 삶의 방식이 시대를 역행하거나 낙후되었다고도 말할 수 없다. 그들은 그들의 삶을 살아내었을 뿐이다. 그것이 발빠른 도시인의 관점으로는 낙오자의 모습으로 일반화될 수 있겠지만, 그들의 삶에도 '밀수록 다시 가까워지는' 자생적 윤리가 있기 때문이다. 사회가 추종하는 획일화된 가치를 내면화하기보다 자기 안에 내재한 생래적 가치에 주목할 때, 그 속에서도 자생적 윤리가 탄생할 수 있다.

작가는 우리의 삶을 도시를 비롯한 현실의 잣대로 규율하지 않아야 한다. 작가는 현실의 잣대가 금 그어 놓은 분리의 시선에서 균열을 발견해 내야 한다. 현실의 제 집단은 질서와 유지의 이름으로 균질화되고 획일화된 가치와 준거를 제시하겠지만, 울퉁불퉁한 삶은 그런 반듯한 제도의 네트워크 속에 모두 편입되지 않는다. 작가들은 제도의 비호 속에 집단적으로 우겨넣어진 삶의 생생한 시간들을 다시 복원시키는 일을 해야 한다. 그러기 위해 작가는 시간과 싸운다.

5. 나무처럼 딱딱한 삶

이기호는 첫 소설집의 표제로 「최순덕 성령충만기」(『최순덕 성령충만기』, 문학과지성사, 2004)를 내세운 바 있다. 이 작품에서 그는 특정 종교 문제를 다루기보다, 가파른 삶에서 인간을 구원할 수 있는 것은 무엇인지 인간 내면의 문제성을 탐색했다. 같은 맥락에서 세 번째 창작집 『김박사는 누구인가?』에서도 작가는 단편 「저기 사람이 나무처럼 걸어간다」를 통해 인간 내면의 문제성을 탐색해 들어간다.

작중 주인공 전도사는 열한 살 때 전기합선 화재로 시력을 잃었다. 그 후 그는 '마음속의 자가 발전기'로 보지 않고도 자기 삶뿐 아니라 다른 사람의 삶을 밝히는 전도(傳道) 일을 해 오고 있었다. "자신이 시력을 잃은 것은 모두 '하느님의 하시는 일을 나타내고자 하심'이라고 생각하고 있었다."(142면) "네 믿음이 너를 보게 하리라" 한 성경말씀을 "하나의 은유" 다시 말해 "세속의 눈뜸과는 다른, 구원의 은유"로 받아들였으며 그는 그 은유들을 누구보다 더 잘 이해하고 있다고 생각했다.

이러한 그가 새롭게 보고 싶은 것이 생겼다. 목욕한 아들의 머리에서 모락모락 올라오는 김이 보고 싶은 열망이 생겼다. 이것은 신앙과 성경 안의 삶이 아니라 생동하는 삶이 지닌 생기이다. 동시에 그것은 "나이 들어가면서 더 커지는 자신의 외로움과 무력감", "만질 수 있는 것들과 만질 수 없는 것들 사이가 만들어내는 두려움"이기도 했다. 그는 한 아이의 아버지로서 삶의 무게감을 인지한 것이다. 그 다음날 그는 병원에 가서 각막 이식수술 대기자 명단에 자신의 이름을 올렸다.

생각보다 빨리 각막기증자가 나타나서, 그와 교회 사람들은 함께 병원으로 향했다. 각막기증자의 딸이 기증을 거부하고 있어 시간이 소요된다고 했다. 병원원목실에서 수술을 기다리는 그의 마음은 동요되었다. 각막이식수술은 지극히 인간적인 삶의 생동이지만, 한편 그가 익히 해 왔던 전도사(傳道師)의 직책과는 거리가 먼 일이기도 했다. 지금까지 그의 부재한 시력은 하느님에 대한 맹목적 응답이었으며, 교리를 믿지 않는 사람으로 하여금 신앙을 가지도록 인도하는 사역의 도구가 되었다. 그런 그가 "전도사"에서 "한 명의 수술 대기자"가 되었을 때, 나약하고 힘없는 인간이 되어 있었다. 그는 각막을 기증하는 유족들에게는 "부도덕하고 몰인정하고 염치없는 사람, 아니 그 이상의 사람"(156면)일 수 있다는 자의식에 빠졌다.

각막이식수술은 그에게 수치심과 모멸감을 초래했다. 그가 이러한 자의식에 빠진 순간, 병원 원목실에 들어온 여학생은 그의 수치심과 모멸감을 조장했다. 여학생은 원목실에서 담배를 피웠고, 이에 그는 동요되던 마음을 가라앉히며 전도사로서 자신의 정체성을 찾았다. 그는 자신이 먹으려고 사둔 빵과 우유를 여학생에게 주면서, 자신의 신앙을 증명했다. 그는 "보이지 않게 되어서 더 많은 것을 볼 수 있게 된 이야기", "눈이 멀게 되어서 더 많은 것을 상상하게 된 이야기", "더 많은 은혜를 받게 된 이야기들", "애쓰지 않아도 이젠 많은 것들이 저절로 보이게 된 이야기들"(163면)을 했다.

그는 수술을 단념하고 병원을 빠져 나와 버스정류장으로 나왔다. 무엇이 진실일까. "보이지 않게 되어서 더 많은 것을 볼 수 있게 되었다는 것은, 사실은 거짓말이 아닌가, 그것은 그저 나 자신을 위로하기 위한 말들이 아닌가" 오히려 "너무 많은 것들을 애쓰면서 살아가야 하는, 그런 운명"(165면)이 아니던가. 그는 버스정류장에서 수술을 주선한 최 간호사의 호출전화를 받았다. 그는 마지막 인사를 건네기 위해 최 간호사를 기다린다고 하지만, 어쩌면 마지막 희망을 기다리고 있는지도 모른다. 최 간호사는 수술을 거부하는 그를 데리고 병원에 들어선다. 각막

기증자의 유족인 듯한, 아마도 병원 원목실에서 만난 여학생이 그에게 침을 뱉었다. 병원에서 최 간호사에게 이끌려 "그는 자신이 어디로 가는지도 모른 채, 무작정 따라가기만 했다. 나무처럼 딱딱하게."(168면)

작가는 이 작품에서 지극히 인간적인 시간의 문제성을 탐색하고 있다. 인간은 항시 자신의 생존과 그보다 숭고한 문제(종교) 앞에 갈등하고 방황해야 하는 조건에도 불구하고, 자신은 어디로 가는지 모른 채 무작정 따라가기만 하는 존재라는 것을 시사한다. 그것은 진실은 무엇이고 어디에 있는가의 문제가 아니고, 진실의 존재 방식이 획일적이고 단선적이지 않음을 시사하고 있다. 그가 아버지로서 아들의 김 나는 머리를 보고 싶어하는 것도 진실이고, 하느님의 자녀로서 그를 증명하는 것도 진실이다. 병원 원목실에서 방황하는 여학생을 전도하는 것도 진실이고, 간호사에게 이끌려 수술실로 들어가는 것도 진실이다.

우리의 삶은 특정한 한 지점과 특정한 한 방향성을 지니지 않는다. 삶이라는 예측할 수 없는 불확정성 속에서, 오히려 인간은 모두 '나무처럼 딱딱하게' 존재하고 있는 것인지도 모른다. 이 지점에서 우리는 이전 작품집에서 진일보한 작가의 삶에 대한 너그러움, 나아가 지나온 시간에 대한 통찰을 읽을 수 있다. 작가는 「최순덕 성령충만기」에서 인간에게 있어서 구원은 무엇인가라는 문제를 제기했다면, 「저기 사람이 나무처럼 걸어간다」에 이르면 어디에도 획일화되고 단선화된 구원은 없으며 모호하고 돌발적이고 가변적인 삶의 언저리에서 나무처럼 살아가는 것이 인간이 할 수 있는 진실의 최대치가 아니겠는가를 시사하고 있다.

때때로 그가 꿈속에서 들었듯이, 우리는 이명처럼 "이 사람아, 이제

비로소 눈을 뜬 거라네. 이제 무언가에 기대지 말고 자네가 직접 봐야지"(151면)라는 자의식에 휘둘리지만 종국에는 그것 역시 시공간을 거스를 수 있는 주도성이 아니라 단지 나무처럼 수용하고 감당할 수밖에 없다는 것을 말이다. 모호하고 가변적이고 돌발적인 불확정성의 시대에 우리는 보이지 않는 진실을 찾아 헤매지만, 나무의 정주성(定住性)에서 볼 수 있듯이 그것은 자기에게 주어진 고정된 시공간을 소요하는 데 그친다. 이러한 사실은 진실의 부재 혹은 무의미성을 말하는 것이 아니라 불확정시대 진실은 어떻게 존재할 수 있는지를 독자들에게 환기한다.

6. '보이지 않는 시간'을 찾아서

여기 또 하나의 싸움이 있다. 「탄원의 문장」에서 작가는 두 가지 시간과의 싸움을 보여준다. 얼핏 작품의 서두와 제목으로 보아서는, 현실적 법률과 인간적 진실 간의 대립으로 읽히기도 한다. 그러나 이 정도 선에서 작가는 문제를 단순화시키는 데 그치지 않고, 인간적 진실이라는 내면성의 문제를 두 가지로 구분한다. 그것은 우리가 볼 수 있거나 보고 싶어하는 시간과 우리가 보려 하지 않지만 존재하고 있는 시간, 두 시간 간의 대립이다. 이 작품의 남다름은 법률을 능가하는 문장의 힘, 혹은 법률의 고식적 문장과 구분되는 문학의 진정성 문제로 작품의 주제를 단순화시키지 않은 데 있다. 그래서인지 앞의 작품들도 그러하고 이번 작품집의 작품들은 거의가 단편으로서는 다소 길다.

　나는 대학에서 문예창작을 가르치는 교수이다. 나는 뜻하지 않게 법원에 탄원서를 제출해야 하는 처지에 놓인다. 내가 가르치는 학과의 2학년 여학생이 자취방에서 숨진 채 발견되었다. 그 전날 3학년 선배들이 후배들의 기강을 바로잡겠다는 취지로 몸을 가눌 수 없을 정도로 술을 먹였던 것이다. 과도한 음주가 사망의 직접적 원인이라는 것이다. 2학년 후배의 죽음으로 3학년 녀석 P는 K와 L과 더불어 긴급체포되었다. 다른 녀석들과 달리 그 여학생에게 술을 권한 P는 금고 1년의 실형을 받고 항소했으며, 그는 자신의 변호사를 통해 지도교수인 나에게 탄원서를 부탁했다.

　나는 이 사건을 접하면서 시종일관, 오랫동안 나와 생활을 함께 해온 3학년 녀석의 입장에서 문제를 바라보고 탄원서를 작성하려 했다. 나는 장례식장에서도 죽은 여학생보다 구치소에 수감된 P를 더 많이 생각했다. 나는 내가 보고 싶고, 보려 하는 시간만이 진실이라 믿었다. 그 즈음 P는 사귀던 여자 친구와 헤어져서 실연의 상처를 달래느라 치기와 분노 그리고 우울에 빠져 있었고, 나는 그것이야말로 내가 P를 위해 규명해야 하는 입증 불가능한 세계로 알고 P에 대한 연민에 빠져 있었다.

　나는 "마치 문장으로 법과 싸우는" 듯한 치기를 가지고, P를 위한 탄원서를 준비했다. 학과 학생들에게도 부탁했고, 심지어 P와 헤어진 여자 친구 최에게까지 찾아가 탄원서를 부탁했다. 최는 3개월 후 같은 커피숍에서 일하는 후배를 통해 나에게 탄원서를 건네주었다. 오히려 내가 보지 못하고 다른 사람이 쉽게 읽어내지 못하는 곳에 진실이 묻혀 있을 수 있다. 나는 P의 과거 여자 친구가 쓴 탄원서를 통해 진실을 발견해 낸다. 적어도 최의 탄원서는 '발명'이 아니라 '발견'의 영역에 속했다.

> 우리가 알고 있는 입증 불가능한 것들은, 어쩌면 입증 가능한 사실들로부터 나오는 것들인지도 모른다. 말하자면 <u>그것은 '발견'의 영역이지, '발명'의 영역은 아닌 것이다. 사실들과 사실들 틈 사이에서 불가능한 것들은 시작되고 피어난다는 것, 그래서 숙명적으로 사실들의 세계에 가려질 수밖에 없다는 것,</u> 거기에서부터 최의 탄원서는 시작되었다. (205면, 밑줄은 필자)

최가 보여준 탄원서는 없었던 것을 만들어 내는 것이 아니라, 이미 있는 사실 속에서 발견해 낸 것이다. 빽빽이 들어선 '사실들' 틈에서, 존재를 증명 받지 못한 또 다른 사실이 존재한다. 그것을 찾아내기 위해 최는 이미 부재해 있는 죽은 여학생의 시간대까지 거슬러 올라가야 했다. 최는 아르바이트를 며칠 쉬고 '해남군 송지면' 죽은 여학생의 고향집으로 찾아갔다. 죽은 여학생이 만취해서 말한 "이 선배가 왜 이렇게 술만 따라 주실까?"에서 지시어 "이"에는 선배 P에 대한 개인적 감정이 들어 있었던 것일까. 최는 그것을 확인하기 위해 죽은 여학생의 고향집에 간 것이다.

최는 고향집에서 죽은 여학생의 부모들이 나누는 대화를 들으며 울음을 터뜨렸고, 문밖에서 머물다가 돌아왔다. 그것으로 그녀의 탄원서의 내용은 종결된다. 지시어 "이"는 죽은 여학생들의 부모도 사용하고 있고, 아내도 나를 호명하면서 사용한다. 지금까지 내가 쓰려던 탄원서는 아무것도 발견해 내지 못하고 제도의 비위를 맞추는 데 그쳤으나, 최의 탄원서는 '나'를 바꾸어 놓았다. 그것으로도 충분히 탄원서로서 호소력을 발휘한 것이다. 이미 죽은 2학년은 자신의 진실을 입증할 수 없다. 입증할 수 없으나, 존재해 있었던 진실의 시간을 탐색해 나가는 일, 그것이 문학이 하는 일이다. "눈에 띄진 않지만 분명 존재하는, '사실' 이외의 세계들"(192면)을 포착하는 일은 쉽지 않다. 그에 앞서 항상 나는 내가 볼 수 있는 시간과 대상, 나와 심정적으로 더 많은 시간을 공유한 대상에 경도되어 있기 때문이다. 그런 까닭에 시간과의 싸움은 작가의 집요한 의지와 고통이 수반되는 일종의 투쟁이 되기도 한다.

7. 시간과의 투쟁

작가에게 소설쓰기는 시간과의 싸움이 아니라 시간과의 투쟁이다. 단순히 말과 힘으로 시간을 이기는 일이 아니라, 시간을 극복하기 위해 힘써야 한다는 것이다. 일상에서 우리의 내면에는 여러 겹의 시간과 여러 목소리들이 공존하고 있다. 그 결과 어느 것이 자신의 본래 모습인지 알 수 없는 다중의 목소리가 일상에서 노출되어 있다. 이기호의 소설에는 분열된 목소리가 분열된 현실을 증거하고, 분열된 시간을 노정하고 있다. 이 사회의 규범을 추종하는 사람들의 내면에는 이러한 목소리 한두 개쯤이 자리 잡고 있다. 「나쁜소설」(『갈팡질팡하다가 내 이럴줄 알았지』)에서 공무원시험을 준비하는 내가 영어문장을 독해하는 동안 소설가의 목소리가 중간 중간 끼어든다. "당신은 눈을 한 번 질끈 감았다 뜬 후, 다시 영어 문장을 해석해나가기 시작합니다. 자본주의는 타인의 욕구를 …… 자본주의는 타인의 욕구를 …… 어두운 터널로 걸어가게 합니다 …… 이런, 젠장!"[19]

우리는 사회의 규격화된 삶 속에 편입되기 위해 자기 고유의 시간을 버려야한 했다. 세 번째 창작집에 수록된 「김박사는 누구인가?」(『김박사는 누구인가?』)에 이르면, 내 안의 목소리는 욕설과 분노의 형태로 나를 압박하기 시작한다. 교직자 집안에서 자라나 사범대를 졸업하고 임용을 준비하는 모범적 예비교사는 자기 안에 이질적인 또 다른 목소리의 출현으로 당혹스러워한다. 그것은 이제 나긋나긋한 소설가의 목소리가 아니라 주변의 불특정 다수를 향한 욕설과 분노로 나타난다. 그 목소리는 엘리베이터 안에서는 "11층 문이 열리면 너는 등 뒤에 서 있는 남자에게 '씨발놈, 지랄하고 자빠졌네' 하고 욕할 것이다"(103면)라고 말하는가 하면, 학원강의 도중에는 "네 차례가 되면 너는 '이 개새끼야, 그걸 왜 나한테 묻는데' 하고 대답할 것이다"고 말한다. 나는 김박사에게 의뢰하여 문제의 근원을 해결하려 하지만, 자신의 정체성을 형성해 온 과거(아버지와 어머니)가 들추어지고 부부가 별거하는 등 종국에는 가족과 삶의 토대가 붕괴되기도 한다.

불확실성과 모호성, 돌발성과 가변성의 시대에 우리는 끊임없이 삶이 안착하기를 꿈꾼다. 이미 우리 삶에 뿌리깊이 잠식해 있는 균열의

---

19 이기호, 「나쁜소설」, 『갈팡질팡하다가 내 이럴줄 알았지』, 문학동네, 2006, 21면.

토대 위에 변함없는 안녕과 평화의 삶을 마련하는 일은 쉽지 않다. 그 결과 우리의 내면은 다층의 소외되고, 하나의 목소리가 아니라 다중의 목소리, 하나의 시간대가 아니라 다중적 시간 속에 방황한다. 이러한 현실에서 소설쓰기란, 시간과 투쟁하는 일이다. 작가는 눈에 보이는 시간의 빽빽한 틈바구니에서 보이지 않지만 존재하는 시간을 걸러내고 그것의 진실성을 탐색하는 일을 해야 한다. 거대담론과 혁명적 사건이 사라진 시대일수록, 작가들의 시간싸움은 더욱 고통스럽다. 왜냐하면 작가는 일상의 밑바닥에 가라앉아 그 존재를 찾을 수 없지만, 그럼에도 분명히 존재하고 있는 미세하면서도 그 실체를 확인할 수 없는 진실의 존재를 길어 올려야 하는 작업을 해야 하기 때문이다.

소설, 균열의 틈에서 소통에 대한 모색

1. 이 땅에 봄을 일구려는 사람들

찬바람이 일기 시작하면 신춘응모의 시점을 자각하면서, 우리는 지나간 혹은 앞으로 도래할 신인의 그 마음으로 돌아간다. 이 글에서 우리는 첫발을 내딛던 문청의 기억을 떠올리며, 새로운 도약의 시간을 마련했으면 한다. 문학의 사명감이기도 하거니와, 일간지가 주관하는 신춘문예는 우리가 살고 있는 지금 이 세계에서 무슨 일이 벌어지고 있는가를 주목한다. 그것은 우리가 기억해야 할 이 시대의 보편적 현상이나 그것이 지닌 의미를 간파해 내는 일이다. 2011년 일련의 신춘 등단작을 일고해 보면, 시공간을 초월한 '소통'의 문제가 부각되어 있다. 소통의 균열 속에 갈등이 배태되며, 플롯의 얼개가 짜여 있다. 존재론적 측면에서 자기와의 소통에서부터 부부간의 소통, 연인 간의 소통, 인물과 급변하는 현실 간의 소통 등으로 소통의 균열은 다양한 스펙트럼을 보여준다.

무릇, 원활하지 못한 소통의 문제는 서사 장르의 출현을 낳을 만큼 소설 출현의 근원적 속성이기도 하지만, 소통의 가장 큰 장애가 자본이라는 점은 근대이래 오랜 역사를 지닌 문제점이다. 실직한 남편이 아내에게, 가난한 남자가 애인에게, 한 인간이 또 다른 인간(대상)에게 소통할 수 없는 원인이 자본에 있다. 1910년대 『매일신보』에 연재된 「장한몽」의 '김중배의 다이아 반지가 그렇게도 좋더냐'의 문제는 오늘날에 이르러 훨씬 치명적이다. 사랑하는 여자는 "돈만 있으면 이혼 경력이 있는 남자도 괜찮아, 적어도 돈 때문에 구질구질 하게 살지는 않을 테니까"(김경락, 「피쉬테라피」, 『전남일보』)라고 말하는가 하면, 실직한 남편을 약물과다복용으로 전신마비시켜 "보험금을 타내는 도구"로(정영서, 「달」, 『영남일보』) 쓰려는 아내에 이르기까지, 자본의 위력은 인간과 인간의 존재 방식은 물론 인간의 윤리를 잠식해 왔다.

자본은 숭고한 애정을 기반으로 두어야 할 남녀의 결합에 필요충분 조건으로 고착된 지 오래이다. 이미 자본은 소통의 단절은 물론 인간적 삶, 윤리적 삶마저 붕괴시키고 있다. 그런 까닭에 일련의 작품에는 자본에 굴복당하지 않기 위해, 인간과 생명의 가치를 회복하려는 시도 또한 다양한 형태로 변주되어 나타났다. 기린 그림을 완성하기 위해 살아있는 나비를 죽인 자기 자신을 성찰하는가 하면(서현경, 「나비」, 『문화일보』), 다찌(일본인을 상대로 매춘하는 한국 여자)의 삶에서 어머니로서 생명의 가치에 눈뜨며(오미향, 「은자의 나라」, 『한라일보』), 자본주의 병폐가 만연한 서울 한복판에서 가난과 더불어 꿋꿋하게 살아가는 여대생의 삶을 부각하기도 한다(설은영, 「접시, 달을 굽다」, 『조선일보』). 신인 문청들은 소통의 부재를 추적하는가 하면, 그 부재의 원인을 극복하기 위한 지난한 도정을 탐색하고 있다.

특히 몇몇 신인작가들은 자본이 초래한 소통의 균열이 인간과 인간 간에만 국한되지 않고, 이미 문화적 영역마저 잠식해 가고 있음을 주목한다. 수상안전요원들에게 자리를 내주어야 하는 잠수부들의 운명(천재강, 「켄타우로스의 시대」, 『세계일보』), 거대 자본에 잠식되어 전통을 상실해 가는 지역문화(배길남, 「사라지는 것들」, 『부산일보』), 발빠른 자본의 침투는 이미 심각한 지경에 이르러 고유의 전통을 사장시키기에 이른다. 잃어버린 혹은 사라져 가는 것을 복원하려는 그들의 의지는 신인다운 패기이기도 하지만 문학의 사명감이 아닐 수 없다. 배국남의 소설에서 그들의 육성을 옮겨오면 다음과 같다. "요즘 내가 하는 일이 잊혀진 걸 다시 복원하는 거잖아? 잊혀져가는 것과 중앙과 동떨어져 도외시됐던 지역의 문화를 되살린다는 건, 보람 있는 일이라 여겨졌어. 사실 그 전엔 뭘 해도 했던 걸 다시 하는 느낌이 들 정도로 무력했는데, 어쩐지 힘이 나며 뭔가 사명감마저 들더란 말이지 그런데 요 며칠간은 내가 하고 있는 일과 생각들이 굉장히 하찮고 미약하게 느껴졌어. 거대 자본의 흐름, 경제 논리, 치열한 경쟁 — 이런 말들이 불도저처럼 밀려와 나까지 깔아뭉개는 것 같았어."[1]

....

1 배길남, 「사라지는 것들」, 『2011 신춘문예당선소설집』, 한국소설가협회, 2011, 222면.

거대 자본의 흐름, 경제 논리, 치열한 경쟁을 마주하고 신인 문청은 자신과 싸운다. 아니 비단 신인만의 몫이 아니다. 문학에 발을 담근 우리 모두의 몫이다. 거대 자본에 편승하여 윤택한 삶을 사는 것을 마다하고, 우리는 글을 쓴다. 현실에서 소통을 가로막는 거대 자본과 맨 손으로 싸운다. 선배들이 펜을 잡던 손으로, 키보드를 두드린다. 현실에 편재한 다양한 소통의 균열을 포착해 내야하며, 소통의 균열 속에 신음하는 이 땅의 삶을 인물들을 통해 창조해 내야 한다. 소설가들이 창조한 인물은 활자와 독자들을 통해 현실에 재생하면서, 이 땅에 도래해야 할 소통의 유의미한 존재 방식을 환기한다.

2. 소통의 신(新)국면, 언어를 초월한 소통

소통 너머의 소통을 모색하는 두 작품이 눈에 띈다. 백수린의 「거짓말 연습」(『경향신문』)과 정영효의 「달의 꽃」(『광주일보』)은 오늘 이 땅에서 요구되는 소통의 윤리가 무엇인지 시사해 준다. 먼저 백수린의 「거짓말 연습」(『경향신문』)을 보자. 작중 나는 남편과 별거 중에 프랑스에 왔다. 프랑스에서 어학연수를 받으면서 대학의 입학허가서를 기다린다. 프랑스어를 공부하지만, 제대로 구사하지 못하는 나는 거짓말에 능숙해진다. "떠날 사람들은 보여줄 수 있는 만큼, 아니 보여줘도 되는 만큼, 아니 보여주고 싶은 만큼만 드러낸 채로 제한된 삶을"을 살아도

"그것으로 충분하기 때문에", 사람들을 만날 때에도 "교재 속에서 찾아낸 판에 박힌 문장들로" 사람들과 대화를 이어나갔다.

유창성이 관건이 되는 회화는 본인의 신념 혹은 진실과는 무관하다. 마음이 전달되지 않는 유창성은 소음과 다를 바 없으며, 많은 소리들 속에서 진실은 더욱 멀어진다. "표현되지 않는 수많은 이야기의 부스러기들이 언제나 내 안을 둥둥, 떠다"니면서, 나는 현실 밖으로 나의 참모습을 드러내지 못한다. 어학원에서는 회화 실력을 증진시키기 위해 르블랑 할머니와의 주기적 만남을 주선했지만, 르블랑 부인은 가는귀를 먹었고 나는 어법에 맞지 않는 말들을 더듬더듬거린다. 르블랑 부인과의 대화는 매번 끊기었고, 함께 TV를 보고 오는 것이 고작이다.

그러던 어느 날 르블랑 부인과의 마지막 만남에서, 나와 부인은 진지하게 소통하는 치유의 시간을 맞이한다. 그렇다고 내가 프랑스어에 능숙하게 된 것은 아니다. 르블랑 부인은 프랑스어를, 나는 한국어를 했을 뿐이다. 르블랑 부인이 죽은 아들에 대한 슬픔을 프랑스어로 토로했고, 나는 사랑했던 남편의 외도와 이혼소식을 한국어로 말했다. 그렇다. 그것뿐이다. 소통은 언어의 이해에서 오는 것이 아니며, 지식의 문제도 아니다. 그것은 진실한 마음에서 우러나오는 교환의 문제이다. 지금까지 차마 발설하지 못했던 각자 자신의 상처를 토로하면서 그들은 언어를 초월한 소통, 긴밀한 유대와 공동체를 공유하게 된다.

신인 백수린의 강점은 현실에 산재한 소통의 어려움을 확인하는 것이 아니라, 이러한 어려움을 뛰어넘을 수 있는 진실한 언어가 어떻게 존재할 수 있는지 모색한 데 있다. 그것은 단순히 유창한 회화가 아니다. 그것은 "시간의 결마다 간직되어 있을 누군가의 이야기들. 그것들이 가진 무거운 울림"에 대한 천착이다. 이것이야말로 나와 네가 만들어 낼 수 있는 화음이며, 진정한 소통이다. 이것은 비단 사람과 사람 간의 소통만이 아니라 사람과 도시, 우리가 직면하고 있는 현실과 세부적 정황들과의 소통이기도 하다. 그것은 도달할 수 없는 진리에 근접하기 위한 우리들의 진실한 태도이다. 이러한 총체적 소통의 몸짓들이 이 사회에 공명할 때, 우리의 삶은 어제보다 나은 모습으로 변모될 수 있다. 마치 프랑스 어학원 기숙사생들의 마지막 축제처럼 말이다.

우리는 형용사나 부사, 은유나 상징이 제거된 가장 단순한 구조의 문장으로만 의사소통을 했다. 때로 우리는 의미가 불분명한 문장들을 만들었고 아주 자주, 정반대 의미의 어휘를 선택하는 실수를 범하기도 했지만 그런 것들은 대체로 문제가 되지 않았다. 신기한 체험이었다. 사실 우리 중누구도 상대가 하고자 하는 말을 백 퍼센트 이해한다고 생각하지 않았다. 우리의 말이 온전히 전달된다고 착각하지 않았다. 그럼에도 불구하고 우리의 대화는 이어졌다. 최소한의 단어들의 나열과 어조의 높낮이, 그리고 손짓과 눈짓만으로도 충분한 말들이 여기, 이 식사자리에 있었다.[2]

나라마다 시차가 있듯이, 언어의 차이가 있다. 이러한 차이를 초월한 소통의 언어들이 기숙사 학생들의 유대와 정서를 돈독하게 하고, 그들의 내면에 상처 대신 자유와 여유를 준다. 그 상황에서 "우리가 하는 말이 참인지 거짓인지는 더 이상 중요하지 않았다. 이곳에 진실한

---

2 백수린, 「거짓말연습」, 위의 책, 23면.

것이 하나라도 존재했다면 그것은 다만 우리가 끊임없이 서로에게 말을 건네고 있는 행위, 그것뿐이었을 것이다." 이러한 성찰을 통해, 나는 엄마가 했던 거짓말을 이해한다. 그것은 딸의 희망과 꿈을 간직하려 했던 엄마의 지속적 노력이라는 것을 말이다. "끊임없이 서로에게 말을 건네"려는 행위, 그것은 상대에 대한 지난한 수용 행위이다. 신인 백수린은 우리에게 잠재해 있는 소통의 가능성을 환기한다. 그것은 가족 구성원 그리고 국가와 인종을 초월하여 존재할 수 있는 내밀한 가치로서, 국가와 민족의 경계가 허물어지는 이즈음 소설이 환기할 수 있는 이 시대의 윤리라 할 수 있다.

3. 한국 사회가 직면한 소통의 균열

정영효의 「달의 꽃」(『광주일보』)은 최근 한국 사회의 결혼이주여성을 다루고 있다. 작가는 머나먼 타국에서 건너온 결혼이주여성의 수치와 고통을 남북문제와 병치시키고 있어 이채를 띤다. 작중 화자 "나는 풀과 나무를 옮겨 심는 일로 먹고사는 사람이다." 나는 원예치료센터를 내고, "살아있는 생명을 어루만지며 몸과 마음이 아픈 사람을 치료"한다. 나는 조선족 이명화를 아내로 맞음으로써, 풀과 나무만을 치료하는 것이 아니라 사람을 치료해야 할 입장에 처한다. 내가 아내를 처음 만난 곳은 몽골이다.

나는 일상을 떠나 몽골의 승마체험 캠프에 갔다. 중국 국적의 조선족 이명화는 사라체첵(몽골어로 달의 꽃)이라는 이름으로 승마체험장의 가이드 일을 하고 있었다. 나는 여행에서 돌아온 지 얼마 되지 않아, 다시 몽골로 돌아가 명화를 아내로 맞아 데려왔다. 먼 곳에 옮겨 심어졌어도 뿌리를 내리고 무성하게 성장하는 나무들처럼, 명화도 나와 함께 한국생활에 잘 적응하리라 여겼다. 그러나 한국에서 명화는 비 알레르기를 보이는 등 습기와 물에 적응이 쉽지 않았으며, 돌연히 집을 나가 돌아오지 않는다.

나는 이주여성단체 사무장의 도움을 받아, 명화를 찾을 수 있는 실마리를 얻는다. 명화의 비 알레르기 원인은 단순히 새로운 환경에서 배태된 문제가 아니었다. 나는 명화가 살았던 연변으로 가서 다음과 같은 사실을 알게 된다. 그녀는 본시 북한에 살았으나 도강했다. 미처 도강하지 못한 아우를 북한에 두고, 그녀는 혈혈단신 연변으로 왔다. 연변에 팔려간 그녀는 죽은 연변 여자 '이명화' 행세를 하며 살았다. 연변에서 습기와 물에 적응하지 못하자, 그녀를 산 남자는 그녀를 몽골로 보냈다. 결국 나의 아내 이명화는 중국 조선족이 아니라 북한에 있는 동포였으며, 그녀는 압록강 너머에 두고 온 동생과 친지들의 불우한 삶 때문에 한국에서도 편히 안착하지 못했던 것이다.

이쯤 되면 문제는 이미 원예치료사인 나, 송민준의 손을 벗어나 있다. 그것은 특정한 개인의 문제가 아니라, 분단과 냉전을 거듭하고 있는 민족의 문제이기 때문이다. 작가는 이명화의 존재에 좀 더 자율성을 부여하여 그녀의 향방이 야기시킬 수 있는 이 땅의 정치적 문제까지 소환해 냈더라면, 작품의 울림과 공명이 더 컸을 것이라는 아쉬움이 남는다. 작가는 수상소감에서 이명화에 대해 다음과 같이 말한다. "주인공 명화를 포기하지 말자. 어차피 소설쓰기가 인간에 대한 이해의 과정이라면 나는 끝까지 명화를 책임져야 할 의무가 있었던 것이다. 뿌리 뽑힌 채 어디에도 안착하지 못하는 이 세상 수많은 명화를 위해서 그래야만 했다. 인생의 한 단면을 그릴 뿐이지만 소설은 분명 우리에게 많은 것을 생각하게 한다는 믿음이 있었기에."[3]

작가의 이명화에 대한 애정은 인간에 대한 이해에 바탕을 두고 있다. 그러나 좀 더 나아가 그 인간이 처해 있는 정치적 정황까지 고려했다면, 이명화의 뿌리내리기는 구체성을 발판으로 민족의 문제를 환기하며 역사적 소명까지 완수해 낼 수 있었을 것이다. 그렇다 하더라도, 한국 사회의 환부와 상처를 발견해 내고 그것의 치유를 모색하는 작가의 노력은 남다르게 평가될 만하다. 오늘날 한국에 존재하는 결혼이주민 여성의 삶도 주목해야 하지만, 우리는 어떻게 북한동포를 한 가족으로 포용할 수 있는가에 대한 문제도 고민해야 한다. 냉전의 대물림속에 지속적 북한의 도발로 말미암아 남북한 화해의 길은 더욱 험난해 보인다. 그럼에도 이 땅의 작가들은 민족의 화해와 통일을 지향하며, 형제로서 북한주민을 어떻게 포용하고 그들과 소통해 나가야 할 것인가를 부단히 탐색해야 한다.

4. 우리에게 소설은 무엇인가

2011년 신춘문예 당선작을 보면서, 이 땅에 봄을 일구기 위한 청년 문인들의 땀과 그 결실을 확인할 수 있었다. 당선후기에서 그들은 소설 쓸 때가 가장 심장이 뛰는 순간이라고 말한다. 그들이 살아 있고, 의미있는 무엇인가를 하고 있다고 자각되는 자기 확인의 시간이라고 말이다. 그런 한편, 다음과 같이 어려움을 호소하기도 한다. "이 비정하고도 성스러운 세계에서 나는 기대와 좌절을 반복해야 했다. 새 인물에 덧대어 사는 동안 마음은 뜨거웠지만 현실에서의 결과는 초라했다. 이곳은 의지가 박약한 사람들이 견디기엔 힘든 세계였다. 해가 갈수록 점점 이 세계에 정착할 것이란 확신이 약해졌다." "언제까지 불법체류자로 이 세계를 떠돌아야 할까. 어쩌면 영영 정착허가서를 받지 못할 거란 생각에 마음이 한없이 무거워졌다."[4]

신인 작가들은 세상에 대한 열정을 오로지 소설쓰기에 쏟아 부으면서 기쁨과 동시에 절망까지 수용해 왔다. 이제 그들은 우리에게 다음과 같은 포부를 전달한다. "나의 글이 치유까지는 아니더라도 잠깐의 위로라도 될 수 있기를" "글이 이렇게 뜨거운 가슴을 가지게 해줬으니 이 뜨거운 가슴으로 사람을 사랑하면서 살 것이다."[5] 그들은 독자들의 치유를 모색하겠지만 안 되면 위로라도 줄 수 있는 글을 쓸 것을 다짐한다. 패기 어린 신인은 직접 독자를 위무하기도 한다. "지금 생의 면

----
4 정영서, 「당선소감」, 위의 책, 165면.
5 정영효, 앞의 글, 99면.

도날 위에 서 있는 사람들이여! 부디 마지막 힘을 내기 바란다. 봄이 멀지 않았다. 나는 그대의 용기와 불굴의 노력을 위해 당선의 기쁨 따위 흔쾌히 맞바꿀 용의가 있다. 지금 막 나는 서머싯 몸의 '인간의 굴레'에서 '인생은 별 뜻이 없고 그러니 두려워 할 것도 없다'는 필립의 독백을 읽고 있다."[6]

　아울러 그들은 자신의 시선이 현실의 '독자'를 향해 있으므로, 훔쳐보기에 대한 양해를 구한다. "더불어 이승에 있는 모든 타인들에게 미리 양해를 구합니다. 당신들의 거죽을 빌려 입고 당신들 행세를 하며 살아갈 내 거짓된 삶을 용서해 주세요. 잠이 들지 않는 밤마다 더 단단하고 날카로운 덧니를 드러내며 당신들의 방 창문을 두드릴 나를 기억해 주세요."[7] 풋풋한 신인 작가가 우리 삶을 훔쳐보겠다는 양해의 고백을 들으면서, 우리는 그들이 구석구석 균열과 상처로 얼룩진 우리 삶을 더욱 치열하게 보아줄 것을 당부하고 싶다.

　신인 작가들은 현실에 존재하는 균열의 간격을 메우는 것이 작가의 소명임을 잘 알고 있다. 신인 문청으로부터, 이제 스스로에게 시선을 돌리자. 지금까지 신인 문청에게 있어서 소설이란 무엇인가를 살펴보았다면, 이제는 그들보다 앞서 문학에 발을 담근 우리에게 있어서 소설이 무엇인지 성찰해 보아야 한다. '우리에게 소설은 무엇인가.' 이러한 물음을, 오늘날 소설이 처해 있는 상황을 고려하여 다음과 같이 바꾸어도 무방하다. 대중문화의 대량공습 속에서 소설은 어떻게 생존해야 하는가. 결론부터 말하자면, 대중문학의 가벼움을 흉내 내기보다

6　이중근, 「당선소감」, 위의 책, 143면.
7　차현지, 「당선소감」, 위의 책, 189면.

본격문학의 진지성에 깊이를 더 해야 한다. 대중문화가 부담 없이 향유할 수 있는 이점이 있지만, 그에 대한 기억은 이성을 자극시키는 데까지 나아가지 못한 채 한때의 여가와 유희에 그친다. 이에 비해 본격문학은 부담스러운 활자의 진열을 정신 다잡으며 인상 쓰고 읽어내려 가지만, 그에 대한 기억은 이성에 각인되어 끊임없이 인간의 존재 방식을 질문한다.

결국, 균열된 현실과 끊임없이 소통하려는 우리들의 의지와 태도의 문제이다. 신춘문예 심사위원은 다음과 같이 말한다. "내게 소설은 무엇인가, 다른 이들에게 내 소설은 또 무엇인가, 미련하게 고민하고 고민하기를 바란다. 결국 문제는 울림이 있는가의 여부에 달려 있다." 그런 까닭에 눈에 잘 들어오는 변칙보다는 의미의 획득에, "문장 하나, 글자 하나의 선택에도 신중을 기하는, 촌스러운 글쓰기 연습"을 권고한다. "재능이란, 쓰고 쓰고 다시 쓰며 계속 쓰는 그 작업을 일컫는 말이라는 사실을 기억하기를."[8]

---

8 윤후명 · 서하진, 「심사평」, 위의 책, 97면.

음식, 육체의 기억과 맛있는 소설

우리는 내적으로 개인적인 욕구를 충족하기 위해서 그리고 남들에게 특정한 인상을 주기 위해서 특정 음식이나 먹는 방식을 선택한다. 즉 우리의 식사 행위는 개인적이고 심지어 남들이 보는 것을 원치 않을 만큼 은밀한 것일 수 있지만, 반대로 마치 우리가 입는 옷처럼 의도적으로 꾸며 낸 공적 이미지의 일부일 수도 있다.[1]

---

1 리언 래퍼포트, 김용환 역, 『음식의 심리학』, 인북스, 2006, 40면.

1. 미각(味覺), 몸의 기억

  음식은 우리에게 향수를 자극하는 요소 중의 하나이다. 인간이 근원적이고 원초적인 세계에 대한 그리움을 지닌다면, 그 그리움의 일면은 음식을 통해 기억되고 나타난다. 어린 시절 익숙하게 먹고 자란 음식은 우리의 살과 뼈를 이루었고, 우리 내면의 정서적 구심점을 형성했다. 우리는 특정한 어떤 맛을 잊지 못해, 그에 대한 기억을 육체적으로 간직한다. 어린 시절 어머니가 즐겨 해주시던 음식, 의미 있는 대상과 특별히 공유했던 음식에 대한 기억은 단순히 미각에 그치지 않는다. 그 속에는 음식의 맛뿐 아니라 그 보다 더 각별했던 당시 상황에 대한 의미와 감정이 부가되어 있다. 미각(味覺)은 정신이 아닌 육체의 향수가 깃들어 있는 몸의 기억이다.

  미학의 영역에서 시각과 청각이 지적이고 고급한 감각으로 간주된 데 비해, 미각(味覺)은 등한시되었는데 이는 감각들의 대상인 원료와 관련 있었다. 향기나 느낌, 맛에 대해 미학적 토론을 하는 것은 무의미하고 피상적이며, 너무 육체적이고 욕구 지향적이라는 것이다. 그러나 맛의 감각은 인간의 원초적 판단 능력이다. 감각을 '몸에서 가까운' 감각과 '몸에서 먼' 감각으로 나눌 때, 전자인 시각과 청각은 공간적 거리를 동반함으로써 인간의 신체적 욕구와 직접적 연관이 없다. 반면, 후자인 미각과 촉각은 몸과 가까운 감각들로서 대상을 감각하기 위해서는 반드시 피부가 맞닿아야 한다. 그런 의미에서 미각은 인간의 좀 더 '구체적'이고 '가까운' 감각으로서, '깊은' 인상을 남긴다.[2]

소설에 묘사된 음식은 각 음식이 자아내는 독특한 이미지를 통해 사건과 배경의 현장감과 입체감을 더한다. 각종 음식이 자아내는 미각은 단순히 오감 중의 하나로 그치지 않고, 이성보다 앞서 인물의 몸을 지배하고 그들에게 잠재해 있는 기억을 일깨운다. 그들은 특정한 어떤 맛을 기억하며 예상치 못했던 사건에 휩싸이는가 하면, 생소하지만 강렬한 어떤 맛으로 인해 예기치 못했던 만남과 새로운 인생 여정에 접어들기도 한다. 작중 인물 혹은 작중 화자가 발견하는 미각(味覺)은 작가의 묘사능력에 그치지 않으며, 그것은 시간과 공간을 초월하여 인물과 사건을 견인하는 보이지 않는 힘과 주제의식을 실현한다.

미각(味覺)이 지닌 의의와 효과를 염두에 두고 소설을 살펴보면, 미각 묘사에 공들인 작가들의 고심과 그 의의를 읽어낼 수 있다. 이 글에서는 김동민의 「은빛 목걸이」(『계간문예』, 2011 겨울)와 최인석의 장편소설 『연애, 하는 날』(문예중앙, 2011)을 통해 원형 상징으로서 미각(味覺)의 환기력에 대해 주목하려 한다. 두 작품에는 원형적이고 토속적인 음식이 자주 등장한다. 김동민의 소설에는 바다에서 건져 올린 싱싱한 도다리, 광어, 복어, 새우가 팔팔하게 살아 있다면, 최인석의 소설에는 시원하게 맛을 낸 생태찌개, 뭇국, 참기름으로 간을 낸 겉절이 등이 밥상에 올라와 있다. 일련의 음식은 단순 묘사에 그치지 않는다. 팔팔한 새우 한 입이 환기하는 바다 내음, 생활에 찌든 중년이 즐겨 찾는 생태 국물의 시원한 맛은 그들이 떠나온 세계에 대한 향수는 물론 그들이 직면한 고단한 현실을 환기하고 있다.

....
2 하이드룬 메르클레, 신혜원 역, 「서문 ― 인간이 꿈꾸는 최고의 식탁」, 『식탁 위의 쾌락』, 열대림, 2005, 24~29면 참조.

2. 미각(味覺)과 서정성의 완급 조절

우선, 김동민의 「은빛 목걸이」(『계간문예』, 2011 겨울)에서 싱싱한 활어회의 미감(味感)을 감상해 보자.

> 바다곰은 종이를 펴고 그새 어디서 구해왔는지 생선 회칼로 멋스럽게 생선 껍질을 벗겨내고 회를 썰기 시작한다. 여남은이나 되는 사람들이 종이 회판을 중심으로 둘러앉아 싱싱한 새우 한 마리씩을 들고 초장에 묻혀 강하게 저항하는 그놈을 놓치지 않고 입으로 집어넣기 위해 안간힘을 쓰는가 하면, 바라만 보고 있는 그녀에게도 건네주면서 초집에 묻혀 먹어보면 기찬 맛이라고 권한다. 엉겁결에 입속으로 넣고 오물거려 보니 오동통한 살이 입속에서도 살아 움직이는 것 같더니 목구멍을 통과할 땐 예사 맛이 아니다.[3]

김동민의 「은빛 목걸이」는 아내의 시점에서 그녀의 회한이 소개된다. 그녀는 지금 파도가 넘실대는 은빛 바닷가 방파제에 나와 있다. 남편을 찾아 나섰지만, 그녀는 남편 대신 바다의 낚시꾼들과 장사치들을 만난다. 바다낚시 나와서 즉석 회를 만들어 먹는 사람들 틈에 끼여, 그녀 역시 싱싱한 회를 먹는다. 생선의 오동통한 맛과 바다 내음이 어우러져 환상적 맛을 만들어 낸다. 그녀는 그 바다 맛의 틈바구니에 끼여

---

3 김동민, 「은빛 목걸이」, 『계간문예』, 2011 겨울, 194면. 이하 이 작품의 인용은 인용문 말미에 페이지 수만 밝히도록 한다.

자신의 현실을 떠올린다.

그녀는 회사에서 정리해고의 대상이 되었다. 부부 모두가 같은 회사에 다니는 것을 두고, 족벌회사냐는 핀잔까지 받는다. 그들 부부는 아이를 만들고 키우는 시간까지 아끼며 회사에 충실했음에도, 그들에게 돌아오는 것은 소외와 패배감이다. 그들에게 직장은 먹고 살기 위한 방편 중의 하나였으나, 오늘에 이르러 그 직장이 그들 삶을 위협했다. 가난한 어촌마을에서 어린 시절부터 "공부 잘 하고 착하게 살아야 한다"라는 어른들의 말을 새겨, 착하게 공부 잘 해서 대기업에 취직했건만, 먹고 살아가는 문제는 거기에서 그치지 않았다. 오히려 착하게 공부만 열심히 했기에, 그녀는 협착한 현실과 인간의 비루한 근성을 배울 수 없었던 것이다.

그녀는 불평등한 현실을 알아나가고 그에 맞서는 힘을 기르는 대신, 바다에 와서 위안을 얻는다. 바다에서, 바다와 얽힌 추억에서, 바다와 함께 했던 돌아가신 엄마와의 추억을 되새기면서 회한을 달랜다. 그것은 환상에 치우친 나머지, 동화적이기까지 하다. 그녀는 바다 내음 속에서 돌아가신 엄마의 목소리를 만들어 낸다. 그녀가 소환해 낸 세상은 안온하고 평화로 충만해 있다. 그것은 상처받은 모든 것을 포용할 수 있는 동심의 세계이다.

"자식도 부모가 있는 한 영원한 부모사랑의 빛이 은빛으로 전달되는 것이지. 은가락지 낀 손에 뺨을 맞으라고 했듯이, 은빛은 어떤 부의 상징으로 보는 이들도 있지만, 세상에서 영원히 지울 수 없는 사랑의 빛이라고들 한단다."

"난 돈도 벌고 멋진 사람도 만날 거예요. 두고 보시라고요."

"자, 지금부터는 이따위 쓸데없는 소린 집어치우고 저기 붙어 있는 굴이나 한 번 돌로 깨서 끄집어내 와 봐라. 바다에 오면 그 기찬 맛은 뺄 수 없는 추억거리이지."

"엄마, 저기 밀려오는 것이 파래가 아닌가요?"

"아니, 그 옆엔 미역도 있는 것 같은데 아닌가?"

"네, 미역하고 파래도 있어요. 파도가 밀고 왔나 봐요."

"얼른 뜯어 와라, 오늘 저녁 밥상을 바다상으로 한번 걸게 차려 보자."(202면)

　그녀는 남편을 찾은 것도 아니고 당면한 회사 문제를 해결한 것도 아니지만, 일시적 환영 속에서 안정과 평화를 만끽한다. 그것은 바다의 맛에서 시작되어 바다의 맛 속에서 용해된다. 그것은 이성의 세계 이전에 존재하는 육체의 기억이다. 부모와 같은 사랑을 보이는 은빛 바다에서 그녀는 미역과 파도, 굴로 저녁 밥상을 차리고 싶어 한다. 그것은 어린 시절 그녀의 육체가 기억하고 있는 바다가 맛 보여준 안온한 미각(味覺)의 세계이다. 그 싱그러운 바다 내음은 환상적이고 몽환적이면서 동시에, 절대적 힘을 발휘한다. 바다의 미각은 그녀의 상처난 마음을 어루만지며, 종국에는 현실의 첨예한 문제와 상처를 망각하게 한다.

　김동민의 「은빛 목걸이」에서 바다의 미각은 향토적이고 서정적인 요소로 충일하다. 작중 화자의 '바다'에 대한 친화력이 강렬한 나머지, 화자가 안고 있는 현실적 문제는 희석되고 말았다. 그 결과 부부가 한 직장에 근무하면서 겪는 현실의 부당함은 작품 말미에 이르면 희석되

고 만다. 물론 바다와 인물 간의 친화력으로 말미암아 바다가 인물의
내면을 치유했을 수도 있지만, 사회와의 갈등에서 풀지 못한 문제는
개인의 상처 치유만으로 문제가 해결되는 것은 아니다. 작중 주인공이
바다의 미각을 통해 획득한 서정성은 궁극적으로 소통으로 이어져야
할 것이다. 바다의 은빛 물결이 지닌 치유능력은 바다에 대한 찬양에
그쳐서는 안 되고, 바다 저편의 생의 터전에서 그들이 올곧게 뿌리를
내리고 현실과 소통할 수 있는 에너지로 전환되어야 할 것이다. 그 문
제는 작품의 초반부에 선보인 그녀와 남편의 문제이면서 우리가 살고
있는 사회의 문제여야 할 것이다.

3. 미각(味覺), 육체의 기억과 향수

　최인석의 장편소설 『연애, 하는 날』(문예중앙, 2011)은 현대 도시인의
삶을 자극적으로 묘사하고 있다. 돈 많은 유부남이 순진한 유부녀에게
바람을 넣고, 유부녀는 가정을 버리고 몸도 망치지만 종국에는 가정으
로 귀환한다. 어찌 보면 매우 통속적인 이야기로 치부될 수 있으나, 이
소설의 두드러진 성과는 감각적 묘사에 있다. 작가는 현대 도시의 삶
에 대한 통렬한 감각을 독자들에게 제공한다. 그것은 육체적 환락에
대한 묘사가 아니라 음식과 관련된 미각(味覺)에 대한 묘사라는 점에서,
생활의 구체성을 확보한다. 작중 주인공인 유부녀와 유부남은 모두 가

정을 가진 남편이며 아내이기에, 생활 속에서 발원되는 음식의 근원적 미각을 체득하고 있다. 예컨대 장우와 수진의 만남은 다음과 같이 미각을 동반함으로써, 생활의 구체성을 보여준다.

"된장찌개 좋아해요?"

"그럼."

"두부랑 멸치랑?"

"호박도 좋고."

"음, 아침에 식탁 가까이 가는데 된장찌개 냄새가 나면 기분이 좋아지잖아."

"미나리 무침은 어때?"

"거긴 우리 엄마 말대로 참기름 한두방울, 살짝."

"하, 우리 어머니도 그러셨어. 안성댁이 가져온 참기름 한두 방울, 그게 제일이라고. 잘 만들어, 그런거?"

"난 호박이파리, 근대, 그런 것으로 만든 된장국 좋아해."[4]

수진과 장우의 만남에는 찌든 세월의 때를 타지 않는 초시간적이고 원형적인 음식이 자리 잡고 있다. 오히려 찌든 세월의 때로 말미암아, 일련의 음식은 근원적 진정성을 갖는다. 어린 시절, 수진과 장우는 한 동네에서 살았다. 수진의 엄마는 참기름 장수였고, 장우네 집에 참기름을 대어 주었다. 이때 수진의 엄마가 만들어 팔던 참기름과 만들어 먹인 호박나물, 된장국은 단순한 음식에 그치지 않고 생의 원형성과

---

4 최인석, 『연애, 하는 날』, 문예중앙, 2011, 135면, 따옴표와 줄 바꿈은 필자. 이하 이 작품의 인용은 인용문 말미에 페이지 수만 밝히도록 한다.

진정성을 내포한다. 어린 시절 그들이 먹었던 된장찌개, 호박이파리는 그들의 살과 뼈는 물론 추억을 만들어 준 근원적 음식이었고, 그들은 그 음식을 통해 서로 깊이 교감한다. 그 순간 그들이 된장국에 호박이 파리를 먹은 것이 아니지만, 그들은 이미 그 맛을 깊이 공감하며 서로의 삶 속으로 들어간다. 거기에는 그 맛이 내포하고 있는 순수하고 안온한 시절의 추억까지 내포되어 있다. 그것이 수진에게는 사랑이었고, 장우에게는 한낱 외로움을 달랠 한시적 사건에 지나지 않더라도, 그 교감은 특별한 것이다.

유부녀 수진은 처음으로 여자로서 자존감과 사랑을 명료하게 각인했다. 수진은 장우와 함께 5박 6일 출장으로 남태평양 섬에서 휴양을 즐겼다. 그것은 가난한 노동자의 아내가 감히 꿈꿀 수 없는 행복으로 충만한 세계였다. 그것은 아무런 노동 없이 휴양지에서 다른 사람에게 봉사 받을 수 있는 세계이며, 또한 멋진 남자와 온전히 사랑만을 나누는 황홀한 세계이다. 그것은 도회적이면서도 동시에 이국적이며, 나아가 일탈이라는 자극으로 충만한 세계였다. 밤낮없이 서로 사랑을 나눈 장우는 허기진 수진의 입에 상어알젓을 얹은 비스킷을 넣어준다.

그들의 몸이 통하는 것일까. 장우는 벌거숭이 몸으로 일어나 탁자로 가서 쟁반과 접시와 포크와 상어알젓과 손바닥만큼이나 큰 비스킷과 샴페인을 챙겼다. 수진은 혼자 쿡쿡 웃었다 (…중략…) 배고프다. 이거라도 좀 먹자. 수진이도? 그녀는 즐거이 고개를 끄덕거렸다. 그는 상어알젓을 비스킷에 듬뿍 얹어 수진의 입안에 넣어주었다. 짜고 강렬하고 달콤한 맛으로 수진의 입안이 저릿저릿해졌다. (136면)

수진이 장우에게 잃어버린 과거의 맛을 일깨워 주었다면, 장우는 수진에게 한 번도 경험하지 못한 도회의 맛을 불어 넣어 주었다. 도회의 자극적 맛은 뒤늦게 시작하는 사랑만큼 강렬한 나머지, 수진은 그 속에서 헤어 나올 수 없다. 장우가 자신을 대용물로 삼고 있을 뿐, 언젠가는 떠나갈 것을 알면서도 말이다. 장우는 수진과 더불어 값비싸고 맛있는 음식을 사먹고 섹스를 즐겼다. 수진은 장우가 좋아하는 홍합파스타와 샴페인을 먹는다. "조용한 객실, 향기로운 음식 달콤한 샴페인, 부족한 것이란 없었다."(99면) 생소하지만 강렬한 이 맛은 수진의 삶을 바꾸어 놓는다. 정신분석학의 측면에서 볼 때, 다른 사람의 미각을 자극하거나 유도하는 행위는 성적 유혹에 비유될 만한 감각적 희열을 불러일으킨다.[5] 장우와의 연애가 어떤 결과를 초래할지 알 수 없는 것과 마찬가지로, 그녀는 이 자극적 맛이 어떠한 결과를 초래할지 예측할 수 없었다.

그들이 교감한 미각의 자극성을 알기 위해, 유장우와 김수진의 이력을 살펴볼 필요가 있다. 본래 장우는 회사원이었으나, 아버지가 돌아가시자 아버지의 회사를 팔아치우고 부동산을 샀고 부동산 붐으로 재산을 증식했다. 그는 전국에 부동산이 수십 채였고, 서울에도 빌딩이 세 개 있다. 그는 부동산을 관리하기 위해 삼호투자라는 회사를 만들었지만, 장부에는 거래 내역 모두를 기록하지 않는다. 그는 흔적을 남기지 않는 리베이트를 챙겨 더 많은 부를 축적했다. 그는 돈으로 마음껏 환락을 샀다. 룸살롱의 젊고 예쁜 여자들은 쾌감을 선사하지만, 그

---

5 리언 래퍼포트, 앞의 책, 47면.

것은 늘 허망하고 여운이 없었다. 수진의 육체와 그녀가 만들어 내는 음식은 순간적 쾌락에 식상해 있는 장우에게 편안한 쉼터가 되어 주었다. 장우에게 고향과 자연 그 자체는 불편한 것일지라도, 그 속에 잠재해 있는 친근하고 안온한 맛은 잊을 수 없었다.[6]

장우는 수진을 통해 잃어버린 과거의 익숙한 맛을 만끽했다. "수진이의 뭇국은 맛있었다. 시원하고 향기로웠다. 콩나물을 적당히 함께 넣어 끓인 뭇국을 마시자 속이 풀렸다."(229면) "한시 정각에 장우는 아파트에 들어섰다. 청국장 냄새가 고소했다. 밥을 먹고 커피를 마시는 동안 그들은 날씨와 어제의 술자리와 요즘 개봉하는 영화와 …… 그런 얘기들을 드문드문 주고받았다."(235면) 수진은 화사하지도 아름답지도 않지만, 알뜰한 생활이 가져오는 건강한 삶의 향기를 가지고 있다. 그 속에는 그가 잃어버린 가정의 맛이 깃들어 있었다. 그의 외아들 승주는 자살했고, 아내 서영과는 부부생활의 형식만이 남아 있었다.

본시 김수진은 삶의 터전을 일구는 성실한 가정주부였다. 그녀는 원형적 향토의 미각(味覺)과 그것이 자아내는 안온함을 간직하고 있었다. 그녀는 연애를 해 본 적 없었다. 스무 살에 구상곤을 만나, 스물한 살에 결혼했다. 남편 상곤은 대원기계 공장에서 가전제품을 수리하는 노동자이다. 결혼하고 살림을 살면서 아이가 태어나자 정신없이 빠듯한 생

----

6 최인석의 『연애, 하는 날』(문예중앙, 2011)은 음식과 섹스의 상관성이라는 점에서 잘 알려진 다음과 같은 공식을 잘 보여준다. "많은 문화에서 음식을 함께 먹을 수 있는 사람은 섹스를 할 수 있는 사람이다. 역시 그와 반대로 함께 섹스를 할 수 있는 사람은 같이 음식을 먹을 수 있는 사람이다." 먹고 성교하는 것은 친밀감을 수반하기 때문에, 이 두 행위는 자연스럽지 않은 상태에서 혹은 신뢰할 수 없는 사람들과 함께 실행된다면, 위험할 수도 혹은 위협적일 수도 있다. 그리하여 모든 문화는 음식과 섹스를 조절하고 적당한 침대와 식탁 상대를 규정하는 규칙과 금기사항이 있다. 캐롤 M. 코니한, 김정희 역, 『음식과 몸의 인류학』, 갈무리, 2005, 35면 참조.

활에 쫓겼다. 어느새 서른 중반에 들어선 그녀는 10대 소년소녀의 엄마가 되어 있었다. 그들은 다세대 연립주택에 전세살고 있다. 그들은 혼인신고만 하고 형편이 좋아지면 식을 올리려 했으나, 좀처럼 형편이 풀리지 않았다. 장인어른의 유언으로, 두 사람은 빠듯한 살림에도 불구하고 식을 올리게 되었다.

장우는 부의금을 들고 잔치 집에 방문했다. 동사무소 강당에는 동네 잔치가 벌어졌다. 그것은 고향잔치를 연상시켰다. 신랑과 신부 두 사람의 언약식이기보다, 마을 사람 모두의 잔치였다. 그것은 도시 이전의 삶의 방식이며, 장우가 도시에서 살아남기 위해 내던진 정서적 공동체의 생활 방식이었다. 장우는 때늦은 잔치가 식상할 줄 알았는데, 오히려 친근하고 편안할 뿐만 아니라 음식 또한 맛있어서 자리를 뜰 수 없었다.

낯선 사람이 장우에게 잔을 내밀고 소주를 따라 주었다. 식탁에는 김치와 떡, 눌린 고기와 새우젓, 전과 나물이 차려져 있었다. 곧 아주머니 한 사람이 그의 앞에 국과 밥을 놓아주었다. 함부로 만든 싸구려 음식처럼 보여 먹고 싶은 생각이 들지 않았다. 소주를 한 잔 마시고 안주 삼아 국을 한 모금 떠먹은 다음에야 그는 맛이 썩 훌륭하다는 것을 알았다. 국물 맛이 진하고 고소했다. 갑자기 시장기가 느껴져 그는 의자를 당겨 앉아 국에 밥을 말아 먹기 시작했다. (55~56면)

자리에 앉아 시장기를 달래며 잔치를 관망하자, 한복 입은 아이들의 다투고 금방 화해하는 생기 가득한 모습이 눈에 들어왔다. 정작 장우가 자리를 뜰 수 없었던 것은, 향토적이고 깊은 맛을 내는 음식 때문이 아니라 이 가족의 생기와 건강함 때문이었다. 허탈한 기분에 소주를 삼키고 잔치 주인공들을 쳐다보았을 때, 장우의 공허감은 더욱 커졌다.

그렇다. 나에게는 저런 것이 없다. 장우는 고개를 숙였다. 나에겐 저런 것은 영영 허용되지 않을 것이다. 가난한 부부, 저 싸구려 한복, 이 누추한 잔치, 그리고 저 눈부신 웃음…… 그것이 무엇을 의미하는지 장우는 짐작하기 어려웠다. 뭔가 분하고…… 알 수 없이 화가 났다.(57면)

장우와 수진의 만남은 음식과 더불어 시작되지만, 그 속에는 친숙한 음식의 미각에 앞서 장우에게 부재해 있는 건강한 삶에 대한 무의식적 갈망이 내재해 있었다. 그 미각의 근원에는 건강한 가족의 삶이 자리 잡고 있었다. 장우는 수진에게 삼호투자의 비서 일을 시키면서 연애를 시작한다. 장우는 호텔에서 밀회를 즐겼으나, 그도 불편하여 오피스텔을 빌리고 수진에게 차도 사주었다. 장우는 생기 있는 가정집을 옮겨 온 듯한 수진을 선택하고, 그녀를 통해 부재한 가족과 가정의 안온함을 즐겼다. 그는 건강한 생활로 가득 찬 한 가정에서 "그녀의 맑고 눈부신 웃음, 그 거침없는 즐거움, 그 구김살 없는 몸짓"(102면)을 훔쳐왔다. 그리하여 수진은 장우를 위해 언제든지 "밥을 짓고 생태탕을 끓이고 새우를 굽고 겉절이 김치를 담그고 오이를 무치고 달걀찜을 만들었다."(107면)

수진이 장우와 연애하면서 그녀의 가정은 금이 가기 시작했다. 예쁘고 착하고 따뜻했던 아내는 옷차림과 말씨가 변했고, 남편의 잠자리를 거부했다. 상곤의 월급은 170만 원, 수진의 월급은 250만 원으로 가정 경제는 나아졌으나 부부관계는 깨어졌다. 아이들 역시 떡볶이, 자장면, 돼지갈비, 삼겹살에서 피자와 수제버거로 입맛이 변했다. 회사에서 노조 파업을 결정하자, 상곤은 가장으로서 가계를 제대로 감당해낼 수 없었다. 상곤은 농성파업이 관철되지 않아 앞을 예측할 수 없었던 날 밤, 수진과 다툰다. 수진이 잠자리에 응하지 않자, 두 사람은 격렬한 몸싸움을 벌였다. 상곤은 입에서 피를 흘리고, 수진은 얼굴에 피멍이 든 채 집을 나왔다.

수진과 장우의 관계도 오래가지 않는다. 수진이 장우에게 아파트를 요구한 순간, 수진이 장우의 아이를 가진 순간 그들의 관계도 종점을 치달았다. 장우에게 아파트와 아이는 가정을 의미했으며, 그쯤 되면 그것은 환락의 세계가 아니라 책임과 의무의 세계였다. 수진은 인천에서 오빠의 당구장을 청소하며 생활을 연명했고, 지하의 단칸방에서 아이를 유산했다. 수진의 남편 상곤은 골방에 박혀 있는 아내를 찾아왔고, 장우를 찾아가 으름장을 놓았다. 상곤은 파업이 장기화되자, 농성 끝에 옥상에서 뛰어내렸다. 요행히 콘크리트 바닥이 아니라 함께 뛰어내린 동료의 몸에 떨어져, 그는 목숨을 건졌다. 병원에서 상곤의 휠체어를 끄는 수진은 상곤과 더불어 새로운 삶을, 더 단단한 가정을 만들어 나갈 것이다.

그러면 장우는 어떠한가. 작품 말미에 이르면, 그 역시 아내와 더불어 미술관을 나와 파스타를 먹으러 간다. 서로의 얼굴을 쳐다보지 않지만, 그들 부부도 생활을 지속할 것이다. 그렇다면 이 소설에서 '연애'는 한때의 일탈로 그치는 것인가. 사실 최인석의 소설 『연애, 하는 날』에서 '연애'는 남녀의 애절한 사랑이 아니라, 건강한 가정을 환기하고 있다. 작가는 상어알젓 크래커와 파스타보다, 콩나물이 들어간 뭇국과 생태찌개로 저녁밥상을 함께 할 수 있는 가정의 건강한 삶을 독자들에게 맛보이려 했던 것이다. 아니 어쩌면 우리가 매 순간 먹으면서 잊고 지내는 된장찌개의 안온하고 깊은 맛을 일깨워주려 했던 것인지도 모른다. 작가의 의도에 비해 다소 많은 중심인물이 부각됨으로써, 주제의 명료함이 희석되는 아쉬움이 있다. 혹, 작가는 또 다른 이야기도 하고 싶었던 것일까.

4. 청춘의 허기(虛飢), 미각(味覺)의 부재

최인석의 『연애, 하는 날』에는 두 커플이 연애한다. 작가는 유부남과 유부녀 외, 청춘 남녀 강대일과 이연숙의 연애도 비중 있게 다루고 있다. 청춘 남녀의 연애를 통해 작가가 관철하고 싶었던 것은 무엇인가. 이들은 맛에 대한 추억을 간직하고 있지 않다. 청춘 남녀는 미감(味感)보다 허기와 피로에 젖어 있다. 이들은 같은 건물, 삼선빌딩 오피스텔에 살고 있다. 연숙과 대일은 주로 생맥줏집에서 여러 사람들과 어울려 데이트를 하는데, 그때마다 연숙은 허기를 느끼고 피로에 젖는다.

종업원들은 탁자와 탁자 사이, 의자와 의자 사이의 비좁은 통로를 통해 소음과 소음 같은 대화와 소음 같은 음악을 휘젓고 다니며 피처에 담긴 생맥주를, 두툼한 비어크룩에 담긴 생맥주를, 병맥주를, 소시지와 감자와 햄과 파스타와 닭튀김을 운반하느라 분주했다. (…중략…) 연숙은 시장했으므로 맥주를 한 모금 마시고 눈에 띄는 대로 안주를 집어먹었다. 무척 시장한 탓이었는지 새우도 돈가스도 감자도 맛있었다.(185~186면)

생맥주를 한 잔 마시자 곧이어 졸음이 쏟아졌다. 아무리 참으려 해도 눈꺼풀이 무거워 견딜 수가 없었다. 연숙은 졸음을 몰아내기 위해 남몰래 다리를 꼬집어보기도 하고 역겨움을 무릅쓰고 담배를 피워보기도 했다. 아무 소용이 없었다. 잠은 무자비하게 그녀를 지배하고 들어왔다. 잠은 그들의 지루한 논쟁보다, 듣는 척 듣지 않고 듣지 않는 척 들어야 하는 그녀의 바보스런 현실보다 훨씬 달콤했다.(190면)

생맥줏집에서 연숙은 안주로 시장기를 가시게 하고, 맥주를 마시며 졸음을 쫓는다. 하지만 그녀는 코까지 골면서 주위의 시선을 모았다. 왜 스물여덟 살의 여성이 애인과 함께하면서 이처럼 품위를 잃고 마는가. 연숙은 전문대학 의상학과를 졸업하고, 백화점에서 화장품 판매원으로 일한다. 얼굴의 미소를 잃지 않고 온종일 선 채로 고객을 맞는 일은 육체적으로 힘겹다. 그녀는 어린 시절부터 모질고 궂은 노동으로 육체가 단련되었음에도, 저녁이면 한껏 피로에 지쳐 지적 교양에 눈 돌릴 여력이 없었다. 그녀는 알아들을 수 없는 지식보다 허기를 달래야 했고, 내일의 노동을 위해 고단한 육체를 쉬어야 했다.

서른다섯의 강대일은 영화판에서 조감독으로 일한다. 그는 영화 시사회에 연숙을 초대하여 데이트를 즐긴다. 연숙은 연예인 못지않게 늘씬한 몸매에 이목구비가 수려했다. 영화제작에 들어갈 즈음이면, 대일은 데이트할 시간조차 없어 제작 모임에 연숙을 불러냈다. 영화판에서 벌어지는 소소한 해프닝과 배우들의 뒷이야기가 가끔 연숙의 흥미를 끌기도 하지만, 연숙은 조감독들과 영화 관계자들의 이론과 논쟁을 알아들을 수 없었다. 잠자는 시간을 쪼개어 대일이 번역한 영화서적을 보았지만, 그녀는 책도 그들의 이야기도 종잡을 수 없었다. 연숙은 자신이 이해할 수 없는 말들 가운데 앉아, 피로를 쫓아야 하는 자신의 처지가 절망스러웠다.

연숙은 대일이 대학교수가 되거나 이름난 감독이 되어, 그의 아내로서 경제적 여유와 명망을 누리고 싶었다. 연숙은 대일의 지방 대학 초청 강연회에 따라 나서서 모텔에 묵으며 그들만의 안온한 시간을 꿈꾸었다. "그녀는 대일이 강연을 마치고 돌아오면 같이 나가서 저녁을 먹고 주변을 천천히 산책한 다음 돌아와 조용하고 편안히, 부부처럼, 섹스를 하고, 어쩌면 술을 한잔하고, 어쩌면 밤참을 먹고, 그렇게 잠들고 싶었다."(143면) 그녀는 안온한 가정의 부부처럼 태평스럽게 잠들고 여유 있게 일어나고 싶었다. 그러나 연숙은 그들과 소통하지 못하는 자신의 처지를 비관하고 대일과 헤어진다. 연숙은 대일을 사랑하지만 코드를 맞출 수 없었다.

연애에 실패한 탓인지, 연숙은 화장품 개인 매장을 내려는 소망이 더욱 절실해졌다. 지금의 처지로서는 너무 요원한 까닭에, 그녀는 삼선빌딩 오피스텔 관리인 두영에게 눈을 돌려 장우와 관계를 맺기 시작했다. 두영과 장우는 처남과 매제이면서 동시에 채무관계에 있었다.

두영은 매제인 장우에게 연숙을 소개시켜, 둘 사이에서 이권을 챙기려 했다. 연숙은 장우와 관계하면서 고급 오피스텔로 옮기고 명품을 소비한다. 장우의 사업체에 무리가 생기자, 장우와 두영의 채무갈등은 증폭되었다. 두영은 장우에게 진 빚 때문에 발버둥을 치면서도, 급기야 연숙을 강간한다. 강간당한 연숙이 두영을 고소하고, 그는 강간 폭행 등으로 기소된다.

대일은 초라한 형색으로 영화판을 전전긍긍하고 연숙은 두영의 비굴한 욕망의 희생양에 불과하다. 이 지점에서 다시금 작중 청춘 남녀의 연애의 의미를 되묻지 않을 수 없다. 그들의 연애만 놓고 볼 때, 이 소설은 물리적 허기를 느끼는 연숙과 정신적 허기를 느끼는 대일, 청춘 남녀의 이별과 몰락을 보여주는 데 그친다. 작가는 유부남과 유부녀의 연애에 초점을 맞춘 나머지, 청춘 남녀의 연애 말로를 둘러싼 비의를 구체적으로 설명해 내지 못했다. 작중에서 대일이 영화서적을 번역하고 영화제작의 경이를 알 만큼 진지한 면모를 보이고 있음에도, 작가는 젊은 영화감독의 내면을 좀 더 천착하여 그가 지향하는 세상을 독자들에게 설득력 있게 보여주지 못했다. 대일이 시나리오 "국립숟가락공장"을[7] 구상하고 있었으나, 그것은 이 작품의 중심 소재인 연애와 견주어 볼 때 훨씬 거시적 사회 문제를 담고 있어 작품의 주제의식을 관통할 수 없었다.

----

7 포크, 나이프, 젓가락, 그리고 다른 나라 숟가락의 용도에 비해 한국에서 숟가락은 개인이 자신의 몸 안으로 음식을 소유한다는 점에서 독특한 문화적 특수성을 보이고 있다. "일본, 중국과 다른, 한국음식문화의 한 특징으로 지적되는 것 중 하나가 숟가락의 사용이다. 그들 민족은 숟가락을 음식 옮기는 용도로만 쓰지 입에 넣기 위한 식기로 사용하지 않는다는 것이다. 한국인은 숟가락을 이용하여 밥과 국물 음식 따위를 입에 넣으니 숟가락의 활용도가 문화적 분별의 기준이 될 수 있다." 황교익,『한국 음식문화 박물지』, 따비, 2011, 50면.

어떤 나라가 있는데 그곳에는 쌀이건 빵이건 먹을 게 지천이야. 널렸어. 그런데 숟가락이 없어서 먹지를 못해. 그래서 나라에서 숟가락공장을 건설하기로 하는 거야. 그런데 숟가락이 너무 비싸. 돈 많은 사람들이나 살 수 있어. 가난한 사람한테는 그림의 떡이야 (…중략…) 원하는 사람은 많고 공급은 적으니까. 투기가 벌어져. 숟가락 하나에 십만원, 백만원 …… 이런 식으로. 부자는 숟가락을 열 개 스무 개씩 사들여. 값이 오르면 팔아먹으려고. 집에다 장식도 해놔. 값비싼 액자에 넣어서 부부 결혼사진 옆에다, 아니면 장식장에다 척 걸쳐 놔. 일부 먹물들은 숟가락에다가 이태백의 한시 같은 것, 한석봉의 글씨 같은 걸 턱 새겨서 서재를 꾸미기도 하고…….

(144~145면)

대일의 시나리오는 문제적 사회의 배경만 설명될 뿐, 구체적 '이야기'가 없다. 이 거국적 배경이 유부남과 유부녀의 연애문제를 포용하기에는 범주가 너무 넓었다. 젊은 영화감독의 불완전한 시나리오는 청춘 남녀의 불완전성과 동궤에 놓인다. 작가는 그들 청춘 남녀에 대한 구체적 탐색이 부족했던 것이다. 작가는 청춘 남녀의 힘이 사회적으로 도달할 수 있는 지점의 천착보다, 수진의 딸 10대 소녀 주영의 플래쉬몹으로 그의 시선을 껑충 건너뛰었다. 작가는 희망을 10대 소녀의 발랄한 행위예술에서 찾으려 하지만, 그것 역시 이미지에 그칠 뿐 '이야기'가 없다. 설령 그 행위예술을 대일이 카메라에 담고 있다 해도, 거기에는 필연성이 부재한다.

다시 미각(味覺)의 문제로 돌아가자. 청년 대일과 연숙이 미각을 갖지 못한 것, 피로를 동반한 청춘 남녀의 허기가 어떤 미각도 동반하지 못한 것, 그것은 그들에게 절실하고 구체적인 '이야기'가 없다는 것을 의미한다. 작가는 건강한 가정의 미각을 소환해 내는 데 주력한 나머지, 도시 청춘 남녀의 허기와 그 근원을 묘파해 내는 데는 소홀했다. 그 결과 이 소설은 분명 두 커플이 연애를 하고 있음에도, 단지 한 커플의 연애만이 독자들에게 각인된다. 결국 미감(味感)과 미각(味覺)을 갖는다는 것은, 소설의 몸체와 주제의식을 갖는 것과 다르지 않다. 작중에서 연애의 미각이 부재한 청춘 남녀의 말로는 장편소설 미학의 완성도를 떨어뜨린다. 유부남과 유부녀의 미각이 그들 연애의 필연성과 문제성을 도출해 낼 수 있었던 데 비해, 미각에 대한 기억 없이 허기와 피로로 얼룩진 청춘 남녀의 연애는 이 소설의 자극성에 비해 구체적 이야기로 연동되지 못한 아쉬움이 남는다.

여행, 이곳을 사유하는 또 하나의 방식

1. 여행, 문자 없는 책읽기

여행(旅行)의 어의는 "자기가 사는 곳을 떠나 유람을 목적으로 객지를 두루 돌아다님"이다. 이때 여행의 구심점은 '자기가 사는 곳'에 있다. 아무리 먼 곳을, 아무리 오랜 시간을 소요한다 해도 그것은 '자기가 사는 곳'에 돌아온다는 것을 전제로 행해지기 때문이다. 그런 의미에서 여행은 '자기가 사는 곳'의 가치와 의미를 되물으면서 환기하는 것이다. 여행이 표면적으로는 휴식과 일탈의 성격을 지니는 듯하지만, 종국에는 '자기가 사는 곳'의 의의를 재확인하고 현실을 천착하는 구체적이고 실증적인 탐색 행위이다. 그것은 '문자 없는 책읽기'와 상통한다. 『채근담』에는 '문자 없는 책읽기'의 의의를 다음과 같이 설명하고 있다.

사람들이 글자가 있는 책은 읽을 줄 알지만

글자가 없는 책은 읽을 줄 모른다.

줄이 있는 거문고는 탈 줄 알지만

줄이 없는 거문고는 탈 줄 모른다.

형상은 쓸 줄 알지만 정신은 쓰지를 못하니

어떻게 거문고 타기와 책을 읽는 아름다운 취미를 얻을 수 있겠는가?

人解讀有字書 不解讀無字書

知彈有玄絃琴 不知彈無絃琴

以跡用 不以神用 何以得琴書佳趣[1]

문자는 사물의 모양과 인류의 사상을 표현하는 부호이며, 책은 그 부호가 그려진 그림이다. 그렇다면 부호와 그림의 원본이 되는 우주 만상과 수많은 세상의 일이야말로 종횡으로 연결된 웅장하고 오묘한 '문자 없는 책'이라 할 수 있다. 같은 맥락에서 오동나무는 거문고의 줄과 상관없이 절묘한 가락을 갖춘 '소리 없는 음악'이라 할 수 있다. 부호인 글자를 읽고 쓸 줄은 알지만 그 정신의 진상을 파악하지 못하면 그것은 '기계적으로 익힌 학문에 지나지 않는다. 그런 의미에서 글자 없는 책을 읽는다는 것은 사물을 통찰하고 현상의 이치를 이해할 수

---

[1] 홍응명, 한용운 역해, 『채근담』, 돋을새김, 2012, 274~275면. 이하 원문 해석은 한용운의 해석을 참조한 것이다.

있는, 요컨대 정신을 깨우치는 것이다.

'여행'은 '문자 없는 책'을 판독하는 행위이다. 부호와 그림 이전에 존재하는 우주 만상과 세상의 일을 오감으로 감지하고 그 맥락을 인지할 수 있는 직접적이고 구체적인 독서 행위이다. 이 글에서는 '여행'을 근간으로 김지수의 「지중해가 보인다」(『계간문예』, 2012 여름)와 정건영의 「침묵의 강」(『계간문예』, 2012 여름)에 나타난 여행의 의의에 주목하려 한다. 작중 인물들에게 있어서 '여행'은 어떤 의미를 지니고 있으며, 그들은 여행을 통해 '자기가 사는 곳'에 대해 어떠한 깨달음과 인식에 도달했는지 살펴보려 한다.

2. 후줄근한 일상의 비상구, '여행'

김지수의 「지중해가 보인다」(『계간문예』, 2012 여름)에는 37살의 가영과 39살의 미정, 청춘의 희망이 한풀 꺾인 올드미스들이 주인공으로 등장한다. 이들에게 연인들의 정감어린 모습은 부러움을 지나 경이롭기까지 하다. 그렇다고 그들의 직업이 안정된 것도 아니다. 사설우편취급소에서 일하는 그들은 체신공무원이 아닌 비정규직이다. 그들은 결혼에 대한 희박한 기대감마저 접고 이제 아이만이라도 갖고 싶어 한다. 막 태어난 조카 "갓난아이의 어리고 여린 볼이랑 작은 손발"을 만져 보기 위해 서슴없이 올케 언니의 비위를 맞춘다. 강추위가 몰아치는 겨울, 올드미스들은 더욱 외롭고 고단하다.

이런 두 처녀에게 꿈같은 일이 발생한다. 더 정확하게는 가영에게 발생했으며, 이를 부러워하던 미정이 그 일에 끼어든다. 문제적 사건을 설명하기에 앞서, 가영의 삶의 조건을 주시할 필요가 있다. 그녀는 고향을 떠나 도시에서 남동생의 학원비를 조달하며 생업에 종사하는 가장의 역할을 하고 있다. 공무원 시험을 준비하는 남동생은 다섯 번째 낙방한 후, 실의와 좌절 그리고 미래에 대한 불안으로 방황하고 있다.

이처럼 삭막하고 건조한 가영의 일상에 희망이 돌발적 형태로 나타난다. 우편취급소에 출입하던 남자 손님이 가영에게 자신과 함께 크루즈 여행의 동행을 권하며 여행권을 쥐어주고 간 것이다. 가영은 평소 친분도 없고 존재감도 느끼지 못했던 사내에게 지중해 크루즈 여행권을 건네받고 복잡한 사념에 빠진다. 가영은 그 남자의 면전에서는 거절해 보였지만, 올드미스의 후줄근한 삶에 찾아온 달콤한 기회에 동요되어 밤잠을 뒤척인다. 잘 알지도 못하는 남자와 7박 8일 한 방을 쓴다는 것이 꺼려졌지만, 그럼에도 '지중해'와 '여행'은 고단한 노처녀의 마음을 산란하게 하기에 충분했다.

푸른 바다에 떠있는 산뜻한 유람선, 갑판 중앙에는 너른 수영장이 있고 하얀 비치용 의자가 가지런히 놓여 있다. 발코니가 딸린 선실에는 에어컨, 욕실, 옷장, 양면TV, 미니 바가 비치되어 있는 게 보인다. 전문 요리사가 딸린 레스토랑, 밤마다 벌어지는 우아하고 낭만적인 파티, 수평선 너머 거침없이 떠오르는 붉은 해, 하늘 가득 펼쳐지는 무지개빛 낙조, 저만큼 솟구쳤다 사라지는 등 푸른 고래 떼들[2]

"바르셀로나, 깐느, 니스, 모나코, 르보르노, 피사, 피렌체 같은 이름만 들었던 해변가의 아름다운 도시들과 눈부신 태양, 여유로움을 만끽하는 화사한 옷차림의 관광객들 사이에 끼어 달콤한 젤라또를 핥으며 한가롭게 걷고 있는 자신의 모습" 그것은 "언제 누구에게 넘겨질지, 아니면 어느 날 폐쇄되어 버릴지도 모를 사설 우편취급국에 앉아 매양 그날이 그날 같은 칙칙한 일상을 보내는 현실로는 감히 꿈도 꾸어 본 적이 없었던 그림이다."(179면) 집에는 실의에 빠져 노숙하고 술에 절어 들어온 남동생이 있고, 그 삶의 또 다른 쪽에서는 설렘과 흥분의 지중해 여행이 손짓하고 있다.

가영의 행운에 미정도 가세한다. 미정은 가영에게 이태리 레스토랑에서 와인을 곁들여 스테이크를 대접하면서 돈 봉투를 내민다. 미정은 가영의 여행권을 사고 싶다며 간절하게 자신의 소망을 전달한다. "나 그 배를 타고 가서 지중해 바다를 닮은 아기 하나를 만들어 오고 싶어. 연애를 하게 될 기회가 생길지 모르겠지만 어차피 생물학적 아버지는 필요하고 그대로 추억하나쯤은 건질 거 아니겠어. 아무렴 삭막한 병원 실험실보다야 낫겠지."(183~184면) 가영은 미정에게 봉투를 돌려주며, 이미 여행사에 백수인 남동생의 이름을 올렸다고 말한다. 이쯤 되면 이 소설에서 비극의 희로인은 가영이 아니라 미정이 아닐 수 없다. 미정에게 연애와 결혼의 꿈은 떠난 지 오래이며, 아기라도 낳아서 기르고 싶지만 쉽지 않은 상황이다. 자존심을 버리고 애써 구걸하듯, 동료의 여행권을 대신 구매하기 위해 나섰지만 이미 여행권은 또 다른 사람에

---

2 김지수, 「지중해가 보인다」, 『계간문예』, 2012 여름, 176면. 이하 이 작품의 인용은 인용문 말미에 페이지 수만 밝히도록 한다.

게 건너갔다. 가영은 실의에 빠진 미정에게 훗날 직접 승선표를 사서 당당하게 떠나자고 야무진 희망을 제시한다.

작가는 지금 이 땅의 누이들이 지닌 소박한 희망, 허망한 박탈감, 희망 없는 삶을 여실히 보여준다. 결국 가영도 미정도 여행을 떠나지 못했다. 일찍이 가장(家長)이 되어 생활전선에 나선 이 땅의 누이들은 자신의 삶마저도 자신을 위해 쓸 수 없었다. 자신의 삶마저 동생을 비롯한 가족을 위해 헌납했다. 그것이 그들이 배우고 익힌 도덕과 정서였다. 그들은 자신에 대한 권리에 앞서, 가족에 대한 책임을 다했다. 그들은 지금은 가지 못하지만 언젠가 가게 되리라는 희망을 안고, 후줄근하고 삭막한 현실을 인내한다. '우아하고 낭만적인 파티', '수평선 너머 거침없이 떠오르는 붉은 해', '하늘 가득 펼쳐지는 무지갯빛 낙조', 그들은 갈 수 없는 여행을 동경하며 '자기가 살고 있는 곳'의 삶의 조건에 희망을 포진시킨다.

작중에서 '여행'은 노처녀의 탄식, 지지리 궁상맞은 현실, 쓸쓸하고 구차한 기억들이라는 초라한 기표를 훌쩍 뛰어넘어 현실에 대한 긍정과 낙관을 불러일으킨다. "이루지 못할 꿈을 쥐고 놓았다가 다시 품어보는 사람들처럼 유람선들은 끊임없이 떠나고 또 새로운 땅에 기착하겠지." 작가는 다음과 같은 사족도 붙인다. "어제와 오늘과 내일의 나날이 누추하고 구태의연하지만 그래도 내 몫의 소중한 삶, 그르렁거리는 목구멍과, 허술한 팔다리, 질금거리는 육신으로 남기 전에 새로운 세계를 더듬고 새로운 사람과도 부딪쳐 보고 가능하다면 새로운 가족도 만들어 보자."(186면) 이러한 작가의 낙관은 소설의 리얼리티를 떨어뜨리며 소설을 계도적으로 만든다. 근대 이후 소설은 수필과 달리, 사회현실과 인간 간의 문제를 다룬 것이다. 자기가 사는 지금 이곳의 문제성과 의미를 구현해 내기 위해서는, 갈 수 없는 여행에 대한 희망보다 여행을 떠나지 못하는 현재의 조건에 더 처절하고 처연하게 집중할 필요가 있다.

3. 삶이라는 구도의 도정, '여행'

누구의 도움 없이 홀로 찾아가야 하는 길이 있다. 그것은 각자의 인생이다. "무엇인가 내 가슴에 비추는 게 있었는데 그 실체를 터득할 수가 없"[3]지만 그럼에도 매 순간을 살아 내면서, 우리는 나이를 먹는다. 매 순간 수행(修行)의 결실로서 하나의 삶이 영글어진다. 정건영은 「침묵의 강」(『계간문예』, 2012 여름)에서 수행의 방법을 제시한다. 그것은 "죽음을 경험해야 깨달음에 도달할 수 있"(240면)다는 것이다. "어떻게 일상의 자아를 버리고 죽음을 경험해서 영적 깨달음을 얻을 수 있을까." 언뜻 보면, 종교적이며 구도자의 행로로 여겨지기도 한다.

이 작품은 회상의 형식을 취하고 있다. 주인공 화준을 중심으로 그의 연인 명희와 그가 존경하는 선배 선일이 등장한다. 고인이 된 화준의 묘지에서 중년을 넘긴 선일과 명희가 우연히 만나 과거를 회상한

---

3 정건영, 「침묵의 강」, 『계간문예』, 2012 여름, 219면. 이하 작품 인용은 인용문 말미에 페이지 수만 밝히도록 한다.

다. 청순한 여대생 명희는 이제 매끄럽고 생기 넘치던 윤기를 잃고 흰머리와 잔주름이 그윽하다. 명희는 선일의 회상을 통해 이유 없이 그녀의 곁을 떠난 화준의 속마음을 알게 된다. 명희와 선일은 삶에 있어서 다소 길고 먼 여로를 우회하여, 화준이라는 개인의 삶이 지닌 비의와 그가 현실에서 환기하는 '이곳'의 가치를 발견한다. 그들이 우회한 여로는 다음과 같다.

주인공 화준은 "모든 인생을 다 털어 넣어서 어디엔가 실험적으로 몰두하는 인간 의지"(229면)를 보여준다. 스무 살 청춘의 화준은 개인의 이해와 이익에 좌우되지 않고 끊임없이 인생을 탐구하는 캐릭터이다. 그는 상식보다 순수를 사랑하고, 구속보다 자유를 찾아 나선다. 그는 '의미'와 '감동'을 탐색하면서 젊음의 생기를 발산했다. "그 사람은 도전할 만한 대상이 있다면 물불 안 가리지요. 모든 인생이 완성이란 것은 없는데, 화준이는 늘 어려운 대상에만 우직하게 다가서려고 합니다. 화준이는 인간으로서 신에 저항하는 시지프스의 의지를 따르고 싶어 했습니다."(242면)

주인공 화준을 비롯한 작중 인물들은 1960년대 후반 대학을 다녔다. 명희는 화준의 여동생을 과외하면서 화준과 알게 된다. 화준은 사학과에 다니면서 문화와 예술에 능통했으며, 시골에서 올라온 명희의 눈을 뜨게 해 주었다. 화준은 같은 과 선배 선일에게 매료되어 그의 삶을 추종했는데, 선배에 대한 거침없는 열정과 의지가 그의 삶을 파국으로 몰고 갔다. 그는 선배가 쓴 소설은 물론, 선배의 행로를 좇아 해병대에 입대하고 베트남전에 참전한 것까지 참전했다. 화준은 베트남전쟁에서 부비트랩으로 성불구가 된다. 이후 그는 명희를 떠났고, 명희는 화준이 없는 삶을 견디며 홀로 늙어갔다.

　명희와 헤어진 후, 화준은 청춘의 열정 대신 인간으로서 정체성과 존재 이유를 터득하기 위해 긴 여행을 떠난다. 성기능과 생식기능을 잃음으로써, 그는 인간의 생애가 끝났다고 절망했다. 화준은 보훈병원에서 선일을 만나 다음과 같이 고백한다. "선배님, 이 화준이는 성의 정체성을 잃었습니다. 다리털, 음모도 슬금슬금 빠져나가고, 눈썹마저 엉성해졌습니다. 뺨과 가슴에는 계집애처럼 지방이 붙었습니다……."(263면) 삶의 "허무를 모르던 피터팬, 오직 밝은 태양을 향해 날아오르던 이카로스"(263면)가 날개를 잃었다. 이에 선일도 다음과 같이 고백한다. "난 에이전트 오렌지가 다이옥신을 내 골수 속에 고루 뿌려 내 유전형질을 다 비틀어 놓았다. 내 아내가 유산한 아이들은 사람이 아니라 괴물이었다. 아내는 날 떠났다. 병원에서 당뇨성 말초신경염 치료를 받지 않으면 일어나지도 못한다……. 언젠가는 피부가 다 무너지고 벌건 속살이 겉으로 드러날 것이다."(263면)

　여기에서 소설의 주제가 구현된다. 죽음을 경험해야 깨달음에 도달할 수 있다고 했을 때, 그는 청춘의 죽음에 직면했고 그때에 이르러서야 깨달음을 시작할 수 있었다. 화준은 선일에게 다음과 같은 메모를 남겼다.

　베리아반도에서 초토가 된 내 인생이 비로소 생존의 의미를 찾고 있습니다. 그러면서 서서히 머릿속을 지배하는 화두가 생겨나고 있습니다. (…중략…) 아주 평범한 말이지만 내 안에든 자아를 찾아야한다는 생각입니다. 이제부터는 자신을 찾는 순례와 고행 길을 떠날까 합니다. (…중략…) 달라이라마를 읽다보니 거기에 '죽음을 경험해야 깨달음을 얻을 수 있다'는 말이 있습니다. 우리는 죽음을 경험했으면서도 그 기억을 회피했거나 잊고 살지 않았나 합니다.

꽤긴 시간의 강물이 지금까지 흘러왔는데, 그 강물은 아무 말이 없었습니다. 그러나 결국 그 침묵의 강은 자아를 찾아 떠나라는 묵시의 존재였음을 이제야 깨닫습니다. 침묵하는 시간의 강물은 자아는 아무도 도울 수 없는 단독자임을 새삼 깨우쳐줍니다.(266면)

이후 화준은 어떤 삶을 살았을까. 이것이 작가가 독자들에게 환기하려는 '자기가 사는 이곳'의 삶이 지닌 가치이다. 그것은 후일담소설로서 제3공화국에 대한 비판 혹은 독재 및 반전(反戰)의 문제가 아니다. 화준의 삶은 신문에 다음과 같은 표제로 소개되었다. '베트남 고산족 대부의 귀환' 기사 내용은 다음과 같다. 화준은 베트남 북부 오지마을 고산족과 공동생활을 하면서, 봉사활동을 펼쳤다. 그는 원시적 마을 공동체에 발전기를 설치하여 전기를 보급하고 우물을 뚫어 식수와 농업용수를 공급했다. 현대식 교사(校舍)를 짓고 컴퓨터와 영상기기를 동원하였으며, 유명교사를 초빙하여 학습하기도 했다. 그가 10여 년간 학교를 경영하여 배출한 인재는 베트남의 주요 인력이 되었다. 그는 풍토병으로 사망했으나, 그가 만든 학교는 유족의 지원으로 종전과 같이 계속 운영된다.

성불구자가 베트남 오지 마을의 대부가 되기까지 어떤 계기가 있었을까. 그것은 '죽음을 경험'하면서, 이를 회피하거나 잊지 않은 데서 출발한다. 청춘의 죽음을 통해 그가 발견한 것은 마르지 않는 영혼의 가치이다. 대부분 사람들은 '죽음'과 '죽음에 대한 경험'을 회피하거나 묻어두려 한다. 그 결과 그것은 응어리진 상처와 울분으로 영혼마저 파괴하기에 이른다. 하지만 죽음을 수용하는 순간, 새로운 세계가 시작될 수 있다. 성불구자 화준이 선일과 재회한 날 밤, 그는 포르노 영화를 보면서 흐르는 눈물과 격앙된 감정을 주체하지 못한다. 그는 선배 선일의 입술과 가슴을 파고들며 오열을 토했다. 그렇게 그의 청춘은 종결되었고, 그는 명희로부터만 떠난 것이 아니라, 그가 살고 있는 서울로부터 멀리 떠난 것이다. 그는 한국에서 청춘의 육체가 죽은 순간, 베트남으로 영혼을 살리는 길을 떠난 것이다.

우리 모두는 자기를 구원할 방법을 찾아 나선다. 일상의 우리에게 그것은 결혼이기도 하고 육아이기도 하며, 직업이기도 하다. 아니 다양한 형태의 삶의 지속이 인간 개개인의 구원의 도정이다. 그런 의미에서 우리의 삶 자체는 하나의 여행이다. 소설 말미에서 작가는 달라이 라마에게 환희를 제공했던 '만다라' 역시 그것이 만들어졌던 흙으로 돌아감을 보여준다. 만다라의 그림 역시 달라이 라마에게 '자기가 사는 곳'에서 이루어져야 할 소명을 환기하는 데 소용될 뿐, 그 이상의 의미를 지닐 필요가 없는 것이다. 노화공은 화판을 들어 채색 돌가루를 작은 여울에 버린다. "아무리 거룩하게 정화된 삶이라도 언젠가는 벗어버려야 할 헌 옷"이며, "달라이 라마도 언젠가는 헌 육신을 버려야" 하는데, "그날을 맞기 위해 세상에 정성을 다해 자신의 그림을 그려야 할 것"이라고 말이다. 육체는 "잠시 머물다가 가는 집"이며, 우리는 아직 긴 여정을 끝내지 않고 있다.

4. 여행 중에 헤아려야 할 것들

'여행'은 단순한 일탈, 도피, 향락이 아니다. 그것은 '자기가 사는 곳'에 대한 깊이 있는 천착으로서 '문자 없는 책 읽기'이다. 부호와 그림 이전에 존재하는 세계에 대한 감각적이면서 동시에 정신적인 인식 행위이다. 고단한 일상에 젖어 있는 비정규직 노처녀들에게 '여행'은 떠올리기만 해도 황홀한 보상이 된다. 직접 떠나지 않아도 그것을 떠올리는 것만으로, 후줄근한 현실의 위안이 된다. 그들은 여행이 지닌 귀환의 가치보다 당면한 현실로부터의 일탈과 도피가 절실했던 것이다.

넓은 범주에서, 각자의 개별적 삶 자체는 독자적 여로이다. 인생의 긴 여로에서 매 순간 새롭게 직면하는 상황과 사건은 역동성과 더불어 긴장을 조성한다. 굴곡 많은 인생의 여로를 구도(求道)로 승화시키기 위해서는 매 순간의 죽음, 즉 좌절 실패 고난 등을 회피하지 말아야 한다. 죽음을 인정하고 수용하는 가운데 영혼이 눈을 뜨고 새로운 삶의 여로를 발견할 수 있기 때문이다. 무릇 여행이라 함은 '자기가 사는 곳'으로의 귀환을 전제로 한 것이다. 내 안의 타자와 타자 속의 나를 발견하면서 여행은 '지금' '이곳'의 동시대성과 연대감을 확충한다.

여행이 후줄근한 일상의 단순한 비상구로 그치거나 여행 중 죽음과 같은 극렬한 좌초에 패배당하지 않기 위해, 여행에 필요한 또 다른 것들을 떠올려 보자. 손무의 『손자병법』은 전쟁을 승리로 이끄는 병법을 기술한 책이지만, 인생에 대한 알레고리로 읽을 수도 있다. 누가 누군가를 이기기 위한 것이 아니라, 주어진 인생 여정에서 낙오되지 않기 위해 손무가 제시하는 병법 일부를 되새기는 것은 유용하다. 손무 역시 그가 궁극적으로 지향하는 것은 피 튀기는 살육이 아니라 국가의 '안위'를 구하는 데 있기 때문이다.

『손자병법』의 서두에는 전쟁 전에 헤아려야 할 다섯 가지가 제시되어 있다. "一曰道, 二曰天, 三曰地, 四曰將, 五曰法" 도(道)는 다스림, 정치를 의미한다. 전쟁을 시작하기 전에 자신의 나라가 잘 다스려지고 있는지 우선적으로 살펴보아야 한다는 것이다. 천(天)은 시간의 변화를 고려해야 한다는 것이다. 예컨대 낮과 밤, 추울 때와 더울 때 등 해야 할 때와 하지 말아야 할 때를 구별해야 한다는 것이다. 지(地)는 싸우는 장소에 대한 신중함을 의미한다. 싸우는 장소의 멀고 가까움, 험하고 평탄함, 지역의 넓고 좁음, 지형의 유리함과 불리함 등 싸울 장소를 미리 헤아려 두어야 한다는 것이다. 장(將)은 전쟁을 수행하는 주체인 장수의 능력을 의미한다. 지휘력, 신의, 용기, 위엄 등이 그에 해당한다. 법(法)은 군대의 조직과 체계를 의미한다. 직접 전투를 행하는 병사들의 편성, 지휘계통과 식량 보급의 체계 등이 얼마나 잘 갖추어졌느냐에 따라 전쟁의 흐름은 변한다는 것이다.

도(道), 천(天), 지(地), 장(將), 법(法). 이 다섯 가지는 전쟁을 치르기 위해 헤아려 보아야 할 것이라기보다, 특정 집단의 안녕과 존속을 위해 필수불가결한 정비사항이기도 하다. 정치, 천지의 환경, 현명한 장수와 조직의 체계 이 모든 것은 복잡다기한 인간이 자신의 인생을 꾸려 나가는 데도 헤아려야 할 정비사항들이기도 하다. 자기 자신에 대한 다스림, 천지 기운을 헤아릴 줄 알기, 생을 헤쳐 나가는 용기와 위엄, 일련의 일과 행동에 대한 체계와 질서, 인생의 여로에서 이러한 사항을 헤아릴 수 있다면 우리는 자신뿐 아니라 '자기가 사는 곳'의 '안위'를 구할 수 있을 것이다.

작가,
사라진 것들의 가치를 소환해 내는 사람들

1. '나는 작가다'

낙엽이 뒹굴고 찬 기운이 감도는 계절이 오면, 새로운 것들보다 있었는데 없어진 것들이 떠오른다. 이 글에서는 '있어야 하는데 없어져 가는 대상'을 살펴보려 한다. 작가는 우리 일상의 삶 중에 분명히 존재하고 있음에도, 희미하게 사라지거나 힘을 잃어가는 가치를 독자들에게 환기한다. 작가들은 그것들이 정녕 사라지거나 없어진 것이 아니며 단지 우리가 눈여겨보려 하지 않았을 뿐, 우리 삶과 정서 깊숙한 곳에 면면히 녹아 흐르며 제 기능을 다하고 있음을 보여준다.

오래전부터 우리는 인간의 가치를 물질로 환산하는 데 익숙해졌다.

봉건적 계급질서는 무너졌으나, 자본주의가 팽창하면서 생산능력에 따라 또 다른 계급이 형성되었다. 종교적이고 윤리적인 잣대와 별개로, 인간에 대한 물신화·서열화는 깊이 뿌리를 내렸다. 그렇다고 해서, 인간이 인간이기를 포기한 것은 아니다. 몸과 마음이 물질에 흠뻑 젖어들었음에도, 변하지 않는 본질적 가치가 있기 때문이다. 파편화되고 건조한 일상에서도 삶을 생기 있게 하는 것이 있다. 그것은 무언가에 대해 사랑하는 마음, 정(情), 애정(愛情)이다.

작가는 보잘 것 없는 대상에 대한 '애정'을 돈독히 지닌 사람들이다. 그들은 작은 것에 대하여, 사라진 것에 대하여, 낡고 오래된 것에 대하여, 힘없고 초라한 것에 대하여, 그것이 지닌 본래의 가치를 상기시켜 준다. 그것은 자기애(自己愛)가 아니라 세계애(世界愛)이기에 가치를 발한다. 작가는 보통 사람들보다 더 많은 열정으로 자신의 애정을 더 낮은 곳에 투사한다. 가깝게는 이웃과 민족, 나아가 범우주적 차원으로 애정을 확장한다. 지금은 빛이 바랬지만, 있어야 할 가치들을 현실에 소환해 낸다. 그들은 작고 초라해서 아무도 돌보지 않거나 눈여겨 보아주지 않는 대상에 대해 그 가치를 발견하고, 언표화되지 못한 대상들의 말과 의지를 구현해 보인다.

그것은 잃어버린 인정과 향수(변영희, 「청와대 관람」, 『계간문예』), 잃어버린 젊음(최혜연, 「해바라기」, 『계간문예』), 잃어버린 삶의 균형 감각(김재준, 「버티고」, 『계간문예』), 잃어버린 공평과 분배(윤원일, 「블랙리스트」, 『계간문예』), 타자 속에 깃든 나의 다른 모습(이덕화, 「타인의 초상 1」, 『한국소설』) 등과 같이 존재했으나 의미가 바래가는 대상들이다. 작가들은 일련의 잃어버리는 것들을 소환해 내면서, 우리들에게 잊고 있었으나 잊지 말아야 할 가치들을 각인시킨다. 작가가 일구어 낸 일련의 가치들을 읽어 들이면서, 그 과정에서 세계와의 긴장을 잃고 비판적 거리 없이 당면한 세계를 그대로 내면화해 온 것은 아닌지 돌이켜 볼 필요가 있다.

2. 잃어버린 인정(人情)과 향수 — 변영희, 「청와대 관람」

우리는 무언가가 없어져 봐야 그것이 존재했을 때의 중요성을 깨닫는다. 봄 한때의 화사한 꽃 빛을 뿜내던 나무들도 제철이 지나고 나면 앙상한 나뭇가지만 남는다. 지나고 나서야 우리는 그때의 꽃 빛이 얼마나 아름다웠는지 알게 된다. 변영희는 「청와대 관람」에서 과거의 인정(人情)과 향수를 소환해 낸다. 주인공 김해영은 50대 시니어 기자로 봉사활동을 하고 있다. 그녀는 "젊음이 휘황한 빛을 발하던 시기를 탕진하고 쇠잔해진 몸과 마음으로 헤매다" 이 일을 시작했다.

시니어 기자들은 청와대 관람을 기획하고 기사를 준비한다. 이즈음 그녀는 꽃 빛을 뿜내던 젊은 시절을 떠올린다. 그녀가 꽃 빛을 뿜어낼 수 있었던 것은, 당시 인정 어린 대상들이 그녀의 삶에 함께 있어 주었기 때문이다. 서른한 살의 해영은 영락한 경제사정으로 서울에서 시골로 솔가했다. 남편은 빚보증 선 일이 잘못되어 가출한 지 1년이 넘었다. 이 일을 계기로 그녀는 아이들을 이끌고 서울을 떠나 산촌으로 숨어들었다.

궁핍한 중에 세 아이를 키우면서도 산촌의 '자연'은 그녀의 허허로운 삶을 충만하게 채워주었다. 당시 시골에는 가구마다 우물이 있었지만, 세입자인 해영이네는 우물이 없었으므로 집 앞 개울물에서 가사 일을 했으며 아이들도 개울을 놀이터 삼아 평화로운 한 시절을 보냈다. 청 정하고 유유자적한 '개울'은 해영에게 정서적 자유를 안겨주었다.

> 마을 사람들은 가끔 가재라던가 실지렁이 같이 생긴 새끼 미꾸라지, 굵 은 바늘 모양의 까칠한 송사리 떼가 꼬물거리는 도랑에는 잘 나오지 않았 다. 그래서 도랑은 해영이네 전유물이나 다름없다. 도랑을 사이에 두고 논 과 밭이 평화롭게 이어지고 좁은 밭고랑을 따라 곧장 올라가면 찻길이 훤 히 보였다. 하루 두 차례씩 수원으로 가는 시외버스가 그곳을 지나갔다. 황 금빛으로 물들어가는 논에서는 이따금 따개비나 메뚜기 종류들이 푸드덕 거렸다. 참새들도 제 권속들을 대여섯 쯤 거느리고 와서 익어가는 낟알을 까먹거나 한바탕 논바닥을 휘젓다 날아가곤 하였다.[1]

개울물은 쌍둥이 아들의 놀이터이면서 자연 샤워장이기도 했다. 아 울러 개울가의 야생미나리는 입맛을 돋우는 먹을거리였다. "하루에도 몇 번씩 찾는 개울은 해영에게 구원의 장소요 삶의 번뇌를 씻고 해탈 의 기미를 일깨워 주는 신성한 명상장소"(182면)였다. 당시 해영의 번뇌 를 씻어준 청정한 대상은 개울 물 외에 이웃에 살고 있는 옥희 할머니 를 꼽을 수 있다.

....
1 변영희, 「청와대 관람」, 『계간문예』, 계간문예, 2012 가을, 180~181면. 이하 이 작품의 인용 은 인용문 말미에 페이지 수만 밝히도록 한다.

주인집에 사는 옥희 할머니는 평소 해영에게 따뜻한 애정을 보였다. 시골 할머니의 남다른 애정은 고단한 삶의 단비가 되어 주었다. 옥희 할머니는 해영의 글 솜씨를 눈여겨보고, 서울에서 열리는 '어머니 글짓기대회'에 참가할 것을 권한다. 손수 여비를 비롯하여 기차 칸에서 먹을 달걀까지 챙겨주었고, 해영의 아이들을 돌봐 주었다. 덕택에 해영은 대회에 참가하여 영예로운 수상도 하고, 영부인의 초청을 받았다. 수상과 더불어 영부인으로부터 받은 따뜻한 위로와 격려는 해영의 평생에 있어서 따뜻한 에너지로 자리 잡았다.

50대를 넘어선 해영은 시니어 기자가 되어 청와대를 관람하며, 지나온 인생의 보배로운 두 영혼을 떠올린다. 옥희할머니의 온정과 영부인의 격려, 이것은 '시니어뉴스기자' 김해영의 삶의 향방에 물꼬를 튼 결정적 만남과 추억이었다. 그들의 육신은 이미 세상을 떠난 지 오래지만, 그들이 베풀어 준 인정은 해영의 삶에 오래도록 남아서 삶의 근간으로 존재해 왔다.

맑고 단아한 이 작품에서 아쉬운 점이 있다면, 소설과 수필 간의 불투명한 장르 인식을 들 수 있다. 소설과 수필은 엄연히 다른 장르이다. 양자 모두 잃어버린 것, 소외된 것을 글감으로 삼을 수 있지만, 그에 대한 태도는 다르다. 수필이 일상에서 잃어버린 것을 향수하며 추억하는 데 그친다면, 소설은 잃어버린 대상과 주인공 '나'와의 긴장과 갈등이 성립해야 한다. 부재한 대상에 대해, 잃어버린 것에 대해, 나는 맞서며 갈등하고 대립하면서 긴장을 놓치지 않아야 한다. 단순히 향수하고 추억만 한다면 그것은 소설이 아니라 수필에 그치고 만다. 소설에서 작중 인물은 세계와의 대결의식을 잃지 않아야 한다. 애초 근대소설의 시작은 개인과 세계의 균열에서 시작되었으며, 세계를 대상으로 개인의 의지가 구현된 것이 '소설'이라는 장르이기 때문이다.

3. 잃어버린 젊음 ― 최혜연, 「해바라기」

최혜연은 「해바라기」에서 생의 기운을 잃은 노인의 삶에 주목한다. 작중 노인은 10여 년 전에 암으로 아내를 잃고 아파트에 혼자 산다. 작가는 생기 잃은 노년의 초라함을 '해바라기'로 묘사하고 있다.

> 한때 태양을 향해 정면으로 바라보기를 했던 해바라기는 속된 시간 앞에 패배자처럼 고개를 떨구고 있다. 해바라기는 황금빛 꽃잎마저 태양의 열기에 말라 비틀어진지 오래다. (…중략…) 제철 지난 계절에 피는 꽃들은 모두 처량하다. 젊음이 지나고 노쇠해진 모든 것들이 그렇다. 노인은 자신의 얼굴을 만져본다.[2]

> 아내와 아들을 책임지고 산 젊고 패기 있던 시절이 어쩌면 꿈이었는지 모른다는 생각이 든다. 지난 수십 년은 한나절 나른한 봄 오수에 꾼 찰나의 꿈이고 노인이 살고 있는 오늘만이 오롯이 노인의 시간 같다. (228면)

....
[2] 최혜연, 「해바라기」, 『계간문예』, 계간문예, 2012 가을, 225면. 이하 이 작품의 인용은 인용문 말미에 페이지 수만 밝히도록 한다.

아무도 찾아오지 않는 노인의 집에 매달 방문하는 여자가 있다. 노인의 머리에는 매달 아파트에 오는 검침원 여자에 대한 생각으로 가득 찼다. "여자가 집 안으로 들어서자 거실의 공기가 맑게 정화되는 듯 활기를 띠는 것을 노인은 느꼈다."(231면) 노인은 그녀를 위해 음료수를 사다 놓는가 하면, 그녀와 함께 하는 시간을 조금이라도 늘리기 위해 갖은 노력을 다 한다. 생에 대한 열정과 관심을 잃었지만, 노인은 '여자'를 그리워하기 시작했다. 노인은 그 나이에 여자를 생각한다는 것이 부질없다는 것을 알면서도, '여자'를 생각하는 것만으로 메마른 삶에 생기를 유지한다. "여자를 생각한다는 것은 마음 벅차는 일이었으나 그것을 견디는 일도 노인에게는 버거웠다. 여자를 알고부터 노인은 자신의 나이가 더 없이 욕되고 수치스럽다."(229면)

한번은 여자가 검침해 왔을 때, 노인이 체증으로 가슴을 두드리자 여자는 손바닥에 지압을 해 주어 체기를 가라앉혔다. 이 일을 계기로 여자의 손길이 사뭇 더 그리워졌다. 여인의 따스한 손길이 그리울 때마다, 노인은 가스 불을 키우며 온기를 대신하곤 했다. 그 결과 전보다 열 배가량 가스비가 늘어났다. 그것은 여자에 대한 간절한 그리움 때문이기도 했지만, 더 직접적으로는 노인이 집에 없는 동안 여자가 일방적으로 숫자를 제멋대로 적어가지 않도록 하기 위한 전략이기도 했다. 노인의 애타는 마음과 달리, 여자는 전 달에 비해 열 배가량 늘어난 수치에 대해 사무적이고 건조한 반응만 보일 뿐 추궁하거나 관심을 보이지 않고 그 집을 나갔다.

여자는 열정과 자신감을 가지고 있었으며 동시에 현실을 직시하고 험난한 삶을 살아내는 데 비해, 노인은 둔하고 굼떴다. 노인은 여자를 몸으로 품을 수 없기에 마음으로 품었다. 노인은 "지금 살아 내고 있는 지루하고 막막하고 덧없는 시간들"을 지탱하고 있을 뿐이다. 노인은 가스레인지에 불을 키우며 여자에 대한 그리움을 달랜다.

> 여자의 얼굴이 불꽃에 투영된다. 자신의 손에서 말캉거렸던 여자의 손이 노인의 가슴팍을 매만진다. 여자의 가슴은 양떼구름처럼 부드럽고 포근하고 달콤할 것이다. 노인의 목구멍에 달달한 침이 넘겨지고 몸 중앙이 뜨거워진다. 죽었다 생각했던 음경의 모세혈관이 팽창하여 부풀어진다. 참으로 오랜만의 일이다. 노인은 갑자기 시들했던 세상에 대해 자신감이 생긴다. 여자를 품을 수도 있을 것 같다. 노인은 간절히 여자가 기다려진다.(237면)

노인의 간절한 기다림에도 불구하고, 앓다가 검침이 늦었다는 여자는 건조하게 볼 일만 마치고 돌아간다. 최혜연은 「해바라기」에서 '노인'이 '육체적 생기를 소진했음에도 정신은 과거의 젊음을 기억하는 존재'임을 시사한다. 노인은 젊음과 생기를 소진했으나, 지나간 것을 그리워 할 뿐 아니라 이룰 수 없는 욕망을 애타게 소망하기도 한다. 자신의 육신을 책임지기에도 벅찬 시기이지만, 동시에 그는 잃어버린 젊음의 생기를 그리워한다. 지금은 없지만, 그들에게 한때 태양과 같은 열정과 생기를 선사해 주었던 시기를 소망한다. 흡사 그것은 '고통'이다.

노인의 고통은 육체적 생기를 잃었지만 풍요로웠던 과거의 기억이 남아 있다는 데서 시작된다. 인간은 육체만이 아니라 정신을 소유한 까닭에, 노년의 삶이 편안하지만은 않다. 그들은 지금은 없지만 과거에 존재했던 젊음의 생기를 기억하고 있으며, 그것이 얼마나 생을 풍요롭게 만들어 주었던가를 너무 깊이 각인하고 있기 때문이다. 작가는 노인의 삶을 투사함으로써 인간이 어떤 존재인가에 대해 천착한다. 제 철을 지난 꽃의 시듦과 달리, 인간은 현재 자신의 시듦을 앎과 동시에 과거 팽팽했던 꽃 빛을 기억하고 있다. 이때 노인의 기억은 단순히 인 식적인 것에 국한되지 않고 아릿한 생리적 감각으로 향수되기에, 인간 이란 존재의 비의를 배가시킨다.

4. 잃어버린 삶의 균형감각 ― 김재준, 「버티고」

김재준은 「버티고」에서 자칫 잃어버리기 쉬운 삶의 균형감각에 주 목한다. 작중 주인공 나는 헬기와 한 몸을 이루어 산불을 진화하는 직 업을 가지고 있다. 민간 항공사에 소속해 있는 나는 컨테이너와 모텔 을 전전하는 등 여러 지역을 옮겨 다녀야 했다. 지금은 헬기 정비사, 급 유차 기사, 그리고 나 셋이서 동거하고 있으며, 산불이 나지 않는 때에 는 개인적 일을 하기도 하지만 그곳을 떠날 수 없었다. 비가 오는 날이 어야, 휴가를 받아 집으로 갈 수 있었는데 비가 오면 산불이 날 리 없기 때문이다. 남편인 내가 1년 365일 중 300일을 헬기와 보내는 세월 중 에, 아내는 다른 남자에게 마음을 주었다. 중년이 되기까지 함께 해 왔 으나, 결국 아내는 떠났다.

나는 아내가 없는 집에 가는 일이 고통스러웠다. 산불은 진화할 수 있었지만, 타들어 가는 가슴은 진화할 수 없었다. 아내가 있다면, 돌아갔을 때 반겨주는 가정이 있다면, 힘든 직업을 버티고 소명을 다할 수 있었겠지만 이제 나는 몸과 마음 모두 다 지쳤다. 나는 '일'만으로 삶을 버티기 어려웠다. '일터'와 '가족이 기다리는 집'은 엄연히 다른 곳이지만, 서로가 서로를 위해 존재하고 있었다. 기다리는 가족이 있음으로 해서 일터가 존엄한 공간으로 존재하는가 하면, 일터가 있음으로 해서 가족이 있는 집이 더욱 따사롭고 포근한 안식처가 될 수 있었다. 두 공간이 제 각각의 기능과 의미를 품고 있을 때, 나는 건강한 생활인으로서 집과 헬기를 오가며 균형감각을 가질 수 있었다. 이제 한쪽이 그 기능과 의미를 잃어버리자, 나는 '버티고' 현상에 빠진다.

'버티고(vertigo)'는 혼란, 어지러움, 현기를 뜻한다. 중년의 나이에 접어들어 포근한 안식처를 잃은 산불진압 요원의 삶은 그 자체가 '혼란'과 '어지러움'이었다. 나는 생활의 균형을 잃었다. 헬기 조정사에게 있어서 버티고 현상은 치명적이지 않을 수 없다. 왜냐하면 헬기는 비행 중에 엔진이 정지되어도 낙하산으로 이탈하는 시스템이 없으며, 엔진이 정지되면 항공기가 지면에 닿을 때까지 항공기와 끝까지 같이 해야 하기 때문이다. 더군다나 평상시 헬기는 데드 존(Dead zone) 범위에서 운용된다. 살아서 신호음이 전달되는 세계와 어떤 소통도 전달되지 못하는 데드 존(Dead zone)을 오가며, 결국 나는 산불진화 과정에서 유유히 사라진다.

내가 잃어버린 것은 아내와 가족이다. 아니 나는 삶의 균형감각을 잃어버렸다. 우리는 사회적 존재이면서 개인적 존재이어야 한다. 양자 간의 균형을 통해 우리는 생활을 영위해 나간다. 사회적 존재와 개인적 존재 간의 경계에서 균형을 잃어버렸을 때, 우리는 생기를 잃고 삶의 균열을 초래한다. 김재준은 「버티고」에서 자칫 우리가 삶의 균형 감각을 잃은 순간, 죽음의 나락으로까지 치달을 수 있음을 보여준다.

일상에서 우리는 자주 균형감각을 상실했다가 다시 찾기를 반복한다. 매일매일 작장과 가정에서 제 각각의 임무를 수행해 내고 있음에도, 우리는 시시각각 데드 존(Dead zone)에 노출된다. 이것이다 하는 순간 저것이 엉망이 되고, 저것을 돌보는 순간 이것이 허물어지는 것이 반복되기 때문이다. 직업에 열중하다가도 가족 간의 불화를 겪는가 하면, 개인의 삶은 흡족한 데 사회생활이 뜻대로 되지 않는 경우가 허다하다. 그런 의미에서 반복되는 '버티고' 현상을 버텨 나가는 것, 그것이 어쩌면 '생활'의 실체가 아닐 수 없다.

5. 잃어버린 공평과 분배 ― 윤원일, 「블랙리스트」

윤원일은 「블랙리스트」에서 권력에 대해 사유한다. 작중 주인공 박무현은 새 정부의 인사 담당 행정관이다. 그는 인사를 담당하면서 자신이 지닌 권력에 대해 자문한다. "세상의 중심", "상하 관계와 지배와 복종의 관계"에서 자신이 행사하는 권력은 최고 권력자 아래에서 누리는 유사 권력에 지나지 않는다. 그는 '관료'라는 직책에서 '특권의식'과 동시에 '중립이나 공평과 같은 태도'를 발견한다. 작중에서 박무현은 관료로서 두 가지 일에 자신의 권력을 행사한다. 하나는 지식과학부 장관 내정자에 대한 서류문제이고, 다른 하나는 라이따이한에 대한 서류문제이다.

작품의 초반부에는 지식과학부 장관의 인사문제가 부각된다. 인사기획위원회에서는 지식과학부 장관으로 특정 교수를 염두에 둔다. 그 과정에서 특정 교수에 대한 서류에는 그에게 유리한 사실만을 남겨두고, 그가 정권과 한통속이 되어 대학생들의 활동을 제지한 이력 등은 지워져 있었다. 이에 박무현은 숨긴 사실을 서류에 기입하도록 하고, 정당한 검증절차를 거치게 한다. 장관 내정자들에 대한 인사청문회가 열리자, 그는 내정자 명단에서 탈락했다. 박무현은 '중립과 공평'을 지향하며 '특권의식'을 경계했다. 그럼에도 박무현은 사적 문제에 있어서는 중립과 공평을 실현할 수 없었다.

작품의 후반부에는 라이따이한의 방한(訪韓) 문제가 부각된다. 이미 돌아가신 박무현의 아버지에게는 자식이 많다. 아버지는 차갑지만 반듯했던 아내를 두고, 다른 여자에게 눈을 돌려 말년을 함께 보냈다. 그 사이에 배다른 자식을 낳았다. 뿐만 아니라 아버지는 미국계 회사의 기술자로 베트남에 근무하던 시절, 베트남 여자와 살면서 아들을 낳았다. 나는 외로웠던 어머니를 생각하고, 아버지와 배다른 형제들에 대해 냉혹한 태도로 일관했다. 특히 아버지의 피를 이어받은 라이따이한 투옹탄은 국내에 입국하지 못하도록 블랙리스트에 올리기도 했다.

이복 동생 태호는 박무현에게 베트남의 이복형 투옹탄이 입국할 수 있도록 도와달라고 청한다. 태호는 투옹탄이 교통사고로 허리를 못 쓰게 되었으므로 서울로 데려와 치료를 받게 하려는 것이다. 베트남에서 투옹탄은 한국인과 베트남 사이에 출생한 혼혈 2세를 돌봐주고 있었다. 2세들은 한국과 베트남 어디서도 그들의 정체성을 인정받지 못했으며, 교육과 복지에 있어서도 수혜를 받지 못했다. 박무현이 투옹탄의 일에 나서기를 거부하자, 이복동생 태호는 형의 냉정함을 다음과 같이 지적한다.

> 아버지의 베트남 아들 이야기 듣고 형이 했단 말을 누나한테서 들었어요. 정액을 질질 흘리고 다니셨네, 그랬다면서요 (…중략…) 형 말이 맞아요. 나도 아버지가 술집에서 흘린 정액 때문에 태어난 거니까요. 한데 말예요, 형. 아버지가 흘리고 다니신 건 정액만이 아니었어요. 아버진 인정과 사랑도 사방에 흘리고 다니셨어요. 그런데 형은 삭막한 사막 같아요. 공무원은 영혼이 없다니까 인정도 형제애도 없는 거예요? 투옹탄 형은 자기 처지가 그런데도 남 돕는 일에 열심이에요. 인권운동가니 뭐니 그런 거창한 말은 다 한국에서나 하는 말예요. 투옹탄 형은 옛날의 자기 처지를 생각해서 불쌍한 애들을 돌봐주고 있을 뿐예요. 자신들 힘만으론 벅차니까 여기저기 도움을 청했던 거고요. 불쌍한 한국인2세를 도와주지 않는다고 한국 대사관 찾아가서 항의한 게 뭐 그리 나쁜 일이죠?[3]

마침내 박무현은 투옹탄의 블랙리스트를 없애도록 외무부에 지시한다. 그는 특권의식을 경계하여 '중립과 공평'을 지향해야 하나, 과거 그가 아버지로부터 받은 상처로 말미암아 현실에서 중립과 공평을 실

....
3 윤원일, 「블랙리스트」, 『계간문예』, 계간문예, 2012 가을, 253~254면.

현하는 것이 쉽지 않았다. 그 결과 박무현은 관료로서 이복형제 투용탄을 블랙리스트에 올리는 등 특권을 행사하기에 이른 것이다. 그의 특권의식은 보복과 분노의 결과이다. 비단, 관료가 아니더라도 우리는 일상의 삶 앞에서 변함없는 공평과 중립을 행사할 수 있을까. 공평한 분배를 위해, 치우침이 없도록 하기 위해, 내릴 것은 내리고 보태야 할 것을 보탤 수 있도록 하는 일, 그것은 작가들의 세상을 향한 애정이기도 하지만 기실 일상을 살아가는 우리가 삶에 구현해야 할 가치중립적 태도이기도 하다.

6. 타인, 잃어버린 또 다른 나 — 이덕화, 「타인의 초상 1」

이덕화는 「타인의 초상 1」에서 '타인'은 또 다른 모습으로 존재하는 '나'라는 사실을 환기한다. 작중 주인공 재형은 군대에서 자신과 대조적 환경에서 살아 온 성묵이를 만난다. 재형은 서울 강남에서 초중고를 거쳐 S대에 들어간 엘리트이다. 반면 성묵은 인천에서 구멍가게를 하는 가난한 홀아버지 슬하에서 자랐다. 그는 엄마 없이 사고뭉치로 구박받으며 간신히 고등학교를 졸업했다. 훈련소에서 재형은 성묵과 '전후조'가 된다. 눈치, 양심, 체면, 감정도 없이 제멋대로인 성묵이 때문에, 재형은 다른 훈련병보다 더 많은 고충을 겪어야 했다. 왜냐하면 '전후조'는 세 사람이 하나의 몸과 마음으로 움직여야 하기 때문이다.

전후조란 군대 훈련소에서 자살이나 이탈 등의 사고 방지를 위해서 무조건 훈련병 세 명씩 조를 만들어 함께 생활을 하도록 만든 시스템이다. 그래서 전후조는 6주 훈련기간 동안 항상 밥도 같이 먹고, 종교 활동을 제외하고는 어디를 가도 같이 움직인다. 모든 훈련을 같이 받고, 내무반에서도 나란히 잔다.⁴

재형은 부적응자 성묵에게 "자기 환경에 억지로 감사를 하고 그러다 보면 억지가 진짜가 되고, 그러다 보면 어느새 상황이 좋아지게 되는 거"(144면)라고, '억지 감사'의 가치를 일깨워준다. 재형은 "어떤 환경에서도 긍정적 가치를 발견해 내려는 것이 인간이다"라는 말을 스스로에게도 적용시켜, 그의 훈련기간은 성묵이란 존재가 "자신에게 주는 긍정적 가치를 찾으려고 하는 기간이었다."(149~150면)

전후조인 성묵으로 인해 재형은 굶는 일부터 오리걸음의 구보 등의 벌충을 서야 했는데, 고된 벌충으로 까무러치던 순간, 재형은 성묵의 등에 걸린 십자가를 발견한다. "피투성이가 된 성묵이의 등에 십자가가 걸려 있었다." "꿈 속에서도 갖가지의 얼굴을 한 성묵이가 나타나 그를 쫓아다니기도 하고, 성묵이가 자신이 되어 자신이 재형이라고 자신의 친구들을 만나기도 했다."(146면) 이후 재형은 "자신이 감당해야 할 몫의 십자가"이자, "20년간의 나의 안락했던 삶을 일깨우고 반성시키기 위해 등장한 천사"로 성묵이를 받아들였다. 훈련소 시절은 재형이 성묵에게, 나아가 성묵이 재형에게 삶의 가치와 비의를 일깨워 준 시

----

4 이덕화, 「타인의 초상」, 『한국소설』, 한국소설가협회, 2012.10, 138면. 이하 이 작품의 인용은 인용문 말미에 페이지 수만 밝히도록 한다.

간이었다.

제대한 지 2년이 지난 후, 재형은 성묵으로부터 다급한 전화를 받는다. 사회 적응력이 뒤쳐진 성묵의 위급한 목소리는 재형에게 두려움과 걱정을 불러일으키기에 충분했다. 재형이 성묵에 비해 더 우월한 조직에 소속해 있다고 해서, 그의 일이 수월한 것은 아니다. 하루에도 몇 번씩 가슴을 졸여야 하는 급박한 비즈니스와 위계 조직은 재형에게 사적 시간을 허락하지 않았다. 다급한 상황을 해결하자, 재형은 성묵의 전화에 곧바로 응답하지 못한 자신을 질책하여 성묵이 있는 인천으로 차를 몰았다. 성묵에 대한 걱정으로 속도를 무시하고 달렸다.

재형이가 인천에서 본 성묵은 당당한 편의점 사장으로 자기 몫의 사회생활을 수행해 내고 있었다. 놀란 가슴을 추스르는 재형에게, 성묵은 재형이가 보고 싶기도 했거니와 장난기가 발동되어 위급하게 전화했다는 것이다. 그동안 성묵은 "재형이가 시키는 대로 누구 원망 않고 처한 환경 속에서도 긍정적으로 생각"하면서, 건물 공사장에서 성실히 일했으며 함께 일하는 외국인 노동자들과도 격려와 정을 나누었다는 것이다. 성묵은 공사장에서 성실히 일한 결과 500만 원의 목돈을 모아 아버지께 드렸고, 아버지는 다시금 500만 원을 융자하여 구멍가게를 '편의점'으로 전환한 후 성묵에게 운영권을 맡겼다는 것이다. 안심하고 돌아가려는 재형의 차안에, 성묵은 비타민드링크와 요거트 묶음이 든 비닐봉지를 넣어 주었다.

훈련소 시절 재형의 아낌없는 이해와 애정은 한 인간의 삶을 바꾸어 놓을 수 있었다. 마크 트웨인의 『왕자와 거지』처럼, 재형은 성묵의 상황을 자신의 것으로 나누어 가졌으며 성묵은 재형의 거침없는 애정을 받아들이면서 자존감을 형성해 나간 것이다. 작가는 우리가 만나는 가장 이질적인 타인의 모습이야말로 또 다른 나의 모습일 수 있음을 시사한다. 다시 말해 내 안에 있는 나의 또 다른 모습이 타인이라는 이름으로 구체화되고 있다고 말이다. 그러므로 타인과의 소통은 내 속에 있으면서도 미처 내가 발견하지 못한 내 영혼의 목마른 얼굴을 대면하는 일이다. 재형이 성묵을 통해 혹은 성묵이 재형을 통해 현실에 대한 인식지평이 확산되었던 것과 마찬가지로, 우리는 우리 자신과 가장 이질적인 타인과 소통함으로써 내 안에 존재하는 훨씬 큰 존재를 현실의 지평으로 끌어낼 수 있다.

7. '우리 모두는 작가이다'

작가의 창조 작업은 단순히 무(無)에서 새로운 것을 만드는 것이 아니다. 창작은 존재하지만 보이지 않는 것, 존재하지만 그들의 목소리가 들리지 않는 것, 존재하지만 그 가치가 희미해지는 것의 제자리와 존재감을 복원해 내는 일이다. 그런 까닭에 작가들은 가장 낮은 자리, 가장 아픈 곳, 가장 소외된 곳을 탐색한다. 그들은 그곳에서 이 세계와 일련의 잃어버린 가치들 간의 긴장을 놓지 않는다. 그들은 이 세계에 대항하여 가장 낮은 자리에 처한 대상, 가장 아픈 곳, 가장 소외된 곳과 같은 일련의 잃어버린 가치의 존재 방식과 의의를 일깨운다.

작가들이 더 낮은 곳으로, 더 아픈 곳으로, 더 소외된 것으로, 더 절박한 대상에게 고통스러운 애정을 투사해서 만들어진 작품들은 독자들의 잠자는 의식을 일깨운다. 작가의 질박한 애정이 영글어 낸 작품은 시공을 초월하여 독자들의 공감을 자아낸다. 이른바 고전(古典)이란 작가가 고통스럽게 탐색하고 구현해 낸 유의미한 가치에 대한 시간과 공간을 초월한 독자들의 합의로 탄생한 것이다.

작가는 작품을 통해 우리 마음 깊숙한 곳에 남아 있는 인간의 정리(情理)를 자극한다. 그들은 빠듯한 일상과 경쟁적 생활 속에서 잊고 지냈으나, 가슴 밑바닥에 존재하는 인간의 가치를 일깨운다. 우리는 자본주의, 전체주의, 무한경쟁체제, 깊이를 모를 물신화 앞에서 몸과 마음을 빼앗겨 지내다가도, 작가들이 작품을 통해 구현해 놓은 인간의 생리를 발견하며 제정신을 차리곤 한다. 자본과 권력에 의해 아무리 삶이 조정당하더라도, 인간의 보편적 정서와 생리 모두를 벗어버릴 수 없기 때문이다.

잃어버린 대상을 소환해 내는 일이 비단 작가들만의 몫이라 할 수 있을까. 우리는 매일 새로운 사건과 조우한다. 우리는 일상의 삶을 살아내면서 제각각의 자서전을 쓰고 있다. 잃어버린 대상에 대한 자각은 작가뿐 아니라 일상을 살아가는 우리 모두의 몫이기도 하다. 기실 우리 모두 일상에서 아프고 소외되고 돌보지 않은 것들에 주의를 기울여야 한다. 작가의 목소리와 울음을 듣고 일순간 아파하지만 말고, 우리 역시 일상에서 잃어버린 대상을 소환할 수 있는 넓고 깊은 혜안을 간직하고 있어야 한다.

그런 의미에서 '우리 모두는 작가이다.' 일상에서 우리는 작가의 눈과 손길로 세계에 대한 긴장을 잃지 않아야 할 것이다. 이 세계의 권위에 쉽게 동화되어서도 안 될 것이며, 이 세계의 위압 속에 쉽게 인간성을 포기해서도 안 될 것이다. 세계와의 긴장 속에 만들어진 제 각각의 자서전이야말로, 다음 세대에게 살아 숨 쉬는 텍스트로서 어지러운 세계의 변화 속에서도 길을 잃지 않는 로드맵이 되어 줄 것이다.

/ 글이 처음 실린 곳 /

1부

 도시적 감수성과 병리학적 상상력
        : 「도시적 감수성의 진화와 병리학적 상상력의 확장」(『21세기문학』, 2010 여름)
        을 수정.
 가족, 도시의 공모자 혹은 위장된 진정성
        : 「도시의 일상성은 어떻게 유지되는가」(2007)를 수정.
 감수성의 변화와 친(親)자연성에 대한 회의
        : 「감수성의 변화와 친(親)자연성에 대한 회의」(『계간문예』, 2011 겨울).
 감수성 딜레마, 소통과 소비의 양가성
        : 「감수성 딜레마, 소통과 소비의 양가성」(『사람의문학』, 2012 봄)을 수정.

2부

 초라한 육체와 반(反)성장 서사
        : 「초라한 육체와 반(反)성장 서사」(『인문학연구』, 2012.2)를 수정.
 피로 사회에서 생동(生動)을 꿈꾸기
        : 「피로사회에서 생동(生動)을 꿈꾸다」(『사람의문학』, 2012 가을)를 수정.
 감정 없는 인간, 월경(越境)하는 인간
        : 「감정 없는 인간, 월경(越境)하는 인간」(『문예바다』 창간호, 2013 겨울).
 어린 / 젊은 어른(young adult)의 발견과 청소년소설
        : 「어린 / 젊은 어른(young adult)의 발견과 청소년소설」(『사람의문학』, 2011 여름).

3부

 내 안의 자연, 자유에 대한 탐색
        : 「해설」(『돼지감자꽃』, 계간문예, 2012)을 수정.
 내 안의 정의, 자유를 소환해 내기
        : 「자유를 소환해 내는 번제」(『문학마당』, 2009 가을)를 수정.
 내 안의 윤리, 믿음직스러운 화자
        : 「내 안의 윤리와 목소리 유령」(『계간문예』, 2011 여름)을 수정.
 인륜(人倫)과 자유, 사랑을 가능하게 하는 조건
        : 「개인주의의 균열과 사랑의 소환」(『계간문예』, 2011 가을)을 수정.

오래된 현재, 제국주의에 대한 성찰
: 「목소리의 재현, 식민지 역사에 대한 재언」(『시에』, 2007 가을)을 수정.

4부

소설, 시간과의 투쟁
: 「이 시대의 소설이란 무엇인가 — 소설, 시간과의 투쟁」(『만해축전』 中, 2013).

소설, 균열의 틈에서 소통에 대한 모색
: 「이 땅에 봄을 일구려는 사람들」(『계간문예』, 2011 봄)을 수정.

음식, 육체의 기억과 맛있는 소설
: 「음식의 미각(味覺), 소설의 미학(美學)」(『계간문예』, 2012 봄)을 수정.

여행, 이곳을 사유하는 또 하나의 방식
: 「여행을 통해 자기가 사는 곳을 사유하기」(『계간문예』, 2012 가을)를 수정.

작가, 사라진 것들의 가치를 소환해 내는 사람들
: 「'나는 작가다' 혹은 '우리 모두는 작가다'」(『계간문예』, 2012 겨울)를 수정.